中国公安文学精品文库（1949-2019）

长篇小说　卷四

全国公安文联 编

群众出版社
· 北京 ·

图书在版编目（CIP）数据

中国公安文学精品文库：1949—2019. 长篇小说. 卷四 / 全国公安文联编. —北京：群众出版社，2019. 10

ISBN 978 - 7 - 5014 - 6028 - 1

Ⅰ. ①中… Ⅱ. ①全… Ⅲ. ①中国文学—当代文学—作品综合集②长篇小说—小说集—中国—当代 Ⅳ. ①I217. 1

中国版本图书馆 CIP 数据核字（2019）第 203167 号

中国公安文学精品文库（1949—2019）

长篇小说　卷四

全国公安文联　编

出版发行：群众出版社

地　　址：北京市丰台区方庄芳星园三区 15 号楼

邮政编码：100078

经　　销：新华书店

印　　刷：北京市科星印刷有限责任公司

版　　次：2019 年 11 月第 1 版

印　　次：2019 年 11 月第 1 次

印　　张：9.375

开　　本：880 毫米 × 1230 毫米　1/32

字　　数：255 千字

书　　号：ISBN 978 - 7 - 5014 - 6028 - 1

定　　价：60. 00 元

网　　址：www. qzcbs. com

电子邮箱：qzcbs@ sohu. com

营销中心电话：010 - 83903254

读者服务部电话（门市）：010 - 83903257

警官读者俱乐部电话（网购、邮购）：010 - 83903253

文艺分社电话：010 - 83901330　　010 - 83903973

庆祝新中国成立70周年献礼丛书

《中国公安文学精品文库（1949—2019）》编审委员会

长篇小说卷

主　编：

李朝全　中国作家协会创研部副主任

副主编：

艾明波　全国公安文联副主席

冯京瑶　中国人民公安出版社文艺分社副编审

连玉泉　中国人民公安出版社文艺分社编辑

前　言

为贯彻落实党的十九大精神和习近平总书记在文艺工作座谈会、全国宣传思想工作会议上的讲话等系列重要讲话精神，隆重庆祝新中国成立70周年；落实公安部领导关于发展繁荣公安文学的指示精神，集中展现中国公安文学的发展轨迹，荟萃70年以来我国公安文学的优秀创作成果，讲好警察故事，发好公安声音，树好警察形象，切实履行中国公安文学肩负的新时代使命，全国公安文联、中国人民公安出版社经认真研究，决定编纂、出版新中国成立70周年献礼丛书——《中国公安文学精品文库（1949—2019）》。本套丛书编纂的指导思想和主要目的为：以习近平新时代中国特色社会主义思想为指导，积极推出讴歌党、讴歌祖国、讴歌人民、讴歌英雄的公安文学精品力作。

2019年5月9日，全国公安文联向各省、自治区、直辖市公安文联，新疆生产建设兵团公安文联，铁路公安文联发出《关于开展〈中国公安文学精品文库（1949—2019）〉征集编纂工作的通知》（公文联［2019］35号）。通知要求，征稿内容为：1949年10月1日新中国成立后至2019年全国各地公开出版、发表的公安题材长篇小说、中篇小说、短篇小说、纪实文学和散文、诗歌作品。通知确定所征集作品分长篇小说卷、中篇小说卷、短篇小说卷、纪实文学卷、散文卷、诗歌卷六大部分，由群众出版社分卷出版。为确保此项重点图书编纂工作顺利进行，经全国公安文联王俭主席批准，成立了《中国公安文学精品文库（1949—2019）》编审委员会。

根据全国公安文联［2019］35号《通知》精神，在作品征集过程中，编委会共收到全国各地公安文联推荐和作者自荐、专家推荐作品2668部（篇、首）。中国人民公安出版社组织编辑力量对所有征集作品，按照长篇小说、中篇小说、短篇小说、纪实文学、散文、诗歌六类进行了初选归类。

7月2日，全国公安文联召开了《中国公安文学精品文库（1949—2019）》第一次编纂工作会议。会议确定了文库的选编原则、目标和要求。选编原则为：坚持文学性、时代性、权威性、历史性、文献性的有机统一。选编目标为：凡入选作品的思想性和艺术性，一是要经得起历史检验，值得传世；二是要公认有影响力，确能服众。选编要求为：一是真正的好作品不能遗漏；二是代表性的作家不能缺席；三是公安战线重大事件的文学反映不能忽略。

7月11日，为贯彻好文库的选编原则、目标和要求，全国公安文联批准组成《中国公安文学精品文库》各分卷工作班子，明确各分卷工作班子由文库编审委员会成员牵头负责，由全国公安文联选派同志与出版社责任编辑组成，分工负责文库的各卷选编工作。

7月12日，编审委员会顾问张策、副主任李国强、编委易孟林与负责《中国公安文学精品文库（1949—2019）》的长篇小说卷、中篇小说卷、短篇小说卷、纪实文学卷、散文卷、诗歌卷的责任编辑，就编纂工作的重点和难点分别进行了指导和交流。

7月23日，编审委员会主任、全国公安文联主席王俭亲自听取张策、易孟林关于《中国公安文学精品文库》编纂工作进展情况的汇报。王俭主席要求，一定要把这套向新中国成立70周年的献礼图书编纂好。他特别强调，这套献礼图书成功的关键在于选出来的作品的确是公认的质量高的好作品。各卷主编、副主编务必负起责任来，真正把高质量的作品选出来。

7月29日，第二次编纂工作会议召开，通过了《〈中国公安文学精品文库（1949—2019）〉编纂体例说明》。

8月27日，第三次编纂工作会议召开，初步通过了《中国公安文学精品文库（1949—2019）》的基本入选篇目。

在作品征集、选编过程中，各卷负责人根据编审委员会历次会议要求，从认真阅读每一部作品入手，结合各个时期作品的获奖、评论、报刊转载、改编影视等情况，对前期初选归类的各卷篇目进行了多次调整，加班加点，任劳任怨，以对公安文学高度负责的历史责任感，反复研究、论证，最终形成了长篇小说卷4卷，共收录4位作者的4部作品；中篇小说卷4卷，共收录29位作者的28篇作品；短篇小说卷3卷，共收录60位作者的59篇作品；纪实文学卷3卷，共收录52位作者的50篇作品；散文卷1卷，共收录70位作者的70篇作品；诗歌卷1卷，共收录79位作者的100首作品。全套丛书共计16卷，收录294位作者的311部（篇、首）作品，总计528万字。各卷收录作品均按发表、出版时间排序，且在文末附有作者简介。在长篇小说卷四和纪实文学卷三附录有“长篇小说存目”和“长篇纪实文学存目”，对本套丛书编选过程中征集到的比较优秀的公安题材长篇小说、长篇纪实文学予以存目，列有作品名称、作者、出版社和出版时间，以备公安文学爱好者、研究者查览。

需要特别说明的是，本套丛书的编纂，得到了公安部新闻宣传局和全国各地公安文联的大力支持，也得到了全国各地作家，尤其是公安作家的积极响应，推荐、自荐了多部（篇、首）优秀公安文学作品。在本套丛书的编纂过程中，编委会全体成员，包括各卷主编、副主编本着对公安文学高度负责的精神，秉承公正、严谨的态度和编纂原则，认真对待征集到的所有作品，最终经编委会和各卷主编、副主编集体研究确定了各卷入选篇目。但由于本套丛书只有16卷（原计划出版30卷），卷帙有限，现有收录作品一定会有遗珠之憾，希望能够得到各位相关作家的理解和包容！同时也衷心希望有更多的作家切实增强并践行“四力”，积极深入警营，扎根生活，倾心于公安文学创作，不断推出更多更优秀的坚持“四个讴歌”，无愧于我们这个伟大时代的公安文学精品力作，讲好警察故事，树好警察形象，共同推动、促进公安文学的大发展和大繁荣！

我们衷心期待，通过编纂出版这套大型文库，能够将中国公安文学的发展脉络清晰地呈现出来，以公安文学的力量，服务于公安现实斗争，服务于公安队伍建设，为平安中国、法治中国建设作出新贡献。

《中国公安文学精品文库（1949—2019）》编审委员会
2019年10月9日

走　火

晓　重

目　录

第一章　意外走火

1

赵鹏程匆匆忙忙地推着自行车跑过车站的坡道，赶着去派出所交接班。他昨天晚上连着做了好几个毫无联系的梦，梦境里自己仿佛又拿起了久违的手枪，向着不知名的地方不断地扣动扳机，说来也怪，子弹却从枪膛里滑出来砸到了自己的脚面上。他反复几次强迫自己继续这个梦境，可就是迷迷糊糊地接不上，以致起床的时候天已经大亮。于是，他匆忙骑上自己的破“铁驴”奔向派出所。

这到底代表什么呢？一路上，他总在心里盘算着这个奇怪的梦。自行车刚经过车站民警值班室门口的时候，“砰”，传来一声枪响。

枪声来得邪乎，是从民警值班室里传出来的，肯定出事了！

他慌忙扔下车子，下意识地右手迅速朝后腰摸去，胳膊取捷径快速平举完成了出枪动作。虽然手里没有枪，但他仍侧身急步向门内冲去。

踢开门，冲进屋，顺势拉出一个准备战斗的姿势。这一系列动作，他完成得快如闪电。

可是，屋里的情景却让他一时不知所措。

民警刘长路举着手枪正愣神儿呢，警长陈其嘉、民警许彬惊恐、慌张地盯着刘长路手里的枪，屋里飘散着浓浓的火药味。

三个人甚至被他的突然出现吓了一跳，紧张地看着他。这情景顿时让赵鹏程明白了刚才发生的事情……

“枪走火了？”赵鹏程心想。

刘长路此时已经从最初的惊慌中回过神来，他看着自己手里的枪：“我走神啦……忘记关保险了吧？怎么就扣了扳机呢？真是的……”

陈其嘉不由分说，上去一把将枪夺过来：“我的刘师傅啊，你想嘛啦！”许彬看看陈其嘉，又看看刘长路，然后对着赵鹏程，嘴里不停地叨咕着：“这可怎么办？这可怎么办？”

赵鹏程对这件事情一时也不知道说什么好，匆忙中抬头看见挂在正面墙上的钟表：“我，我今天要迟到啦！你们，你们自己处理吧。”说完转身走出屋，顺手带上了门。

他跑过站台，跑进楼道，因为奔走得太急，上楼的时候差点儿撞上前面的内勤民警单文。单文回过头来抖落着手里的食品袋：“老赵，你抢头一名有奖啊？急嘛呀，我的浆子都洒了。”

他连忙摆着手：“没注意，没注意！我有点儿急，今天晚啦……”然后，他快步奔向自己的办公室。

民警值班室里，刘长路懊丧得一屁股坐在椅子上，嘴里不停地嘟囔着：“真邪门，真邪门。”

许彬仍然惊魂未定地看着陈其嘉手里的枪：“其嘉，这可怎么办呀?”

陈其嘉没好气地冲着他喊道：“怎么办，怎么办?就知道问这个，天天逗，嘴也没个把门儿的。你要不戳长路的肺管子，他能走火吗?”

“这也不能全怪我呀!”

“不怪你，怪走道儿的呀!”

事情的起因很简单。接班的时候，刘长路来晚了，刚进屋许彬就和他逗：“老大，昨天晚上又练了吧?眼眶子都青啦，别太争朝夕啦，身体可是拼命的本钱。”

“我愿意。又没和你姐一块儿练，你搞政工有瘾怎么着?想当教导员?”

在派出所的民警里，刘长路说话冲、嘴损是出了名的，这点陈其嘉已经习惯了。从穿上警服到派出所的那天起，就是刘长路带着他值勤，带着他解决旅客之间的纠纷，带着他抓流窜犯罪嫌疑人，他从心眼儿里佩服刘长路。直到现在自己当了警长了，这种心态也没改变。

“你又绕着圈骂我是吧?”说着话，许彬把手枪递了过去，“发你杆枪，抓紧找人多的地方转转去吧。”

“老子扛枪的时候，你还得喊我叔叔呢。别忘了，咱可是当过正规军的!”刘长路接过枪，熟练地摆弄着，先按卡簧弹出弹匣到右手，抬高枪筒用力来回拉动枪机，当证实枪膛里没有子弹蹦出，扣动扳机，然后“咔嚓”一声顺手将弹匣推了回去。他是在按交接枪程序进行验枪。

“噢，那解放军叔叔干吗还复员呀，继续混下去不就得啦!到最后怎么不弄个团长、旅长干干?”

“要不说你缺心眼儿呢。和平年代呀，没有战争显不出我们侦察兵来，所以才复员回来，找个显出能耐的工作，也算是为人民服务吧。”刘长路举着验完的六四式手枪。

“你就吹吧！一百斤的牛，到你嘴里就二十斤肉，剩下八十斤那个……”许彬眨眨眼，跟上一句。民警之间的玩笑和调侃有时候很过分，大家都习以为常。陈其嘉也没在意，继续翻看着最新下发的协查通报。查缉外逃的犯罪嫌疑人是车站值勤民警的业务之一，经常查看协查通报能使他们在工作中有目的地进行查缉。

“你小子跟我冒坏是不是？我抓的那些被通缉的、作案后外逃的嫌疑人少说也能编个加强排啦。为什么？还不是叔叔我眼毒！”

“对！你毒，毒得一眼就瞄上个开宝马的富婆。”许彬讥讽道。

“你少和我贫。”刘长路的语气突然间有点儿升温，“开宝马怎么了？富婆怎么了？我自己的事，我他妈愿意。我就烦你们传老婆舌头，跟老娘儿们似的。”说完话，他顺手又拉动了枪栓。

陈其嘉正好抬眼看见这个动作，“哎哟”声还没喊出来，刘长路已经又按照验枪程序再次扣动了扳机。

“砰”的一声，子弹从枪膛飞出，打进对面的墙内，然后反弹出来，走了条斜线直钻进大门里面，弹头重重地嵌在铁皮大门的背后。屋子里的三个人顿时直了眼儿，一动都没敢动！

此时，陈其嘉的脑子飞速地思考着：不能让这件事情走漏风声。

自己马上就要竞聘副所长了，这个机会来之不易。师傅刘长路这么多年来也总是阴差阳错地赶不上点儿，最近所里已经研究他的组织问题了。一旦“走火”这事儿曝光，对他来说就意味着鸡飞蛋打，对自己更意味着……想到这儿，他一咬牙对二人说：“事情已经发生啦，咱就得赶紧弥补。长路，去找找你过去的战友，弄颗六四子弹补上应该没问题吧？许彬，你负责擦枪，动作要快。我去找泥子和油漆，想办法处理现场。这支枪擦好后，我带着。赶在交接班前，不，最好中午以前就把事情办好。”

许彬忙伸出手，好像要拦阻他似的：“其嘉，老赵看见了呀！他会不会报告去啊？”

陈其嘉犹豫了一下，把目光移向站在门口的刘长路：“他不会！

这么多年他不招灾、不惹祸的。再说几年前为了救他，我在医院躺了两个月，他欠我人情，他肯定不会说。”刘长路的声音虽小，但很坚决。

“那好，事不宜迟，抓紧办！”陈其嘉看看仍犹豫不定的许彬，眼眉一立，脾气上来了，“出了事我负责！许彬，别忘了，长路可是咱们的师傅！”许彬动了几下嘴唇，最终还是把话咽了回去。

回到办公室，赵鹏程心里七上八下地忐忑不安。他不停地围着桌子转圈，很懊悔自己为什么冲进去。其实自己完全可以透过窗户先观察一下呀，而且走火的还是平时跟自己很说得来的哥们儿——刘长路，这下可是进退两难啦。凭他对陈其嘉和刘长路的了解，他们俩都属于胆大敢干的那种人，没事儿的时候嘻嘻哈哈，出了事儿绝对敢搪事儿。倒是许彬胆子小，随风倒。可他架不住陈其嘉和刘长路这二位的招呼，肯定会装聋作哑。枪走火的事儿，他们就敢乌漆麻黑地瞒住，百分之百地不上报。想想这么多年来教导员韩建强对自己的那副嘴脸，他心里就发狠，今天又是他值班。平时他注意观察过韩建强对民警的交接班，知道他从没按规定带班交接验枪。正好借这个机会给督察队打个匿名电话，捅他个屁滚尿流。可就因为当事人是刘长路……他一时拿不定主意了。他在办公室里不停地抽烟，不停地转圈，不停地悄悄念叨着……

这么多年来，他既想看见枪，摸到枪，又怕听见枪声。枪与枪声就是赵鹏程的梦魇，就像多年缠绕不清的乱麻，始终捆绑着他的肉体和神经……

那还是二十年前秋天的一个夜晚，车站的灯火照例映红了沉沉的夜幕，仿佛告诉出门在外的人们，这个地方有暖和的气息，这个地方可以打尖歇脚，还可以奔赴久违的家乡。所以，无论春秋冬夏，车站上的人流总是川流不息。

仲秋的夜风夹杂着丝丝凉意，不断地吹拂着赵鹏程的衣衫。他穿着便衣，跟在徐雷的身后，已经将车站内外容易发案的部位巡视了一遍。从上夜班起，师傅徐雷就带着他们几个师兄弟巡视站区。说起来，凡是有车站的地方就会有各式各样的小偷和骗子。他们有的三三两两聚居在车站周围的小旅店、澡堂子里。有的则单人独骑，逢旅客高峰的时候就出来觅食。有的夹杂在进站旅客当中掏兜，俗称“挑皮子”。有的发现大活儿就跟着旅客进站，趁上车拥挤的时候在车门边下手行窃，俗称“吃车门”。这些人给车站的治安带来了不小的隐患，他们好像与生俱来地就对警服、大檐帽这类东西敏感，所以车站总会在着装民警上岗的同时，配有便衣民警交叉值勤。任务就是发现和抓获在车站偷盗的不法人员和被通缉的犯罪嫌疑人，行内的话叫“搞发现”、“打现行”。

已是深夜 12 点多了，他想过去让徐雷回去休息。昨天办公室的同事偷偷告诉他说，徐雷很快就要升任刑警队副队长了。他心里仿佛有许多话要和自己的师傅聊聊。忽然，走在前面的徐雷原地不动了，慢慢地从口袋中掏出根烟叼在嘴上，双手不停地在周身摩挲着。跟随徐雷多年的他，从这个细小的动作中立即感觉到：有情况！师傅发现目标了！

果然，徐雷转过身小声对他说道：“给我点上火。”他拿出打火机，凑上去把徐雷举着的烟点着。趁着低头点烟的空隙，徐雷用眼神带着他的眼睛迅速朝广场的栅栏处瞥了一下。顺着徐雷的眼光望去，两个男青年，一高一矮，稍高的那个拎包在前，另一个差几步跟在后面，混在旅客中间往车站里走。两个人不断地用眼神交流，紧张地扫视着四周。他们穿得略显破旧，头发好像几天都没有梳洗过。但从他们相互交流的眼神中，看得出他们俩认识，却又不走在一起。这两个人肯定有问题！

两个男青年走过栅栏，经过他们身边，走向进站口。

徐雷向前方的两名便衣民警发出了拦截信号。两名便衣民警注意到走向进站口的“目标”，马上呈夹击之势，上前挡住了去路。

两名便衣民警迎上前去，向两名男青年出示证件后，对其进行着简单的询问。当示意他们将提包打开时，两名男青年当中的一人极不情愿地把包放在了地上，弯下身去拉动提包拉链。

情况瞬间发生了变化。站在旁边的另一名男青年突然伸手向怀中摸去，一直在警惕着的便衣民警马上作出反应，一把按住对方的手，上前顺势将他掀翻在地。与此同时，另一名民警也向放提包的男青年扑去，四个人扭打在一起。徐雷和赵鹏程不约而同地冲上去协助同事缉拿嫌疑人。但就在他们刚刚移动脚步的时候，多年来积累的经验使他俩不约而同地感觉到一种来自侧面的危险。是急促的脚步声！他不由自主地回转身去。在他们身后侧面，一名男青年边向这边跑着边从腰间掏着什么……他们是同伙！这个人是来解救被擒同伴的！快速反应过来的赵鹏程没有犹豫，迎向目标大声喊道："不许动！我是警察！"

对方没有听从警告，冲他们掏出了手枪。

"不许动！警察！"他边喊着边用右手迅速地往后腰摸去，一把握住枪柄，快速将枪拔出，采取快捷方式平举枪口对准目标扣动扳机。

枪，竟然没有打响。他脑中一片空白，愣在那里不动了。

"闪开！"随着这一声喊，他感觉自己被一股力量重重地推倒在一边。就在他要倒地的时候，看见徐雷已经举着枪迎着对方冲了过去……

以后的事情，是他赵鹏程终生都不愿意去想和提起的，他被徐雷推倒的时候，歹徒已经射出了第一发子弹，师傅徐雷用身体挡在他和战友的前面，迎着子弹冲了上去。那是两支五四式手枪，敌我两个人近距离地对射，子弹呼啸着从双方的枪膛里飞出，双方都被对方的子弹打得血肉横飞，不住地趔趄，直到徐雷一枪命中歹徒的眉心。徐雷看着对方倒在地上，才轰然倒下。这一切，仅有短短的几秒钟。

赵鹏程连滚带爬地冲过去抱起徐雷，看见他艰难地张开嘴："你的枪，枪，怎么没，没打响啊……"然后，徐雷紧皱着眉闭上了眼睛。

"师傅，师傅，我打了呀！枪没响啊！"

事后经审讯其他两名歹徒，知道他们是在原籍撬了一个武装部的保险柜，盗窃大小共七支枪，一路抢劫到平海市的。这可是特大案犯。歹徒受到了应有的制裁，徐雷被授予烈士、一级英模的光荣称号。另外两名民警也被授予立功奖章，而他赵鹏程却天天被关在屋里书写着那天的事情经过。事后，同志们帮他解开了这个结。他在完成拔枪这一系列过程中缺少了一个环节——那就是打开保险。如果当时他能再冷静一些，如果当时他能像平时练习那样拔枪射击，也许就不会有这样的结果了。

当然，这一切都是假如，毕竟事情已经发生了。但是，他从此远离了欢笑。不知道是不能原谅自己在关键时刻的失误，还是想惩罚自己的无能，他总是每天挎着手枪练习着同一个拔枪的动作，快速出枪，在出枪中顺势打开保险，采取快捷方式平举枪口，对准目标，连续不断地扣动扳机。时间一长，屋里的同事都认为他魔怔了，谁也不敢进办公室。这样的举动自然引起了领导的注意，于是有一天，领导找他谈过话后，他便交出了手枪，不情愿地来到平海站派出所当了一名内保民警。

也许是出于对他的关心，也许是了解到他平常近乎于疯魔般的拔枪练习，派出所换了几任所长，都没有让他接触过枪支，即使有紧急任务，也只让他留守在所里值班。就在几年前一次围捕扒车越货的歹徒时，无论他怎么急赤白脸，甚至有点儿哀求似的要一同执行任务，教导员也没有把枪发到他手里。

上任不久的所长张东平知道这件事情后，说了一句话："老赵太想打响这一枪了。"

在屋里来回走动的赵鹏程又将思绪拉回到了眼前。自己这么多年点太背啦，就因为二十年前的一次失误让他吃了不少亏。现实的反差真是一个天上，一个地下。同期的师兄弟们两个当了处长，好几个都在科室和派出所里负责主要工作。论各项业务，自己不比他们差，甚至还要比他们强；论说，论写，自己可以说是出类拔萃；论能力，谁比谁差多少呀！可现在，别说是以前的师兄弟们和自己疏远了，所里的领导也不待见自己，就连刚刚干几年的小毛孩子都要竞聘副所长，自己想竞聘，面子没地方搁，岁数又“过了岗”，想想心里就不平衡，往哪儿说理去呀！反过来再说教导员韩建强，和自己岁数差不多，不到五十，可整个一“文化大革命”时期的遗留物，革命旗帜高举外带着马列主义上刺刀，专扎别人不扎自己。成天跟谁都没个笑模样儿，仿佛面容和善一点儿架子就端不住了，长得就跟政治书似的。新来一年多的所长张东平人倒是不错，有魄力，敢想敢干，耳朵根子硬，心里有主意。可他对自己总是敬而远之。不过想想也是，自己在刑警队的时候，他还是个刚进公安的小民警，也许是心理上没什么优势吧。

想了半天，赵鹏程还是克制不了自己心里的冲动，决定再去值班室转转，验证一下自己的推断。

平海市地处渤海湾，本身就是一个集工商业和旅游于一体的城市。车站地处城乡接合部，因为有利的地理位置和来往频繁的客、货列车，使平海车站每天都川流不息地向外发送几万名旅客、几百列货车，又海纳百川般迎来同等数量的旅客和列车。扩建后的站区按照各种功能分为前广场、后广场、候车区、售票区、操车场、货场和与之相邻的十个站台。派出所值勤组的值班室就位于前广场和候车区之间。

赵鹏程特意在车站的售票处、候车室和前广场遛了遛，然后才装作没事似的推开了民警值班室的门。许彬看见他进来了，忙从桌子后面转出身来：“赵师傅，您找长路吧。他出去啦，一会儿就回来。”

“哦，我不找他。”

“那您坐会儿，我给您倒点儿水。”

赵鹏程摆摆手没再说话，其实他也想不起来要和许彬说点儿什么，因为他已经把屋里的情况看清楚了。墙上的弹孔已经泥上了，凭这一点就可以看出来，他们决定把走火的事自己消化，选择隐瞒到底了。

看着赵鹏程走出门去的背影，许彬一把抓起手持电台：“警长有吗？警长有吗？”

“踩你尾巴上啦？叫唤嘛！有，有！”电台那边传来陈其嘉的声音。

“老赵刚从屋里出去，我看他去候车大厅了。”

陈其嘉也相信刘长路的判断，赵鹏程不会把事情讲出去。可当许彬从电台里告诉他老赵来值班室以后，他的想法又动摇了。自己刚刚把大门和墙上的两个弹孔用泥子和油漆补好，这个时候他来干什么？来看看我们是怎么糊弄的，还是想暗示一下让刘长路放心？陈其嘉正犹豫着，口袋里的手机响了。“喂，喂，其嘉，子弹我弄到了。估计过一会儿我就回来。”

“长路，千万别是新子弹。”

“我知道……没什么事吧？”刘长路问道。

“没什么，就是老赵来找你，可能有话要跟你说吧。”

2

一路走到候车大厅的赵鹏程还是没改多年的老习惯，心里想着事儿，眼睛却没闲着。这也是铁路民警的职业习惯，总是用眼睛扫视着周围，别人看着真不知道他们踅摸什么呢。

还真让他盯着一个家伙。不远处第三候车室里面一个个头儿不高、留着有点儿夸张的分头、整个身材都让隆起的肚子占据了的四十多岁的男人，不仔细看就像个尜尜，两头尖中间圆，正对着一对年轻男女不停地比画说着什么。

赵鹏程看见那两个男女青年仿佛被说得动了心，不停地向这个尜尜询问着什么，他不由得轻轻地向前凑了过去。

“你们要去杭州就只能坐这趟车了，其他的车次都没票啦。不相信去售票处问问，一准儿没有！我不多要你们钱，一张票才加五十块钱。我也不容易呀！”尜尜还在游说着。女青年看着身边的男青年：“不行就买吧，反正也是卧铺，多点儿就多点儿吧。”男青年下了决心冲尜尜点点头：“我们买啦，票可得是真的呀！”

尜尜脸上的表情更丰富了：“保证是真的，你们出钱还能给你们假票吗？你们也不打听打听，我老四从没干过这种缺德事。”说完，他从口袋里掏出个手机，按了几下号码，冲着话筒说：“大哥，我联系好啦，两张去杭州的卧铺。对，对，一张多五十元。行，行，我这就带人过去。”

赵鹏程已经全看明白了，这小子肯定是票贩子。

这么多年他很少与值勤民警接触，也不去管站区的事情，免得让别人说他手伸得太长。假如放在平时看见这事儿，他说不准也就睁一只眼闭一只眼，当没看见。可是今天正赶上他心情不好，一股说不出的火气顶上来，他几步走上去，一把抓住了这个尜尜。

“你卖高价票还不算干缺德事儿？走！”尜尜浑身一抖，猛回头看见个头发花白、穿着一身便服、身材有点儿佝偻的人抓住自己，信心立即树立了起来：“老头儿，你别多管闲事儿，这儿有你什么事儿？”说着就去扒拉抓住他衣领的那只手。一下，没拨动，他运了一下劲儿再扒拉，还是没动。赵鹏程抓他的那只手在衣领上入扣了：“你还想跑？我是警察！跟我走一趟！”然后回头对那对男女青年说：“麻烦你们也和我回派出所一下，做个证。”

“你是什么警察，长得跟个老丝瓜瓤子似的，你有什么证明？多管闲事儿。我告诉你呀，趁早松开我，别我一用劲儿伤着你。”尜尜不屑一顾地看着赵鹏程。

“你小子嘴还挺硬，给你看这个！”说着话，赵鹏程从口袋里掏出工作证，同时他也意识到，自己从上班到现在光想着走火的事儿，还没来得及换上警服呢。

尜尜刚看到工作证有点儿发怵，但很快又恢复了流氓本相：“这东西我也能做，外面假的多得是。你松开！你再不松开，我抽你啦！”

赵鹏程真上火了，手里一用劲儿拧得尜尜直咧嘴：“混账玩意儿！你们家大人造你的时候没造嘴是吗？”

尜尜身子往下一退，顺手照赵鹏程的肚子给了一拳。谁知道赵鹏程早就有这个思想准备，在他退身子的时候抬脚踹了出去。尜尜的拳还没打到，自己已经先坐倒在地上，并且像冬天的小孩子滑冰车一样，哧溜一声滑出去好远。还没等他爬起身来，赵鹏程的一只脚已经踩到他的胸口上："跟我动手，你还嫩点儿。"

"警察打人啦！警察打人啦！"随着尜尜连声的喊叫，立即围上来四五个人，还不停地推搡赵鹏程："你是警察还动手打人，你怎么执法的？"

"哪有这样的警察，简直就是土匪，上来就打人家！"

"大家看看，打完人还踩着人家不让动，这不是欺负人嘛！"

这几个人边推搡边从赵鹏程脚底下往外使劲儿拽人。赵鹏程眉毛一拧，脸绷得紧紧的，手又下意识地朝腰间摸去。

"都给我住手！"随着陈其嘉的一声喊，他人也来到了跟前。

其实，这一幕陈其嘉早就躲在一边看了半天啦。他到候车大厅来就是想去和赵鹏程打个碰头，他想知道赵鹏程来值班室的真正目的。可刚迈进候车大厅的门，他一眼就看见赵鹏程冲着老四在运气呢，就知道老四肯定有麻烦了。这个老四也太嚣张了，竟敢跑到候车室里来拉客，真是眼里没人了。他刚要过去轰走老四，可又一想，让赵鹏程看见自己，这么做，不等于是给票贩子报信嘛。索性等等，等老赵处理不了了自己再出去，这样效果也许会更好些，反正对这帮"狗烂儿"自己也镇得住。

赵鹏程一抓尜尜，陈其嘉就乐了。他心说，老赵呀，你抓嫩了！现在的票贩子在经过无数次的打击风暴后学得特别精。就拿眼前的事儿说吧，老四就是个对缝牵线儿的，票不会放在他的手上，他肯定是和旅客谈好价钱后把活儿往外带，离开民警的视野后找个安全的地方再交易。这样做有两个好处：一是避免了便衣民警的跟踪；二是到了僻静的地方，对这俩买票的傻蛋他们还不怎么收拾怎么有呀，到时候一张票再多加点儿钱你也得买。可当另外几个人围住赵鹏程的时候，他感觉不好，这个时候自己再不过去就不是小事儿啦。

"我这一眨眼的工夫，你们怎么都跟打了鸡血似的在这乱蹦！老四！你长能耐啦？"

"陈大哥，陈大哥。"尜尜点头哈腰地应着。

“放屁，谁给你排的辈儿？”

汆汆一脸的痛心疾首：“陈伯，陈伯，怪我，怪我，我喊顺嘴啦。”

陈其嘉伸手把他往旁边一扒拉：“都散散吧，别围着啦，也别闲得没事儿瞎起哄，散散。该干什么干什么去。”刚刚围起来的人在他的喊声中慢慢散开了，那几个推搡赵鹏程的人也很快散开了。他回过头来问赵鹏程：“老赵，没事吧？”

“没事儿，没事儿。”赵鹏程没想到，自己抓个现行的事儿，让这个汆汆这么一闹会变成这样。真是时代在变，自己跟不上形势了。要不是陈其嘉及时出现，今天这关真不知道怎么过，弄不好自己就得有嘴说不清，反让人家倒打一耙。

陈其嘉看着刚从地上爬起来，边拍打着身上边偷眼看着他的汆汆说：“老四，你知道他是谁吗？”

“陈伯，我不知道，我不认识啊。”

“他是你大爷。你小子真长本事啦，赵师傅在所里我都得尊重，你敢和他叫板？”

老四多机灵的一个人，马上冲赵鹏程点头哈腰一脸的谄媚：“赵大爷，赵大爷，您可别生气，我不认识您啊。您老人家消消火，别跟我这浑蛋一般见识。刚才您老那两下子，我一看就知道是练过的，出手真快，一脚把我踹老远……”

“又放屁是吧，谁踹你啦？”没等他说完，陈其嘉插上了一句。

“陈伯、赵大爷，您看我这嘴！没人踹我，是我自己滑的。”老四立即斩钉截铁地表态。

赵鹏程此时已经不想探询陈其嘉这么处理是否得当，只是还心有不甘地问老四：“你刚才卖票管人家要多少钱？”老四一咧嘴：“赵大爷，我是闲着没事儿拿他们涮着玩呢，我哪有票呀，不相信您搜。您要是从我身上搜出一张票来，你想怎么收拾我都成。”陈其嘉心说，得，让我猜对啦。准又是这一出，来人牵客异地交割。赵鹏程也明白了，自己这活儿抓嫩了。他知道再弄下去也不会有什么结果，不如就此拉倒。想到这儿，他冲陈其嘉说了声“交给你啦”，就从候车大厅的另一个门走出去了。

陈其嘉回过头盯着老四，嘴里骂道：“我看你个王八蛋是不想在车站这块地儿混了，还敢围攻民警，当我们值勤三组不存在是吗？我告诉你，这事儿要是让长路知道了，你就等着挨办吧！”

老四这次脸上流露出来的惊恐没掺假：“陈伯，我真不认识他。当时他亮出工作证我就想跑，可他抓得我死死的，我挣不开呀！小立他们哥几个也是帮我忙才这么闹的，我真没有别的意思！您可别叫刘爷知道啊，我是真怵他。”

“你也有怕的？”

“陈伯，求您啦，我在车站混饭吃不容易啊！说白了，跟要饭的差不多。刘爷和您上回拘了我十五天，那滋味不好受。这回您没证据，要是再弄我，我也就只能和您要狗烂儿啦。”

陈其嘉心里也知道，这样的事情处理起来特麻烦。先别说负责批卷的法制科会挑三拣四，就说他是票贩子吧，可手里没有票，说他扰乱车站秩序，他也没做《治安管理处罚条例》里明文规定的违法的事情。来愣的强办，肯定行不通，还是吓唬吓唬轰走算了。想到这儿，他伸手一指老四：“知道自己是要饭的就行！以后别你妈的没事儿往车站里窜，哪儿凉快哪儿待着去！”

老四忙点头：“谢谢陈伯，我现在就找凉快地方去！”说完，他转身就奔站外跑了。

陈其嘉心里一直琢磨着许彬擦枪的事儿，这么半天没拿手持电台叫他也没给他打电话，想必是擦完了，得回去看看。他草草地巡视了另外几个警区后，走回值班室，一推门就看见许彬趴在桌子上正拿着通条来回蹭枪管呢，桌面上放着拆散的枪支零件，桌子角上还摆着一瓶枪油。陈其嘉一见这场景就急了——这傻货脑子进水啦！

3

“你怎么把枪拆了一桌子，擦枪连张报纸都不铺？枪油都不好擦下去。”说完他突然想起了什么，“许彬！这枪油你从哪儿弄来的？”

“找单文要的。”

“什么？你还找他要什么了！”陈其嘉感觉后背有点儿凉。

“我就要枪油了。一开始我说擦自行车，他不相信，还不给我。最后我急了才对他说，我是想把枪擦擦，因为枪太脏，怕检查的时候不过关扣分。”

“你这么说，他就给你啦？”

“给了。他一直跟我到值班室。这枪还是他帮我拆的呢。”

陈其嘉这回是手脚冰凉了，他用怀疑的眼光看着许彬，心想，真不知道这位爷小时候脑袋是不是真被门挤过。“你还让他动枪啦！你不知道这支枪有事儿啊？”

许彬没反应过来：“其嘉，你太小心了吧。他来的时候你已经把枪眼都泥死了，我可没跟他说咱们的事儿呀。再说了，咱哥儿几个可是警校的同学，我想应该没嘛问题吧。”

“唉……”陈其嘉一屁股坐在门边的椅子上。

单文是所里的内勤。他和陈其嘉、许彬是同一天来派出所报到的警校学员。他人和名字一样，单文少武。他分到所里后，在值勤组没待几天就因为一手好字被前任所长挑走，顶替调走的内勤坐办公室了。他在所里给人的印象是沉默寡言，平时很少和大家交流。别人和他开玩笑闹过了头，他也是一笑置之。唯一能让他多说话的时候就是接听电话，向领导汇报工作。除了他负责的事情，好像其他都与他无关。因为住的地方离派出所比较近，他总是提着个塑料袋儿从车站的货场内穿越。他有时候着便服，有时候穿警服，经常是衣服上褶子遍布，不修边幅。一来二去，他与货场、工务、运转部门的职工混得挺熟。

一次，派出所民警因为一起货物被盗案，到运转部门进行调查访问，正好当班的司机要出乘，可是必须让他说明当时调车作业的情况。司机的叙述让一起来的民警跟不上趟儿，看着司机不耐烦的表情，单文一把将笔纸拿了过来，对司机说道：“我记，你别说错了就行。”火车司机又开始叙述自己当天的调车作业情况，在货场6道挂5节车，然后撂在7道，又在8道挂3节车，然后11道甩。

说着说着，这个司机瞪大了眼睛问单文："师傅，您以前干过铁路运转吗？太内行了。"因为他看见单文在纸上记的是，6 道 +5 =7 道 -5、8 道 +3 =11 道 -3。单文翻了翻白眼："这玩意儿太简单了，我好几年前就会。"

单文最大的爱好，就是上网打游戏。流行的网络游戏，他全尝试一遍了，这几乎占用了他全部的业余时间。大的游戏网站里也经常有他的身影出现，他还不断地发帖子写文章，因为他的人气旺，索性在一个叫"连心"的网站里成立了一个门派，他自任掌门，组织了自己门派的论坛。他发表文章点评好的帖子，掌管门派财富，调解会员纠纷，在虚拟的网络世界里纵横驰骋。他丝毫不掩饰自己的观点，潇潇洒洒、畅所欲言。他还经常登录一些警察网站发表言论。可是到了现实生活当中，他又变得沉默寡言起来。因为总在网络和现实生活当中交替，使他一上网就敏感，语言在指间飞快地流动，与人交流幽默诙谐、旁征博引、深入浅出。可是回到现实当中，他就很少说话，只是不停地倾听。

他和他老婆是典型的老式婚姻，介绍人一边拉过来他老婆，一边牵过来他，两人一对眼神，走走看吧。于是，历经一个寒暑就走到一个屋里去了。婚后他才知道老婆的厉害，他老婆也看穿了他的本来面目。"人家当警察你也当警察，看看人家说话办事那叫利落，再看看你，一天到晚像个大尾巴狼似的，你也露出点儿本事让我们娘儿俩瞧瞧。"这就是老婆对他的客观评价。为了上网的事儿，他和老婆不知道闹了多少回别扭。老婆说他一天屁事儿不干，回家就抱着电脑。本来日子过得就不富裕，还要照顾双方老人、支撑孩子的花销，非得花几千块钱买电脑，吃不能吃、穿不能穿，也没见他用这个东西挣回点儿什么来。他听到后慢吞吞地说："你怎么知道网络不能产生效益呢？几天之内就给你挣点儿钱回来，让你明白明白。"

过了两天，他真递给老婆一百块钱。

老婆知道他平时口袋里从不装这么多钱，非要问个究竟。他告诉老婆，自己这两天随便上网看了看供求信息，发现有一个卖家要出售用过的旧轮椅，标价才几十块钱，然后又看见有一名买家要收购二手轮椅，不超过二百块钱就能接受。于是，他在网上分别和二人联系，定好了时间，先见了卖家，用口袋里的五十块钱买了轮椅，然后一转手一百五十块钱卖给了买家，大家都皆大欢喜。老婆看到网络有这么大的好处，也就不再唠叨了。他则过一段时间就看看信息，做几手小生意给老婆挣点儿钱作为交代。

所里的民警给他起了个很形象的外号“沉默的羔羊”，也有直接叫他“老沉”的。

上午，许彬找他要点儿枪油，说要擦一下自行车。他没带钥匙，对许彬说，一会儿给他送过去。可许彬一直跟在他身后不走，在他的再三追问下，许彬才说是要擦擦枪。这让他感到很奇怪，许彬何时这么勤快过？于是，他说擦枪要有枪械保管员在场监督，自己恰恰就是枪械保管员。许彬对拆解手枪正怵头呢，于是俩人就一起来到了值班室。枪到了单文手里，很快就分解成零件了。他习惯性地抄起枪筒，对着阳光瞄了一眼。只这一眼，他就发现问题了。这支枪打过！而且开枪的时间还不长！

走出值班室，他还在想，要不要把发现的情况告诉值班领导，教导员韩建强。报告了以后，教导员肯定要追查此事，但假如他们及时处理现场补上子弹，岂不成了谎报？自己无中生有欺骗领导不说，还把陈其嘉和许彬得罪了。如果他们没来得及处理，自己这么做就有让人骂化了的可能。想来想去，他还是决定装作什么也没看见，继续回屋里看《法制工作》，只把这件事情当作例行枪支保养。可是，他万万没有想到，他这个处理会给自己日后带来一场狂风暴雨。

4

刘长路掖着颗子弹跑回值班室的时候，屋里的陈其嘉正一脸怨气地瞪着许彬，对方也用同样的目光看着他。“你们俩怎么啦？跟谁呀？怎么都这个模样儿？”

“你问他。”陈其嘉没好气地一指许彬。

“我怎么了？你让我擦枪没枪油，我吐口唾沫就能擦好呀？不就是找单文要了点儿枪油嘛，我也没把走火的事儿告诉他。再说了，单文也是咱哥们儿，你别任谁都不信。”许彬辩解着。

“这不是信不信谁的事儿，是知道的人越少越好。本来就让老赵看见了，再多几个知情的，还不把走火的事儿传得满天飞啊！咱们这是犯错误，不是做好事儿！”

“反正我也做了，你说怎么着吧？”

“你这是不负责任，心里一点儿数都没有。我说的这些事情你早就应该想到，难道让我手把手教你怎么干吗？”

许彬有点儿吃不住劲儿了：“我用你教？谁比谁差多少啊？我看你是当了警长能耐没长，脾气倒不小。你要是真当所长啦，我们还不得都让你挤对死呀！”

陈其嘉一摆手：“你别胡吣呀，人家说城门楼子，你说大砖头子。真跟大娘儿们一样！”

许彬刚要还嘴，刘长路赶紧往他们俩中间站，分开两手一拦：“算啦，算啦，都因为我这点儿事闹的。你们哥儿俩可别再吵啦，再吵就光剩下现眼啦。”

屋里的空气凝固了。停了会儿，陈其嘉叹了口气：“唉……怪我啦，我一着急说话就不好听。许彬，你别往心里去。本来都是一根绳上的蚂蚱，咱们自己还咬什么呀！”说完，他把赵鹏程来值班室和候车室转悠的事儿详细地告诉了刘长路。

刘长路听完后说了句：“你别管啦，我找他去。”他把子弹交给陈其嘉以后，走出值班室。

屋子里又剩下陈其嘉和许彬了。

陈其嘉慢慢掏出根烟递了过去，许彬没有拒绝，点燃打火机后先冲陈其嘉凑了上去。他俩都好像已经习惯用这种方式交流，互相缓解一下。“许彬，咱哥儿俩一起来派出所好几年了吧？”

“六年啦。”

“真快，刚来的时候我们都跟着长路学清理，搞发现。那个时候咱哥儿俩就争，你今天逮个杀人外逃的嫌疑人，我明天就弄个流窜抢劫的罪犯。其实我心里挺明白的，论各项业务基本功，你不比我差，有些地方甚至比我还强呢。”

许彬把目光从远处收回来，落到陈其嘉的脸上：“其嘉，你下面是不是就该说，都是因为当这个警长闹的，让咱俩有矛盾？你要真这么想，可就小瞧我了。咱们都是警校一期的，我可从没想过要挖你墙脚啊！”

“我不是这个意思。这回的事儿来得突然，我没征求你意见就决定瞒下来。这么做当然是为了长路好，可是把你裹里面的确有点儿不够意思。当时要再考虑周全点儿，把你择出来就好啦。”陈其嘉边说边观察着许彬的表情。

许彬猛吸了口烟，心里琢磨着，好话都他妈让你说啦，把我择出来，往哪儿择呀？准是要枪油擦枪的事儿，你自己拉不下脸来去找单文，让我替你去试试他的深浅。口口声声说为了刘长路，其实还不是为了不影响你自己竞聘副所长。想到这里，他倒坦然了，反正是都捆一块儿啦，现在想退套都找不着绳子头了。他把烟捻灭，从腰带上卸下手枪拿在手里，冲陈其嘉伸出另一只手。

这个举动让陈其嘉很振奋，他连忙把口袋里的子弹递了过去。许彬退出弹匣，缓缓地把那颗子弹顶了进去。“一会儿，还是我去问问单文吧。不过，估计问不出什么来，他这个人呀……老沉。”许彬说。

陈其嘉马上说：“对，对，还是你去问合适。你知道，我跟他合不来。”

走到办公室门口的刘长路犹豫了一下，还是推开门进去了。真巧，屋子里只有赵鹏程一个人：“老赵，今天早晨没吓着你吧？”他没事人似的，打着哈哈凑上去。

“我突然冲进去，没把你们吓着吧？”

“别提了，我这段时间脑子净出神，也不知道自己一天到晚想什么呢，一不留神听了响啦。”

“都是你那对象闹的吧。”

“老赵，你怎么也跟他们似的，跟着瞎起哄。”

赵鹏程连忙摇着手解释，我是随便说的，随便说的。刘长路回头看看门外，又凑近些小声地说：“老赵，今天这事儿我和其嘉商量完啦，现在子弹也补上了，就不准备报告所里了。你担待点儿，别给兄弟露出去。你也知道，现在正是我的非常时期。”

“长路，放心吧，刚才我下楼找你是想看看你们怎么处理。你要是不想让上面知道，就得做周密点儿。回头告诉其嘉，泥子和油漆得做做旧，太新了多刺眼呀。”

刘长路一拍脑袋：“对呀！老哥哥，我们都没想到，我得赶紧告诉他去。”说完，他拍拍赵鹏程的肩膀，转身出去了。

赵鹏程看着刘长路的背影，脸上流露出一种复杂的表情。

刘长路边走边把赵鹏程出的主意用手机告诉了陈其嘉，他没用手持电台，谈这种事儿可不能拿着电台瞎喊。事情解决了，他心情也好了，嘴里哼着“我和你缠缠绵绵翩翩飞”溜达到旅客出站口。他还没走到补票处，就看见几个女服务员正围着一男一女两个中年人争执着。许多正向外走的旅客都不自觉地停住了，估计是想看看能不能打起来。其中一个服务员抬眼看见他，马上挥着手冲他喊：“长路，长路，快点儿过来呀，这个男的带孩子不补票，还想打人呢！”

服务员的话还没说完，女旅客就跟着喊：“是你们拦着我们不让走，是你们要动手打人！有你们这样的服务态度吗？我得找你们领导。警察来了也得讲理啊！”

刘长路不紧不慢地走过去，这个时候他不能着急，也不能表现出明显地在听取哪一方的叙述。这是处理旅客和服务员纠纷的经验，你过多地听服务员的叙述，甚至在调解的时候说几句偏点儿的话，旅客肯定认为车站派出所的民警和车站服务员是一伙的，你们都穿一条裤子呀！这样不仅解决不了问题，还很有可能会让旅客把邪火撒到民警身上，说你执法不公平，然后的程序就是记你警号，投诉你。这才是引火烧身呢！可如果多听旅客的话，对服务员严厉，这天天打头碰脸地一起工作上班，关系就不好处理了。他拿眼扫了一下这对激动中的旅客，男的穿了件时髦的衬衫，两只胳膊交叉在胸前微微隆起的肚子上，腋下夹的手包像整块汉堡里露出来的肉头，深颜色的休闲裤腿边上有许多污点，皮鞋也不是很亮，一看就是长途旅行刚下火车的。小男孩儿六七岁的样子，穿得挺干净，紧紧拉着身旁那个女人的手。女人穿着入时，上身着浅色的小衫儿，下边穿一条缝满了乱七八糟闪亮片的裙子，一只手还拎着个小背包，像是孩子的书包。

这是一家人。

这儿眼看完，刘长路人也走到跟前了。

“怎么回事儿，你们一帮人围在这儿还让别人走吗？有事儿屋里说去，别影响其他旅客。”说完，他指一下到达补票室的门，自己先进去了。

女服务员抢进屋来刚要张嘴，被刘长路用手制止了，转身对男旅客说：“你先说，怎么回事？”男旅客先看看旁边的媳妇，然后清清嗓子：“我是从外地回来刚下火车的，这娘儿俩来车站接我。孩子太小，没买站台票。出站的时候，这几位服务员大姐非让孩子补车票。民警先生，您说说，有他们这样的吗？这不是想钱想疯了嘛！”“我们没冤枉你。你老婆进站的时候我看见了，就她一个人，根本没带着孩子，怎么出来就多了一个，你们变戏法呢？”车站服务员的嘴都损，接话茬儿也够噎人的。

男的一摇头：“你这话没根据，一趟车进出站多少人啊，你凭什么确定我太太是一个人进站的？”

服务员的话跟得更快：“我们天天干的就是这个工作，有票没票一眼就看得出来。再说啦，她穿得这么耀眼，我能不记得吗？她就是拿一张站台票自己进站的。一张小孩儿票都想省，没见过你们这么抠的。”

“你说这话是什么意思？我们还没告你冤枉我们、浪费我们时间呢！警察，警察，你可都听见啦，我们得找领导投诉她们！”男人的太太也不是善茬儿。

刘长路看着他们，始终没说话，心里想，事情的大概已经清楚了，留给自己的题目就是如何分辨孩子是否无票乘车。问大人，保证会说从外面进站的。问服务员，准是异口同声地说是刚下车的。还是不找这个麻烦吧！想到这儿，他冲小孩子笑了笑，蹲下身去看着他的皮鞋："宝贝，跟叔叔说，这么漂亮的皮鞋，谁给你买的呀?"

"是爸爸给我买的。"小男孩儿忽闪着眼睛，一脸的天真。

"哦，爸爸真疼你呀！在哪儿买的?"

"在北京。"

"小皮鞋够新啊！什么时候买的呀，宝贝儿?"

"昨天呀!"

"到北京干吗去了?"

"跟爸爸旅游去啦。"

"妈妈怎么没跟着去呢?"

"妈妈在单位要上班，只好爸爸带我去。"等这两口子意识到问题的严重性时，孩子的回答早就随着刘长路的问话脱口而出了。

刘长路没再问什么，伸手摸摸孩子的头，抬眼看看尴尬中的两口子，用眼神示意他们一下，男旅客红着脸赶忙跑到补票的地方，从手包里往外掏着钱。他的太太也没了刚才的脾气，把脸扭向了窗外。

几个女服务员刚要兴奋地说几句，马上被刘长路连轰带赶地撵出屋来："都走，都走，全扎屋子里，你们头儿看见就该扣钱啦。"出门后，几个服务员立即围住刘长路，展开了大肆的吹捧。

"长路，你真行！这事儿就得你来!"

"你看看这俩人，人模狗样儿的，还装有文化呢，让咱们长路三绕两绕就装进去啦。"

"长路，你就是神探亨特!"

"什么呀，长路是神探亨特他爹!"

刘长路连忙摆着手冲出人群："行了，别夸啦，越说越没人话啦！再和你们待会儿，就该给我整非洲去了。走啦，姐儿几个!"

已经快中午了，忙乎了一个上午的刘长路来到高档休息厅，和服务员打过招呼，找个僻静的地方坐下来，顺手掏出支烟，点燃后缓缓地吸着。他想起了上午着急让迟玉开车接他去找子弹，想起了看见老战友时说到的话题，想起了自己这些年走过的路。想着想着，迟玉的笑容又在眼前浮现出来。

他和迟玉认识纯属偶然。

几年前，他刚离婚。起因还是老生常谈，当警察的顾不了家，尤其还是个铁路警察，挣钱少，事情多，责任还大。他在值勤组成天地上十二小时歇二十四小时。外行人觉得挺划算，其实一个班十二小时下来后，人连话都懒得说，值班备勤就不提了，回家后哪还有工夫谈风花雪月？就算是心气高有点儿闲情逸致，也是一、二、三就完活儿，根本谈不上和谐。于是，老婆是下定决心不和他一起过了。他也痛快地把口袋里刚领的工资往桌子上一拍，扭头出了家门。

单身贵族的日子他始终觉得很惬意，直到有一天在售票处认识了迟玉。迟玉的模样儿好认，她总保持着与众不同的风格，成熟的面容，高挑的个子，细长的腿，近乎标准的三围，这一切都让她特别有自信。可当她从票贩子手里接过两张软卧车票时，这个自信没了。她举着两张票和票贩子塞给她的一沓手续费来到他眼前："您给帮忙看看这票是真的吗?"

当时还没有现在的电脑售票，售票处打出来的都是硬纸板票，上沿有针孔打出的日期，中间黑字表示的车次和背面的注意事项，卧铺就是在上面贴一个条，指示几车厢几号，俗称"板票"。

他正摆弄着自己新买的手机，听见有人问话，连眼眉都没抬："拿过来我看看。"接过车票，他瞄了一眼，又递了回去："真的。在几号口买的?""是别人不走匀给我的，你们警察说真的我就放心了。"他还是没抬眼眉："有这么好的事儿，谁匀给你的呀?""就是刚才一个穿军大衣的男人。这人真不错，有两个人跟我抢，他还是卖给我了。"

这个时候，刘长路眼眉抬起来了："这人长什么模样儿？是不是鼻子挺大，说话北京口音?"

迟玉奇怪又肯定地点着头："是啊，你认识他呀?"

话音刚落，他腾地站起来，吓了迟玉一跳。“操！狗改不了吃屎，又到老子地盘上找便宜来啦。”然后，他拉住迟玉的手，“你带我去，告诉我人在哪里。”“这票……”“票个屁呀！肯定是假的！这小子就作假拿手。赶紧的，晚了你的钱就追不回来啦！”

两个人急急地挤出售票处，他一眼就看见马路对面的小旅店门口穿军大衣的“北京”和两个人低头在数钱。

“北京！”他一边喊着，一边冲了过去。

“北京”猛抬头看见刘长路，吓得先哆嗦了一下，然后马上撒腿就跑。“我叫你跑！”随着喊声，他把手里的手机当手雷扔出去了，隔着马路手机准准地砸在“北京”的头上，然后蹦起多高和“北京”一起狠狠地摔在了地上。

“北京”摸着脑袋刚要爬起来，被赶上来的刘长路飞起一脚又踹趴下了。“刘爷，刘爷，我可没惹您啊！我是苦孩子呀，您不能看我不顺眼就收拾我呀！”他边告饶边浑身缩成一团，显然是怕刘长路再踹自己。

“我上回怎么跟你说的？玩假票我就办死你！你是憋着劲儿和我碰碰谁硬是吧？”

“北京”一脸的劳苦大众模样儿，咧着嘴吸着气从口袋里掏出一把钱：“刘爷，我不知道那靓妹是您的情儿，我浑蛋啦，我眼瞎，我认罚。这是我一天的收成，都给姐姐，让她消消气儿。”

“谁是你姐姐？”赶上来的迟玉气喘吁吁地说着，“我就要我的票钱。警察先生，您，您得处理他！不能放他走，要不他还得坑别人。”

他梗梗脖子：“我用你教我呀！走，一块儿跟我回派出所，你是证人！”“行呀，有什么好处吗？”“你还要好处？为公安机关做证，是每个公民应尽的义务！”

迟玉笑了：“你着什么急呀，我的意思是说帮你们做了证，你们至少得帮忙买张票啊！”

过了几天，迟玉捧着个崭新的手机来到他的跟前，非要请他吃饭。他说吃饭行，手机就免了吧。可迟玉非说要不是他帮忙，她老爸就赶不上订货会啦。这是和老外做生意，会损失好多钱，这点儿小意思无论如何要笑纳。他看实在推托不过就笑纳了。

晚上，两个人来到一家广式餐厅。迟玉早早地预订了一个单间，两个人天南地北地聊了许多，他才知道迟玉的父亲经营着好几家公司，她就在公司里上班。两个人都喝了很多酒，出来的时候迟玉死死地拉住他的胳膊，人还一个劲儿地往下出溜，他只好把迟玉送回了住处。连他自己也没想到，这一进屋就没出来，直到天已大亮，迟玉做好早餐，他才从床上醒来。

迟玉是个开朗的女人，扶在床边告诉他自己有过一段失败的婚姻，现在是一个人吃饱全家不饿。“你要是有兴趣来吃饭，我会把天底下所有好吃的都做给你吃。至于结不结婚，我并不看重那张纸，只要你心里有我就行了。”他沉吟了一会儿，问了个特别俗的问题：“你喜欢我什么呀？”迟玉伏过身来，抱住他的头，睡衣里的乳沟展现在他的眼前：“我喜欢你特男人！”

烟燃到尽头了，刘长路抖了抖烫疼的手，刚要再点支烟，广播里传出了他的名字：“刘长路同志注意啦，刘长路同志注意啦，听到广播后请回值班室，听到广播后请回值班室。”

5

许彬刚接到副所长冀锋的电话，说过一会儿铁路分局的局长要从平海站上车去北京，让他们把站区治安维护好了，特别是进站口的秩序，别让车受阻停在外面。刚撂下电话，教导员韩建强的电话又打过来了，告诉他们要派两个人站在门口，见到局长的车一起敬礼。还没等许彬问局长坐的什么车、车牌号是什么，对方已经把电话挂了。许彬连忙操起电台喊警长陈其嘉回来：“警长有吗？警长有吗？”

“有！我在站台组织清理呢。怎么啦，有事儿？”

“刚才冀所和韩教导都来电话，说一会儿局长要来。”

“现在局长可太多啦，哪儿的局长？”

“铁路分局的局长呀！”

“噢，这么大官呀，我听着有点儿晕。行啦，不还是老一套嘛，给局长大人清理一下通道，别让他堵外面，别让有怨气的职工拦车喊冤骂街。”电台里陈其嘉的声音透着调侃的味道。

“还有呢，让咱们派两个弟兄站门口迎着，车来了给他敬礼。”

“还敬礼？这是谁的主意呀……算了，反正民警的礼也不值钱，敬就敬吧。”

许彬把小李和小王叫过来，简单地交代几句后，让他们到出站口去了。然后，他坐下顺手拿起当天的报纸，努力寻找着福利彩票的版面，翻到彩票信息栏后，从口袋里掏出几张彩票一丝不苟地核对着。

“许彬，你怎么又添了个财迷的毛病呀？”一脚踏进值班室门里的副所长冀锋正好看个满眼。

许彬抬头看见冀锋后，有点儿慌乱：“呦，冀所来啦，您走路够轻的，功夫练到几成啦？”然后忙站起来让座。他可不敢让冀锋坐在自己对面，因为离椅子二尺的地方就是刚刚泥完又造了旧的枪眼。

冀锋大大咧咧地坐下：“财迷买彩票，色迷看相片，倒霉上卦摊。你现在就剩下最后这句没兑现啦。”许彬知道冀锋这话里有话，那是说他有一次查扣了一个带黄色淫秽书刊的小贩，他趁人关在滞留室的时候，拿出被扣的杂志正聚精会神地翻着呢，冀锋也是一头撞进来，看个正着。

“冀所，我上回可是审查嫌疑人带的物品呀，这是我的工作职责啊！”

“你快歇会儿吧，看得眼都直了，不吸口气哈喇子就流下来啦，当时我要是有个相机就给你小子照下来。再说了，鉴定是否黄色淫秽也是治安科的事儿。至于吗，跟没见过似的。”

许彬红着脸乐呵呵地递过去一支烟，打着火给冀锋点着：“我哪有所长见多识广啊，还是您见得多。”

冀锋一口烟呛了出来，不停地咳嗽：“你，你，你这话我听着可不像捧我。我就奇了怪了，陈皮（陈其嘉）六角（刘长路），还有你许驴。当初分配人员的时候，怎么把你们编一个班里了，这不找病嘛!”

许彬连忙摆手：“冀所，这是别的班民警看我们哥儿几个干活儿时起的外号。陈皮是说其嘉处理事情的时候主意多，像个老中医似的，一会儿一个方子。六角是说长路脑子活、眼贼、嘴快，手脚利索，脾气还大。许驴是他们骂我呢，不就是我任劳任怨不知疲倦，工作勤恳不懂得休息嘛!”

“你快闭嘴吧，话说到你自己这儿都这么好听。我是主管你们值勤组的领导，真照你说的，你们有这么大的能耐，怎么最近一个人没看见你们抓过呢？抓不到网上通缉的嫌疑人，弄个网下的也行啊，天天光说不练。长路呢，把他给我叫来。”

刘长路进门后，一眼看见冀锋，没好气儿地说：“冀疯子，是你叫许彬广播我的，你准又没吃药吧?”他和冀锋是同期受过培训又一起参加工作的，说话很随便，也没有界限。私下里冀锋不止一次地告诉刘长路，别总叫我外号，自己怎么说也是个副所长。可刘长路心情好还能遵守规定，今天正忆往昔峥嵘岁月的时候让他给搅了，能有好气儿吗?

“不怪大伙儿叫你六角，你就是整个一角钢，这么多年还没把你锉圆了。”冀锋也不示弱，站起来迎过去，“我来看看你这个抓获能手最近干吗呢?”

“你准有别的事儿。冀大所长看我还用亲自下楼来?在监控系统里不就看见我啦。”

冀锋乐了：“呵呵，我是来迎接分局长的，先看看你们安排得怎么样，一会儿韩教导也来。谁有工夫看你呀，你又不是超女。”

刘长路鄙视地看着冀锋：“又来机会献殷勤了吧，也不管是不是你亲妈，上去就巴结。真不知道自己是干什么的了。”

冀锋摇了摇头：“谁愿意这样?这就是婆婆多的弊病。咱们是铁路警察，就得为铁路安全运输生产保驾护航。就拿咱们所来说吧，所支部隶属于公安处党委，可在这儿又归平海车站党委领导，咱们在车站算人家的一个车间。车间，懂吗？”

“不懂！”

“你这是成心抬杠。党领导一切知道吗？组织有组织原则。怪不得这么多年你一直进步不了呢！”

刘长路脖子又梗起来了：“你能不能说点儿别的，又戳我肺管子是吗？”

冀锋见他真有点儿上脸儿，忙堆起笑脸：“得，得，你别跟我犯病啊，冤有头，债有主。我可没耽误你进步，也没把你孩子抱井里去。”

这个时候，桌子上的电话铃声响了起来。

许彬拿起电话说了声：“你好。”里面传来一阵语无伦次的声音：“派出所吗？出事啦，出事啦，是派出所吗？”

“是，是，是派出所。你找着亲人啦，慢慢说。”

“我是广场服务员，来了一个精神病人爬候车室楼上去啦，现在正拔这儿顶子上的红旗呢，你们快来看看吧！”许彬电话还没撂下，就看见刘长路和冀锋已经推开值班室的门，向广场跑去了。

他们俩跑到广场的时候，在候车室周围已经聚集了许多旅客，有的仰头往上面张望着，有的相互指指点点说着什么，还有的举着手机调焦距准备拍照。在前面，有几个民警费劲儿地阻拦着那些往前挤的人们。再看候车室的顶子上面，一个穿着破旧、身材消瘦的中年男人正拼命地舞动着手里的红旗，嘴里不停地喊叫着：“解放啦，解放啦，解放军进城啦！”

冀锋见此情景，马上举起手机按了一下快捷键：“韩教导吗？我是冀锋，您听得清楚吗？有个精神病人跑候车室顶子上去了，对，神经病。现在正举着红旗乱喊解放了呢。这时候赶的！您快下来看看吧。”

“这个时候还找他？你还不抓紧启动应急预案，组织人疏导旅客，设置警戒带，叫消防队，叫急救车，找人上去救他！”刚挂断电话，刘长路就给他来了一下。

“我得先通知教导，大主意他拿。你们现在就是控制住现场，千万不要采取过激行为，别惹他跳下来。”

“你看看这情况！候车室好几十米高，他站在边沿儿上摇红旗，一个踩不稳就得掉下来，摔下来准摔成相片，你还等……”

“长路！”冀锋的语气严厉了，“我是在等领导出现场定行动方案。这个时候你别瞎掺和，刚刚说完的话你忘了吗？”

“操，什么话呀！”

“冤有头，债有主！”

听到这句话，刘长路泄气了。他虽然有点儿不情愿，可还是把到嘴边的话咽了回去。他心里清楚，保护现场，维持秩序，疏导附近的旅客，不做过激行为刺激当事人以免引发严重后果，冀锋这样处理怎么说都不能算错。但他非要等教导员来再采取措施，明眼人一眼就能看出，就纯属是想要教导员的好看了。想想韩教导员平时对自己的样子，他怨气一下顶到了脑门，真应该让他坐蜡。可他抬头看一眼顶子上的人，黑黄的额头上流下的汗水使糙乱的头发贴在脸上，迷茫的眼睛里仿佛有东西在闪亮。武疯子怎么会知道哭？再注意听听他的口音，不是本地人。看他的打扮，像个民工。他心里已经判断出个八九分了。

“长路，你看，你看是什么情况？”气喘吁吁的陈其嘉跑到他跟前问道，“我带站台接车的哥儿俩过来了，一会儿内保组的人就来。”

“其嘉，我注意观察了，这人不像是胎里带。”

“你的意思……”

“是突发性的精神病，最近肯定受过什么刺激。咱们得救他，要不然过会儿他真跳下来了。”

陈其嘉畏难地摇摇头：“太高啦，他待的地方是鱼脊梁的边沿儿，上去救他有可能让他拽下来。”

“那咱们也得试。你听他喊叫的口音了吗？是外乡人，别让他一条性命扔在半道儿上。我从外部旋梯上去，你在底下配合我。”刘长路说完刚要走就被陈其嘉一把拽住了：“师傅，要上也是我去，你在底下配合我。”“你别和我争了。蹬梯爬高、攀登翻越，我当兵时练过，这是我的强项。你行吗？你现在能做的就是在底下配合他。”

“师傅，我怎么配合呀，跟他一起疯？”

“差不多，估计这小子大决战看多啦，你没听见吗，正准备解放平海进城受降呢！”

陈其嘉苦笑了一下：“我的师傅呀，这时候你还逗呢！”刘长路咧嘴笑了笑，拍了拍陈其嘉的肩膀，转身奔候车室墙边的旋梯跑了过去。

教导员韩建强腆着个肚子吭吭地跑到了现场。冀锋马上过去向他汇报，把自己命令保护现场、维持秩序、疏导附近旅客、不做过激行为的处置措施描述了一遍，末了还加上一句：“具体情况就是这样，您看呢？”

韩建强不停地用手向上扶着眼镜：“这个，这个得赶紧报告处指挥中心。这事儿闹的，赶得真巧，一会儿局长就要来啦……喂，那是谁爬顶子上去啦？谁让他去的？”

他看见的人就是刘长路。

刘长路一股劲儿爬到候车室顶子上，他感觉腿有点儿软，心脏也在急速地跳动着。“唉，我是不是老了！”这个念头一闪就立即被眼前的情景取代了。精神病人发现他了，手中的旗子停止了舞动，两眼直勾勾地盯着他。就这样对峙了一会儿，精神病人冲他摆出个停止的手势：“你别往前走啦！现在已经解放了！所有地主、资本家还有包工头已经被政府镇压啦，你们应该举手投降！”

“我知道！我来就是准备让你接受检阅的。”刘长路用手指了指下面，“你看，下面都是我们的人，都准备好了，就等你下去受降呢。”

“不对！投降怎么不打白旗呢？看来你们还是想骑在我们老百姓头上欺负我们，我马上调飞机来把你们都轰啦！”精神病人说完，把耳朵贴近旗杆，“黄河，黄河，你们马上派飞机来轰炸平海车站，我先炸他们一下！”

精神病人说完，就准备把自己当炸弹跳下去。“先别炸！先别炸！同志，不是，长官，白旗马上就来。你先别炸，我马上通知他们。然后，你就检阅。”刘长路真急了，语无伦次地叫喊着。精神病人被他的喊声震住了，愣愣地看着他。又对峙了一会儿，精神病人举举手：“我等着，你马上办。”

“好，好，请长官先别轰炸。”刘长路拔出别在腰上的电台，对陈其嘉喊道：“其嘉，马上弄快白布当白旗晃悠晃悠，快！”陈其嘉答应着跑远了。

“长官，您是哪里人呀？”刘长路知道这个时候不能让对方闲着，立即向对方发问，这样既可以争取时间，又能分散他的注意力。

“你管不着，老子有身份证。老子还有好多老乡能证明呢！”

“听你的口音，不是平海人吧？你肯定是随着大部队渡江过来的。”

“是啊，我们来了好几十人呢！”

“嚯，来得可真不少，都去哪儿啦？”

“都在开发区建筑工地呢。我们准备把你们平海的小房子都拆了，全盖成我脚下的高楼。”

“好！还是长官有理想，有抱负。”

教导员韩建强边揉搓着发酸的脖子，边不停地擦着汗。他扭过头来对冀锋说：“这个刘长路，谁让他去的？无组织无纪律，要是引起严重后果，出现死伤事件，谁负这个责任？”

冀锋看看手表：“教导，估计公安处的人马上就要来了，局长也快到啦，咱们怎么办呢？”

“怎么办？我哪知道怎么办！张所开会去了，还没回来，我这个教导员怎么处理这样的情况？”

这时，陈其嘉拿了块白床单跑来了。韩建强一看就皱起了眉头：“陈其嘉，你还真准备举白旗呀？”

“教导，我得对上面晃悠晃悠呀，这样对长路有利。”说完，他就举起床单冲顶子上来回地摆动。

屋顶上的刘长路指给精神病人看：“长官，你看，下面按你说的做了，你和我下去检阅吧。”

“接我的汽车呢？”

“你看呀，车正往广场里开呢。”刘长路看见两辆奥迪正驶进车站。局长来了！

“好吧，我这就和你下去。”听完这句话，刘长路长舒了一口气，连忙示意对方慢点儿向自己靠拢。精神病人慢慢地踩着屋顶的边沿儿向他靠过来。突然，他像想起什么来似的回转身，用力把手里的旗子向下扔去。就在这个时候，他身子一踉跄，脚下一打滑，整个人往侧下方倒了下去。

6

说时迟，那时快，刘长路猛然发力向精神病人冲了过去。瓦片在他脚下不断发出碎裂的声响，他控制住自己已经倾斜的身体，伸出右手一把死死地抓住了对方扬起的胳膊，用尽全力往身后扔去。

精神病人当时的感觉肯定有点儿飘忽，因为他整个身体几乎被刘长路用自己的重量拽得离了地，经过短暂的飞行后趴在房顶上。

此时，刘长路的身体已经悬空，他脑子没有乱，努力控制住重心，极力将身体扭转面对支出来的屋檐，在整个身体快要脱离屋顶落下的瞬间迅速伸出左手搭在屋檐上。“哎哟……”下面的人集体发出一片惊呼和感叹声。刘长路整个身体的重量都悬挂在抓住屋檐的左臂上。

韩建强没想到是这个结果，呆呆地张开双手，张大嘴，喊什么早想不起来了，整个人仿佛凝固了一样。

冀锋对靠近墙根儿的几个民警大声喊叫：“你们几个靠前呀，一定得接住他！另外几个人快从楼道上去支持，别都傻站着！”几个民警迅速跑到刘长路的脚下，无奈地仰着头张开手，不知道能不能接住随时都会掉下来的刘长路。

悬挂在屋檐上的刘长路感觉左臂都快不是自己的了。他运足一口气，尽量扬起头“啊”的一声喊，抬起右臂也抓住了屋檐。这使他感觉轻松了许多。他费力地用脚空蹬着，想寻找可以着力的支撑点。这个时候，陈其嘉也爬上屋顶了。他上来的同时，还拿了一根十几米长的绳索。在他站的位置，只能看见刘长路抓住屋檐的两只手，还有趴在远处疑惑地注视着他的精神病人。

他先示意精神病人别动，然后马上用绳索拴个活扣，试了一下长度，想找个地方固定住绳索，可最近的烟筒离他还有三四步远。他一咬牙，把绳索缠在自己腰上，打了个死扣，冲刘长路的两只手喊道："长路！我上来了，现在给你递绳子过去。千万别用太大的劲儿，我找不到借力的地方。"

"啊！"这是刘长路唯一能作出的回答了。

听到回答后，陈其嘉把绳索向刘长路两只手的方向抛去，然后一点儿一点儿地放松着长度。突然，他感觉腰间一沉，一股力量在拽着他的身体向前扑去——刘长路踩到绳扣了。他赶紧蹲下身子，可还是来不及了。他被刘长路拽得向下滑行，瓦片在屁股底下啪啪地碎裂，有一片弹起的碎块狠狠地顶在他两腿之间，疼得他差点儿松手。他忙用力拉住绳索，滑行中看准屋檐边上凸出的边沿，伸出双脚用力地蹬住，制止住下滑的势头。

刘长路的一只脚踩在绳套里，此时全身的重量几乎都落在这根绳索上。在这种情况下，他知道陈其嘉不可能维持多久，万一他撑不住，两个人都得掉下去。现在自己能做的就是借这个力量向上爬，可他提了几次气都没成功。没有上面拽绳索人的帮助，他怎么也完成不了引体向上这个动作。他拼命地大声喊着上面的陈其嘉："其嘉，你给我点儿劲儿，我上去。"陈其嘉此时憋得满脸通红，听到喊声，下意识地抓紧绳索，双腿用力向后蹬去。刘长路借着这个力量双臂向上用力，把自己的身体拉向高处，当头部达到屋檐这个高度的时候，右臂迅速外展，一个漂亮的单立臂把整个身子撑了起来，然后腾出左臂同样操作，把上半身搭在屋檐里面。陈其嘉见此情况，忙用力向后拽着绳索。刘长路终于把腿跨在屋檐上，然后往里一打滚儿，人躺在了屋顶上面。

"好！好样的！""这警察真行啊！"围观的旅客被这精彩的救援和自救的成功打动了，不约而同地发出一阵喝彩与叫好声，随之响起了一片热烈的掌声。

刘长路仰面朝天地躺在屋顶上，不住地喘气。他这时才感觉浑身发软，想掏支烟抽都没力气了。“师傅，你真行呀，这一手真牛！”陈其嘉揉着被绳索磨出血道子的手，“要是换了我，就上不来啦。”

“这都是以前当兵时练的，我是寡妇生孩子……靠的就是这点儿老底儿。”

“都是这个精神病人折腾的。”陈其嘉说完这话，两个人都想起来还有个精神病人呢，紧张地同时往上面看去。精神病人老老实实地趴在他们上面，眼睛里充满了惊恐，显然是被刚才那一幕高空惊魂吓着了，嘴里还不住地叨叨着什么。

刘长路费劲儿地向上面移动着身体：“你怎么趴下啦？过来，给叔叔把口袋里的烟掏出来！我手都木啦！”

精神病人不住地摇着头：“我不过去，我不过去！我弟弟就是这么掉下去的，我是拿着他的抚恤金回家的，我不能过去。”他的神志开始恢复了。

“你是怎么跑到上面来的？你不回家啦？”

“我买好车票了，可是几个口都不让我进，说怕影响领导进站，非要等领导进去后再放我们这样的人进……”

刘长路和陈其嘉对了一下眼神，心里都在想，一个局长要进站上车，下面就弄这么大的动静。甭问，肯定也有咱们民警的事儿。估计清理他们这样的人没什么好脸儿，可这也不至于让他跑到屋顶上面去呀！想到这儿，刘长路又问：“因为这个，你就爬到楼顶上来啦？”

“我怀里揣着钱呢，有几个人总在我身边转悠，我害怕呀！我先找服务员央告他们放我进去，他们理都不理我，还往外推我。我只好找警察啦！”

“你跟警察是怎么说的？”

“我说有人要抢我的钱，让他们保护我！可他们说我是精神病人，我当时脑子就蒙了，一回头看见那几个人还盯着我，吓得我跑进广场里面就爬上来了。”

话说到这儿，全明白了。这人是因为精神紧张外加过度疲劳，引起了突发性精神错乱。这样的事情以前在车站和列车上也发生过，多半是长途旅行疲劳过度再加上精神紧张。况且，这回他手里还有许多钱。刘长路拍拍腿，活动了一下胳膊，看着还战战兢兢的民工：“你别害怕，我们是警察，跟我们下去到医院检查一下，没什么事儿，你就回家吧。”

民工紧张地点点头，慢慢站起身来，被刘长路和陈其嘉夹在中间，向屋顶的天窗走过去。

刚才这一幕被进站上车的局长看了个满眼儿。他双手叉腰，正准备指挥一下车站各部门和派出所联合救助，当一回现场总指挥呢，没想到这么快事情就解决了。他多少有点儿做作，刚要和一脸媚笑的站长进贵宾厅候车，一回头看见了带队赶到的公安处副处长。两个人握着手指指点点地说了一会儿，然后挥手致意，局长被一帮人簇拥着步入了贵宾厅。

副处长回过头来冲人群里就喊：“韩建强呢？韩建强，你过来！”

正和技术科小杨说话的冀锋听见副处长的喊声，忙冲不远处的教导员说：“教导，教导，刘处喊你过去呢！”

教导员韩建强连忙一溜小跑到刘处长跟前：“刘处，您找我呀？”

刘处长的年龄和韩建强差不多，可两边鬓角的白头发明显要比教导员茂盛：“韩建强！你是怎么搞的，知道今天局长从这里上车还来这么一手？”

韩建强一脸委屈：“刘处，您也看见了，这是突发事件呀！”

刘处长的手从里向外一摆：“你甭说客观！你是怎么处置突发事件的？你们制定的预案呢？你自己看看，民警和旅客都混一块儿了，连个警戒带也不拉，凑一起看热闹呀？”

“刘处，您别着急，当时光顾着救人了，是我们考虑问题不周全，没把工作做好。”

“还救人呢，那是谁呀，挂在房顶子上面跟耍猴似的，幸亏是上去啦！要是摔下来怎么办？”

“哦，那是刘长路，咱所值勤三组的民警。”

刘处长没再问下去，用手指着韩建强：“我把出现场的人都给你留下，详细调查事情的原因，下午给我一个报告。”说完，拉开早已缓缓驶近身边的汽车门，一伏身子钻了进去。

“刘处慢走，刘处慢走。”韩建强不停地对着汽车弯腰举手，直到汽车开出车站大门。

刘长路和陈其嘉刚下楼就被一帮人围住了，夸奖和赞誉的话灌满了耳朵，两个人也是互相地吹捧对方，都说在救援当中对方起了关键作用。剩下的事情就是例行调查了，刘长路简单地对调查人员叙述了一下情况就跑出来了，他不愿意面对这样的调查。当走到侧广场花圃旁边的时候，他看见冀锋正举着个手机给谁在打着电话，一边打一边不停地点头。

“这小子给谁打电话呢？”想到这儿，他轻轻地贴了过去。

冀锋好像感觉到有人来了，忙掐断了话头：“好吧，回来再说！”他挂断电话，回头看见了刘长路：“操，你不老老实实地向上级调查人员汇报经过，跑这儿干吗来了？”

刘长路摇摇头：“我得盯着你呀，看你给哪个小蜜打电话呢。”

“你就没点儿真格的？都三十好几的人啦，还跟刚入行似的。别总是这副无所谓的模样儿，见面儿就找乐儿。”

“我找了什么乐儿啦？让这么多人看着，在房顶子上挂了半天。也不抓紧上来几个人帮忙，是你们拿我找乐儿吧？”

“你看你这话说的，”冀锋赶忙递过去支烟，“你吊上面的时候，我可是真揪心呀！当时就组织人上去了，还叫下面的人拉开场子准备接你。你说万一摔下来没人接，准变成相片啦，我可怎么跟你家属交代呀！”

“去，去，也不说点儿好听的，真丧气！”

“呵呵呵……”冀锋笑了，“敢情你也怕咒呀！好啦，赶紧回去值勤吧，我也得回所写报告了。”说完，他转身走开了。刘长路对着冀锋的后背问道：“你刚才给谁打电话呢？还挺神秘的。”

“给你姐。”

“滚!”

“哈哈哈哈……”

他们俩谁都没有注意，在花圃的另一头还有一个人全程听到了他们对话的所有内容。他，就是老民警赵鹏程。

赵鹏程是跟着第一拨民警赶到现场的。当看到刘长路在屋顶上奋力救人的一刹那，他感觉胸口有股热流不断地向上涌，忍不住也想冲出去。当陈其嘉拉着刘长路爬上屋顶的时候，他真为这种情义感动，这是自己曾经有过的一种经历，可现在却遥遥难觅。他甚至想，这个拉刘长路的人应该是他，赵鹏程。

当看到教导员韩建强卑躬地送走处长的时候，赵鹏程不由得从心眼儿里升起一股厌恶：“老天真是不长眼，这么个玩意儿竟然在平海站待了八年！八年啊，抗战都结束了，怎么就没见这个汉奸挪挪窝呢!”他郁闷地来到花圃边坐下来，掏出支烟叼在嘴里，摸索了半天也没找到打火机。

“张所吗？我是冀锋。”这是副所长冀锋的声音。他赶紧把烟从嘴边拿下来，竖起耳朵仔细地听着。“开完会了吗？哦，在半道儿上，有个事儿得赶紧跟你说一下，就是刚才发生的。”他往下缩了缩身子，把自己隐藏在花丛里。冀锋用极快的语速叙述着刚刚发生的事情，最后用肯定的语气称赞着陈其嘉：“关键的时候，陈其嘉上去啦。对，对！拿绳子把长路拉上来的。对，这俩人都不错。韩教导当时傻了……我跟他说啦，让他启动应急预案……什么？好吧，回来再说。”

看着冀锋和刘长路分开走远后，赵鹏程才长出了口气。冀锋真是八面玲珑呀，他抢在第一时间把这件事情向所长张东平作了汇报，等于是先把自己择出来了。日后公安处追究起来，就算是有责任，他是个副所长，前面还有比他官大的教导员顶着呢。要是成了好事，也是他先推举的陈其嘉、刘长路。两面都能落着好，谁也不得罪，为官之道啊！他点燃重新叼在嘴边的香烟，猛吸了一口，又缓缓地吐了出来。韩教导员怎么办呢？他也是个老江湖，到时候肯定会给自己找个下家。就拿今天的事来说吧，好了，肯定想不起刘长路；坏了，百分之百得把刘长路想起来。谁叫韩教导员和刘长路不对付呢！话又说回来，能和韩建强对付的民警又有几个呢？自己该怎么办呢？

赵鹏程站起来，慢慢地向办公室的方向踱着步，心里还在盘算着刚才的事情。把走火的事儿给他捅上去！今天是韩建强值班，办他个失职。可这样长路又该怎么办呢？他可是当事人啊，人家还特意跑到自己这儿来告诉一声，陈其嘉、许彬和他已经攻守同盟了，我也红口白牙地答应人家不说出去了，这要是传出去，我可能没法在平海所混了。他不由得使劲拍了拍自己的脑袋。可是机会难得呀，过了这个村再找这么个像样的事情就难啦。哼！谁让你韩建强平时不为人呢！今天别怪我出阴招儿、使暗器了！想到这儿，他不由得叹了口气："长路，兄弟，老哥哥我对不起你了！"

第二章　匿名举报

1

张东平回到车站的时候，已经是晚上了。他有个习惯，办事出去回来必定先到值班室坐会儿，然后再回办公室。一层意思是体现所领导以身作则体恤下情，另一层意思也是想自己观察情况，收集各类信息。今天可好，从值班室到办公室这不长的路上，他就听到了好几个版本的高空惊魂记，还个个叙述得有声有色。有民警，也有认识他的车站服务员，都从自己的角度说着这件事。他不由得笑了起来，这说明自己的人缘还不错，争着跟你说事儿总比躲着你强。

他来到办公室，看见单文举着几张纸正要出来："单文，拿的什么呀？"

"张所，回来啦。"单文问候着，"中午的时候有个突发精神病人跑候车室顶子上去了，三组的刘长路和陈其嘉把他救下来了，韩教导让我写个事情经过上报公安处。我写完了，正想让您过过目。"

“行，我先看一下。”他接过材料，又叫住了走到门口的单文，“你把最近治安、沿线，还有内保各组上报的信息汇总整理一下，尤其是正线沿线、平远支线的，我要看看。”单文答应着出去了。张东平顺手拿起材料，刚看第一眼就觉着别扭：《平海站派出所关于×月×日处置精神失常人员肇事的事情经过》。再往下看，越看越觉得这个材料没写到点儿上。本来是个好事，怎么写得跟犯了多大错误似的？他想再喊单文，犹豫了一下，还是拿起电话拨通了教导员的手机，听筒里传来了对方已关机的提示音。他又拨通了冀锋的电话：“冀锋吗？韩教导去哪儿了？”

“张所，你回来啦。韩教导去车站党委了，说是有事情需要沟通一下。”

“噢，我问你，中午这个事情，调查结果怎么说的？”

“这个事情很简单，就是一个突发精神病人爬房顶子上去了，多亏咱们民警及时解救，才制止了一起伤亡事件。处里的同志们也是这么作的结论。张所，有什么事吗？”

“事儿倒没有，只是我看单文这个材料写得有点儿走板儿。”

“这个单文，他总是错误领会领导意图。”

“哦，你没告诉他怎么写吧？”张东平皱紧了眉头。

“没有呀！我看韩教导把他叫过去了，也许给他指示了吧。”电话另一头的冀锋话里带着暗示。

“我知道了。明天上午咱们所支部开个全体会，把会议的精神传达一下。”张东平放下电话后，拿起笔将事情经过上的“处置”二字划掉，改成“救助”二字，又把“肇事”二字划了下去。他想把单文叫来将自己的想法告诉他，让他重新写，可转念一想，写材料最忌先入为主，单文怕是改不精彩了，还是自己操刀写这个事情经过吧。

“平海所啊……”张东平叹了口气，把身子向后仰去，轻轻地闭上了眼睛。

直到现在他还在怀疑自己一年前的选择是否正确。那时他是公安处刑警队大案队队长，刚刚带队侦破了一个系列盗窃铁路器材的案件，还没回家休息就让处长叫到办公室来了。进了屋没什么废话，开门见山就问他这个队长有没有思想准备去当个派出所的所长。他当时认为领导跟自己说笑就回答，太小的所我可不去，要干就干大所的一把手。

“行呀！平海站派出所够大了吧？六十多个人，好几十条枪，你玩儿得转吗？”处长抬起头看着他。

“您是说真的？”

“废话，我可没工夫跟你逗嗑子。”

“要是真的，您可得让我想想……”他脑子里立即浮现出了平海站的全貌。

处长笑了笑：“张东平，本处长不为难你，你自己可得想好喽。一边是机关小吏，职务是正的，级别是副的；一边是一方诸侯，一支笔呼风唤雨，过段时间能把级别问题解决了。当然了，处领导班子主要还是看重你有这个能力，也是培养和锻炼你。顺便告诉你一声，你也不是唯一的候选人。”

“您让我想想。”

当他告退出来时，脑子里满是兴奋和疑惑，这个所长来得有点儿太突然，平海所出什么事儿了？还是打个电话询问一下的好，于是他拨通了督察队队长肖海亮的手机：“海亮，今天晚上没安排事儿吧？是我，东平，我想晚上和你聊聊。”

“呵呵呵呵，张所。怎么着，还没上任就先请客啦！”肖海亮接通电话就打起了哈哈。

“别找乐啦，我是真想和你聊聊，毕竟你掌握的情况比我要全面。怎么样，晚上出来聚聚？”

“好吧，给你个面子！别太破费了。”

晚上，两个人来到一家涮羊肉馆，几杯酒下去话就敞开了。

肖海亮举起酒杯摇着头说：“东平，别怪我没提醒你，平海所太复杂了。先说这管辖的地面，一条京浦正线绵延几十公里，两条支线一条通平海港，另一条通平海最大的货场，加起来比正线都长……”

“还管着六个货场、四个沿线小站，这些情况我都知道。”

肖海亮放下杯子，掏出烟：“再说这人员配备，平海所是典型的老龄化派出所，平均年龄都快半百啦，四十岁的人还当小伙子使呢。一点儿朝气都没有，老得一团和气，老得夕阳满天，老得自得其乐，老得一塌糊涂。民警梯次配备不合理表现得尤为突出。”

“老大，你作报告呢！民警梯次配备不合理是公安处、公安局的问题，咱没法管。咱就事儿论事儿。”

“行，”肖海亮挽了挽袖子，“平海所的班子也不怎么样，王所调走了，咱就别提他了。单说要跟你搭班子共事的这几位，教导员韩建强老奸巨猾鬼难拿，副所长冀锋八面玲珑代代红，另一个副所长常子杰装傻充愣一分钱不少挣，三个人八个心眼儿，你跟他们搭伙，那是农夫山泉——有点儿悬。”

一番话把张东平说乐了：“老同学，你什么时候调组织科去了，掌握情况够细致的，在你眼里平海所没囫囵个的了？”

“我也奇怪呢，平海所这么多年没有出现过大的问题，真是幸运。当然，也没有什么出彩儿的地方。总之，就是个拱猪里的猪羊抵，偶尔有点儿负分不伤大雅，弄个不出圈就行了。”

“你的意思是，我不去？”

“最好别去。据我所知，候选人又不只是你一个，别再为了解决级别问题把自己辛辛苦苦打下的基础糟践了。”

他沉默了。这顿饭的后半场基本都是肖海亮在侃侃而谈，他的脑子出神儿了。自己就是为了解决级别问题吗？自己不也一直运着气想独挑一摊吗？现在机会就摆在眼前……他回家后睡了一宿。早晨起来就作了决定，去平海站派出所上任当所长！

张东平第一天到派出所上任，没有长篇大论的演讲，也没有抡起膀子来个马前三刀，只是简单地说了几句四平八稳的拜年话算是和大家见面了。然后，他叫内勤单文拿来所里现有的资料，就找教导员韩建强聊天去了。

韩教导员给他的第一印象是此人颇有城府。一番交流下来八面封堵，滴水不漏。埋怨处领导不体恤下情，自己快五十了还占着教导员的位置拼命，责怪两个副所长不搭手，只顾着好人主义走人缘。说起来民警，更是一脸的不满，什么人心散，队伍不好带啦，什么拿钱不干事儿，有事儿就躲之类的。总之，就是一句话，平海所不好弄！

张东平露出自己特有的微笑，一个劲儿地安慰教导员："老大哥，不着急，不着急，咱们想办法。"他心里边却想，你这教导员当得可够累的。说了半天都是别人的错，你是诉苦申冤呀，还是吓唬我呀？两个副所长他只是简单地聊了几句，剩下的就是观察了。

观察了几天以后，他开始行动了。

中午休息的时候，他把所里几个号称"牌星"的民警叫到屋里来了："都别睡午觉了，天天躺着光养膘了，咱们几个玩会儿牌。"

几个"牌星"诧异了。自从平海所几年前因为打牌赌钱处理了几个民警后，现任的所长没有一个主动张罗打牌的。其中一个民警不怀好意地问："张所，你准备玩什么呀？拱猪、升级、憋七、五十 K、斗地主、大跃进、三打一，我都行。"

"你就吹吧。"张东平边往外拿扑克牌，边指挥着几个人搬桌子挪椅子，"也不去处机关扫听扫听我是干什么的，靠，我可是十项全能，专办玩牌好的！"

"张所，你说玩什么项目，怎么挂彩儿？"

"挂彩，还牺牲呢！现在是在所里，咱能带彩吗？咱玩三打一，输了贴纸条，敢吗，哥儿几个？"

"来呀！"几个人踊跃地坐在椅子上。他又发言了："咱可有个小规矩，三打一就贴叫牌的，成了不贴，败了贴，这样为了防止胡叫。"

"行啊，来吧！"几个人捋胳膊挽袖子就干上了。

几把牌下来，这几位就明白了，张所真是打牌的行家。他叫牌的时候不冒进，只打成功率。防守的时候算度精确，专门捅叫家手里的软肋。一会儿工夫，这三个人脸上都贴满了纸条，想等他叫牌，他倒不叫了，还一个劲儿地送温暖："不行今天就到这儿吧，你们几个挂这么多零碎怪累的，咱们明天继续。”所长说结束，几个人自然不好意思再坚持，于是铆足了劲儿转天再战。就这样，天天中午、晚上带动值班、备班的人也掺和进来，有牌瘾的下班不走，就等着凑齐了人开打。派出所冷清的楼道里热闹非常。他则一边和几个好下棋的民警纹枰论道，一边安排着各种工作：“治安组老高，你们抓紧把手里的罚没款拢拢，别光顾着玩儿，到时候执法检查来了，出错我可找你。”

“值勤组这段时间没上人呀，是犯罪嫌疑人没走咱们平海，还是你们不上心啊？”

“有个110，我出现场，今天晚上备班的跟我走！剩下的人接着玩儿，顺便在所里盯着给指挥中心报情况。”

这还不算完，趁着热乎劲儿，张东平又弄来一套健身器材、几副羽毛球拍，鼓动民警没事儿的时候加强锻炼。人气儿慢慢地在张东平周围聚拢起来，他说的话好使了，他安排的工作好办了，连老民警们经常在楼道里哼哼的“最美不过夕阳红，温馨又从容”都改成“精忠报国”了。

当然，反映到上级领导耳朵里的也不都是好话，像什么张东平一来就带着民警胡玩儿啦，不注重思想教育啦，抓队伍不严肃啦，平时值班备勤的时候也不学习业务啦，总是聚众打牌啦，等等。他根本没当回事儿，认为这样与民警的亲和力得到了增强，更有利于开展工作。管理要结合实际，不能一本正经、一成不变，要因人因事灵活机动。

事实是在他的带动下，平海所在慢慢地改变。

他睁开眼，思绪又回到了现在。铁路在前几次提速的基础上马上又要提速。这就意味着公安民警又得奔波劳碌，像巡道工一样，天天长在线路上，也就意味着所有业已定好的工作安排又得全部打乱，可上级又要求什么工作都不能落下，真是矛盾啊！

他看了看表，已经晚上八点了。时间过得真快，他刚要给家里打个电话，告诉老婆晚上不回去了，让她和孩子不要等他，电话铃声却先响了起来。

“喂，谁呀？”

“张东平，我是肖海亮！”

“噢，海亮呀，现在找我吃饭，晚点儿了吧。”

“你闭嘴！我问你个事情，你必须如实回答我。”

“怎么啦？我又没惹你……”

还没等他把话说完，肖海亮就打断了他：“我问你，今天上午你们所枪支走火的事情你知道吗？”

“啊！”

2

张东平不由得抓紧了话筒：“海亮，你再说一遍，是怎么回事？”

“你没听清楚吗，我问你知道上午走火的事儿吗？”

“我真不知道。我上午在北京开会呢，你可别逗我……”

“张东平，你正经点儿。”肖海亮在电话的另一端一改往常亲切的口气，“举报电话都打到我们督察队来了。据我所知，子弹是打在墙上再反弹到铁门上，走火的人是刘长路。事后他通过关系找到一发子弹补上数，还擦拭了枪支，涂抹了弹孔。这么大的事情，你竟然不知道？你瞧你这个所长当的。抓紧调查事件经过！”

“老哥！你这个消息确实吗？”

“举报电话打来了，匿名。所以，我暂时没向值班处领导报告。你抓紧落实一下，如果真有其事，你得调查清楚。先告诉你一声，到时候我也只好公事公办了。”

张东平放下电话后，好半天都没动地方。猛然，他像被火烫着了似的从椅子上“腾”地弹了起来，直奔广场上的民警值班室。

张东平没有理会值班民警的问候，而是围着整个屋子仔细地查看起来。东面的墙上确实发现了一处不太明显的痕迹，他凑过去仔细看看，填充弹孔的泥子显然是造过旧了。他回转身来到涂满绿漆的大门后，这回是一眼就把那个修饰过的弹孔找到了。“是真的。”

他心里默念着走出了值班室。

从民警值班室回派出所的路上，张东平一连给陈其嘉、刘长路、许彬拨了好几个电话，都是关机。他不由得火往上蹿："这几个混账东西，出了这么大的事儿也不报告，现在又一起关了手机，这是什么意思？眼里还有我这个所长吗？"

回到屋里，张东平越想越恼火："事情明摆着，陈其嘉、刘长路还有许彬这哥儿仨是串通好隐瞒不报的。他们自认为天衣无缝，谁知道隔墙有耳，让知情人给点了炮儿。按常理分析，知道走火的，肯定是内部人。这个人是跟他们三个之中谁有过节？是借题发挥冲我，还是冲某个所领导来的？这个人是谁呢？"

他坐在椅子上，一动不动地凝视着墙壁，仿佛要把墙壁看穿。他仔细回想着自己到平海所这一年多来的所作所为，认为自己不仅没有亏待过所里的民警，还为他们增加了许多福利，解决了不少实际问题。可走火事情的出现，却让他忽然感觉自己和弟兄们的心还没有真正拉近。不管出发点是什么，出了事情不告诉他，至少说明民警还没有拿他当一个可以信赖的领导。平心而论，自己不是小气的人，也不主张事无大小都摆到自己的桌面上来，这样看似有威信、有权力，其实是自己找累受。有时他甚至还极力纠正一些民警事不关己、遇事上报的习惯，努力培养他们独立处理问题的自信。

他刚来一个月，值勤一组在清理站区时抓获了一个非法进站揽客的出租汽车司机，警长林辉就打电话请示怎么办。他立即就说，你们自己抓的人，自己拿处理意见，别问我。

"这个人以前我们处罚过，警告、罚款都有过记录。这次我们想治安拘留他，所以想请示张所怎么办。"林辉还在电话里说。

"有《治安管理处罚条例》在那儿摆着，适合哪条用哪条。只要不违规，你们就办。"

"我是想请示一下……"

"不是告诉你了吗，想罚款或是教育放行，你们自己处理。想拘留，现在就取材料成卷。我只负责把关，别让我挑出毛病来就行。"

可枪走火后隐瞒不报这样的事，不同于工作中的独立自主，这是欺骗领导，无组织无纪律，还有点儿自欺欺人。

张东平的脑子都被这件事情占据着，他好几次想打电话再询问一下肖海亮，还想把这个事情通知其他几位干部。最后，他犹豫了一下，还是没有这么做。他不想再打扰别人，反正几个干部第二天都会来单位的，至于刘长路、陈其嘉、许彬，就不信联系不上他们。凭他对这几个人的了解，知道他们都不是能静下来的人，尤其是刘长路。

其实，这三个人正在一家小酒馆里喝酒呢。刘长路善饮，陈其嘉能喝，许彬举起杯来也是四两半斤的量。平时上班有纪律约束，他们都能克制自己，回到家里没有了喝酒的氛围，也就主动放弃了。这回是刘长路邀请他们俩喝酒，题目是现成的，谢谢两位仗义援手。于是，三个人分别给家里打个电话，同时关了手机，跑到小酒馆里推杯换盏了。

放下筷子，刘长路又举起酒杯："其嘉、许彬，别的话我就不说了，这次多亏你们啦！谁让我赶上这个节骨眼儿呢，为了我这事儿，把你们也带沟里了……"

陈其嘉一把推开酒杯："师傅，刚才还说什么都不提，你怎么又转回来了呢？都是自己兄弟，快别客气啦！"

"对，对，都是自己兄弟。"许彬也附和着。

三个人举杯大喝了一口。许彬夹着碟子里的菜往嘴里送，边嚼边说："要说师傅也够冤的，这么多年了，抓的人一堆一堆的，立的功一摞一摞的，那奖章挂在胸前都快成防弹背心了，怎么一有好事就轮不上呢？"

"他呀，总是踩不上点儿。"陈其嘉接过话头儿指着许彬，"就说前年吧，所里好不容易想起该给他报股级了，他也运着气想表现一把，正好清理了一个嫌疑人。那天你歇班，是我接过来审查的。这小子一个劲儿地挑衅，就想从咱手里撞出去。我忍不住给他来两下，谁知道他更疯了。长路在旁边，上去一拳一脚就给他放趴下了。"

“师傅这两下子我知道，侦察兵出身啊！”许彬把脚踩在椅子上。

“这事儿就这么巧，嫌疑人刚趴下，韩教导一脚踏进屋，看了个满眼儿。他也不问问什么事儿，劈头盖脸地就训长路。长路也急了，当时就和他顶起来啦。韩教导面子上挂不住了，指着门对长路说：‘你给我出去！’咱们师傅也没含糊，冲他说：‘你凭什么叫我出去？我现在是工作，这个嫌疑人是我发现的，我就有权力审查。指手画脚谁不会呀，难道让我跪着求他说吗？’”

“得，凭咱教导的那点儿气量，你算完蛋了。”许彬看着刘长路。

“谁说不是呢。转天在所务扩大会上，他非要处分长路不可，理由是在审查中对嫌疑人动手动脚违反纪律，说得冠冕堂皇、振振有词。好在一组的弟兄和这小子当地派出所联系上了，证实他是一名盗窃外逃的犯罪嫌疑人，再加上王所、冀锋他们几位领导认为这样处理会伤害大家的工作积极性，就让长路作出书面检查，扣了一个月的奖金。”

“提级的事也就不了了之了。”许彬一脸不满的表情。

“还提个屁呀，没处分他就不错了。”

刘长路一只手举起酒杯，另一只手不屑地摆动着：“算啦，别提这些事儿了，我就这命，总他妈的猪羊抵！来，干！”

早晨的一阵电话铃声把张东平从半睡半醒中叫起，他接通电话，还是督察队队长肖海亮的声音：“今天早晨这个电话又打来了。这回倒好，连当班领导韩建强都咬出来啦。我得在早晨交班的时候向处领导汇报，上午我的队员就能到你们所，你抓紧处理吧。”

张东平说声“谢谢”，放下了电话，走出办公室，推开内勤单文的屋门：“单文，这两天你擦拭过枪支吗？”

刚进办公室的单文没想到一上班就遇到个雷，脑子根本来不及反应就脱口而出：“昨天给三组的枪做保养了。”

“噢，发现什么问题了吗？”张东平的语气里透出一股威严。

“这……”单文一时不知道怎么回答了。

“说实话！别吞吞吐吐的。”

“我看，好像有支枪……好像，我说不准。”单文极力地组织着语言，脑子里呈现出昨天许彬来找他时的样子。

“有打过的痕迹，是吗？你检查子弹了吗？”

“我检查了，子弹数没错，所以我说不准。”

张东平没再问下去，转身走了出去。

领导班子成员都聚在张东平的办公室里。他通报了一遍事情经过后，环顾了一下坐在沙发上的教导员韩建强、副所长冀锋和常子杰说道：“事情经过就是这样的。我的意见，先把当事人叫来问清情况，估计督察队一会儿就来，咱们至少得有个交代。”

教导员韩建强习惯性地扶了扶眼镜道：“这种事情我来平海这么多年还是第一次遇到，先不说有什么理由，关键是这个问题的性质是很严重的。枪走了火以后不是立即报告领导采取措施，而是擅自找到关系补上子弹，伪造现场想蒙混过关，这给平海派出所带来什么样的影响？我建议，一定要严肃处理当事人刘长路，向公安处上报纪律处分，延长对该同志的入党考察。至于陈其嘉、许彬串通一气隐瞒不报欺骗领导，也应该给予相应的纪律处分，可以考虑撤销陈其嘉警长职务，值班员许彬延长预备党员转正期。”

张东平把脸转向冀锋：“冀所，还是你打电话通知他们来所里吧，打完电话咱们还得抓紧传达一下昨天的会议精神。”

冀锋答应了一声，举着手机出去了。

走到外面，他想了想，拨通了陈其嘉的电话：“陈其嘉吗？我是冀锋。你马上通知刘长路、许彬，你们三个人现在就到所里来。对，现在，张所和韩教导在等你们。”

刘长路接到陈其嘉电话的时候，迟玉正在厨房里忙活着做早餐呢。他看看迟玉的背影，拿着手机走到了阳台上。

“什么？走火的事儿露馅儿了？所里知道了，这么快？”

“看来是露馅儿了，冀所打来的电话，说张所急着叫咱们一起回所里。”陈其嘉说道。

“我这人命苦。小白菜，黄地里啦。可是把你们连累了，真不值，这不等于卖一捆黄瓜搭一捆小白菜嘛。”

“现在还说这话干吗，该你倒霉跑不了。”

“你在家吗？我开车去接你吧。你已经在去所里的路上了。好吧，我们所里见。”刘长路走回客厅，看见迟玉正在往杯里倒牛奶。

“怎么了？你们单位又有事情了？”迟玉顺手递给他一块刚刚煎好的薄饼，“早就和你说过，这么辛苦还要受些闲气，真不如辞职算了。我爸爸的公司你不愿意做，我们俩自己干，以你的聪明还怕咱们没发展？”

刘长路抓起衣服说：“给你爸装孙子，我可不会。”

“你怎么这样说话呀，我老爸怎么你了？再说你就是要装也得装儿子呀，差一辈呢。”迟玉笑呵呵地说。

“你少贫吧！我知道你的想法，嫌我是个小警察，天天加班累得贼死，还不如你挣得多，危险性还大。可当初你说的，你不就是喜欢我干这个吗？”

“你看你，一提到工作就瞪眼，早晨起来我可不想和你怄气呀！”迟玉看见刘长路这样，连忙打圆场。

看到刘长路弯腰穿鞋，迟玉在身后轻轻地走过来，缓缓地从背后抱住了他：“长路，别往心里去。我喜欢你就喜欢你的全部，单位有事情你先去忙。开我的车去吧。”

刘长路驾着车，没一会儿工夫就驶上了公路。他的驾驶技术是在部队练成的，宝马车在他的手里一路疾驰地奔向平海车站。

还有一个路口就到车站了，路口的绿灯在闪烁。他猛地踩了一脚油门，想赶在红灯亮起前开过去。车行驶到拐弯的时候，一辆自行车突然闯进了他的视野。他急忙用力踩住刹车，汽车轮胎与地面摩擦发出刺耳的声响，车狠狠地停在了路口处。可是，骑自行车的人却连人带车倒在他的车前。

3

刘长路当时的第一反应是，他突然间地刹车，肯定把这人吓坏了。他赶紧拉开车门跑到车头前面，边伸手想搀扶起倒在地上的骑车男人边说：“真对不起呀，你没摔着吧，过路口的时候小心点儿……”

躺在地上的中年男人瞪起母狗眼，使劲儿扒拉开他伸过来的手：“有你这么开车的吗？你撞着我了，哎哟……”

刘长路听话头不对，忙解释着：“真对不起，大哥，我看见你蹿出来赶紧踩刹车啦，结果你还是摔着了……”

“你说的这是人话吗？什么叫我蹿出来啦，明明是你路口闯红灯撞的我！你得给我看病，哎哟……”“母狗眼”大声地叫唤着。

刘长路一门心思急着赶到派出所，一听“母狗眼”说话底气这么足，他脾气也上来了：“你这人出门没带嘴是吗？说话这么难听！你自己看看你躺的地方，我的车离你还有半米呢，我怎么撞的你？”

这句话刚出口，仿佛给“母狗眼”提了醒似的，他整个身子往前一滚，正好挡在车轱辘前面：“你撞完人还想打人呀，你有俩钱了不起啊，救命啊……”“母狗眼”话音还没落呢，周围立时就跑过来三四个人，异口同声地讨伐刘长路：“你开车怎么也不注意点儿，把人撞了还这么横！”

“这车开的，可真够快的，眼看着就把骑自行车的给撞倒在地。”

“应该赶紧给人家看病去啊！”

“母狗眼”躺在地上，痛苦地抱着自己的脑袋，可眼神里透出的却是得意。

这回刘长路明白了，他遇到碰瓷儿的了。

想到这儿，他不由得仔细打量了一下倒在地上的“母狗眼”，一件廉价的灰色衬衣扎在下身的黑裤子里，腰间系着的皮带比一般的腰带宽出一指，脚上蹬双千层底的布鞋，那辆锈迹斑斑、扔马路上都没人偷的破自行车倒在一边。再看他躺在地上的姿势，南北大道东西卧，双手抱头侧身躺，双腿弯曲护住肚子。得，这回碰到专业人士啦。

还是抓紧了断，别找麻烦。这个念头一出来，刘长路自觉地往口袋里掏去，手伸进去才发现自己出来得匆忙，没带钱包，里面零零散散的只有几十块钱，还是昨天晚上吃饭喝酒时找的零头。他没多想，一把都掏出来递到“母狗眼”面前：“大哥，今天出门急了点儿，身上没带钱，这点儿你先拿着，回来我给你补上。”

“母狗眼”抬一下眼皮把头扭边上去了：“老板，你这是打发要饭的！就算是要饭的让你撞了，这点儿也不够赔的呀！”

刘长路压住火，把手朝前凑了凑：“大哥，我出门真是没带这么多钱，你先拿着，要不然你在这儿等着我，我办完事马上回来！”

“你骗谁呀！我在这儿等着你，你肯定蹽啦，你跑这儿骗弱智儿童来了？”“母狗眼”一脸的不屑。

这个时候，旁边围观的一堆人纷纷评头论足，刚才几个讨伐刘长路的人又发言了：“越有钱心越黑。你看他开的这个车了吗，这叫宝马。”

“开这么牛的车才给人家几十块钱呀！”

“要不说有钱人都财迷呢，跟他妈旧社会地主似的。”

这么一来，围观的人群中立即有人随声附和：“开宝马的！你真不懂事儿，多给点儿不就结了嘛，等警察来了你赔得更多！”

“撞了人还不赶紧了事，这可是路口，一会儿准堵车。”

“还是打110叫警察来吧，看这意思不好办。”

看热闹的人们和被堵住的汽车，不停地议论加上鸣笛，把刘长路吵得火往上蹿。他指着躺在地上的“母狗眼”，说了一句让自己马上就后悔的话：“我就在前面车站派出所工作，你现在上车跟我拿钱去。”

“什么?！你是警察就牛啊！警察就可以随便开车撞人啊！”“母狗眼”这一口算是咬正地方了。

刘长路鼻子差点儿没气歪了：“你真属狗是吗？怎么胡咬呢，这和警察有什么关系？”

话一出口，立即遭到围观群众的抨击：“怪不得这么厉害呢，警察呀！”“警察怎么啦，警察也得讲理呀，哪本书上写着警察撞完人白撞啊？”“一看他就是平时招摇惯了，就知道跟老百姓穷横。”“不能让他走，得把事儿说清楚啦！”刘长路立时陷入了人民战争的汪洋大海，孤立无援地被包围在宝马车的旁边。

一个长头发的中年男人冲刘长路说：“哥们儿，你真不开面儿，多给他点儿钱看病不就得啦。别财迷啦，我给说个和。你拿两千块钱给他，赶紧走人。”

他们明显是一拨的，先来人施苦肉计，再有人献连环计，然后出来个和事佬了事，拿我当战船给烧啦。想到这儿，刘长路再也压不住火了，把手里的钱往口袋里一揣：“我早告诉你啦，我没撞着你！别说我没带钱，就算有钱也不给你这样的。”

长头发直眼了：“打 110，你们督察队知道了，你就麻烦啦。”

“随便。今天我豁出去碰碰你们几位！”

“你真牛！”

“你把嘴给我放干净点儿，别一嘴的零碎儿！”

长头发怔了一下，随即马上又恢复了无赖本色：“你警察就厉害了，你警察就可以随便骂街?”说着还动手推搡着刘长路。在他的带动下又多出几只手，在刘长路的后背、肩膀上拍打着。

刘长路终于爆发了。他看准长头发又一次出手的来路，一把捏住他的腕子，顺势往外一翻。“哎哟！”长头发边喊叫着边不由自主地歪下身子，随着刘长路的再一次用力，他“扑通”一声单腿跪在了地上。“大家都听着！”刘长路把手一挥，“他们是一拨碰瓷儿讹人的狗烂儿，你们别上当。”

“母狗眼”躺在地上也不停地喊：“警察打人啦，警察行凶啦，快打 110 啊！”

刘长路转过身来冲他就是一脚：“刘爷今天跟你们磕磕。”“母狗眼”被踢得“腾”地一下站了起来，不住地揉搓着大腿。刘长路这一脚是瞄准了胯骨节踢的，力量不轻不重，被踢上的人肯定大腿酸麻，不由自主地去活动酸麻部位。

就在这个时候，两辆警车闪着警灯、响着警笛开到了路口。

车停稳后，一辆警车忙着疏导交通，理顺汽车和人流，一辆警车里面下来两个交警直奔他们过来。年轻的交警走到刘长路跟前，一指他手里掐着正跪在地上的长头发：“这位先生，您把功夫收了行吗，别攥着他啦。”

刘长路把手一松，长头发像得了特赦一样赶紧抽回胳膊，不停地抖动着：“警察同志，你们可都看见啦，他打人！”

年轻交警没理他，冲刘长路说道：“先拿驾驶证，然后开着你的车跟我们回队里解决。”“我就是前面车站派出所的，单位里有急事儿，能不能先让我回去，我保证办完事儿马上回来。”

“不行！市局督察队的同志一会儿就到我们队里。你恐怕得去那里跟他们先说说。”年轻民警一脸的严肃。

“他们是碰瓷儿的，我是受害人，你看不出来呀？”

“我看不出来。”年轻民警还是一脸的严肃。

刘长路一梗脖子，刚要再说什么，年长一些的民警拍了他一下，示意过来说话，刘长路跟着年长民警走到了边儿上。年长民警把头冲他凑过去：“兄弟，我认识你，过年的时候我还找你买过车票呢。我也认识他们几个，可这个场合你得配合我们一下，咱们回队里再说。”还没等刘长路表态，他的手机就响了起来。来电显示是冀锋打过来的，他只好先接通电话。

“喂，长路吗？你在哪儿？”

“冀锋，我遇到碰瓷儿的了，就在车站前面的路口。有人打110报警，现在交警来了，让我先去他们队里解决事情。”

“什么？这儿还有一堆人都等着你呢！”

“你说我怎么办呢？人家不叫我走，我现在飞过去吗？”刘长路真有点儿焦头烂额，“不就是我走火的事嘛，该怎么处理我认。”说完，“啪”的一声合上手机，钻进车里坐稳后，不住地嘬牙吸着凉气，心里骂道：“我这两天可真他妈的够充实！”年长民警上车前冲他一摆手，他发动着车跟在警车后面朝交通队方向开去。

张东平和几位所领导听完陈其嘉叙述的事情经过，刚要把许彬叫进来接着审，他的手机来电话了，接电话一听声音，又是肖海亮。这回肖海亮真是恼火了，在电话里冲他一个劲儿地发泄着怨气，说自己来平海所的半路上就接到市局督察队的电话，说咱们处平海站派出所的一个民警先是交通肇事，然后又仗势打人，到交通队后还和市局督察队的同志要态度。我说别是搞错了吧，我们的民警都挺老实的，没有这样的“精英分子”，可人家斩钉截铁地说就是，连名字都说出来了，是刘长路。你看看，这就是你带的队伍！他刘长路刚刚惹的祸，屁股还没擦干净呢，又来这么一出。我现在马上就去交通队接人！一会儿带着人回你们所。

张东平听完后，冲屋里的几个人一咧嘴：“都等着吧，一会儿肖海亮带着刘长路一起回所，咱们这位刘爷又惹祸啦。”

韩建强扶了下眼镜，跟上一句：“他这样的人出事儿，我一点儿也不奇怪。”

冀锋和常子杰一对眼神，又马上分开，谁也没有搭茬儿。

张东平对着门外喊：“许彬，你进来！”许彬拉开门走了进来，主动站在屋子中间，和被告一样。张东平说：“许彬，你坐下，把你知道的事情经过详细说一遍。”许彬像背课文一样说了一遍，只是隐去了他和刘长路开玩笑的几句。张东平听完后问道：“许彬，你为什么不向值班所领导报告呢？”

许彬擦擦头上的汗：“我是怕影响所里的荣誉。出了这样的事儿，肯定要影响所里年终先进，我是出于这个目的，才同意陈其嘉不声张的。还有一点，就是出于哥们儿义气，帮他们隐瞒。我现在认识到了，这都是不对的。”

韩建强一翻白眼：“你现在认识到了管个屁用呀，你早干吗去了？”

许彬一脸的委屈：“韩教导，他们俩都不让我说……”

“你听他们的，还是听所领导的！我看你就是脑子里缺根弦。”

许彬没再说话，可委屈的眼神告诉韩教导，他很冤。

冀锋此时心里明镜儿似的，他和刘长路是同年进的公安，又是一起分到平海所的。论职务自己现在是副所长，刘长路是民警；从感情上讲，他们还算说得上来；论起业务来，刘长路的活儿他也是很佩服的，可这小子的狗脾气坏了自己许多好事。平时嘴没把门儿的胡说八道，和老婆离婚后又成自由人啦，因为对犯罪嫌疑人动手动脚又和教导员闹得形同水火。现在好不容易有个入党的机会，又搞砸了。这次肯定是警长陈其嘉来了一回哥们儿义气，顺便想保住顺利竞聘副所长的机会。可谁知道又遇到一个知情人“点炮”，把这事儿给揭穿了。就凭刚才教导员说的话，连挖苦带拱火，这小子这回就没好儿。自己该怎么说话呢？

4

张东平挥挥手让许彬出去后，拿眼扫了一圈屋里的这几位所领导。韩建强刚发表了意见，现在正把自己埋在沙发里运气呢。常子杰不声不响地抠着指甲，摆起一脸的专注神态。冀锋用手顶着嘴唇，紧皱着双眉，仿佛在心里酝酿发言稿。

“得找个人说话，提提反对意见，要不然韩教导的意见就成了班子决议了。”张东平在心里默想。他从心眼儿里不赞成教导员遇事就撒欢儿的处理方式，不管对谁，最好是就事论事，处理扩大化了不是好事。可现在自己还是稳妥点儿，别和他有什么正面冲突。想到这儿，他朝两位正在“入定”的副所长说道：“都说说，大家一块儿拿个意见，这事儿怎么处理？”

常子杰放下手，拍拍衣服和裤子上的碎屑：“张所，人不是还没回来嘛，咱们先看看刘长路在外面惹的什么祸再说吧。”

“不管他捅了多大娄子，这事儿也必须处理！说句不好听的，督察队这关还不知道怎么过呢。”教导员韩建强接上一句，“所以，咱们必须要先拿个姿态出来，不要等着上级领导过问。”

“那就按你的意见办。”常子杰风向转得也够快的。

冀锋觉得自己得表个态了，因为张东平一直在看着他：“一下就处理三名民警，打击面也太大了吧。再说这等于把值勤三组的骨干整个给端了，狠了点儿吧？其实他们三组还是挺能干的，昨天就成功地处理了一起意外事件……”

“成绩掩盖不了错误。”没等冀锋说完，韩建强就打断他说道，“这种事一定要严肃处理！就拿刘长路来说吧，发生这样的事情，所里已经打电话通知他们回所啦，还在路上惹事，这是什么态度？到现在还拿事儿不当事儿，不处理行吗？陈其嘉、许彬这两个人认识问题也不深刻。一个警组出了这样的事儿，从警长到民警丝毫没引起重视，不处理行吗？”

“我的意思是说，处理刘长路一个人就行了。”

“一个人有病，大家吃药！再者说了，这样处理是为了让他们吸取教训，是为了让他们更好地投入到今后的工作中去。”韩建强有点儿得理不饶人。

张东平要的效果达到了。冀锋还是很能理解自己的意思，及时提出不同意见，有两种意见他就能平衡，而平衡正是他阐述自己意见的时机。他刚要张嘴说话，门就被肖海亮一把推开了。

“正好几位所领导都在啦，我先坐这儿歇会儿，我的人正给刘长路做笔录呢。顺便问问你们，走火的事情调查得怎么样了？”肖海亮边说边坐在沙发上。

“正在调查呢，我们得把事情弄清楚后再向上级领导汇报吧。”张东平把到嘴边的话换了个儿。

肖海亮摆摆手：“我的人先问问刘长路，反正在来的路上他都承认了，主动说了走火的事儿，还说是他恳求陈其嘉、许彬不要向上面汇报的，有责任都是他自己承担。这小子还挺讲义气！”

“那交通肇事、打人是怎么回事儿呀？”张东平问。

“这事儿调查完了，很可能是刘长路遇到职业碰瓷儿的了。交通队处理事故的民警都认识这几个人，说他们近一段时间到交通队解决了十几次事故啦，形式大同小异，就是地点不一样。专门找高档车碰，谁让刘长路开这么好的车呢。”

“他开的什么车呀？”韩建强递过去支烟，又打着打火机凑上去。

“宝马。够牛的！”

“这准是那个女人的车。”

“女人，什么关系呀？”肖海亮皱了下眉。

“谁知道呢，现在人家是自己一个人儿，你说是女朋友也行，是情人也行，反正两个人关系不错。”韩建强挪动了一下身子。

肖海亮“噢”了一声，把目光朝张东平瞟去。张东平把眼睛挪开，脸上一点儿表情没有，心里可腻味透了。这个韩建强呀，这是什么场合，你可真是生怕人家挨打不够高，拿起块砖就朝脚底下垫。要是知道举报走火的人咬着你值班不监督枪支交接，你还不得把眼镜气掉地上。

真是想什么来什么，还没等他把目光从韩建强脸上移开，肖海亮就说话了："老韩，昨天白天是你值班吧？刘长路走火你难道一点儿也没察觉到？"

"没有呀！昨天白天我忙着去接车，不是有个警卫任务嘛，忙完我就去车站党委开会了。唉，疏忽了。"看来韩建强早给自己找好台阶了，回答得理由特充分。

肖海亮没再问什么。过了一会儿，一名督察队员拿着份材料推开门走进来，对着肖海亮说道："肖队，笔录录完了，您看看。""不用看了，咱们回吧，剩下的是他们所里的事啦。"肖海亮站起身，礼貌地和在座的几位握握手，嘴里说着别送啦，然后在张东平、韩建强、冀锋和常子杰他们几个人的簇拥下走出了门。

送走肖海亮后，刘长路来了。张东平指指旁边的椅子，示意他坐下，刘长路坐了下来。"交通队的事情咱们先不提，说说走火的事儿。"张东平开门见山。"这件事从头到尾都是我的错，当时我走神了。走火以后，是我对陈其嘉说的不要报告所里。一开始认为能瞒过去，我就找到在部队的战友把子弹补上了，也是我填补的弹孔、擦的枪，和陈其嘉、许彬他们没关系，要处理就处理我吧。"刘长路解释说。

"刘长路！你这是什么意思？在领导面前充好汉吗？你还有没有组织纪律，是不是电视剧看多了？你当这里是绿林好汉的山寨吗？跑这儿讲哥们儿义气来啦。这是公安派出所，不是个体买卖、私营企业。"韩建强很反感刘长路这种大包大揽的口气，一撇嘴就是一通挖苦。他本想这个时候刘长路能老实点儿，能听他的训斥还不敢还嘴，没想到这几句话倒把刘长路的火儿点着了。"韩教导员，我没说这里是杂货铺、副食店呀！就因为我头脑里有组织观念，所以才赶回来承认错误的，要不是玩命往所里赶，还归不了交通队呢。”

“你这样是承认错误吗？先端正态度！”

“我态度挺好的。说实话，我现在心里还害怕呢。这么大的事儿我没遇到过呀，还给大家添了麻烦，还不知道领导怎么处理我呢，我敢态度不好？”

韩建强脸色阴沉起来：“你知道这是什么性质的问题吗？往大里说，这是无组织、无纪律，这是欺骗领导；往小里说，是你刘长路不诚实，本质有问题！”

“韩教导员，这件事情上你怎么批评我都没有关系，可你别随意评价我的人品。反正事情已经发生啦，愿意怎么处理你看着办吧。”刘长路站了起来，一副大义凛然的样子。

屋里的火药味一下子浓了起来。张东平立即对刘长路说道：“刘长路，你怎么说话呢？找你来是要把这件事情调查清楚，别说还没有谈到对你怎么处理，就是对你进行处理也是应该的。你先回去，把事情的经过原原本本地写下来交到我手上。还要告诉你们一件事，从今天起取消你、陈其嘉和许彬的佩枪资格。听明白了就去写经过吧。”

这种口气不容置疑，刘长路看看张东平，转身走出了屋子。看着仍气咻咻的教导员韩建强，张东平冲两位副所长说道：“我同意教导员的意见，向公安处上报给刘长路的纪律处分，这段时间先调离值勤组，让他在派出所里打打杂，就算是停职反省，以观后效。你们说呢？”

冀锋和常子杰一起点着头说：“行，行。”韩建强“嗯”了一声，没有说话。看来他刚才的气儿仍然没消，只是觉得张东平已经采纳了自己的一半意见，不好再坚持下去了。毕竟，领导之间也要有个平衡。这个告黑状的人太可恨了，这哪是向上级反映情况呀，这简直是给我添堵，得把他查出来。想到这儿，他冠冕堂皇地说：“张所，那个打电话的人，我建议应该在全所范围内查找一下。有问题可以按照程序逐级反映，这么做是什么意思？是反映情况还是嫌所里不乱呢？”

张东平点点头，其实他心里一直也在想这个人是谁，这么做是出于什么目的。是为了维护纪律，还是跟刘长路他们三个人有过节？是想搅乱目前所里安定团结的局面，还是对在座的领导有意见？想到这儿，张东平看了一眼沙发里的教导员。韩建强在平海所是资格最老、时间最长的教导员，在他任职的时间里，平海所表面上看真的是很平静。可也就是在他和前几任所长的拼命努力带动下，这个所的民警却没了斗志，没了向上的欲望，失去了争强好胜的气势，干部和民警连应有的信任都难维系，这能是简单的一句“人心散了，队伍不好带”就能解释清楚的吗？这和目前铁路公安面对的大环境没有联系吗？

他不愿再想下去了，眼前还有一堆摆在案头的工作。都是上级的命令，都说此项工作是重中之重，都需要紧急部署落实。一个派出所能有多少警力？四面分兵，八方灭火，真应了《孙子兵法》里的经典语句了：兵无常势，水无常形。唉……还是赶紧把会议精神跟几位干部说说吧。他拿起自己的笔记本：“咱们先说说马上要进行的工作吧。这半天什么也没干，光坐着扯淡呢！”

值勤三组宿舍里正在开会研究问题。首先是警长陈其嘉发言：“这是谁干的？这不是把咱们当菜往上端吗？”接下来就是许彬郁闷的声音：“这回完啦，辛辛苦苦许多年，一觉儿回到解放前啦。”陈其嘉马上反驳：“你快歇会儿吧，就知道唉声叹气，也不想想办法。你昨天找单文，他怎么和你说的？”

“我问他看没看出来枪有问题，他说没看出来。”

“就这么简单？”

“就是这样呀！我估计不会是他说的，就算是他说的，他也不知道是谁走的火呀！”

陈其嘉把嘴一咧：“这还用知道是谁呀，他只要把走火的事往上汇报，领导一查枪支交接记录不就全明白了。”

“我……我可没想这么多。”许彬说话没底气了。

刘长路这个时候反倒坦然了：“算啦，你们俩别再埋怨了，刚才我已经和张所摊牌了。都是我一个人的事儿，不能因为我连累你们。至于是谁告的黑状，我想也许是我平时得罪人了吧。”

陈其嘉一肚子的怨气：“师傅！就算是你想得开，我们也想不开，怎么着也得知道是谁在背后捅咱们的刀子啊！”

许彬好像是想起了什么，又好像是提醒似的说了一句：“其嘉，你别光朝单文身上想，老赵不也看见了嘛！不会是他吧？”说完，用眼睛一个劲儿地盯着刘长路。

“绝不可能。”刘长路斩钉截铁地否定着，“老赵不是那种人，这么多年他惹过什么是非？平时我们俩关系也不错，他还欠着我的人情呢，他不会做这么龌龊的事儿！”

“那就只剩下单文啦。”许彬嘟囔了一句。

陈其嘉哼了一声：“说不定就是咱们这位单大内勤。”

单文这几天心情一直很好，陈其嘉、许彬他们警组的事情丝毫也没有影响到他。每到下班回家，他准是第一时间打开计算机，然后迅速地登录QQ，查看有没有人给自己留言。这种奇妙和兴奋的心情让他自己都不知道如何表述——和他聊了近半年的一个女网友要来看他了。

他们是在网络上相识的，开始的时候就是一起玩游戏、打牌。这位名叫“紫色花冠”的人偶尔也登录论坛发表点儿东西，他认为对方文笔还算不错，就礼貌地回了几次帖。真正把他们拉近的是在一次对弈中。

当时他和一个叫“黑宇”的网友正在进行着激烈的中盘搏杀，进来围观的人很多。“黑宇”是个象棋高手，棋风彪悍，思路敏捷，两个人纠缠在一起，谁也无法打破僵局。就在这个时候，“紫色花冠”点击着他的网名说话了：“蓝色！你献兵冲马！局面肯定有改观。”

他仔细斟酌了一下，马上发觉这是一手妙招儿，于是毫不犹豫地点兵前冲。

“你这头母驴，就你叫唤得欢！”“黑宇”张嘴就骂。

“你妈才叫唤呢！”“紫色花冠”也不示弱。

“我看你是找修理呢！趁我现在没发脾气，有多远赶紧滚多远！”“黑宇”看来是真上火了，这招儿棋让他感觉很被动。

“你有本事就来，姑奶奶我怕你？”

他感觉不能再让他们骂下去了，于是边点击悔棋边冲“黑宇”说：“我不走这步了，你们也别打架。多不好呀，本来是娱乐的。”

谁知“黑宇”还不同意他悔棋，点着他的名字说：“和你无关，我就找这头母驴！紫色花冠！别在一边支招儿，有本事咱俩来一局。”“紫色花冠”也没含糊：“你不够档次。”这下算是把火点着喽，拥护“黑宇”的看家一起点击着“紫色花冠”的名字齐声讨伐。他真是不能再玩了，于是强行退了出来，把分送给了“黑宇”。

在游戏大厅里，他们又见面了。“紫色花冠”问他为什么退出，他说不愿意看见他们打架，上网本来是件轻松的事儿。对方半天没再说话，过了一会儿，“紫色花冠”又点他的名字，问他有没有联络方式。他回答说有，把自己的QQ号码告诉了她。

QQ里的小喇叭在不停地闪动，表示有人在加他好友。他加上对方以后，两个人开始了交流。“紫色花冠”问：“蓝色，你平时喜欢什么？”

他回答：“音乐，看书。”

“音乐喜欢中国古典的、西洋的，还是流行歌曲？”

“看来咱们俩说不上来，我喜欢中国古典的民乐。”

“你就这么肯定和我说不上来吗？我从小就是学民乐的。”

“真的！那我可是班门弄斧了。”

“给你放一段听听。”

“好啊！”一个笑脸。

从此以后，两个人只要有时间就一起沉浸在悠扬的乐曲中，有的时候好久都不说话，只是静静地欣赏着行云流水的乐章。突然有一天，“紫色花冠”问：“你结婚了吗？”

“孩子都十岁了。你呢？”

“我们没有孩子。”

“哦……”他不知道如何回答。

“想看看你长得什么模样儿。”“紫色花冠”发了一个笑脸。

单文回了一个撇嘴的图案：“我没有视频。”

“那就先不看了，有一点儿神秘感更好！”“紫色花冠”说完又放起了音乐。

5

以后的日子里，单文和“紫色花冠”有时候下棋，有时候听音乐，只是很少聊天。再见到“黑宇”的时候，单文也是极力向他推销自己的观点。在单文的意识中，上网聊天、打游戏是一种休闲和娱乐，同时也可以展现自我。现实的生活本来就让人够累、够烦的了，生气上火没这个必要，“黑宇”慢慢地也同意了他的看法。只是再和他下棋的时候，他感觉“黑宇”的棋风更犀利、更凶猛，冲击力非常强，为了局部的小利甚至有些奋不顾身。这个人太爱钻牛角尖了。

那是一个黄昏时分，“紫色花冠”上线了。她没有像以往那样跟他打个招呼，然后再放乐曲，而是贴上一个红红的唇印。单文愣了一下，发了个问号。“紫色花冠”告诉他，今天“黑宇”向她道歉了，语气很诚恳。“黑宇”说，之所以这样，都是受了你的启发，所以来个飞吻谢谢你。他忙说，不用，不用，其实网络上虚拟的事情很多。但我总是以真心去对待别人，因为现实中的欺诈太多了，能有个聊得来的朋友多好呀！“紫色花冠”表示认同。从此，他们聊天的范围扩展了，几乎是天上一脚地下一脚，涉及的范围慢慢也转移到了情感方面。好在他鼓捣计算机也不是一天两天了，媳妇没有太在意。他也刻意地不去引起媳妇的怀疑，总是利用下班和晚上看完电视的时间坐在计算机前，装模作样地打开个文件，然后偷偷地登录 QQ。果然，“紫色花冠”的头像在不停地闪烁，她已经等他好久了。每到这个时候，单文就特别兴奋，仿佛一天的忙碌和劳累都随着她的出现被放逐到遥远的星球。

他知道自己网恋了。

他开始还试图克制自己，怎么说自己也是有家有口的人，现实生活中还没有找个第三者，怎么会在网络上聊到一个相恋的人呢？可是随着交流的延伸，他发现自己也在有意或无意地扮演一个挑逗的角色。

“你到过平海吗？”

“没有，只是知道它是个大城市，有海。”

“那真可惜。平海不仅有海，还有许多好玩好看的地方呢。”

“其实，我小时候的梦想就是去看看大海。”

“那你来呀，我带你去看海。”

“我怎么去呀，飞过去吗？呵呵。”

“那你就变成一只美丽的燕子，飞过来吧。你要真到了平海，我让你吃得体重增加，再用集装箱运回去。”

“哈哈，那我还真要去一次了，看看自己有没有机会增肥。”

每聊到高兴的地方，对方总会发过来一个红唇。

单文又找回了恋爱的感觉，准确地说，这种感觉他从没有过。为了这种美妙的感觉，他慢慢地说服着自己。我没有背叛自己的婚姻，也没有其他企图，“紫色花冠”人在哪个城市、是干什么的我都不知道。她也许离我很远呢，也许只是一个和我有相同趣味的人，自己只是寻求一种慰藉，一种对长期工作压力的释放，一种游离在婚姻以外的情感，不是想借上网聊天获得什么利益的坏蛋。他逐渐觉得“紫色花冠”是个能解读他的人，他也愿意把自己工作中的苦闷说给对方听。

一天晚上，“紫色花冠”照例在等他。看见他登录后，“紫色花冠”给了他一个笑脸。他熟练地回了个调皮的图案，然后就是特俗的问候：“你吃了吗？”

“几点啦，再不吃就饿死了。”“紫色花冠”回答他。

“你自己做饭呀？”

“是啊，我做的饭可好吃了，朋友们都说我做饭香。”

“可惜呀，我没机会品尝。”

“紫色花冠”立即响应：“到平海的时候我做给你吃。”

他感觉到一阵兴奋：“你要来平海？”

“嗯，我过几天有个假期。我想去看看大海，你陪我去吗？”

“那太好了，什么时候来？我肯定陪你去看海，一起享受海天一色的风光，一起去看海边的日出！”

“蓝色，你真可爱，可惜我现在还没有见过你呢。你能告诉我你长什么模样儿吗？我不听你笼统的介绍，要听详细的。”

他敲打键盘的手停住了。因为怕媳妇注意，他始终坚持打字，没有安装视频和耳麦这些聊天工具。“紫色花冠”在知道他没有视频以后也不再发出邀请，他们都敏感地没有询问对方的电话，到现在两个人基本上属于隔山打牛的状态。谁也不知道对方的模样儿，谁也没有听过对方的声音。他想了想，轻快地给“紫色花冠”打出了个人简介。“我的相貌平平，历经许多磨难，爱好艺术，工作肯干。我的身材不高，条件非常一般。我的薪水不多，懂得奉献。一个人我已尝遍了人情冷暖，一个人我已懂得了世道艰难。平凡的我需要一个知己相伴，她要知书达理、浪漫。”

“呵呵，这是雪村的征婚启事呀，你不会是再想结一次婚吧？”

“你让我介绍自己，我就借他的歌，把自己的形象告诉你。”

“这么说……你长得肯定挺帅啊！”

“我长得很一般，真的。说了你也不会信，我属于扔人堆里就不好找的那种人。可是，我很有自信。”

“你很有礼貌，也很大度，挺有男人味的。”

“谢谢。”

“认识这么久了，可以问一下你的工作吗？”“紫色花冠”给了一个笑脸。

“告诉你，你不会跑吧，呵呵。”

“你不会是黑社会老大吧，哈哈哈……”

“我是个警察。”

对话框上沉默了。过了一会儿，她说：“可以听听你的声音吗？”

他起身看了看在屋里已经睡下的媳妇和孩子，慢慢把门关上，掏出手机："你告诉我号码，我给你打过去吧。"

"紫色花冠"打出了一串手机号码。他压抑住心跳，拨通了电话。

"喂，是你吗？"

"是我，你是蓝色！"

"你好，我不知道怎么称呼你，叫你紫色可以吗？"

"当然可以。蓝色，你的声音很有磁性。"

"谢谢，紫色，你怎么想起要听我的声音的？"

"因为和我聊天的人之中，只有你没给我提出过难题，也从没主动要过电话。你总给人一种神秘感，所以我想接近你。"

"现在知道了吧，我就是一个普通人。"

"你是个有品位的警察，我能感觉到。"

"谢谢……"

"我们网上聊吧，别打扰你家里的清静。""紫色花冠"说完，挂断了电话。他看了一眼屋子里的老婆、孩子，把号码存储在手机里。

"紫色花冠"在最近几天就要来平海了。单文每天都在为这次历史性的会面准备着，毕竟这是他多年来第一次见自己老婆以外的女人。单文把偷偷积攒的私房钱全放在一起，和相熟的朋友联系了价格适中的宾馆，还把自己认为好看的衣服整理了出来。当然，这一切都是瞒着媳妇暗箱操作的。

今天中午家里没人，单文上网和"紫色花冠"约定了日期和见面方式。就在他开心地从货场穿过，准备返回派出所的时候，一抬眼，见陈其嘉和许彬正在站台上看着他呢。

"你们俩挺有闲工夫的，等谁呢？"他搭讪着往所里走。

"等你呢！单大内！"陈其嘉语气里带着嘲讽。

单文停住脚步："等我？有事儿啊？"

"废话！我问你，许彬找你要枪油擦枪的事儿，你还告诉谁了？"

"我谁也没告诉呀！许彬为这事儿找我，我当时就说啦，我什么也没看见，什么也没发现，就是一次例行的枪支保养。”

“这么说，你是看出来这支枪打过了……”

单文皱了皱眉头：“我不知道，我也没注意。”

其实这句话说得真没劲，他还不如承认自己发觉枪走过火，这样也许更能让陈其嘉和许彬消除对他的怀疑。果然，陈其嘉听完这句话后，冲许彬说道：“看见了吧，我说什么来着？操！你还一个劲儿地说他发现不了。”

许彬脸上挂不住了，冲单文嚷着：“哥们儿，你怎么能这样呀？你这不是拿同学献礼嘛，这样对你有嘛好？你能当上所长呀！”

单文还没明白过来，一个劲儿地退让：“你别着急，这到底是怎么回事儿？你别冲我嚷！”

“怎么回事儿你心里清楚！单文，你拿长路送礼，我们不管，可你别绕着我们俩，我们平时可是哥们儿。你说，哪点儿事儿我们对不起你，让你这样地坑我们？”

“许彬，你说清楚点儿，别在这儿瞎叫唤！”单文有点儿急。

陈其嘉推开许彬，指着单文的鼻子：“单文你听着！我知道这次竞聘副所长你也想上，真有本事我们拉开场子比画。别弄小孩儿打报告的玩意儿，背后出阴招儿、使暗器，也不嫌丢人！是老爷们儿吗？”

单文真急了，上去一把推开陈其嘉：“你！你别欺负人，谁给你打小报告了？我怎么阴你了？”

“就是你这个傻子！是你把枪走火的事儿捅出去的。”陈其嘉说完，单文就愣神了，他的确没有把看出来枪走火的事情告诉别人，就是所长张东平上午问自己的时候，还表示模棱两可地说不好呢。自己的一片好心，他们不仅没领情，反倒如此对待自己，我这个好人当得多冤啊！想到这儿，他冲陈其嘉说：“你自己做的事儿不严谨，跑风漏气了还怪别人了。”

陈其嘉听单文竟然敢还嘴骂街，迎上去就是一拳，嘴里说着：“我看你是尾巴有点儿翘，欠管。”

单文就是再窝囊，这个时候也忍不住了，冲过去抓住了陈其嘉。许彬一看不好，忙过来拉着两人，嘴里嘟囔着：“别真动手呀，别真动手呀，让外人看见。”

“去你的！”陈其嘉扒拉开许彬，顺手一把揪住单文的胳膊往自己身子里带，把腰往里一填，伸出腿，拧劲儿一个背胯就把单文扔站台上了。这招儿是他平时跟刘长路学的。

突如其来的袭击可把单文摔蒙了，他趴在站台上一时失去了方向感。“让你跟我叫劲儿，我摔死你。”陈其嘉的这句话倒让单文找到了目标。他看准陈其嘉的双腿，从地上猛地冲过去，一把抱住把他摔倒，两个人在站台上滚起来了。

许彬没想到两个人的动作会这么突然，没说几句话就滚在一块儿了，还是在大庭广众的站台上。他慌神了，忙弯着腰想去拉住两个人，没想到却被两个人也带着滚到了站台上。这回可热闹了，三个民警在站台上滚成一团，帽子也飞了，鞋也甩出去了。老远在站台上等车的旅客不知道这边发生了什么事儿，一个劲儿地议论着。

“那边怎么啦，怎么警察和警察打起来了？”

“也许是抓坏人呢。”

“抓坏人，这仨谁是坏人呀？”

“你自己看呀，下面的那个是！”

“不对呀，大哥，下面的那个又上来啦。”

“你管这么多干吗呀，要不你过去帮忙！”

“我过去，我不找倒霉吗？”

“这不结啦，你就老远看着就得。反正是狗咬狗，他妈一嘴毛儿。”

三个人正滚着，突然被一声大喊震住了。“都给我停！还知不知道寒碜！”他们抬起头，看见张东平已经站在他们眼前。

6

张东平心里这个气呀！这两天事儿还少吗？眼看着任务又要来了。刚和几个所领导研究完方案，内容是怎么保卫从平海所管内通过的提速列车。跟沿线几个驻站警组也打了招呼，说去观察一下沿线周边的治安状况。才下楼就看见这哥儿仨在站台上滚成一团，帽子和鞋也掉了，仨人的肩牌和领花也歪了，这叫什么事呀！气得他真想过去踹他们几脚。仨人看见领导来了，都拍拍屁股爬起来，像刚参加完自由搏击比赛的运动员一样，不停地喘气……

“什么话也别说，”张东平用手挨个点着眼前的残兵败将，“都回所里去！”然后气咻咻地转身又上楼了。许彬忙着捡三个人的帽子，单文找回来掉在站台边上的鞋，陈其嘉扣着被拽掉的肩牌，三个人跟着回到了派出所。

刚进楼道，张东平扭脸就冲三个人说：“你们多大啦！忘了自己是干吗的啦？谁也别说话！我什么解释也不听，三个人都回去好好想想今天这事儿。一会儿找冀所去解决问题。我现在没工夫搭理你们，等我回来再说。”

说完，他冲后面喊道：“小吴！常所！老赵！都快点儿！”单文知道他是在喊司机吴涛、副所长常子杰和赵鹏程。他喊着主管内保的副所长和老赵出去干什么？是不是沿线有重要的事情……作为内勤，单文这个敏感还是有的。想想昨天张所让自己拿的近期沿线治安状况的材料，他感觉沿线肯定有事儿！于是，他瞥了一眼陈其嘉和许彬，朝自己的办公室走去。

陈其嘉这口气还没消，边揉着胳膊边指着许彬：“你刚才拽我干什么，是拉偏手还是怎么着？”

许彬听了这句话，差点儿没气喷了：“我不拽着你，不拽着你还真让你摔死他是吗？都是一块儿的同事，怎么还真动手了！你真是狗咬吕洞宾……”

“去，去，一边儿待着。拿你自己当好人了！”

“操！就你一个人是好人！”许彬翻了个白眼，转身也走了，楼道里只剩下陈其嘉叉着腰运气呢。

张东平坐在车里，脑子也没闲着。他一边计算着汽车开出来的时间，一边琢磨着执行任务的时候，在这几十公里的铁道线上怎么分段往沿线上撒人，以及怎么能让民警进到护网里面去，找到自己负责的具体位置。以前铁路是敞着口的，线路两边都可以让人穿行，一年到头撞死不少人，光是处理路外伤亡事件就得耗费很大精力。现在把护网安装上了，老远看上去铁路是封闭了。可老百姓不管这些，你碍着他走道儿了就不行，非得扒开个口子来回地钻！有的地方还把整片的护网拆下来卸走了。不为别的，就为了走路方便。他们走路方便了，可给警察找了活儿了。铁路公安局下达命令，让民警去查沿线护网破损情况，民警知道这应该是铁路工务部门的活儿，可命令下来了，你就得执行。于是，有的应付差事走马观花，有的干脆把工务部门自己方便干活儿留的活门也算在内，有的索性连一个小眼儿都算了，报上来的破损情况五花八门。上面一看问题严重，就责成工务部门去维修。工务部门琢磨，你这不是给我们上眼药嘛！行，咱们就对着来！于是，人家也加强了巡视线路，一会儿给你报个有人拆护网，一会儿给你报个铁路器材被盗，弄得关系特紧张。他这次也是顺便去关照一下驻站点的警组，让他们和附近的单位搞好关系，别闹得太僵。要不然遍地狼烟，你就是有八只手也捂不过来。

车到了柳青镇，这是平海所管内位于城乡接合部的小站，驻站点的警长徐玉祥已经在柳青站门口迎着他了。张东平他们几个下车后，被徐玉祥让进了值班宿舍。看着他找杯倒茶忙碌的样子，张东平拦住他："老徐，你别忙啦，我们坐一会儿就走，还得往前面看看呢。"

"大老远来的，怎么也得喝点儿水。"老徐客气着。

"老徐，真别忙了。王站长在吗?"张东平掏出烟来递过去。

"站长没在，可能是出去啦。"徐玉祥接过烟，"张所找他呀?"

"没在就算了。这不又快要提速了，你们驻站警组要注意沿线治安，对附近的村民要多宣传，和铁路内部的各个部门也要搞好关系，尤其注意别出影响行车的事儿。真出了事情，可别让人家拍咱们头上。"

徐玉祥不住地点头："是，是。这点张所放心，柳青这片治安环境还不错，就是外来人口多点儿，但都在镇里打工，离铁道线远。"

张东平掐灭了烟，对常子杰说：“常所，按咱们事先商量的，你在这儿等等王站长，沟通一下，我们转完后回来接你。”常子杰点着头说：“行，行。”张东平一行走出屋，跨上汽车又奔下个小站去了。

教导员出去开会了，张所长和常副所长去沿线了，派出所里的领导就剩下冀锋了。他想找刘长路聊聊，也是给对方解个心宽，一只脚还没踏出门口呢，就听见了张东平在楼道里的喊声。他赶紧缩了回来，竖着耳朵听了一会儿，才知道是陈其嘉、许彬和单文打架的事儿。这仨怎么打起来了？他们平时关系不错呀！想到这儿，他坐回到椅子上，等着这几位找自己来。

一会儿，陈其嘉进来了，喊了声“冀所”，张嘴就说：“我们仨其实是逗着玩，逗着逗着下手狠了就有点儿着急，然后就动手了，就这么点儿事情。”冀锋就问：“因为什么？”陈其嘉说：“还不是些闲白儿的事儿。”冀锋问：“到底什么事儿？”陈其嘉说：“这事儿怪我。我说单文和老婆办事的时候怕影响孩子休息，两人在沙发上就和，腻乎了会儿。一抬头，发现沙发跑客厅里来啦。你说，这俩人多大的劲儿！”

冀锋“扑哧”一声笑了出来，指着陈其嘉说：“你这个陈皮呀，我说你什么好呢？和我还动心眼儿！”

陈其嘉忙摆手：“冀所，我说的都是实话，你可以问许彬和单文呀！”

冀锋把眼一瞪：“你拿我当傻子糊弄呢。我现在问谁去呀？你们都是警校的同学吧，平时关系也不错，估计这会儿许彬早和单文串完供了。你们爱说不说，我也懒得问。都给我写检查去，这事儿等张所回来再处理。自己屁股还没擦干净呢，又动手打架。”

陈其嘉看气氛有点儿缓和了，就递过去支烟，又打着火点上：“冀所，所里准备怎么处理我们组的事呀？”

冀锋装傻了：“你们组的事儿？你们组什么事儿呀？”

陈其嘉一脸苦相：“哎哟，冀所，你就别拿我开心啦，走火的事儿呀！”

冀锋摆出一副公事公办的样子，对陈其嘉说："到时候你就知道啦，谁让你们串通一气欺骗领导呢！"

陈其嘉一咧嘴："得，哥们儿义气害死人啊！我也不问你了，爱怎么地就怎么地吧，反正是发昏挡不住死。"说完，出屋写检查去了。

张东平一行回来的时候，天已近黄昏。把常子杰顺路送回家了，他问了一下赵鹏程。知道今天是他们值班，他直接走进副所长办公室，看见冀锋还在屋里就问道："那几个人呢，都还在吗？"冀锋知道他是问刘长路、陈其嘉、许彬和单文："单文说有事儿先走了，他们仨还在二堂等候呢。叫他们？"

"算啦，让他们先回家。告诉刘长路停职反省，明天别跟班啦，先在所里做卫生。闭闭他的性！打架的事儿回头再说，过几天火车要提速，忙过这段儿吧。哦，你也赶紧回家吧。"张东平说完刚要出去，被冀锋叫住了："张所，明天早晨有个警卫任务，级别和车次都在警卫本上了，你别忘啦。"

张东平答应一声出去了。回到自己的办公室，他仿佛才有一丝平静。他点了支烟，习惯性地闭上眼靠到椅子背上。说起来平海所一年到头地接警卫任务，有的时候一天得赶上三四次。都是大领导，都有级别，还都得备好了人马家伙伺候着。没办法，警卫工作是重中之重，谁也不敢马虎。可是，总如穿糖葫芦似的往来穿梭，总是高标准严要求，人慢慢地就疲乏了。一产生这种心态，也就不拿这个事儿当事儿了。张东平刚到的时候感觉到这是个问题，警卫任务说没事儿，什么都好。说有了事儿，可就谁也跑不了。所以，他极力地纠正着。他有意地在大会小会上强调警卫工作的重要性，把警戒区域重新划分，尽量科学地安排岗位，不使警力重叠，在使用警力上也不是很忙碌。可就是这样也架不住频繁的任务，最要命的是上级领导还无限地拔高，有规定不按规定办，甚至为了某位首长的家属或是某位退休的领导干部就得布置许多警力，弄得民警怨声载道。这样的事情到什么时候是个头呀？他揉了揉发涨的脑袋，又燃起一支烟……

单文告诉媳妇说晚上在单位值班，然后一个人偷偷跑到平海北站，准备接晚上到站的列车，“紫色花冠”就在这趟车上。

他们没定什么接头暗号，因为两个人都觉得这样太俗气，也没什么必要，打个电话不就能找到对方了吗？单文进站前问清了列车停靠的站台，然后点了支烟，站在角落里静静地等候着。他平时不怎么喜欢抽烟，今天有点儿压抑不住地兴奋和紧张。他不停地让这支香烟往返于嘴边和手指间，把烟雾全吞进了肚子里面。

“旅客们注意了，由广州开往北京的38次列车就要进站了，请上车的旅客和接亲友的同志们协助服务员维持好站台秩序，不要拥挤，站到站台白线以后。”广播员在广播列车就要进站的消息。单文一下子从憧憬中惊醒，忙整理了一下衣服，向站台前面走过去。

火车机车亮着前面的大灯缓缓驶进站台，单文的心越发紧张起来。“紫色花冠”会不会骗自己呢？她要是不来怎么办呢？她到底长得什么模样儿，是不是人们经常在网上传说的恐龙呢？她对自己不感冒怎么办呀？想得越多他越烦，索性不再考虑这些事情，就当对方是自己早已认识的一个女友！

车停了，人们从各个车厢鱼贯而出。他在10号车厢门口伫立着，下车的旅客从眼前一个个地过去，可就是没有他想象中的“紫色花冠”。他有些沉不住气了，举起电话拨打着她的号码。电话接通了。

“喂，你在哪儿？我怎么看不见你？”他焦急地问。

“你在哪儿呀？我怎么也看不见你呀？”对方回答着。

“我就在10号车厢的门口。车上下来的都是老年乘客呀，我压根儿就没看见一位年轻人。”

“呵呵，也许我就是一位老年人呢！”

单文心里立时翻了个跟头，但他还是压抑住自己：“就算您是老太太，也应该让我看见您吧，紫色。”

“哈哈，你真可爱！回头看看。”单文忙回头注意自己的身后，眼前站立的是一个短头发的女人。她身材不高但很匀称，宽宽的额头下面一双大大的眼睛闪着聪慧的光亮，高翘的鼻子显得很有个性，丰满的嘴唇透出隐约的性感。“你，你是紫色……”

“警察先生，你认得很准呀！”

整个夜里张东平总也睡不踏实，刚刚感觉安稳一点儿就被定好的闹钟吵醒了。他迷迷糊糊地起来穿好衣服，揉着睡意蒙眬的双眼出了屋门，在楼道里喊了一声：“接车的人起啦！快点儿！”他再进屋拿起帽子，趿拉着鞋走到楼道中央。

接警卫任务车有较严格的规定，哪个级别的任务都有提前多长时间上岗的要求。今天这个任务是凌晨上岗。

值班备班的民警一个个歪歪斜斜地从宿舍里走出来，一水儿的痛苦表情，仿佛遇到了半夜鸡叫的周扒皮。张东平也习惯了，扒拉着走在前面的人：“快点儿，岗位都告诉你们啦，抓紧上岗！都别跟扛长活儿的似的！”大家一起出了派出所，发动车的发动车，附近上岗的几个打着哈欠也走了。张东平伸了伸懒腰，在站台上等着一起接车的车站值班领导。过了一会儿，人到齐了，互相点了支烟，一边骂着“坐车的不知道下面人疾苦”的套话，一边等着列车从眼前通过。然后，又相互客气了一下就回去睡回笼觉了。

张东平蒙眬中还没睡着，就被电话铃声吵醒了。他真有点儿烦，拿起电话没好气地问：“谁呀？”

“张东平吗？我是警卫支队赵凯。”

“哦，赵支队长呀！什么事儿？这么早？”

电话那端的语气明显透着紧张：“张所，告诉你一个不好的消息，警卫对象的包车经过你们管内二十公里的地方遭到石击！你抓紧带人去出现场吧！”

“什么？”张东平的盹儿一下子全醒了。

第三章 危行案件

1

张东平知道事情的严重性。警卫对象乘坐的包车在自己管内遭到石击，这事儿可大了！他扔下电话，一把抓过放在床头的裤子，连蹬带踹地提到腰间，拉开门喊道："小吴，快起，快起，有急事！"

他来到平海站派出所后，对民警值班的班次进行了重新编组，人员配备得比较合理。一个组里面有司机，有内保，有治安各个警种，保证发生各类案件迅速出警时，都有熟悉业务的人在场。所有值班民警有案子一起上，先出现场干活儿，等定性以后再划分到具体的办案人头上。他自己带的这个班里有内保组的赵鹏程、治安组的老高、内勤单文，还有司机吴涛。单文有事请假了，他叫起值勤组备班的林辉，五个人连蹿带蹦地跳上汽车，奔着郊区铁路沿线的地方冲去。

警车在清晨的公路上疾驰着，两边的楼房和花圃急速地向后倒退，马路边上早起晨练的老头儿、老太太也伸胳膊踹腿地张望着警车。小吴本来想问把车开到什么地方，可扭头看见坐在旁边的张东平阴沉着脸，马上把要问的话咽了回去。

张东平是在想对策。他在当刑警时就养成了一个好习惯，遇事不乱，自己尽量冷静地分析判断。他心里琢磨着，铁路系统里对这类案件统称"危行案件"，就是危及行车安全案件的简称。一般来说分为七大项：关、提、拔、摆、拆、击、砸。具体来说，就是关闭折角塞门，提钩，拔闸瓦钎，摆设障碍，拆盗铁路器材，石击列车和砸毁行车设备，比如信号机什么的。这里面尤其属这个石击最讨厌，最不好破案。别的都能留下点儿痕迹，可石击列车就方便多了。砖头石砟铁路沿线遍地都是，俯身捡起一块，不用加工，直接就能使。地点更不好说，他今天高兴在这儿给你来一下，也许明天一不开心又跑到八里地以外去啦，不确定性太强。至于作案嫌疑人……铁路沿线往来的人员这么多，有下地干活儿的村民，有途经此处的小贩，有下岗以后无事可做的闲散人员，还有一帮痴傻呆茶的土神瞎鬼，这变数可就太大了。

警卫包车被石击这样的事情，自己作为值班所长必须及时赶到现场，因为马上公安处的值班领导就会带着科室的值班人员来到这里。他们不熟悉线路两侧的状况，自己带来的人要给他们引路，同时还得先期在石击地点前后一里地的地方进行搜寻，主要是查找玻璃碎片和石击用的石头或砖块。再有就是得扩大清理检查范围，进行走访，最好能找到嫌疑人或目击者，但做到这一点的可能性微乎其微。随后很有可能就是大兵团作战了，这也是时下一种最耗费人力、物力的无奈之举。公安处肯定会调集一大帮人来平海站支持，蹲坑的蹲坑，走访的走访，巡线的巡线，弄得沿线附近的村庄乡镇鸡飞狗跳，目的是尽快侦破此案，可作用不一定有效。来的人少还好说，要真来几十口子人，这人吃马嚼的还不要了我的命。

“张所，快到柳青界啦，咱们奔哪儿?”小吴提醒似的问了一句，这才让他想起自己光顾着叫人快点儿上车出来，并没说清事情和地点。“再往前，约莫过了柳青站，正线二十公里的地方。今天这事儿麻烦了，咱们刚接的那趟车遭石击了。”说完，他又想起个事情，忙举起手里的手机拨出一个号码。接通了，里面传来柳青驻站民警徐玉祥的声音：“您好。”他连忙说：“老徐吗?我是张东平。你现在赶紧到正线二十公里的地方。我们要是先到了，你就等公安处的人，把他们引上来。”

“张所，出什么事儿了?”

“刚过去的那趟车遇到砍砖头儿的了!”

早晨的郊外微微有些寒意，警车停在离铁道线十多米的公路上。这段线路是高路基，他们爬上去，找了半天也没发现有豁口的护网。看来钻是钻不进去了，只能往里跳了。几个人在张东平的带领下龇牙咧嘴地相互照应着跳过了护网，看了看界标，正好二十公里。

张东平挺了挺刚才跳护网时抻了的腰，给几个人分配着任务：“老赵，你和小吴去前面找，老高和林辉去后面，我在这儿找，一定得仔细。谁带着相机了？”赵鹏程答应了一声。他一挥手：“抓紧！赶在公安处的人来以前找到点儿东西。”赵鹏程心里明白，越能早点儿查找到痕迹，就越能证明他们很早就赶到现场进行处置了。想到这儿，他不由得问了一句：“张所，是列车运行方向的哪一侧呀？”

“老赵，让你问着了。我也不知道，赵凯根本就没告诉我。”

赵鹏程一摇头，和小吴他们分着走开了。

几个人像警犬一样，弯着腰在铁路线上搜寻起来。

赵鹏程知道，由于火车运行速度的关系，列车上报的位置不一定是准确的。说二十公里的位置，找起来就得前后扩大几百米的范围。自己干刑警的时候也曾遇到过一回事儿。当时他们组在车上着便衣“打流”，就是专门打击流窜捋窃犯罪。组里的一个小弟兄上厕所解手，擦完屁股一起立，枪从裤带上滑下来，直接顺着便池口掉下去了。可把这位弟兄吓坏啦，匆匆忙忙、失魂落魄地跑到餐车向他报告这个不幸的消息。他看了看手表，确定一下时间和位置，告诉对方先别慌，然后马上用旅客的手机和附近派出所联系，特意告诉人家多辛苦一下，查找的位置前后扩大几百米。果然，一个小时以后派出所所长就来消息了，说，特大喜讯！他问所长，“四人帮”被粉碎了？所长说，去你妈的，枪找到了。你怎么请我吧？他说，我前方站就下车，带人赶交路回去，你在当地先订个最好的馆子，叫上你的人，我到了咱们就办。那个时候人情浓啊，一桌子人喝得红头涨脸，称兄道弟，当场就签订了攻守同盟条约，相约忘记过去，展望未来。丢枪的事儿从此以后就泥牛入海了。

赵鹏程带着小吴一左一右沿着线路仔细地寻找。走出二百多米，就听见小吴喊他：“老赵，你过来看，肯定是这堆！”

他迈过钢轨，走到小吴那一侧，俯下身，看见了一堆散落的玻璃碎片。“看来劲儿还不小呢，这是钢化玻璃掉下来的。小吴，叫他们都别找了。”他自言自语地念叨着，举起相机选择角度进行拍照。拍完照片，他抬起头，看见公安处主管刑侦的副处长高建在张东平的引导下，正往自己这边走过来。“怎么我想谁，谁就来呢。”高建以前是刑警队队长，也是赵鹏程的师弟，还是他刚才想起那件事情的主角。

“鹏程，你昨天晚上值班呀！辛苦，辛苦！”高建踩着脚下凹凸不平的石砟向他伸出手。他迎上去拉住对方的手：“高处，你最近可见胖，当领导就是养人呀。”高建使劲儿握了握他的手：“鹏程，都是弟兄，别这么称呼，你还是叫我高建吧。”他不置可否地笑了笑，心里想：“你可不是以前的小高了，许你跟我客气，可不许我当着这么多人实受着。我要叫你一声高建，你嘴上不说什么，心里还不一定怎么骂我不懂事儿呢。”

张东平在刑警队的时候一直是高建的部下，说起话来也比和其他几位处领导随便些：“高处，我这回算是中奖啦！”高建盯着脚下的碎玻璃，眼皮都没抬：“你说得真对，这次奖项是五百万，左右都招呼你脸上！”

“我就知道好不了。高处，给点儿指示吧。”

高建斜了他一眼：“你头一天干警察呀，这事还用我教你？回所后抓紧成立项目组，安排人手蹲坑布控沿线走访调查。估计今天北京就得有人过来，这个案子要处理不好，你就洗干净了等着挨秃噜吧。”

“那让他们把刀备快点儿，一下捅死不就结啦。”

回到派出所还没进屋，高建就把张东平拉到一边低声耳语：“刚才在车上接李大处一个电话，北京的人已经直奔平海来了。李处的意思是我挂帅总负责，你主抓具体工作。上面的要求是限期破案。”

张东平一个劲儿地抖落着手：“高处，高爷，干脆把我交上去得了。这样的案子怎么能要求限期侦破呢？这不是逼着我们作假吗？”

高建立起眼眉，用手点着张东平的胸口：“你别糊涂！李处电话里可说了，车上的警卫对象有早起的习惯，刚起床想活动活动胳膊腿，一块石头就招呼上了！用人家的话说，比日本鬼子的炮弹还响呢！把老头儿吓得够呛。老头儿虽说现在是退下来了，可以前也是为革命做过贡献的。再说级别也在这儿摆着，必须得有个交代！”

张东平无奈地点点头：“我懂！我尽力！”

“不是尽力，是全力以赴！马上通知所里所有的民警，一律停止休假，连公休也别歇，全员到所搞这个案子，不达目的誓不收兵。”

上午，派出所大会议室里坐满了人。还没开会就已经烟雾缭绕，热气腾腾。除去值班的人，所有的民警都集中在这个屋里。他们接到电话就匆匆赶来，互相交流着听到的信息，七嘴八舌地议论着即将开展侦破的案件。张东平和几位领导进屋后，一屁股坐在前排的椅子上。他扫视了一下四周，满眼都是花白的头发和闪闪发亮的谢顶，黑头发太少了……“因为事情紧急才把大伙儿都叫来，客气的话我也不说了，先让韩教导给大家通报一下案情，我把手里的人员名单再拟一下，咱们争取开短会，会完之后抓紧忙活工作。”教导员韩建强把警卫列车遭石击的事情说完后，张东平抓起刚才的那张纸：“我长话短说，咱们现在就分工。所里成立线路蹲控、沿线调查、线路巡视和信息收集四个小组，汽车都开出去跑。我负责全面工作，线路上的蹲坑守候由常所负责。带治安组的人，同时刑警队支持咱们十个人，都编在你们组。对柳青站管内十八至二十二公里的线路进行监控。沿线调查由冀所负责，带内保组的人对出事线路附近的几个村进行走访调查，争取挖掘出有价值的资料。线路巡视由赵鹏程老赵负责，你带沿线警组和刑警队的十个人穿便衣机动巡视线路。信息收集汇总由韩教导带内勤单文负责。大家都听明白了吗？”看见大家频频地点头答应着，他有意加重了语气，“这个案件上级要求我们限期侦破，虽说现在还没有具体到什么时间，但是这个案子一天不破，咱们平海所就一天消停不了。所以我想告诉大家，在工作中多注意出事地点附近，经常上铁路的人，还有痴傻呆茶精神病这些人的平时表现，千万不要漏掉一点儿线索。”

会开完了，张东平感觉还差点儿什么。他把冀锋叫到自己的办公室，关上门，递过去一支烟：“冀锋，我刚才说的话大家听明白了吗？”冀锋点了点头：“你说得很清楚呀，大家应该都听明白了。”

张东平摇摇头：“好像没起什么作用。就算是听明白了，没人给你使劲儿也是白搭呀。”

冀锋将身子往前凑了凑：“张所，你的意思……”

“我的意思是你搞调查的时候，要着重调查柳青镇铁道边上的几个村子。带上徐玉祥，他是当地人，人熟地熟好办事儿，和附近几个村子的支部书记、治保主任的关系也不错。他也了解村子里面那些精神病人、傻子弱智的基本情况。还有，一旦确定目标，你可以先找老赵商量一下，他这方面有特长。把刘长路也带上，别让他在所里面闲着。最后一点！该花的钱得花！明白吗？”

冀锋仿佛觉悟了似的点着头。

看着冀锋走出办公室，张东平这才长出了一口气。他拿起手边写好的材料才想起始终没看见单文的影子。自己给他打过电话了，叫他抓紧回所，现在都快中午了也没见个人，他跑哪儿去了呢？

2

单文此时正在赶回派出所的路上。

昨天晚上的幽会给他展现出另一个天地，他仿佛随着悠扬的歌声意气风发地走进了新时代。“紫色花冠”是个娇小玲珑、善解人意的南方女人。她有着让人迷恋的妩媚，还有柔情似水的娇柔。他接过她手里的包准备一起出站的时候，她紧走两步很自然地把胳膊挽进了他的臂弯，紧紧地依靠着他。这感觉像一对分别许久的恋人，更像是一只飞出樊笼后受惊的小鸟，终于找到可以遮风避雨的大树。这个举动让他怦然心动。

到宾馆以后，他发现“紫色花冠”对房间里设施的使用比自己熟练很多，她知道在什么地方放鞋，在什么地方找到衣架，在什么地方烧开水，在什么地方打开壁灯。他默默地看着她收拾东西，想到两个人在网络上激情的话语，便走过去慢慢地抱住了她。他听见她微微地“嗯”了一声，整个身体有些发软。他再要有些亲昵的举动，她缓缓地推开他的手：“你好温柔，和我想象的不一样。”

“你是怎么设想我们的第一次见面的?”

“我想……我想你也许会很冲动，甚至有些粗鲁，可你依旧这么温柔。”

他有些尴尬：“我，我没有太多这样的经历。”

“紫色”笑了，笑得很甜：“这也是我最喜欢你的地方。你的性格挺好的，不太适合做警察的。”

单文更加不好意思了，感觉自己的脸有些微微发烫：“也许吧，这可能跟我做文职有关系，我不太接触外面的事情。”

她轻拍一下他的胸口说“等我一会儿”，扭身走进了卫生间。他压抑住自己的冲动，心想：“紫色准是长途劳累，想洗个澡休息一下。女人都含蓄，激情的时刻还没到来呢。”

他刚点燃一支烟，看见她推开卫生间的门走出来，对他示意：“我试过了，水温很好的，你先去洗澡吧。”

他连一句推托的话都没说，站起来径直走进了卫生间。这个时候，他不知道说什么才好。他在里面刚脱下衣服就听见敲门声，随后从门缝中伸进一只手：“把你的衣服拿出来，别让水打湿啦。”他答应一声递了过去，然后关上门拧开水龙头。

水雾在屋子里面升腾起来，他闭上眼睛，微微仰起头，让水涟任意击打在自己身上，温暖潮湿的气氛又让他感觉有些冲动。门被轻轻推开了，他瞪大眼扭过头去。她赤裸着全身走到他的跟前：“我给你搓搓背吧。”他再也按捺不住心头涌起的火焰，一把将她拉入自己的怀中。两个人在水雾中纠缠在一起，宛如伊甸园里的人之初。单文感觉血液在身体内高速地冲击着，总是试图喷发出来。“紫色”紧紧地缠绕着他，撩拨得他失去了和老婆做爱时的矜持。他的动作开始粗鲁，有力。他们无所顾忌地放纵着自己，雾气笼罩的镜子里，不时地映出他们疯狂欢爱的画面。

激情消退以后，他们相拥着倒在床上。“紫色”熟练地点燃一支烟，吸了一口递给他。他接过来放在床头的烟灰缸里：“挺熟练的呀，你经常抽烟呀。”“紫色”笑了，“一个人的时候多呀，寂寞中就学会了。怎么，你不喜欢女人吸烟吗？”

单文摇摇头：“我不反对也不支持，这是你自己的事情。不过，女人吸烟容易使皮肤起皱纹呀！”

“紫色”的身体往他身上靠了靠，用力抱了抱他：“你就不问问我的状况吗？不怕我缠住你呀，宝贝！”

他抚了抚“紫色”光滑的肩头，用手指在她细嫩的肌肤上画着横线：“你不会的，我知道你也不想改变现状，不想改变自己的家庭。”

她抬起身子：“蓝色，其实我一直在骗你。你答应我不生气，我就向警察叔叔坦白。”

“我怎么会生气呢？你应该有自己的秘密。”

“紫色”坐起来点上支烟，长长地呼出一口烟雾：“其实，我一直都在给人家做二奶。他是个在我们当地政府里做官的男人。他给我提供的生活很舒适，钱、房子、车一样也不缺，可我就是没有真实的感觉，所有的一切都让人感到虚伪，包括感情。”他仔细端详着眼前的女人，觉得她变得很深沉，“认识你正是我最空虚的时候，你的出现让我感觉特别美好，因为你很单纯，很招人喜欢。我们的爱好也一样。当时我根本没想到你是个警察，知道了以后更想了解你了，所以我就来了。说完了，警察叔叔。”

“别说啦，谢谢你能相信我。哦，能告诉我你的名字吗？”

“紫色”翘起了新月一样的嘴唇，露出洁白的牙齿：“我从没问过你叫什么，我觉得你现在的名字就很好呀。”单文明白了，不再说话，把她抱得更紧了。

电话铃声响起的时候，他还没有完全从昨晚的甜蜜中醒来，一看号码，盹儿醒了一半儿，是所长张东平打来的。“单文吗？你今天别休息了，现在就到所里来！有急事！”他答应一声挂断电话，回头看见“紫色”询问的眼神，“真对不起，本来今天想带你去看海的，刚才单位来电话了，有急事。我得马上回去！”

没有想象中的缠绵，“紫色”很理解地说：“你去吧，我再睡会儿。有时间的话，我会自己去海边的。我们保持联系，今天晚上你还来吗？”他表示肯定来！然后穿上衣服走出房间，走到大堂门口，忽然想起自己和“紫色”都没有吃早餐。他跑到宾馆外面的早点铺买了包子和粥，又跑回宾馆再次敲开门，把东西递给“紫色”：“特意为你买的，趁热吃吧。”紫色接过早餐的时候眼里流露出好多幸福和感激。他挥了下手说“走啦”，转身跑下楼去。

单文很少打出租车，今天他可是过足了坐出租车的瘾。车没开出去两个路口，就遇到堵车，而且一堵就是半个小时，刚见松动又堵得严严实实。他忙扔给司机些钱，钻出车往前面跑去。过了两个路口，又拦上一辆出租车，才走上去平海车站的正确路线。这个时候，已经快到中午了。

到派出所后，他先推开所长室的门，见屋里坐着张东平、韩建强和几个他不认识的人。这几个人都表情严肃，跷着二郎腿，把双臂交叉抱在胸前，坐在这两位所领导对面，仿佛居高临下的城管面对着无照经营的小贩。张东平看见他进来，把桌子上的一叠纸递过去：“单文，你回来得正好。把我写的东西整理一下打出来，然后交给北京来的几位同志。”他答应着接过来，走出屋门的时候心里在想：“就是因为这几个傻子才急着把我叫回来？”低头看看纸上潦草的字迹：平海车站派出所××日石击警卫列车的工作情况。他头皮有点儿发紧，凭过去的经验，他感觉自己今天晚上恐怕要焊死在派出所里了。家里面还好说，因为工作突然加班不回去，媳妇、孩子已经习惯了。可宾馆那边呢？他怎么去和“紫色花冠”解释呢？

冀锋把人员分了三拨，划分了调查走访的区域。他自己带着赵鹏程、刘长路和徐玉祥，坐着司机小吴的吉普车一溜烟儿地奔着柳青站开下去了。坐在车上，他回过头对徐玉祥说：“老徐，咱们这个组全靠你了。柳青是你的老窝，争取获取点儿有价值的信息，最好能直接破了案，那才叫牛呢！”

老徐不紧不慢地说：“冀所，还是靠大家吧。靠集体的智慧、集体的努力才能破案呀，我一个人可玩不转啊！”

“能叫你一个人冲锋陷阵吗？你看看咱们配的人，多整齐！老赵是老内保，有刑警的底子，经验也丰富。”赵鹏程耸耸肩，把脸扭开了，“长路，咱们所的抓获能手，这不也跟着来了嘛!”

刘长路一梗脖子：“你别打我的牌啊，我现在是接受监督改造阶段，领导让我干吗，我干吗。领导不让我干的，我他妈坚决不干，多干一点儿就容易犯错误!”

冀锋：“你还来劲了，你这么听领导的话呀？我现在让你吃屁屁，你吃吗?”

刘长路眼眉一立，脖子梗得像根棍儿似的：“你吓唬我！你现在脱裤子就给我拉出来。当着这么多人的面，谁含糊谁是孙子。”一车人笑得前仰后合。赵鹏程拍着刘长路的肩膀：“兄弟，我真服了你啦。”

冀锋没词了，看见小吴边笑边晃动着方向盘，忙转移方向：“我说吴伯伯，你可得把稳点儿，别把咱们都开沟里去。”

副所长常子杰这个时候正挠头呢。自己手里的二十几个人，要分成小组白天黑夜地对发案区段进行蹲坑。发案的地方是高路基，两边都是农田和菜地，蹲坑的民警没处躲没处藏，还不能总在线路边上晃悠，自己容易暴露不说，线路上飞驰的列车太快也很危险。想来想去，他决定找车站借两辆旧汽车，一来可以装人，便于隐蔽，不至于让大家风餐露宿；二来行动方便，这样不容易引起人们的注意。他把这个想法和刑警队带队的小刘沟通了一下，对方当然觉得这是个好主意。然后，派出三个小组，也浩浩荡荡地仿佛鬼子进村一样，冲着柳青镇方向开拔了。

天黑了。出去的几组人跟商量好了似的，谁都没有回来。单文心里跟长了草一样，不时地看着窗外的月亮和手腕上的手表。“紫色”始终没有来电话，也没有给他任何信息。她现在在做什么呢？这个时候，单文忽然感觉自己对她的牵挂胜过对老婆、孩子。我这是怎么啦？难道一夜的鱼水之欢能取代多年的情感吗？他把自己关在屋里，就像头上套拉磨的驴似的一个劲儿地转圈。在转了不知道多少圈后，他决定去找张东平。目的就一个，请假回宾馆去。

他推开所长室的门，看见张东平正在打电话，便像往常一样静静地等着。张东平放下电话，一眼看见他："单文，有事儿吗?"他赶忙凑过去："张所，我今天晚上得回家，有点儿急事!"张东平点点头："本来今天你就应该歇班。回去吧，明天早点儿来，恐怕明天所里会更热闹。"他答应着快步走出屋，连衣服也没换，出门打上一辆出租车直奔宾馆……

他想知道"紫色"在做什么。

3

"紫色花冠"还在宾馆里静静地等着单文，整整一天没有出去。她在给他打开门的时候笑容依旧："你回来啦，我还以为你今天晚上要回家呢。"

单文感觉这话不是对他，而是对那个远在异乡的官员说的。他压抑了一下不快："本来是来不了的，我特意找领导请了假，明天早晨还得赶回去。"

"紫色"摆出无所谓的样子："随便你啦，反正我的滋味你也尝过了。人都一样，什么好东西时间久了都会厌倦的。"单文刚要张口说话，被她用手势制止住了，"你肯定会说，我和别人不一样。其实，不一样的地方就是你可能比别人更虚伪，更善于伪装自己。你这样的软刀子杀人才不见血呢!"

"你是这样看我的?你知道吗?今天我们单位发生了一起案件，全所的人都赶来参加侦破。早晨已经去晚了，就不说啦。直到我请假出来，大家还都没有回来呢!我直接来宾馆看你，连家都没回，你还这么对待我，这样说我。"单文可能是让"紫色"气的，有些语无伦次。

"这能代表什么呢?表示你爱我?还是和我在一起激情的时候不同于你的老婆，短暂的新鲜感还没有消退?"

单文的表情说不出是疑惑还是愤怒，也许还夹杂着一些伤感："这些，这些，都是从你嘴里说出来的话，你就是这么看待我们的关系?"

“紫色”轻轻叹了口气，不再说话。她从挎包里掏出香烟，给自己点了一支，缓缓地偎坐在床边，呈现出标准的怨妇形象。这个模样儿让单文又急又气，不知道如何是好，进门时想好的话都忘到脑袋后面去了，也一屁股坐在了床上。

两个人背靠着背静坐了好半天，最终还是单文打破了沉默：“我们出去走走吧。平海的夜景很好看，走吧，出去换个心情。”“紫色”有些踌躇，单文不由分说地一把拉起她，走出了宾馆的房间。

清凉的晚风伴随着街道上的串串灯光，让人的心境舒缓了许多。他们俩徘徊在宾馆外的河边，一同看着泛起波纹的河水流向远方。“紫色”此刻仿佛减轻了刚才的郁闷，取而代之的是小鸟依人般的模样儿，依旧挎着单文的胳膊慢慢走着。“你知道吗？本来我今天想一个人去海边的，可总觉得有你陪着会更浪漫，所以就等着你，等你带我一起去看海！”这声音，这场景，还有迷人的眼神，都让单文陶醉。他被这温柔感染着，不自觉地哼起了一首京歌：“每一次无眠，你都浮现。你驾你的小船，云里雾间……”

“你唱的是刘欢的《情怨》吧，有昆曲的味道，我喜欢。”“紫色”把头靠向单文的怀里，轻轻地接唱：“多少年情不断，我多想抱你怀间，这绵绵的情缘，今又重现……蓝色，我们的情缘又能有多久呢？”

单文盯着流逝的河水，没有说话，把她抱得更紧了。

张东平给老婆、孩子打了个电话，告诉他们自己今天晚上又不能回家了，接着又拨通了常子杰的电话：“常所，我是张东平，地方安排得怎么样啦？”电话里常子杰的声音很大：“放心吧，张所，按你说的在醉香楼订好单间了！一会儿我就去接北京那几位。”

“住处安排好了吗？”

“放心吧，两个人一间全套设备齐全，我和宾馆经理谈的价钱，人已经住进去啦。”

张东平嘘了一口气，放下电话，拿起桌子上全天的工作进展情况，刚要喊单文，才想起他已经请假回家了。于是，他来到派出所调度室拨通指挥中心的传真，把工作进展情况发了过去。随后，他来到教导员办公室，推开门，看见韩建强微闭双眼，手里夹着根燃着的烟，四仰八叉地瘫坐在椅子上。“教导，大哥，小心烧了手啊！”

韩建强被他的喊声唤醒，抖落一下手里的烟灰：“唉，就这么一会儿工夫，睡着啦。有事？”

“我得陪那几个拿尚方宝剑的人去吃饭，估计时间不长。你等冀锋回来就回家吧，咱哥儿几个别都熬着。”

韩建强当然知道他说的拿尚方宝剑的人指的是谁，摆了摆手：“你还是踏实地陪他们吃饭吧，北京这帮人事儿太多，不好伺候。吃完饭你回去吧，今天我值班。”

张东平摇摇脑袋：“别啦，还是你回去吧，我晚上得等他们夜间蹲坑的人往所里报情况。教导，就这么定啦。”说完，他朝外面走去。他边走边想：“得让常子杰给晚上上岗的这帮人紧紧扣，别净躺在车里睡觉了。”

这顿饭吃得真是很累，张东平和常子杰两个人，直到把这几位爷送回宾馆房间，还一个劲儿地擦汗。常子杰有些迷糊，从电梯里走出来的时候还拉着张东平的手：“张所，你，你今天可是拿我送礼啦，酒基本上可都是我喝的……”

张东平搀着他一起往门口走：“老常，我今天已经够意思了，陪着喝了一杯！一会儿我还得回所里值班，我这可是违反‘五条’呀！”

常子杰一挥手，很有大将风度地骂了句：“什么‘五条’！我现在可是业余时间！反正我今天是回家了，就，就，就有劳兄弟你啦。”

张东平连忙说：“没事，没事，我打辆车送你。”一抬头，看见宾馆侧门处进来一男一女两个人，一同钻进另外一边的电梯。女的他不认识，这个男的他可认识，就是单文。他怔了一下，下意识地想喊对方，犹豫着还是忍住了——在这个场合显然不合适。“唉……我说单文怎么不对头呢，看来他今天晚上向我请假，就是为了和这个女人幽会呀!”这确实出乎了张东平的意料。

一连三天下来，案件一点儿进展也没有。

高建从第二天就在平海所督战，每天都要听各组的工作汇报和调查的进展情况。张东平更是着急上火，不时地给几个小组的负责人打电话加压，可还是没有收集上来有价值的资料。整个案子就像驶进茫茫大海之中没有任何导航工具的小船，东一头西一下地瞎撞，不知道岸在哪里。

张东平在屋里坐不住了。蹲坑守候等不着人，是意料之中的事，可是自己在事前开会动员的时候讲得很明白呀，难道是他们根本没听懂那深层次的意思，还是明白了就是不积极地去操作？北京来的人和副处长高建天天在平海所督战，这无形中就是一种压力。限期一个星期侦破此案，虽然没有告诉下面，但日期还是有的，越早破案对平海所就越有利。离铁路再一次全面提速的日子不远了，最近平远支线那边也不平静，“110”报警电话一个劲儿地往指挥中心打，反映线路上盗窃运输物资的案件严重，站车堵卡抓获网上逃犯的成绩也不理想。不能再这么等下去了，得主动出击。想到这儿，他在心里默默地衡量了一下，操起手机拨通了冀锋的电话。

“冀所，张东平！你那里这两天还没进展?”

“张所，我们跑遍了附近的几个村庄，土神瞎鬼的是有几个，可人家都说平时看得挺严。这些人不招灾不惹祸的，咱没办法下嘴啊!”

张东平呼出一口气：“你呀，我怎么说你呢！你们别总是跟大爷似的吓唬人家，换个办法，想想别的策略。就算是和自己媳妇办事儿，总一个姿势也不行呀!”

冀锋说话的声音有点儿小，看来是提防着周围的人：“张所，我想到办法啦，可就是怕人多嘴杂，传出去……怕弄坏菜了。”

张东平坚决地说：“按你想的办，出了事我扛。另外，别不相信你带的人，让他们都上，不用遮遮掩掩的。本来就是瞒上不瞒下的事儿。这是一锅汤，都在里面煮着呢。”

冀锋连声答应后撂下电话，走回屋里。屋子里赵鹏程、刘长路、徐玉祥正在一起聊天呢。看见他进来后，刘长路抬脸问道："又有新指示了？""还不是给咱们加压拧扣。"冀锋说完对正在卷着喇叭筒的徐玉祥说："老徐，柳青镇靠近铁路边最近的村是徐庄子吧？"

"是，这是个大村，九百多户，一千六百七十多人，生活水平一般。"徐玉祥边回答着边用舌头把喇叭筒的口封好，掏出打火机点着火，"我就是这个村的人呀，这地方我熟。"

"这村里谁说话算数？"

"那就得说是支书徐文东徐老二啦。"

冀锋转了下眼珠："老徐，我有个想法，咱们请徐庄子的支书吃顿饭。你能请得动他吗？"

徐玉祥疑惑地看着冀锋："冀所，请是没问题。要按辈分说起来，我还得喊他叔呢。不过话说头里，这人可爱占小便宜啊！"

刘长路凑过来挤咕着眼睛搭话了："老徐，你都快五十了，他是你叔，还不得七十多呀！看来，干部年轻化真是势在必行呀！"徐玉祥差点儿没乐出声来："长路，你就逗我吧。我说的是辈分，我们农村讲这个。其实他才四十出头，比我还小。"

冀锋一拍大腿："说办就办。老徐，你现在就去请他，这地方哪家饭馆最好咱就去哪家。具体的事儿，等你回来再告诉你。"

看着徐玉祥骑着自行车出了院门，刘长路问赵鹏程："冀疯子这是要干吗？"

赵鹏程把双臂抱在胸前，意味深长地点点头："他想干什么，我好像有点儿明白啦。"

"你明白什么啦？老赵，说出来听听。"刘长路着急了。

赵鹏程用胳膊一拱刘长路："你别着急呀，一两句话说不清楚。你就等着看吧，保证有好戏。"

"我看什么呀我看，他能有什么新鲜的呀！"刘长路撇了撇嘴，走开了。

开宴了。徐庄子的支部书记徐二同志被大家众星捧月般地让到了中间正座的位置上。他今天自我感觉特别好，下午先是徐玉祥来到家里，告诉他冀所长准备请他吃饭，有要事商量。天还没黑的时候，派出所的车就开到了家门口，冀所长亲自把他从小院子里迎出来，在村里众人目光的注视下称兄道弟地一起上车来到了饭馆。坐定了之后，徐支书没用别人劝就先干了两杯，以示自己人很实诚。冀所长也没含糊，举起杯一仰脖儿，也来了个一饮而尽。真是实在人遇着实在人啦，那就简化程序，直接进入主题吧。徐支书夹了口菜放到嘴里，看着旁边一个岁数小点儿的民警，立即又给他重新斟满酒杯后，说道："冀所长，咱都是实诚人，你有话就说！别跟我客气！"

冀锋把酒杯一举："徐大哥，你看你这话说的，没事就不能找你喝杯酒了？铁路从你们村里穿过，爱路护路不还得靠当地政府多支持嘛，你说是吧！"村支书在冀锋嘴里愣给封成一级政府了。偏偏这位"当地政府"一点儿不好意思也没有，还举着酒杯一个劲儿地客气着："应该的，应该的。我老早就教育村里的老百姓啦，让他们爱护铁路。你不信问玉祥，他每次下来巡逻宣传、走村串户，我都支持！是不是呀，大侄子？"

这声"大侄子"叫的，徐玉祥心里别提多别扭了，在心里骂道："混账东西！你是吃着我，喝着我，还占着我便宜。"可还不能着急，因为后面的事还需要他帮忙，只好连连点头说："是，是，你支持，你支持。"

刘长路在边上乐了，一捅冀锋，小声地说："这么一会儿工夫，咱们都比老徐大一辈儿了，有点儿快，我一时还接受不了。"

冀锋借着酒杯挡住脸说："别穷逗啊，这是正事。"然后，他继续对着支书举起杯："徐大哥，咱村里的精神病人平时老实吗？"

"老实！老实极了！都是良民啊，天天的大门不出二门不迈的，主要是咱们教育得好啊！"说完，两个人又干了一杯。

冀锋摇摇头，又进行第二次启发："他们平时就没有一个人爱出来转转什么的？比如，到铁路边上来玩……"

支书好像听明白了，他扫视了一下屋里的人，把目光又移回到冀锋的脸上：“冀所长，是不是咱铁路上出什么事儿啦？”

冀锋很神秘地一只手搂住徐老二的肩膀，把嘴附在他耳朵边上，一只手连比画带说地叙述了半天，听得支书不住地点头：“冀所长的意思我听明白了，可是现在这样的人不好找呀！”

“要不怎么找到您了呢！老徐一直跟我说，您在这一带说话最好使，无论什么人都得买您账！所以才跟您商量，您给出个主意。”冀锋说完，冲赵鹏程示意。赵鹏程伸手从椅子后面提出两个塑料袋子递过去：“徐支书，这是专门给你带的烟和酒。小意思，一定得收下！”

徐老二推托了几下，接过来放在自己的腿边，用手揉搓着脸，陷入了思考中。想了一会儿，他对徐玉祥说：“老五家的那个傻子，好像是个弱智吧，快三十了数个数还费劲儿呢。”

徐玉祥说：“你是说老五家的大儿子，那不是个纯傻吧？”

支书咧咧嘴：“大侄儿，要是纯傻子，还不得把你累死啊！”

“可他们家这工作不好做呀……”

“要是好做，你们还找我干吗？”

冀锋赶忙举起酒杯：“支书真是爽快人！就按徐大哥说的办！”

4

询问的地点设在柳青站民警驻站办公室里。

小吴开车和赵鹏程去村里接人了。冀锋让刘长路和徐玉祥把屋子收拾一下，中间横着摆上个桌子，桌面上铺开些笔录纸，又放上钢笔，有点儿像电影、电视剧里面审讯特务的样子。冀锋拉开架子往桌子后面一坐，仰起脸问身边的两个人：“怎么样？有点儿意思吧？”

“有！太有了……不过，你得把帽子戴上，要不然不像国军！”刘长路顺手把帽子扔了过去。

冀锋接过帽子，“唉”了一声：“咱们本来也不是国军呀！想想都憋气。干了半天的工作，受着挺大的累，穿着统一的号坎，执着国家的法，还他妈的算个企业警察，找谁说理去呀!”这句话同时勾起了屋里所有人的感慨。徐玉祥岁数最大，对未来的事情也最关心，听完冀锋的话不由得也叹了口气：“唉……也不知道上面总说的那个铁路公安转公务员的事情怎么样了。”

“怎么样？你就等着吧，估计到你退休的时候也转不了。”刘长路对他的美好希望无情地泼着凉水，“现在是用你干活儿的时候，拿这个忽悠你。打个比方吧……这公务员的事儿呀，就好比是一块没肉的骨头。”

徐玉祥直愣着眼神：“你这话是什么意思?”

刘长路连说带比画地冲着徐玉祥：“用你干活儿的时候，把它扔出来让你们抢。等活儿干完后一抻线，又拽回去了！弄得咱们白咬了半天，屁都没有！再说你都五十多了吧，就算转成公务员还能要你吗?”

徐玉祥很认真地瞪起了眼：“凭什么不要我们这些老家伙？我们也算为铁路保驾护航做过贡献啊！当官的不至于卸磨杀……杀那个什么吧。”

“你就直接说杀你不结了嘛！你当你是什么？还不就是一驴。”刘长路的嘴什么时候都不饶人，起劲儿地撅着老徐。

冀锋感觉话头不对，没想到自己无意中的一句牢骚会引发这么多联想，连忙岔开话题：“老徐，老徐，我记得我和长路到所里来的时候你就在了吧。说起来，你是老资格啦，你是怎么进公安的?”

“当时铁路修到家门口的时候，占了我们家的地。只听说铁路招工，说是为了解决困难补偿我们。我们家老爷子真是高兴啊！他从小参军受了多少苦呀，全国解放了回乡务农，从没为我们几个孩子说过什么话，办过什么事儿。那回他一咬牙，找了过去的老战友，就为了给我安排个好工作。工作下来啦，进公安处当民警！我们全家人这个高兴啊!”

刘长路递给老徐一支烟：“你能不高兴吗，估计当时嘴都咧后脑勺上去啦。你也算是吃皇粮拿工资啦，总比他们种地强吧。”

“谁说不是呢!”徐玉祥接完话茬儿感觉有点儿不对，斜着眼推了一下刘长路，“你小子话里有话呀！是不是嫌弃我没文化呀！告诉你，咱可是正经的初中毕业。我上过学！”刘长路觉得有点儿不好意思，连忙解释：“老徐，你看你，上脸啦。我不是同意你的观点才这样说的嘛！”

徐玉祥点上烟，喷出一串烟雾，满脸的郁闷，又把刚才的话题拉回来了：“谁知道当了这么多年民警，还不是国军！不是就算了吧，可级别也上不去，级别上不去钱就少。好几个比我退休早的老哥们儿，临了才弄一个副科级，唉……干了一辈子啊！”

冀锋想，可不能让老徐再说下去了，再说就该成为控诉大会了：“老徐，别琢磨了，车到山前必有路，也别听长路瞎白话。你们俩还是想想怎么给我托底吧，一会儿傻子就来啦。”“你也真是的，要是我说，你就让老赵办这事儿。他比你内行，保证一回过，不补考！”刘长路大大咧咧地接过话茬儿。

“上面领导这么重视这个案子，还是我来吧。”冀锋从心里不太喜欢赵鹏程的样子，张东平嘱咐过他的话，根本没放在心上。

刘长路伸了伸脖子，没再言语。他心里知道冀锋对赵鹏程不太感冒，非要自己露两手试巴试巴。毕竟现在人家是领导当家做主，自己再说什么也没用，还是别因为工作和哥们儿闹不愉快，估计老赵肯定也是多一事不如少一事，就让冀锋自己练吧。

在赵鹏程和小吴的陪同下，老五家的傻儿子闪亮登场了。

冀锋头一眼看了心里就痛快，这顿酒没白喝！徐老二就是聪明。他找来的这个傻子留着像耕地一样能分出水渠和梯田的分头，两只四处张望的眼睛迷离无神，厚大的鼻子像个蛤蟆似的趴在脸上，嘴唇像小贩卖的劣质大饼。得，整个一标准的国际脸！再看穿的衣服就有点儿挑衅的味道了，一身的迷彩，脚下还穿一双军跑便鞋。“傻样儿，还拿自己当特种兵了？”

估计是赵鹏程和小吴在路上训好了，傻子一进门先来个立正，举起左手冲冀锋他们三个人又来个标准的敬礼：“警察叔叔们好！”这个礼把刘长路敬愣了，一时间还真没想起哪里不对，反正就是觉得有点儿不伦不类的。

“噢，你来了，坐那儿。”冀锋忍住笑，一指中间的椅子。傻子二话没说，“吭哧”一屁股就坐椅子上了。“你叫什么名字？哪个村的呀？”

“叔叔让我叫嘛我就叫嘛！”傻子一脸的认真表情。

“别介呀！你该叫嘛还叫嘛，我不管起名字这事儿。”回答得有点儿出乎意料，冀锋连忙摆着手，“说你自己的名字！”

傻子好像有点儿蒙，愣了一下，用手指抠着厚厚的嘴唇：“我以前叫徐海东，后来他们都喊我大傻，也有叫我国际的。是前面徐庄的。”

“就这模样儿还叫了个大将的名字！怪不得叫你国际呢。”刘长路听到这个名字终于想起了刚才的事儿，傻子敬礼用的是左手。我说看着怎么这么别扭呢！他想叫赵鹏程往里面坐，可赵鹏程和小吴已经悄悄地溜出了屋子，躲外面偷着乐去啦。

冀锋开始问傻子：“徐海东，你四天前的早晨去铁道边了吗？”

“我没去呀，这几天我都没出去，就在家待着呢。”

“你再好好想想，你怎么能没去呢？”

“我就是没去嘛！”傻子还拧上劲儿啦。

冀锋感觉有点儿不对，看来徐老二前期工作做得不彻底。不过这也不能埋怨他，人家能把人给你找来就已经不错啦，有些事情还得自己从头来。想到这儿，他静下心来，开始慢慢地在傻子身上找突破口。

“徐海东，你平时喜欢吃什么呀？告诉伯伯，伯伯给你买。”

傻子乐了：“我喜欢吃巧克力。”

“那行，我问你，你要说实话，我就给你买，而且还买大块的。”傻子点点头。冀锋说：“你现在告诉我，四天前的早晨你去铁道边上了吗？”

“我去啦。”

冀锋赶紧冲傻子挑起拇指：“你说对啦！咱们继续啊，当时你看见火车了吗？”

傻子摇摇头："没看见。"

冀锋把嘴一噘："怎么能没看见呢，你肯定是记错啦，看见火车了吧？"

傻子点点头："我看见啦。"

冀锋又挑起拇指："给你加十分。然后你就干什么啦？"

傻子说："我什么也没干，我回家了。"

冀锋说："别呀，你别什么也没干呀，你得干点儿呀！比如，你追着火车跑，砍个石头子儿什么的……"

傻子摇摇头："我没跑，我也没砍。"

冀锋说："你不想吃巧克力啦？"

傻子的回答把冀锋撞得有点儿愣神："你还没给我呢。"

看来，这个傻子真不好糊弄。

冀锋回头跟刘长路小声说："长路，给这缺心眼儿的买块巧克力去。"刘长路边往外走边嘟囔着："操！也不知道谁缺心眼儿，亏得他是要巧克力，他要是想要飞船，你还不得派我去美国呀！"冀锋一拍他："美得你，还美国呢，有这好事儿我先去了，快买去！"

巧克力买回来的时候，冀锋和傻子交流得还算融洽。一见刘长路回来了，傻子的眼里冒出了希望的光芒，冲刘长路伸出手。冀锋抢在前面接过巧克力，在他眼前晃动着："刚才咱俩可聊得不错，你看见了吗？给你买来了，只要你和我配合得好，我还奖励你！"傻子伸出手："你先给我！"冀锋递过去一块，傻子一把抓过来撕开包装就放进嘴里，边吃边晃动着脑袋，仿佛觉得这就是人间美味。

冀锋看着他嚼着巧克力，赶紧说："行啦，你也吃上啦，该按你刚才说的再说一遍了吧。"

傻子点点头："我四天前的早晨去铁道边玩啦。当时天已经亮了，看见火车从铁道上过，我挺高兴的，就冲它打招呼，可是它不理我。它不理我……""然后呢？然后你就怎么办了？"冀锋赶忙提醒他。

傻子看了看冀锋，噘了噘嘴："然后我就回家了呗！"

“傻爹！傻爷！你可真行，就这么一句，我拿块儿石头砍了火车一下，就这么一句你还背不下来呀！”冀锋有点儿急了，脑门儿也出汗了，声音也有点儿高了，把傻子的辈分也抬上去了。

傻子瞥了他一眼，把脑袋向旁边一歪，满脸的愤慨：“不许你给我起外号！我不理你啦！”

“你真傻假傻呀！”气得冀锋抬脚要踹，可想到对方的样子和自己的身份，“咣”的一脚把身边的凳子踢出去老远。刘长路捂着嘴就跑出去了，在屋外面这个乐啊！赵鹏程凑过来问：“你怎么啦？瞧给你乐的，占着大便宜啦？”

刘长路对着屋里摇着手：“我可受不了啦，老赵，你快进去看看吧。估计再待一会儿，冀锋非跟傻子住一块儿去不可！”

赵鹏程明白了，准是冀锋拿不下来傻子，在里面犯肝气呢。“我进去有什么用，副所长都弄不了，我去了就管用了？”刘长路拉住他的胳膊：“别呀，老赵！我知道冀锋平时跟你不阴不阳的，你也不太爱理他。可咱们是一块儿出来的，商量这个事儿的时候人家也没背着咱，这下他栽里面了，你得拉一把。”

“我也不一定拿得下来。再说了，这有责任呢。”

“老赵，我知道你心里有数，帮帮忙，我出这么大的事儿你都能帮，这点儿事儿，算嘛呀！”

这话让赵鹏程心里咯噔一下，他不由得看了看眼前这个替别人求情的刘长路，突然感到有些心酸，脸上还有些发烧：“那我就试试。咱可先说好了，不一定行啊。”

“你出手准行！谁不知道你善于教傻子说话呀！”刘长路这话是说赵鹏程在几年前办过的一个案子。当时不知道是谁将货场里的“地蹦子”（人工道岔）给扳起来了，虽然不影响正线行车，可也算个不大不小的案件。赵鹏程不知道使了什么招儿，硬是把住在货场附近、经常来疯跑的一个精神病人管得服服帖帖，主动向派出所承认是他闲着没事儿扳着玩的。当时等于救了值班领导教导员韩建强的驾，可事情过去后韩建强还是对赵鹏程有看法。这件事也成了一个公开的秘密。这也是张东平特意嘱咐冀锋，一旦确定目标先找老赵商量一下的原因。

赵鹏程推门进屋，先看了一眼傻子徐海东，然后对冀锋客气地问道："冀所，要不你和老徐先歇会儿，我跟海东谈谈？"

冀锋正愁没台阶下呢，赵鹏程等于是把梯子搭过来了。他赶紧起身朝外走："老赵，这小子可有点儿混，你注意点儿。"

赵鹏程微微一笑："我知道。我试试，看他给我这个面子不。"

5

张东平正在派出所里向高建汇报着一天的工作情况。高建自从案件发生以后，天天和北京来的领导到派出所督促检查，不断地询问案件的进展情况。张东平也只好不断地给各个小组施加压力，让大家尽快找出线索。案件高悬，劳心费力，领导督促，无论怎么样也要有个说法。

高建翻看着这几天收集来的调查资料对张东平说："还得抓紧啊，再给下面的人加加压。都过去四天了吧，总不能一点儿线索都上不来吧。我可提醒你，别到时候交不了差。"

张东平忙解释着："高处，我们可真没少使劲儿。您也看见了，案子一来，我们是全员投入啊！除了正常值班的以外，老的、病的、该歇班的都不休息了，全扑这个案子上了，人力、物力耗费了不少呀！"

"你不要总强调这些，现在是抓紧把案子搞明白了。几天了，没上来一点儿有价值的东西，要我说就是你督促检查得不够。"

张东平听完这话马上站起来，试探着问："要不我下沿线去跑跑，给大家鼓鼓劲儿，顺便检查一下工作情况。所里麻烦高处您坐镇指挥？"

"你小子跟我玩心眼儿是不是？你走了，把我留在这儿听北京那几块料数落？亏你想得出来。你给我老实在所里待着。"高建瞪着眼，没好气地看着张东平。

这话倒是把张东平满心的不快勾起来了。他先看看屋门外面，确定楼道里没有人，然后对高建说道："高处，你说他们这几块料算干吗的，天天跟大爷似的就知道瞎指挥，吓唬人，一点儿正经没有。总说案件没进展，总说咱们办事不力，你们倒是大衙门口来的明白人，倒是给我们出点儿主意，支个高招儿呀，说的那个话真不让人佩服。”

高建摆了摆手：“行啦，前天晚上你们蹲坑守候的人在车里睡觉让人家查着了吧，要不是我赶紧给压下来，现在还不知道一竿子捅到哪儿去了呢！”

“不提这个我还不来气呢，有他们这样的吗？他们来了以后我们样样伺候得挺好，不敢说无微不至，可也细心周到了。头天晚上刚给他们接完风，转天就查你个底儿掉！抛开工作关系不讲，怎么连个人情也没有呢，这都是他妈一帮什么人呀！”

高建把脸一绷：“你这种想法可不对呀！人家是上级领导，来平海所是督促、指导、检查工作的，再说这里面还有个责任问题呢，你别像以前在刑警队那样满嘴没个把门儿的！注意一下自己的身份，这种情绪可不行，你还带着好几十号人呢，别影响到下面。明白吗？”

“我明白，我明白。”张东平嘴上答应着，在心里边却学着阿Q精神，“拿他们当牌位供着吧！就当我缺爹了！”

高建看了看手表：“都已经下午啦，今天再没消息可又过了一天啊！”

张东平没再言语，在心里盘算着，冀锋那边也该有点儿动静了吧。

冀锋从屋里出来后，看见刘长路幸灾乐祸的样子，上去就给了他一下：“你就在一边儿拾乐儿吧。”“我早跟你说了，你不听。让老赵问他不就得了，你非要装这个大尾巴鹰。这回好，让傻子给涮了吧，呵呵……”刘长路边躲边笑。

“老话儿说得没错，真是逢傻必奸！”冀锋不服气地辩解，“我看老赵也不见得能行。”

“你怎么知道不行呢？”

“你这不是抬杠嘛!”

“要不咱俩一块儿学习学习?”说完这话，两人对了对眼神，看看不就明白了。于是，两个人凑到屋门前，透过窗户朝里面张望。他们看见里面赵鹏程和傻子正聊得眉飞色舞，连比画带说地不知道畅谈着什么呢，傻子的脸上居然还有了笑模样儿。“怪了，老赵真有降服傻子的本事呀!”两人偷偷地把门错开一条缝，竖起耳朵探听着里面的对话。

“海东，你真是个聪明的孩子！你再说一遍，全说对了赵大大给你买包子吃。”这是赵鹏程的声音。

“行，赵大大，我现在就说吗?”傻子答应得还挺快。

“现在就说，我给你挑错。”

傻子吸了吸鼻涕：“我平时就喜欢去看火车，四天前的早晨我从家里出来就去铁道边上玩，看见火车在上面跑，我就跟火车挥手，它没理我，没理我……”

“它没理你，你怎么办了？再想想……”

看来，后面的话题有点儿难度。傻子费劲儿地想着，用手挠着头皮。赵鹏程依旧没有着急，慢慢启发着：“火车上面朝你扔东西了吗?”

“噢！我想起来啦，火车上面朝我扔东西了。”

“然后呢?”

“我就捡起块儿石头朝火车砍过去啦!”

“这就对了！还是我们海东聪明啊!”赵鹏程笑着胡噜一下傻子的脑袋，傻子的脸上也挂着兴奋的笑容，“你再从头到尾说一遍，如果全对了，大大给你奖励。”

盯着傻子原文不错地背诵完后，赵鹏程从口袋里掏出一张五十元面额的钞票递过去：“宝贝儿，拿着。把它放好了，以后要是嘴馋了就自己买点儿东西吃，别再满大街找人家要了，听见了吗?”傻子接过钱，不住地点头，好久都在手里揉搓着。

冀锋和刘长路相互看了一眼，目光中流露出的意思是：“牛逼。”

冀锋迎着走出来的赵鹏程说："老赵，你真行。这五十块钱我给你报销。"赵鹏程"唉"了一声："钱不钱的小意思，我觉得这孩子挺可怜的。你们俩不知道，刚才我跟他聊天的时候，他告诉我，长这么大都没吃过包子。有一回满大街追着人家，就为要一个包子挨了顿打。"

"你可怜他，谁可怜你呀！再说你也不用担心，他有明显的残疾，不负法律责任，处理不了他。"冀锋对赵鹏程说。

刘长路接过话头："要不是上面这么玩命地要求限期破案，谁造这个假呀！这就是他爸爸跳河——他妈妈逼的！"

赵鹏程摇摇头，不知道是冲他们俩还是自言自语："我真弄不明白，现在干活儿太急啦，没个踏实劲儿，是不是心气儿都太盛呀。这样走下去，不是逼大伙儿出幺蛾子嘛！到时候民警倒霉，当官的也好不到哪儿去。"

刘长路表示赞同地点着头，扭脸想看看冀锋干什么呢，发现他早躲在墙边上举着手机一个劲儿地白话儿呢。"长路，你看见了吧，冀锋准是又着急报喜呢。唉……"

"让他忙活忙活吧，都紧张这么多天啦。老赵，我跟你打赌，保证不出半个小时，这动人的喜讯就得传遍平海所管内的铁路沿线，捎带着长城内外、大江南北……"刘长路调侃着。

赵鹏程苦笑了一下："长路，上面要是明白事儿，就不会大张旗鼓地宣传，更不会有太多的鼓励。"看着刘长路不解的神情，他继续说道，"张东平是个明白人，你当他看不出来冀锋的弯弯绕呀。这样干说不定还是他授意的呢，无非是先抵挡一阵应付过去再说。凭他的脑子，后面的工作准得对沿线治安下手，亡羊补牢。"

张东平接到冀锋报喜的电话时很兴奋，但马上就被一种警惕取代了，多年的工作经验不得不让他多想几层。他没有立即让冀锋把人往所里带，而是小声对着话筒嘱咐："你可得砸实了！要经得起有可能面临的当场询问，别到时候漏兜儿啦！"

"张所，我看没什么问题。老赵都把这小子胡噜顺了，又买包子又给钱地，他差点儿管老赵喊爸爸了。应该没问题！"电话一端传来冀锋兴奋的语调。

张东平皱了一下眉头：“我看还是牢靠点儿好。这样吧，你叫小吴先回所里一趟，拿咱所新买的 DV 录像机现场录制一下。还是你和老赵审，你们最好先商量一下，注意审查时的语气。另外，条件允许的话，带人做个现场辨认，然后马上通知我。这样，再有问题也不好翻车了。”“我明白了。我马上叫小吴回去。”张东平撂下电话，长出了一口气，有点儿为自己的英明决策沾沾自喜。留下视听资料，一来可以当证据资料保存，二来就算上面要审查傻子，傻子扛不住当场翻车也可以解释成为没见过这阵势，心虚害怕。我们有现场录制的第一手资料呀！他从烟盒里抽出支烟，点燃以后继续默默盘算着，这件事情处理完以后怎么办呢？通过这个案子可是给自己提了个醒，眼看着又要提速，上级肯定会注重沿线治安环境整治，他得抓紧部署，先期对正线投入些警力，就算是亡羊补牢吧。

小吴把 DV 录像机拿来的时候，刘长路正在屋子里不厌其烦地训练傻子敬礼呢。

冀锋按照张东平的指示，先和赵鹏程商量了一下如何录像。这次他吸取了前面的教训，没有固执己见，听取了赵鹏程当面询问、暗地拍摄的建议。于是，由刘长路任总摄像师兼现场调度，赵鹏程任总导演并友情客串，冀锋自己担当制片主任和主演，老徐、小吴负责现场内外的秩序维护，由傻子徐海东领衔担纲的大片《一个傻子的自白》开始拍摄了。

在各个部门多方努力下，拍摄过程进展得平稳顺利，不到两个小时的工夫连外景也摄制完成了。傻子很配合，他在现场竟然还有大家意想不到的超常发挥。他捡起路基边的一块石头，用力朝铁道方向砍去，力量之大完全可以砸坏运行中列车上的玻璃。这个镜头被总摄像刘长路不失时机地拍摄了下来。整个过程总导演赵鹏程始终用心地设计着，他不是想和冀锋抢功，是怕出了纰漏把自己和这帮人都装里面。所以，他宁可不断地反驳冀锋的意见，也得为拍摄顺利进行提出正确的方案。

录像资料完成了，剩下的就是后期收尾工作。这就面临着一个难度很大的考验，那就是要接受领导有可能的当面询问。这一点，张东平还有冀锋、赵鹏程的心里都很清楚。在来派出所的路上，赵鹏程反复不断地对傻子进行教诲，直到他能熟悉地记好每一个关键点。

派出所里，张东平已经把这个喜讯报告给高建了。高建当然是很兴奋，忙打电话告诉“北京的金山上”派来的督战队，电话里少不了预订一下晚上聚餐的地方。快结尾的时候，高建老谋深算地跟了几句：“这样吧，我先把把关！然后让他们制作一下有关材料，晚上给你带过去……噢，噢，没什么，不辛苦！都是自己哥们儿。”撂下电话，他朝张东平一扬手：“行啦，他们不来了，带徐海东吧。”

张东平马上对门外边喊：“冀所，把人带进来！”

傻子在赵鹏程和冀锋的簇拥下，含着手指头晃晃悠悠地走进所长室，进来以后愣愣地看着眼前的两个生人，眼睛里透露出几丝怯意。高建示意张东平问话，张东平指着旁边的椅子：“你坐吧。”傻子听话地坐了下来，无神的眼睛四处张望着。“是你砍的石头吗？”张东平省略了铺垫，来个直入主题。

“是。”傻子承认得很痛快。

“你还记得是什么时候的事儿吗？”

“我记不清楚了，好几天了吧？”这话是赵鹏程在来的路上现教的。一个傻子如果能准确地说出具体时间，那才叫出鬼了呢。

“你朝哪里砍的石头呀？”

“我朝火车上砍的。因为火车先朝我砍的东西，我才往上面砍的。”这句回答太精彩了，很符合傻子的心态。在一旁的高建也不住地点头，张东平看见高建满意的样子，刚要尽快结束询问，没想到高建这个时候插进来一句：“是白天还是晚上啊？”

傻子卡壳了，不住地朝赵鹏程这边张望着。赵鹏程朝前走了两步，站到他面前：“你怎么忘了，你跟我说过的，天天起床第一件事干什么？”傻子呵呵地笑了起来：“我白天起床就去铁道边上玩，正好看见火车从那过，我跟它打招呼，它不理我。它还朝我砍东西，我就捡起一块石头砍过去啦！”

得！回答正确！高建满意地抿了下嘴唇，对张东平说：“找人给他做个鉴定，无行为责任能力你们就处理吧。不过，通过他说的，我可也看出些问题来了。”张东平、冀锋不停地点着头，“你们对沿线宣传教育得不够，像这样的人，怎么不预先和监护人签订责任书呢？这是你们工作上的漏洞，要尽快弥补。”

“是，是，我们下一步工作的重点就是这个！”

高建夹起手包，要出门的时候拉住赵鹏程的手：“鹏程，你没什么事儿吧？有事儿给我打电话，别客气。”

赵鹏程笑着点点头：“高处，我还是别给领导添麻烦了。”

高建使劲儿握了一下对方的手，然后快速抽出来，边向外走边说：“你呀，还是这个脾气，走啦。”张东平和冀锋赶忙在后面跟着，把他送下楼去。

第四章　夜猫行动

1

单文气喘吁吁地跑上车站站台的时候，火车已经开动了。他无奈地望着远去的列车，心里有种说不出的酸楚味道。“紫色花冠”走了，而且没有和他说再见。

她在宾馆的房间里给他留下一张纸条，上面没有任何埋怨的话，只是在字里行间流露出许多忧伤。来平海的这几天，两个人没有一次在白天上过街，她期待的相拥而坐一起谈论彼此相知话题的愿望没有实现，他许诺给她的同去海边弄潮观日出也没有成行。总之，这段时间她和在家里没有什么分别，都是面对着墙壁和电视，任自己的思绪和眼泪在飞。所以，她决定不辞而别，悄悄地离开平海，回到自己以前的生活中去。

单文看到纸条后，忙跑到宾馆前台询问，得到的答复是：“女士预先留下了钱款，她说等您来了以后再办理退房手续。”他二话没说，连忙跑出宾馆打了一辆出租车赶回了平海站。当他急匆匆地蹿进站台的时候，火车已经发车了，人也随远去的火车离开了平海。

他郁闷地走回所里，刚进楼道就听见大家在议论石击的案件破了，这下可以喘口气了，该回家的回家，该休息的休息。他在心里极度沮丧地唉了一声，真不是时候，“紫色”来的时候赶上发案，人刚走案子就破了，老天真是在戏弄自己。看来，暗地里的美好总不会那么顺利……他懒散地躲在屋里，连结案报告和总结也懒得去写。

石击警卫对象包车的事又一次敲了张东平的脑门儿！看来，一直让自己提心吊胆的沿线治安还要抓紧，千万不能再出什么问题啦。他学着电影里敌军长或特务头子的模样儿，夹着根烟卷在屋子里反复地兜着圈，心里谋划着在提速以前怎么向这绵延几十公里的铁路沿线增加警力，怎么对铁道周围的村庄、中小学、废旧物品收购网点进行宣传，怎么和放牧的、有精神病人的家庭签订协议书。刚想了个大概，刘长路推门进来了，他现在还担任着打杂的职务呢。“张所，我从窗户里看见督察队队长肖海亮和刘处上楼来啦。”张东平又提起了刚刚放下的心。一拨才走，一拨又来了，走马灯似的对基层派出所轮番轰炸。真是让人头疼啊！

肖海亮进门就用话点了张东平一下：“东平，平海所这段时间够闹的呀，怎么总不消停呢？”他忙迎着刘副处长进屋，让到沙发上坐好，回头拿出杯子准备往里面续茶叶。“一年三百六十五天，派出所哪有消停的日子呀！快坐，快坐！”肖海亮紧挨着刘副处长坐下来，嘴里客气着：“别倒水啦，你也歇歇吧。刚忙完一个案子，估计人困马乏了吧。”

“谁说不是，我可是累坏了。”

刘副处长挺挺圆圆的肚子，翻了翻眼皮：“那也得把工作盯住了呀。张东平，你知道我们来干什么吗？”

“刘处是来检查工作的吧。我们正准备……”

“你还是先听肖海亮说吧。”刘副处长不客气地打断了他的话。

肖海亮看了看有点儿尴尬的张东平，从手包里拿出一个小本，指指墙壁上挂着的平海所管辖线路示意图说：“东平，我和刘处来是想和你说说近期你们辖区的情况。你们所管辖的有一条正线、两条支线吧。”“是啊，正线有三十六公里长，沿途有四个小站，另外还有平远、平西两条支线。”张东平还没有明白他为什么问这些。“对！咱们就说你这条平远支线，最近有关它的报警电话和‘110’可不少呀。平远支线有多少公里长？沿途经过平海市多少个区县、乡镇？附近周边的人员情况怎么样？铁路沿线两侧的状况，你了解吗？还有，这条支线经常往来运输什么货物，你都清楚吗？”

肯定是这条支线又惹什么娄子了。

张东平沉吟了一下：“平远支线全长三十五公里，途经市内三个区，直达平海港口。最近一年在支线上经常运输煤和焦炭，一天的车次安排得也很紧密。这条支线铁道有几处弯度很大，列车行驶的时候需要减速。而且，有的地方为高路基，沿线两侧基本没有什么绿化，只是野草和一些植物什么的。至于周边人员层面……外来人口居多。”

“看来你们对这条支线的控制力度不够啊！”肖海亮看了看坐在沙发里腆着肚子的刘副处长，跟上一句，“这段时间，有关你们所管内平远支线的‘110’报警电话都打爆了！都是反映盗扒铁路运输物资的。这条支线上经常走什么呀？不是焦炭就是煤。刘处主抓沿线治安工作，准备先和我去实地考察一下，然后借全面提速前的这段时间，对平远支线进行大规模的治安整顿。”

张东平对肖海亮的话没有立即表态，向刘副处长和他递过去两支烟：“二位领导准备什么时候去？”“找你来当然是现在去啦！你也得跟着走一趟，咱们一起实地考察。明天还要开会专题讨论这个事。”刘副处长说着便从椅子上站起来，看样子是想往门外走。

事情来得突然，张东平没有办法和肖海亮进行交流，不过从肖海亮的语气和眼神中，他感觉刘副处长来者不善。于是，他急忙喊小吴去开车带路，自己先行一步走到前面："刘处，您这么好的车可别进支线里面呀，那里环境不好，到处是杂草石块，一不留神再给刮了。"刘副处长想了想，说："那就在附近下车，咱们走进去！"行，决心还挺大！到现在张东平也不好再说什么了，忙冲肖海亮示意一下，说了声："我在前面带路吧。"他拉开小吴的车门，钻进去低声嘱咐着："路上开慢点儿，尽量找拥挤路口走！"小吴心领神会地点点头，脚底下使劲儿，车开出了大门。

坐在车里的张东平回头看看跟上来的车，掏出手机给平远货场的驻站民警拨通了电话。

车子在城区穿行了四十多分钟，终于来到了平远货场门口。这么长的时间，他们该准备好了。张东平边想边下车替刘副处长拉开车门。刘副处长下来后，指着前面几十米远的地方："前面就是那条支线了吧？"

"是！可从这里进不去，我们得绕过门口从村里进去！"

"怎么呢？我看可以过呀！"

张东平摇摇头："刘处，前面是条水沟，没有小桥，咱们只能绕了。"

刘副处长翻了下白眼，咬牙蹦出一句："绕过去！今天我非得看看这条热闹的支线。"

这一行人在小吴的带领下开始了曲折的长征。肖海亮紧走几步赶上故意等着他的张东平："你可得注意点儿！刘处准备拿你们平海支线开刀。""他这是跟谁呀？是想老骥伏枥还是玩造型啊？""一两句话说不清楚，你注意点儿就行了，有的时候政治斗争很容易伤人的！"张东平听完这句话，不言声了。

他心里极不情愿地思考着，自己只是一个小小的派出所所长，根本不想也不能去涉及上层建筑的权力角逐。可现在的环境是你在职一任，人们很自然地把你归结于某种权力的一方。你还不能去否认，否认的结果就是连暗地要拉你入伙的人都得腻味你，或者是把你当成对立面的人。那自己还混个什么劲儿呢？如果说自己没有向上的欲望是不客观的，但眼下自己这个正职的位置要八面玲珑难度太大，可真要抱错了腿、站错了队，别的不敢说，明枪暗箭外加板砖，肯定都得招呼自己身上。想到这儿，张东平不由得暗自叹了口气，都说公安民警队伍单纯，你哪知道这里面的飞沙走石、暗流汹涌啊！

几个人连举带拉地把刘副处长拽上路基，放眼一望，张东平心凉了半截儿。铁道两侧的扒煤杆子像电线杆一样树立着，头上绑住的长长的铁铯子直指向天空。他们能看见的地方，粗略地数数就有二十几根。可以想象，当满载货物和煤炭的列车路过这里的时候，会是一种什么样的壮观场面。张东平耳朵里响起了以前驻站民警对他讲过的话："张所，你是没看见啊，火车一过的时候，汽笛就是号角。农民兄弟举着杆子跟闹秋收起义似的就冲过来了，整个一打土豪分田地，扒车上的东西眼睛都不眨。我们几个人就是都上线路也管不过来呀！"

"给所里打电话，让他们派人增援你们啊！"

"所里离这儿太远了，开快车也得三十分钟到。等你们人到了，这儿连战场都打扫完啦。我们几个老家伙顾不过来呀！和他们拼体力，跑不过人家。动手撕扒，打不过人家。讲道理，又没人听咱们的，只好是能吓唬就吓唬，吓唬不了也没辙。就是这样，晚上出来巡线的时候还挨砖头呢！"

自打听完驻站民警汇报以后，他组织人进行了几次专项清理整治，与当地派出所和政府机关也进行了联系，及时通报了情况，也向驻站点增派了两名民警和多名保安队员。虽然情况有所好转，但还是反反复复。刚才电话里询问货场民警线路上的情况，得到的消息是线路上比以前好多了，可现在上来一看，唉……张东平心里这个别扭啊！

"张东平，你自己说说，这样的环境能不出事吗？也不知道你们平时都干了点儿什么？我看明天上午你和韩建强一起到处里来开会，重点研究平远支线的治安整顿问题。"刘副处长满脸的阴转多云，撇着嘴不停地申斥，末了还加上一句："这是什么玩意儿呀！真乱！"

张东平回到派出所，一头扎进屋里，开始闭关修道了。刚刚把石击的案子结了，还没喘口气儿，又一座大山劈头盖脸地砸了下来。这下砸得还正是地方，让自己没有半点儿腾挪的余地。工作要分轻重缓急，本来想先凑合把眼前的重要工作忙完，反过手来抽调精干力量再整顿平远支线，现在看来是不行了。明天的会上自己怎么说呢？他一遍一遍地翻看着平远支线的平面图，不停吸着手里夹着的烟。不能再搞集中整顿了，雷声大雨点小，动静大作用不大。得来点儿幺蛾子！我大江大浪都闯过来了，不能在这个小小的平远支线上翻了船。

自从案件发生后，教导员韩建强这几天心里一直很紧张。他先是害怕案子侦破不了，上面会迁怒于他和张东平。毕竟他们俩是所里的主官，要负责任。可案子侦破后，他却开始琢磨了，心想别让张东平一个人把功劳都抢走。刘副处长和督察队队长肖海亮来所以后，他又坐不住了，第二天他要和张东平去公安处开会。他倒不是担心如何整顿平远支线，因为他相信张东平的能力。他担心的是到时候自己表什么样的态。

因为，凭他对上级领导意图的猜测和对张东平的了解，明天的会上肯定要有两种不同意见的交锋。如果处领导意见统一，自己肯定旗帜鲜明地拥护，反过来小小地打击张东平一下。如果处领导在这个问题上意见有分歧，自己只能装傻不说话了。打定主意后，他心里踏实了许多，又暗自分析起走火这件事情来。这几天里他通过上下打听基本上把事情弄清楚了，他从心眼儿里咬牙跺脚地憎恨这个打匿名电话的人。这简直就是冲我来的呀！他甚至在心中把自己怀疑的对象一一罗列出来，进行筛选，结果却发现入围的人太多啦！他自己都弄不明白，为什么可怀疑的对象这么多。现在的队伍真不好带呀！

韩建强挠了挠发紧的头皮，极力克制自己不再去想这件事情，还是休息一下养精蓄锐，应付明天领导的提审吧。他自己费尽心机地琢磨半天也没有想到，在转天的会议后张东平能跟他彻底地离心离德，甚至连应有的面子也没给他留。

2

张东平在家里仿佛要跟谁较劲儿似的，自己运气运了一个晚上。老婆看他这个样子也没敢过多地和他说话，只是简单地发了几句官大脾气长、有家也不回、回来还嘟噜着脸子的牢骚，之后带着孩子到旁边的屋子看电视去了，留下他一个人静静地坐在书桌旁。

张东平还在想第二天上午开会的事情。自己在办公室的时候只是将要说的问题捋出个大概，回家后用冷冷的眼神谢绝了老婆热烈似火的目光。这个时候谁还有心思跟你起腻？草草吃了几口饭，他又开始了冥思苦想。想着想着，他决定给副处长高建打个电话，还是先把自己的想法跟老领导沟通一下，这样还能征得领导的支持，对以后将要进行的工作有益无害。

电话打通了，他简单地把自己的观点用汇报的口吻说了一遍。高建很感兴趣，连着夸了几声："好！好！"最后，高建又对张东平说道："我会嘱咐刑侦和预审配合你们，对够案的逃犯咱们也可以上网通缉嘛。"张东平感觉备受鼓舞，三下两下写好了要说的大纲。他想起来应该和教导员韩建强通通气，于是打通了对方的电话。

"明天上午去处里开会的事儿，想和你先通通气儿。"

"你说，你说，我听着呢。"

张东平把自己的想法原原本本地告诉了韩建强，最后还加上了一句："因为当时没考虑成熟，所以下午在单位的时候没和你商量。你看这么安排怎么样？"

韩建强沉吟了一下："你这主意真的不错，我没意见。但是，上面同意吗？如果领导有自己的想法呢？我看你还是不要提这个了。"

张东平继续说："处领导的意思无非还是老一套，选个副处长挂帅，然后调集刑侦、治安、内保的人马来个大兵团作战，这样不管用。你今天清理完，明天他又摆上了！周而复始，弄得咱们疲于奔命还没有成果，最后这烂摊子还得咱们自己收拾。"

"这做事啊，自己的事情还得自己办，人家毕竟是帮忙的。"

"所以我说，咱们索性自己组织一支精干的整治小分队，人手不要太多，抽调内保、治安、值勤组的好手专司其事，人员的配备要能抓、能审、能问、能直接成卷上报的，配齐警械和车辆，天天长在平远支线上。这帮偷煤打炭的'煤耗子'，他们跟咱们玩'打了就跑'，咱就跟他玩'露头就办'！他们玩'小快灵'，咱们就玩'短平快'！捎带着把收赃渠道也给他掐了。总体意思是积小胜为大胜，打一个抻一串儿，以使这条支线长治久安。"

韩建强听完后没有再争执，他心里明白了，张东平明天肯定要在会议上唱响新感觉了。平心而论，他的想法既现实又有可操作性，也是真想干事儿的意思，但肯定会与处领导的意见相左。上面是要声势玩造型，这点他自己也看得出来。可你张东平这么一来，不就显得处领导都不如你了吗？韩建强心中冷笑一声，但嘴上却说着："行，行，就按你的意思办。"他撂下电话，在屋里转了几圈，想来想去还是拨通了办公室副主任靳文澜的电话。靳文澜以前和他在一个科室，平时关系不错。最重要的是靳文澜和刘副处长是老乡。目前，自己还是刘副处长这条线上的人……

公安处的大会议室。

里面坐满了几个沿线治安状况不好的所长和教导员。几个人坐定了就开始诉苦，都埋怨自己管内的线路状况不好，周边环境太复杂，人口素质不高，都恨不得处领导想个一劳永逸的办法根治顽症。过了一会儿，几位处长、副处长和政委、政治处主任进来了。相对而坐，一面对一面，一拨审一拨，会议就这么开始了。

先是刘副处长发言，他简单地把最近几天考察沿线的情况作了小结，然后重点提出了平海站管内平远支线的问题。刘副处长说："像平远支线这样的环境，我看着都害怕。一眼望去杆子林立，一根杆子就算有两个人偷，那得有多少人啊？一天得偷多少东西呀？所以，我感觉应该对该地区实施集中整治！由我挂帅，抽调精兵强将，集中刑侦、治安、内保、防暴队等多方面人员先期进行专项整顿。整顿期间还要和当地政府搞好沟通，让他们协助我们齐抓共管。有了点儿效果之后，平海所可以自己组织一支精干的整治小分队嘛！人手不要太多，抽调所里的内保、治安、值勤组的好手专司其事，人员的配备要能抓、能审、能问、能直接成卷上报的，配齐警械和车辆，天天长在平远支线上。他们跟咱们玩‘铁道游击队’，咱们也跟他们玩‘打击处理小分队’！总体意思是积小胜为大胜，打一个抻一串儿。捎带着打掉几个团伙，深挖出他们的收赃渠道，达到这条支线长治久安的目的！”听了这番话，几位处长、副处长都不住地点头称是。张东平可是直接就听愣神儿啦！难道刘副处长的想法和自己不谋而合？不对呀，昨天我陪了他半天，他可是一句正经话也没说呀，今天怎么变得这么明白了？而且，有的话都和自己说的一模一样。他不由得转过脸看了看韩建强，教导员用手扶了扶眼镜，脸上一点儿表情也没有。

他看了看坐在自己对面的高建。高建的眼神也露出疑惑和不解，甚至还用这种眼光盯了自己一眼。那意思好像在问，你张东平一个媳妇许了几个婆家？他感觉有点儿手脚冰凉，这下误会可真是闹大啦！

散会后，他走过去想找高建说话，没想到高建连看都不看他一眼，举着水杯转身出去了。

汽车行驶在回派出所的路上。他问了问坐在旁边的教导员韩建强：“教导，我昨天晚上跟你聊的事儿，你没和别人说起过吧？”韩建强很沉稳地回答着：“没有呀，昨天晚上你和我说完这个事儿，我看会儿电视就睡觉啦。说真的，我没怎么动心思，工作上的事情主要还得你做主，我跟你配合好就行啦。”张东平没有再说话，现在追究这个事情已经没意义了，最主要的是怎么把后面的活儿整明白了，然后找个机会跟高建解释一下。

回到派出所，张东平立即召集班子成员开会，议题就一个：成立派出所平海支线专项治安整治小组。翻译一下就是，商量如何备齐了人马家伙，准备干一场！会议开始进行得很顺利，几个人商量的结果是由张东平主抓，副所长常子杰具体带队负责，人员从各个警组里抽调。到了码人儿的时候，几个领导都不说话了。最后还是张东平拍板，先抽业务好、身体素质好的上。至于其他工作，暂时放一放，等打出成果来再说。制订出来的名单里面赵鹏程、刘长路赫然排列在第一行。

被选进小分队的民警都集合在会议室里，张东平进屋后先发了一圈烟，边扔边调侃着："得，我这一盒好烟刚打开，自己还没抽呢。长路，接着！小吴，回屋再给我拿一盒去。"然后，他细致地讲明了这些人要面对的情况和工作环境之后，又说："以后你们可都归常所领导。但常所和你们都不要太拘泥于八小时工作制，可以弹性工作，先与车站运转部门联系好了，掌握好货车的发车时间，也可以根据'煤耗子'干活儿的时间调整。先期这几天不用着急，多搞调查研究，因为处里马上要组织集中整顿行动。你们可以晚上出击，也可以晚上去踩点摸道儿。总之就一条，出手就得成功！这就好比是武林高手的剑，出鞘就见血，见血就封喉。"

这个战前动员很有煽动性，大伙儿的情绪被调动起来了，十几个人纷纷地议论着将要开展的"夜猫行动"。只有赵鹏程坐在角落里默默地抽着烟，一语不发。张东平看在眼里，有意识地朝赵鹏程说道："老赵，你也和大家多讨论一下，有什么话就直接说，都多出出主意，想想办法。"见赵鹏程还是没有搭话，他也不好再说什么，和大伙儿开了几句玩笑就回了办公室，打开门等着赵鹏程从自己的门前路过。一会儿，赵鹏程走过来了，张东平赶忙喊道："老赵，进来坐会儿，别着急走呀！"赵鹏程扭身走进办公室："张所找我呀！"

"老赵，你快别喊我张所啦，听着有点儿……那个，你坐。我有个事情和你商量。"赵鹏程慢慢地坐到椅子上。

张东平知道和赵鹏程这样的老民警不用拐弯抹角，他索性直入主题："老赵，你有什么想法？跟我说说，是不是觉得把你安排进去不合适呀？我是这样打算的……"

"张所，你别解释，我不是这个意思。"赵鹏程打断了他的话。

"那你……"

赵鹏程点起支烟，看了一眼张东平：“张所，我是担心这帮人费了半天劲，抓了半天人，最后在处理上会不好办啊！”这话引起了张东平的注意，他连忙问：“老赵，你把话说得再明白些。”

赵鹏程指着墙上的平远支线图：“这条支线全长三十五公里，估计在上面盗扒煤和焦炭的点不下二百处，这得有多少个人呀！集中清理整顿肯定不好使，可我们真抓到人后会不会得到刑侦、预审和法制这几个部门的支持呢？”看张东平听得很认真，赵鹏程又说：“抓到大头还好说，够案了直接处理都不用废话，可抓到小鱼小虾的怎么办？简单地罚款拘留就完了吗？你放了他，他还得去干，要不然就没办法弥补他的损失。”

张东平明白了。可他没有急于表态，他很善于给民警表达自己观点的机会，于是追问了一句：“你的想法是？”“依我看，我们可以跟物价局联系，作价检斤！够数了，按法律规定刑拘。这样既可以起到打击的目的，还能有时间深挖下去，也能在里面找到对我们有用的人！”“你的意思是用治安耳目？”

赵鹏程笑了笑：“对，现在年轻人电影看多了，都叫线人或卧底。不过，这样的耳目我们真应该多找几个，对工作有好处。”

“行！就这么办！这事由你直接负责，建立起来的关系只有你、我和常所知道就行了！”张东平痛快地说道，“有小小不言的困难，咱们帮忙，小案子可以放他一马。”

赵鹏程重重地点了点头。

可是，让他们没想到的是，这支打击小分队面对的困难比想象的要复杂许多。同时，他们也没有料到，在以后的打击行动中，他们身边的同志会付出鲜血的代价。

3

由刘副处长负责的集中整顿行动效果喜忧参半。两天下来，拆除了几十个盗扒焦炭人员非法堆砌的土台和桩子，收缴了二百三十多根头上绑着铁筢子的杆子，吓跑了百余名企图上线路扒焦炭的不法分子，轰走了许多看热闹的大老娘儿们，但却一个嫌疑人也没逮着。刘副处长看着堆满了两大汽车的东西很满意，大手一挥，撤！百余名由各个部门抽调来的民警一哄而散，该干什么干什么去啦。平远支线仍旧静静地躺在地面上，而平远支线上的活儿仍旧留给了平海派出所自己打理。

张东平依旧不动声色地带人操持着集中整顿活动，热火朝天地跑前跑后，暗地里让驻站民警带上赵鹏程、刘长路和小吴，摸索着通向平远支线的每个路口，尽量详细地记录重点区段周边的环境。因为小分队要在夜间深入此地，对线路两侧的周边环境两眼一抹黑肯定是不行的。客气地送走了刘副处长以后，他告诉常子杰："该你们出场了。我没别的要求，就一点，务求首战必胜。哪怕只抓着一个也算你们开市大吉。"看着常子杰露着坏笑的模样儿，张东平也挤咕了一下眼："你别坏笑，这和做买卖一样，讲究的就是出门见喜。"常子杰"呵呵"了两声："张所，当兵的那句话怎么说来着？首战用我！用我必胜！"

张东平笑了，拍了一下常子杰的肩膀："老哥，你得注点儿意啊，别把牛吹大了，满嘴跑那个。"

常子杰不服气地晃了晃脑袋："我老常什么时候干过赔本的买卖?"说完这话，他看看附近没人，向张东平凑过去："我和车站运转已经联系完了，今天晚上有三趟车。再说这儿还有我的内线儿，告诉我这两天集中整顿已经把那帮小子憋坏了，今天晚上他们准出来叨食儿。我是平原游击队里的老松井，今天晚上就带人杀他个回马枪。"

天黑了，小分队的人员穿着便服分成三拨，一拨在路口处接应，顺便查找来接应"煤耗子"的运赃人员，另外两拨在常子杰和赵鹏程的带领下悄悄地接近设伏地点。赵鹏程借着月光看了看表，这个时间车站的货车还没有发出。他招呼刘长路他们几个人躲进线路边上几间农民废弃的土房里，小声说："犯烟瘾的就在这儿抽，可得拿手掩着点儿，亮儿别太大了，防着叫人看见。"

刘长路拿出烟递过去，自己点上支烟，烟头朝内背到手心里：

“操！我怎么觉得咱们倒跟他妈‘煤耗子’似的！谁逮谁呀？咱们可是正义的一方！”

赵鹏程接过烟来，顺手也点着，边透过窗户向外张望边说：“要不说你没干过刑警缺门课呢，铁路警察这蹲坑守候是家常便饭。咱就是这样的工作环境，就得使这个笨招儿。想抓人不付出辛苦哪行呢！”旁边的人搭话了：“老赵，你那都是多老的皇历了！现在都什么年代了，干什么不用高科技啊，连扒焦炭的都知道用半机械手扒车上的东西，咱们还这样干。唉……”又有人接过了话茬儿：“依你的意思呢，在铁路沿线上都装上探照灯外带摄像机？两天都得给你拆没啦！你信吗？”“我信，这个我不和你抬杠。你看偷铁路的这帮人，文化不高吧，拆东西都挺内行。”

“要我说还是欠管！听老人讲，过去咱们管内这一条铁道线上，就一个班的日本鬼子，都端着三八大盖儿。还别说你想偷东西，见人上铁道就是一枪！管杀不管埋，当场示众。你猜怎么着？就是好使管用。”

刘长路不愿意听了：“跟你说这话的人，他本人不是汉奸他爸爸也是！我怎么听着有点儿宣扬今不如昔呢？日本人是什么东西？是畜生。咱能跟他们学呀！再者说，现在你打一枪试试，不把你屁眼儿扒大啦。”

说话的这人赶紧辩解：“长路，我可不是这个意思啊，我是说管就得严厉点儿！就拿前几次火车提速来说吧，咱们是早宣传晚宣传，说得嘴角冒白沫，走得脚底下起了泡，人家还不是该怎么办还怎么办。”

赵鹏程连忙朝下压着手：“几位，几位，都小点儿声，别越说嗓门越大，咱这是蹲坑呢。”

刘长路撇撇嘴，冲刚才说话的人把嗓门压得更低了：“你说起提速，让我想起来一个事儿。”看着对方专注的眼神，他示意几个人凑近点儿：“那是火车刚提速的时候，火车上一位女士来事儿啦，换完卫生巾顺窗户就扔了出去。说来也巧，那卫生巾正好打在铁道沿线边上一种地农民脸上。这位农民大哥摸了下脸，发出句感慨，唉……现在火车提速了就是快！随便扔下来一张纸就把俺脸砸出血来啦。”

“吭吭吭……”几个人弯腰捂嘴不敢大声笑出来。在窗户边上盯着的赵鹏程把刚吸进嘴里的一口烟“扑”地喷了出去，不住地压低声音咳嗽着：“长路，下回你可别跟我们一拨了，这哪是蹲坑呀，整个一郭德纲的相声大会。”

“老赵有吗，老赵有吗？”赵鹏程的手持电台里传来常子杰的呼叫声。“有，有。什么事儿？”“我刚联系完，平海站那边已经发车了，我这边看见好几拨人都聚集在铁道边上，正准备扒焦炭呢。”赵鹏程马上问道：“你准备怎么干？”电台里常子杰的声音很小：“等他们动手的时候，咱们两拨一块儿上，能抓几个是几个。”

赵鹏程敏锐地感觉到事情不对，忙压低声音说：“这可不行。常所，我的意见是等他们扒完焦炭咱们再上，要不然在火车行驶的时候容易引起伤亡。真要是出了点儿事儿，可就麻烦了。”

常子杰犹豫了一下：“好！等他们扒完焦炭，听我的招呼，咱们一块儿冲，先收拾他几个。”

火车从远处缓缓地开过来了。他们设伏的地点是火车必须减速慢行的弯道，也是盗扒火车上焦炭最理想的地点。就在他们全神贯注地盯着前面的铁道线的时候，奇迹出现了！

从他们设伏地点的附近，一下子冒出十几个头戴安全帽、举着长杆子、拿着尼龙编织袋子的青壮年。他们一窝蜂地奔跑着冲向铁道，那架势仿佛是十八勇士要抢渡大渡河，又好像是敢死队冒险架设浮桥。跑到铁道边，这些人手脚麻利地把杆子支在事先埋在土里的半截支架上，又用铅丝在铁道边的道钉上固定住支架，然后飞快地将杆子放在支架上的凹槽中。一名头戴安全帽的人扶住杆子底部的扶手，等待着火车从线路上通过。

“这也太专业了！”刘长路禁不住发出一声感慨。

话音还没落地，土房子的门被人从外面推开了。

一个穿着一身迷彩服的中年男人走了进来。进来后，他冲他们几个人龇牙咧嘴地说：“你们是哪拨的？还在这儿等雷劈呢？一会儿车就过来了。”

全屋子里的人，数刘长路反应最快。他向前一步，朝对方点点头，掏出支烟递了过去：“大哥，我们哥儿几个都是新手，刚干，摸不准门儿。大哥怎么知道我们躲这儿呢？”“迷彩服”老江湖似的伸手接过烟：“这是二麻子他们经常待的地方，这两天他们害怕，没敢上来。你们刚进去的时候，我还当是他们那拨子人呢。”

刘长路在黑暗中和赵鹏程一对眼神，赵鹏程偷偷地把电台的声音拧小了。他举着打火机给对方点着烟：“大哥，您怎么称呼？以后这块地方有事儿您得多照应。”

“迷彩服”叼着烟大大咧咧地一摆手：“没说的！我叫王强，铁道游击队副大队长！你们就叫我强哥吧，以后有嘛事情只管说话。这块地儿，以后就你们和二麻子一块儿干吧。”刘长路赔着笑脸：“强哥，看来您在这片地段上说了算呀。”“不敢说讲话好使，可这大大小小的几十个山头，都得给我点儿面子。”

“看出来啦，看出来啦！强哥您打算怎么提分？”

强哥赞许地拍了拍刘长路的肩膀：“董三他弟弟，你真董四儿。我不多要，今后你们每一杆子活儿给我甩一吨就行了。哎，你叫什么呀？以后我就朝你说话啦。”

刘长路看话儿套得差不多了，一转眼珠坏水又冒出来了：“行，强哥。我姓巴，单名叫拔！您连着说就是我的名字！”

“噢，你叫巴拔？”

“唉！”

强哥说完，好像也感觉有点儿不对：“你这名字……你别是在拿我找乐吧？”

刘长路眼眉也竖起来了：“操！我不拿你找乐，难道拿走道儿的找乐吗？”

“你小子好大的胆子，你不打听打听……”

“去你的吧！”刘长路没等强哥把话说完，一个大嘴巴扇了过去，把他打得原地直转圈儿。没容他再骂出第二句，刘长路已经拽住他脖领子，一个背跨将他狠狠地摔在地上。“也不看看你那德行！

还敢跟我要好处，你爸爸我是铁路警察。”

几个人把王强按在地上，戴上了铐子。刘长路用手一指他的鼻子：“我可告诉你，别嚷嚷，敢炸毛我打劈了你。”

火车鸣了一声笛，开过来了。线路上的煤耗子们开始准备着，当列车驶过的时候，扶着杆子的人把杆子向前一探，杆子上的铁筢子直接抓向列车顶部。超越出顶部的焦炭在铁筢子和列车的相互作用力下纷纷迸出车厢，滚向铁道两边。一会儿，一整列车过完了，铁道线两侧留下了厚厚的一层焦炭。这些人打开尼龙编织袋，开始打扫“战利品”了。

电台里传来常子杰的呼叫声：“他们开始行动了。”刘长路叫一名民警看住王强，与赵鹏程他们向铁道上冲了过去。“警察来啦！警察来啦！”随着喊声，铁路两边的人纷纷扔下手里的家伙东奔西跑，两拨民警像老鹰捉小鸡一样到处扑腾着。因为是夜间，加上距离近，一会儿的工夫，他们抓到了四个人，算上还在屋子里铐住的王强，一共五个。常子杰的嘴咧开了，一个劲儿地乐，这才叫开市大吉呢！

当他们带着这帮人往支线外面走的时候，电台里又传来一个喜讯：负责接应的小组扣住了一辆准备来运赃的汽车。这下战果更显著了！他们连说带笑地把人带出来，刚要把这帮人往车里装，王强趁民警要分铐的机会，一扭身直奔黑暗中的铁道扎了下去。“站住！别跑！”刘长路边喊边追了上去。

4

两个人在黑暗的铁道边展开了追逐赛。一个像丧家之犬气喘吁吁地拼命奔逃，一个是道路不熟磕磕绊绊地尽力追赶，两个人之间始终保持着几米远的距离。眼看着王强连滚带爬地跑上了路基，刘长路弯腰从地上摸起一块砖头，瞄准黑影“嗖”地扔了出去。“哎哟！”王强被砖头砍了一个跟头。“我叫你撒欢儿！”刘长路乐了，脚底下的速度也放慢了。

突然，王强在地上打了个滚，站起来捂着脑袋继续朝前跑。刘长路没想到这家伙挨了自己一砖头还能站起来接着跑，气急败坏地朝他喊道："站住！再跑我就开枪啦！"王强根本不理他那一套，顺着铁道路基向下跑去。刘长路把手伸向腰间去摸枪，才想起自己早就被取消配枪资格了，哪里还有什么枪呀！气得他俯身又捡起一块石头，边用手举着边大步追上去。

铁道边上是一条小河沟，就是前几天张东平和刘副处长现场考察时拦住去路的那条小河。河沟对面就是一人多高的杂草，再往前是村民们居住的一排排平房。王强顺着小河沿跑到搭在河两边的木板上，这是一个人工搭制的简易小桥。王强极力保持着身体平衡，几步跨了过去，猛回身朝木板一端狠狠踹了一脚，木板跌落在河沟里，典型的过河拆桥。在后面紧追过来的刘长路刹不住脚步，"扑通"一声直接就扎进河沟里了。臭水拌着泥浆糊了他一个满身满脸，双腿陷在淤泥里拔不动步。他用手抹了一把脸，强迫自己睁开眼睛，举起手里的石头，瞄着跑到河沿上的王强奋力砍了出去。

王强猫着腰还没站立起来，就被这块石头砸到后脚跟上，一个跟头叽里咕噜地滚到了河沿那边。站在臭水里的刘长路扬手冲王强逃跑的方向破口大骂："你小子听着，上天入地，我也要追得你无路可逃。你有种等着，老子早晚逮着你。"

随后赶来的几个民警七手八脚地把刘长路拽出河沟，赵鹏程赶紧把自己穿的夹克脱下来披在他身上。刘长路忙晃动着身子："老赵，你赶紧拿走，我一身连泥带水的都什么味儿，多脏呀，挺好的衣服别糟蹋了。"赵鹏程没有说话，硬硬地按住他要脱衣服的手。赶过来的常子杰看见刘长路一身臭水泥浆狼狈的样子，连忙挥着手："长路，赶紧上车，上车，回所里洗洗去，今天晚上收工。我刚才和张所联系完了，他已经组织治安组的人正等着咱们呢。把人送回所里，我带着大伙儿喝酒去！""好啊！"大家齐声答应，簇拥着刘长路离开了铁道沿线。

回到所里，大家伙忙着把抓到的人分拨看管，等着进一步审查。常子杰满心高兴地推开张东平的屋门，迎面就看见张东平正神情严肃地接着电话，示意他先别说话。常子杰走到沙发边上坐下来，掏出支烟得意地点上了。过了一会儿，张东平接完电话，他才凑上去："张所，我们这回可兜上了，连偷带运一气儿抓了四个。本来是五个的，一不留神跑了一个，还缴了一辆汽车呢!"

张东平点着头，不住地夸奖着："成绩不小，成绩不小。今天你们出手就有战果，真不错。"

常子杰举起烟卷，晃悠着脑袋："那是呀，我老常可没吹牛吧。"

张东平一指屋门外，示意他小声些："我刚才接到运转部门的电话，你们走了以后，后面的两趟车又让人打了。因为车速快，还带走了一根打焦炭的杆子。列车拖带着这根杆子把沿线的信号机砸坏了！这说明什么问题?"

常子杰愣愣神，晃动着脑袋："是用前面那拨当引子，晃咱们上当？还是我的内线儿有毛病？不会呀，他可是这个村的治保主任啊!"

张东平摆摆手："现在先别急于定论。我的意思是，你们要有意识地摸清这帮人的情况。他们分多少拨？都是哪儿的人？领头儿的是谁？经常活动的范围？与铁路内部有没有勾搭？销赃渠道有哪些？这些都要弄清楚。还有，内线是要用，可也得管！不能听之任之。"

一番话说得常子杰不住地点头。趁张东平端杯喝水的时候，常子杰把小分队晚上设伏的情况详细地作了介绍，临了还一个劲儿地夸着刘长路："张所，长路是真猛呀！就是没停住脚，一下子跳臭水坑里去啦，弄得这一身泥啊!"张东平也表示赞同："长路当过侦察兵，功夫也好，一个人能顶好几个人使。要不是他这脾气，唉……"说完，他冲常子杰推过去放在桌面上的命令，"这不，走火的事给了他个警告处分，还停止一年的佩枪资格。"

常子杰撇了下嘴："要我看呀，关键是一年的奖金都扣没了。"

这句话提醒了张东平，他捋捋头发，没再搭腔。铁路公安实行的是铁路内部的奖惩机制，除工资外还有一部分奖金。犯错误挨处分都要连带着扣除月季和年度的奖金。

刘长路穿着短裤擦着头发从淋浴室出来，迎面碰上了正在楼道里和其他几名民警说话的张东平。张东平指着刘长路笑着说：“长路，够牛的。我听说你一个鱼跃就扎河沟里了。”周围的人们哄笑着。刘长路一点儿也没有不好意思，梗一下脖子：“操！没想到这小子过河拆桥，我追得正猛呢，哪收得住脚呀！”

张东平把烟盒递过去：“我还想问你呢，我可听说过你砍砖头、砍手机、砍电台，而且弹无虚发。你这一手没羽箭的本事是怎么练的？”“他以前放过羊！”几个民警嬉皮笑脸地开着玩笑。刘长路接过烟来，有点儿不好意思：“张所，这都是当兵的时候练的。当时战友们比投掷，分不出输赢，就想了这么一个比准儿的办法。我这手不新鲜，当时我们全连人人都行。”

张东平拍拍刘长路隆起的二头肌：“冲你这勇猛顽强的战斗作风，一个鱼跃扎进河沟的拼搏精神，我当着大伙儿宣布，奖励你五百元！明天去找事物内勤领钱。”“长路，你得请客啊！”“让他请客，今天晚上就开现场会。”大家开心地嚷嚷着。张东平把手往下压了压说：“我还有话呢！今天参加抓捕的人每人奖一百元，因为你们不辞辛苦还有收获，同时也为铁路挽回了经济损失。这就应该奖！”看见大家喜形于色，他接着说：“我还有一个要求，你们后手活儿可得跟紧点儿。具体事情找常所，我就不参加你们晚上的活动了。”大家一哄而散。

经过几天的明察暗访和对被抓获嫌疑人的审讯，情况基本摸清楚了。聚集在平海支线上的盗扒煤、焦炭的违法犯罪嫌疑人分成几大拨。他们按原籍的归属分为安徽、河南、山东、东北各个小山头，又从这些小山头中衍生出几十个小团伙，每组成员五到六个人不等，专门盗扒平远支线上过往的货车，然后将煤和焦炭运往郊县或邻近的几个省份。这些人利用手机、小灵通这些通信工具便于相互联系。他们还有明确的分工，有专人负责盯着从车站向平远支线上运发的货车，然后打电话通报消息，这样的人叫“消息树”。有专门负责藏匿盗扒下来的赃物的“堡垒户”，还有一帮负责收捡煤和焦炭的“游击队员”。戴着头盔、架着杆子拨打车上货物的这个工种还有个特别响亮的名字——“舵手”。还有几个专门为这帮人提供保护，摆平团伙之间纠纷的地痞流氓，他们之间称作“骑驴的”。一般都是由骑驴的对外联系买家，然后买家开着汽车来接货，一手交钱，一手交货。“骑驴的”里面有三个比较大的“骑手”，一个叫刘柱，一个叫张义，还有一个就是那天从赵鹏程手里逃跑的王强。他们三个操纵着这条支线上盗扒煤和焦炭的一切活动，有新来的小团伙得向他们上供，或每干一次活儿得交出一定数量的煤或焦炭，才能继续在这个“地面”干下去。

摸清这些情况后，常子杰和赵鹏程带着小分队也采取相应的打击措施。你有消息树，我就提前和车站运转部门联系，掌握发送货车的时间。你有堡垒户，我就开着警车天天在村里转，大力开展宣传教育，弄得藏东西的住户人心惶惶。只要他一转移赃物，得，正好被埋伏在村外的便衣民警抓个正着。你有游击队员，我也有办法治。小分队里的一个民警酷爱养狗，他把家里偷养的几条没有户口的“长毛狼”和“苏联红”带到现场，一看见有人哄抢盗扒煤和焦炭，立即将狗放出去。这个场面太壮观了，几只狗汪汪叫着，吐着血红的舌头奋勇冲向铁道，游击队员们被吓得哭爹喊娘、抱头鼠窜。几只狗还真争气，谁越拿煤块、砖头砍它们，它们越扑谁。有过几次让狗扑得人仰马翻的经历后，游击队员们一听见狗叫，扔下捡煤的袋子，转身就跑。用赵鹏程的话说，太解气啦。

可是，游击队也不是吃素的。他们阵地战打不过正规军，就出暗招儿。先是不停地投诉派出所民警故意纵狗伤人，然后再派几个穿着破衣烂衫的人，架着一个不知被谁家的狗咬伤的大娘儿们跑到派出所，哭喊着要公道、要说法。一开始的时候，张东平也有点儿含糊，但当他知道自己的手下训练的狗只能扑、不能咬的时候，心里多少有点儿底。圆满解决了这个事情后，他还是偷偷嘱咐了常子杰，可以牵着狗去巡逻，就是别再放狗了。游击队还使用了麻雀战术调动正规军，反正是 IP 电话亭到处都是，110 电话随便打还不花钱。游击队员的嘴儿，110 的腿儿，报警电话满天飞，最多的一天平远支线就报了一百多次警。有的是成心调动民警，玩耗子戏猫；

有的是看见其他一拨人偷着打煤自己没去，暗地里使坏，无所不用。但是，他们这回低估了这支正规军的素质和上层建筑的决心。无论怎么搅和，他们就是不撤退，反而越打越狠，一连端掉了好几个团伙。有的是刚放下杆子就被捕了。有的是偷偷地卖完焦炭正坐在炕头上点钱呢，门被一脚踹开。正好！人赃俱获，想要赖都没机会。有的是老少三辈让他们一锅烩了，连个跑回来报信儿的都没留。想组织营救吧，正规军里铁板一块没处下嘴。游击队被这支正规军气得咬牙跺脚，把他们的娘挨个在嘴上操了一遍，就是一点儿辙没有。

又是一个皓月当空的晚上，刘长路和三个民警照例穿上破旧的外套，抗着几米长的杆子走上线路。今天晚上，他们发展的内线报告说，刘柱要亲自上线路来督阵。都来了好多天了，一直也没有和游击队的队长碰面，刘长路他们今天晚上布好了口袋，决心在平远支线会会这位游击队长。

经过一段时间的持续打击，支线上显得萧条了许多。秋收起义般的景象看不见了，就算是在这么一个月光如水的晚上，偷偷竖起来的杆子也是屈指可数。

他们慢慢地接近正在支起架子的嫌疑人，这个时候从远处传来了火车的鸣笛声。线路两边的人忙碌起来，他们几个也假装准备地立起了架子。刘长路看见，在他们前面不远的地方，有几个人也支起了架子。他朝几名民警示意一下，自己先冲那几个人走了过去。

“哎！你们懂事吗？离我们这么近架杆子，一会儿焦炭打下来算谁的？”刘长路先声夺人，张嘴就骂。

那边也不含糊，一个高个子站出来，操着外地口音说：“是你们不懂事儿！这块地方本来就是我们的。你们来了，不轰你们走就不错了，反倒骂我们！”

刘长路要的就是这个效果。看火候不够，他又添了把柴：“你们这帮外来户都给我滚蛋！还敢跑爷们儿的地面上来充大尾巴鹰？一顿大嘴巴扇跑你们！都给我滚！”

外地口音脾气也上来了："你这人咋欠办呢！你过来扇个试试！"

刘长路腾腾几步赶到他面前，二话不说，抡圆了胳膊冲外地口音就是一巴掌。"啪"！直接把这小子扇路基下面去了。

他站在路基上指着趴在地上的人："我扇你啦，怎么着吧！"这下可炸了营，几个人有的操起棍子，有的朝远处不停地喊："义哥，义哥，快过来看看啊，有人打咱们的人啦……"刘长路则双手叉腰，歪着脑袋看着他们，一副满不在乎的样子。

"谁呀，谁呀，谁这么牛？"随着喊声，一个三十多岁的留着板寸、穿一身宽松运动服的男人跑了过来。刘长路凭感觉知道这小子身体不错，看他在铺满石砟的路面上轻快的步伐，肯定也有点儿底子。他慢慢地放下双臂，偷偷地变换了一下站立的姿势。

5

被称作"义哥"的人气势汹汹地跑过来，和刘长路一照面，就感觉对方有点儿眼熟。借着月光再仔细看看，坏啦！这人怎么像警察呢？他想抽身撤步逃跑，刘长路的手已经抓过来了："义哥，让我认识认识你。"义哥赶忙向后闪身，可刘长路的动作比他还快，一把抓住了他的肩头。

情急之中，这个义哥不退反进，迎着刘长路就是一拳。刘长路的手正抓着他，索性不去防守，也扬起腿朝他猛踢了一脚！"砰！砰！"两个人都着实地挨了对方一下。刘长路晃了一下身子，差点儿滑下路基，义哥则双手捂着肋部蹲了下去。

几个打煤的家伙被刘长路和赵鹏程他们两拨人前后夹击，一个也没跑了。刘长路用手胡噜着自己的胸口，一把抓住义哥："小子，你够狠啊！"义哥蹲在地上一个劲儿地摆着手，满脸的痛苦："大哥，大哥……我服您啦！您这一脚把我踹岔气啦……"

刘长路骄傲地点点头："你小子也不赖呀，反应快，敢上手，出拳也快，以前练过吧？"

义哥沮丧地叹了口气："大哥呀，练过有什么用啊！唉……没想到当这么多年兵算是白练了，不还是让您给踹趴下了。冲您刚才那两下子，我栽您手里不冤。”

一听这话，刘长路兴趣上来了：“你这倒霉样儿还当过兵？跟我说说，哪个部队的？”

义哥报了一通部队番号，刘长路听完后气大了！刘长路指着他的鼻子：“操！跟老子一个部队的！我当兵穿军装的时候，你还得喊我叔叔呢！你怎么干起这个来了？真不嫌寒碜！”

义哥满脸的羞愧：“班长，不，不，大哥，您快别说啦，现在不像您那个时候了，复员回家也找不到好工作，分配的单位也黄了。老婆、孩子得跟着我吃饭呀，咱也是城里娃娃啊！没辙了，我才一咬牙，跑这儿来凭这股狠劲站脚儿‘骑驴’的。”

“你就是张义？”“让您逮着了，我认！我就是张义。”刘长路刚要再说什么，感觉后面有人用手拍他，一回头，是赵鹏程。

赵鹏程始终在刘长路身后听着询问义哥，边听边在心里升起了一个念头。小分队整治平远支线这段时间，自己虽然培养了几个耳目，但都提供不了太有价值的信息。如果把眼前这个人发展成治安耳目，肯定比小鱼小虾管用。想到这儿，他才叫住刘长路，把他拉到一边低声耳语说出了自己的想法。“老赵，这小子也算个人物呀！咱们这样做行吗？”刘长路听完后有些含糊。

“这就得看你的了。我看他对你挺佩服的，你做做他的工作。索性告诉他，只要能把其他团伙打击下去，这段时间咱们可以不去管他，可以让他弄几个小钱养家糊口，别整大发了就行！这样以后也好替他在头儿面前说话。”

“行，我跟他说。”刘长路拍拍胸脯就要过去，赵鹏程一把拉住他：“长路，你先过去说，过会儿我再跟他定联系方法。还有一个最重要的事儿，注意保密！”“老赵，你的意思是谁也不告诉？”“我只告诉张所！知道的人越多越麻烦。”“行。”刘长路答应完，朝张义走过去。

赵鹏程看着刘长路走过去，把张义拽起来，两个人走到了路基下面的草丛边。过了一会儿，他看见刘长路兴奋地跑过来：“老赵，老赵!”他忙迎上去问:“长路，你打鸡血了，这么兴奋！怎么啦?”

刘长路满脸灿烂地拽住赵鹏程的胳膊:“老赵！你眼力真不错，我跟他一说就成啦！他还检举出王强在哪儿躲着呢!”“就是上回跑的那个?”赵鹏程脑子里立即反应出那个穿迷彩服的铁道游击队副大队长。“没错！就是这小子！老赵，咱今天晚上就干掉他吧。”

赵鹏程说行，但要先跟在外面堵截的常所说一声，怎么着也得请示请示啊！电话接通了，赵鹏程隐去了张义这段儿，只说是询问抓获的嫌疑人得来的消息。常子杰马上同意，说留几个民警看着抓到的嫌疑人，其他的人全体出动，立即扑过去抓住王强这个首犯。

月色中，两辆地方牌照的汽车悄悄地驶进村里。

平远支线旁边就是近郊的村落。张义偷偷地在村口等着他们，老远看见刘长路走过来，忙迎过去，指清楚了王强藏匿的院落。刘长路挥挥手，让他先走，然后看了看房子周围的环境。王强藏匿的小房子和附近的几户相连，抓捕的时候不能让他跑出来。这小子奔跑能力很强，地理环境也熟，撒了鸭子就不好追了。想到这儿，他把自己的顾虑和常子杰、赵鹏程说了一遍。赵鹏程听后没说话，自己悄悄地在房子周围走了一圈，没有狗叫。他回来说，可以先派人翻墙进院子，并且在墙后边安排好堵截的人，然后打开院门再进屋抓人。

行动开始了。刘长路第一个翻进院子，打开门，大家一齐涌进来直奔屋子里冲去。刘长路闯进里屋，后面跟进的民警摸着了电灯开关。打开灯的同时，王强也醒了。还没等他去摸身边的衣服，刘长路飞身跳到床上，伸手按住他的脖子，用膝盖顶住他的两只手:“王副大队长，今天咱俩又见面了!”

王强迷糊的眼睛立即吓得瞳孔放大:“你们，你们……”

“我们抓的就是你！穿上衣服跟我们走一趟吧!”

“我跟你们去哪儿啊……”

“宪兵队!”刘长路扬手给了他一巴掌。王强垂头丧气地把脑袋耷拉下来。

上午的天气挺好，风和日丽。刘长路从派出所出来后，坐上了公交车，直接奔向他和迟玉居住的地方。自从上次开车遇到碰瓷儿的以后，他很少再开迟玉的宝马了，一个是的确感觉有点儿不好意思，另外冀锋也旁敲侧击地把韩建强跟督察队说的话告诉了他。他把钥匙朝迟玉手里一扔，改坐公交车了。

他提前一站下了车，溜达着进了一家超市。今天他心情不错，想买点儿东西回去给迟玉做做饭，也让她高兴一下。他转了好一阵子，选了许多东西。就在他走向出口准备结账时，无意中抬眼瞄了一下。那两个背朝他并排坐着的男女吸引了他的视线。

男人把胳膊搭在女人的肩上，女人低着头不住地用手上的东西抹着眼睛。这个女人的背影他太熟悉了，是迟玉。

他把手里的东西扔在地上，顾不上超市里理货员的叫喊，快步走出大门，转过外面的玻璃窗，从正面看清了这两个人的模样儿。女人就是迟玉。那个男人穿着很休闲的西服，潇洒的长头发在脑后扎了一个鬏，眉清目秀的一脸文雅。他犹豫了一下，慢慢向后退着脚步，猛然一转身朝对面的马路走去。也许是他的动作太大了，惊动了坐在里面的迟玉，她抬眼望向窗外，发现刘长路正头也不回地向前走去。迟玉忙站起身来，使劲儿扒拉开男人抚在肩上的手，推门跑出来追向刘长路。

“长路，长路！你等我一下！”刘长路仿佛没有听见后面的喊声，扬手拦住一辆出租车，麻利地拉开车门，俯身钻进去对司机说：“开车，一直走。”司机疑惑地问：“大哥，您去哪儿?”“你别管，先开走再说。”司机吓得一缩脖子，一给油门，车“呼”的一声驶离了道边。

迟玉跑出来的时候，差几步没有追上，急得她马上举起手机，拨打着刘长路的电话。电话里传来刘长路手机的彩铃声：“我不接，我不接，我就不接你电话！气死你，气死你，我就不接你电话！”这个彩铃还是迟玉自己给刘长路下载的呢，迟玉真有点儿急得要哭了……

打击小分队的人聚齐了。张义给赵鹏程传来消息，说晚上刘柱要带人来运走他们事先藏好的焦炭。赵鹏程问他有多少吨，他说总共得有二十多吨，因为据张义了解，刘柱今天晚上要带两辆小卡车过来。赵鹏程把这个消息告诉了张东平。张东平很高兴，王强已经被刑事拘留了，张义现在为民警工作，就剩下这个最大的祸头——刘柱了。如果借这个机会把他拿下，那么平远支线就能相对安定一段时间，自己就可以腾出手来去做其他工作了。他让常子杰马上招集小分队，商量好具体的抓捕方案，天黑前就在支线附近埋伏起来，张网以待。

赵鹏程仍旧和刘长路他们几个人一辆车。不知道怎的，他总感觉有点儿心慌，好几次想和身边的刘长路说说话，可见刘长路紧皱着眉头凡人不理的样子，又把话咽了回去。“长路，怎么了？我偷着打电话的事儿露馅儿了？不会啊，当时我用的是 IC 卡电话呀！为了防止录音，我还特意用手绢包住了电话听筒，不可能露馅儿的！那他对我不理不睬的是因为什么哪……”赵鹏程保持着脸上的平静，心里却在不停地折腾。他很相信自己的心理素质，不会带出任何异样，但他却无法摆脱自己这个“小人”的折磨，以至于好几次把举到嘴边的烟卷又放了下来。

车来了！两辆福田小卡车。

电台里传来常子杰的声音。他们已经把出口封死了，等里面的行动开始就进来支持。汽车晃晃悠悠地开进村里，在一处靠近铁道的垃圾堆前停了下来。从每辆车上跳下来几个人，拿着铁锨朝垃圾堆里不住划拉着。一会儿，垃圾堆里藏着的袋子露了出来。“这帮家伙！真够狡猾的，把东西藏垃圾堆里面。老赵，咱们动手吧？”藏在另一边的民警用电台问赵鹏程。“着什么急呀，等他们给咱装好再上，先累累这帮傻小子。”赵鹏程嘱咐着，“你们一定要注意，看清楚里面有没有刘柱。”

贼劲儿就是大。不一会儿的工夫，两辆车都装满了。赵鹏程看时机到了，让刘长路打开车灯，喊了声“上”，两边的民警举着手电、警棍一齐冲了出去。装车的人们马上四散奔逃，跑到东边被赵鹏程、刘长路带人扑个正着，跑到西面被另一组民警用警棍赶回原处，慌乱中只有两个人跳过铁道，蹚着臭水沟跑走了。

赵鹏程拿着手电，揪起他们的头发挨个照。当照到一个四十几岁健壮男人的时候，对方把脸立即扭开了。“你叫什么名字？”对方没有说话。“说！叫什么名字？”赵鹏程厉声又问了一遍。对方嘟囔着吐出两个字：“刘柱。”赵鹏程二话没说，掏出铐子铐住他的手腕，自己一只手抓住铐子的另一端：“给常所他们打电话，准备好车吧，咱们把人带出去。”

一行人打着手电摸黑把人向村外带，当走过一排平房的时候，刘长路感觉黑暗中有人影在晃动，他忙跑到前面对赵鹏程道：“老赵，我感觉有点儿不对劲儿！别走了，赶紧叫常所他们开车进来接咱们！”没等赵鹏程答话，从黑暗中蹿出七八个手持棍子、镐把的人，迎头朝他们冲了过来。

6

赵鹏程下意识地抓紧手铐，向跑过来的人们喊道：“我们是警察，是来执行任务的。你们是什么人？”

对方根本不理睬，继续加快脚步，舞动棍子冲他劈头盖脸地打了下来。“老赵，躲开！”随着喊声，刘长路举起胳膊挡住砸向赵鹏程的棍子，木棍和胳膊的撞击声在黑夜里发出有力的闷响。刘长路忍住疼痛，手中的警棍马上还击过去，这是他多年来格斗素质的养成。凭警棍的落点，他感觉打在了对方的脑袋上。但对手丝毫没有手软退缩，冲上前来和他抱在一块儿摔倒了，两个人在地上翻滚起来。

突如其来的袭击使他们一时来不及还手。民警不停地叫喊着，表明自己的身份，可棍子、镐把还是雨点般地落在民警的身上，手电被打掉了，警棍被打飞了，被抓获的那拨人也跟着反抗，朝民警连踢带打，使劲儿挣脱着手铐和身体的束缚。

赵鹏程立时明白了，这伙人不是普通老百姓，这是有预谋、有组织地暴力袭警！目标就是要抢走自己手里的刘柱！

赵鹏程不由得又做出了自己的习惯动作，右手迅速地往后腰摸去，可是没有枪。他已经许多年没有摸到梦寐以求的手枪了，他的肩头和后背挨了两棍子，被打得不住地趔趄，但他仍然没有松开紧抓住铐子的手。刘柱使劲地挣脱着，不时地用拳击打着赵鹏程的头部和两肋，他猛回身冲刘柱脸上就是一拳。刘柱捂着脸朝后仰去，他自己也被带着和刘柱一起摔在了地上。

刘长路愤怒了。让这帮家伙像打臭贼一样地打自己，他什么时候吃过这样的亏？他两三脚踹开和自己抱在一块儿的人，从地上爬起来，顺手摸着一根棍子，拎起来就奔赵鹏程的方向跑了过去。他清楚地知道老赵手里还带着个重要的人犯，千万不能让这小子再跑了。

厮打和喊叫声在黑暗里混成一团，他无法分清谁是自己人，谁又是歹徒。“长路。”地上一个熟悉的声音在叫他的名字，是自己人的声音。他转过身看见有两个人在地上滚成一团，他举着棍子没法下手，情急之中大喊：“你在上面还是在下面呀？”“长路！他压着我呢！我在下面呢！”得到准确的答复，刘长路抡起棍子朝上面的人就是一下！上面的人下去了，下面的人又上来了。

小小的战场尘土飞扬，棍子乱扫，喊声震荡，滚成一团。警察和贼们眼睛都打瘫了，揪住一个没皮没脸地上去就打。虽然民警的人数处于劣势，装备也不如贼的棍子、镐把好使，但谁也没有逃跑，因为他们知道，逃跑不仅意味着把更多的灾难留给战友，而且自己以后在这个群体当中再也无法抬起头来。这个时候，所有的谆谆教诲都不如实际的情感好使，他们宁愿挨着棍棒拼命抵抗，也不愿意抱头鼠窜逃离现场。

赵鹏程没想到刘柱逃跑的意识会这么强烈，他拼命地踢打着自己，让他始终无法将铐子铐住自己的手腕。在刘柱的叫喊下又跑过来两个人，他们一起对赵鹏程连踢带打进行着围攻。

眼看赵鹏程就要支撑不住了，这个时候刘长路冲过来了，他嘴里喊着：“老赵！”刘长路听到答应后确定了位置，飞起一脚踢趴下一个，又抓住一个人的脖领子使劲甩了出去。“老赵，把人给我，你快喊常所他们!”刘长路说完话，用手掐住刘柱的肩头，一把将他按在地上。赵鹏程腾出手来去摸电台，哪还找得着呀！他连忙掏出手机拨通电话，还没说话，就被黑暗中扫过来的棍子打掉了。“呼”的一声，又一根棍子打向了赵鹏程。刘长路眼疾手快，上前一把推开慌乱中的赵鹏程，棍子正打在他的背上，紧跟着又一棍打在他的头上。他哼了一声，没有去还击，而是忍住疼把手铐的一头死死地按在自己的手腕上，一只手拼命抱住刘柱，两眼中射出一股凶狠的光芒：“我就是死也得和你死一块儿。”刘柱被眼前凶神眼中射出的光芒震慑住了，他绝望了，彻底放弃了逃跑的打算，身体也渐渐地瘫软下来。

常子杰带人赶到了。他被眼前的场景惊呆了，两个民警死死地按住一个歹徒，民警和歹徒都静静地躺在地上，谁也没有力气再扭动一下。

消息传到所里后，张东平一下子推开椅子站了起来，握住电话的手不住地颤抖：“你说，你快说，有伤亡吗?”“十几个人都受伤了，除轻伤的以外，有六个送进附近的小医院，结果还不清楚。”常子杰回答着。“怎么送那儿去了？抓紧转院。”“张所呀！刘长路都昏迷了，我还不就近送医院啊?”张东平马上感觉自己对常子杰的语气不对，他平静了一下说：“老常，你做得对。先把人送到附近的医院抢救，我的意思是做完检查马上转院，去平海一中心，那里的医疗设备齐全。你先照料着，我马上就到!”说完，他马上叫起小吴去开车，然后带着值班的单文跑了出来。

去医院的路上，张东平先给副处长高建打了电话，简单报告了一下情况，然后又通知韩建强和冀锋赶到所里。小吴盯着他打完电话才开口问道：“咱们现在去哪儿?”张东平犹豫片刻，用手一指前面的路口：“先去现场。”汽车在路口处拐了个弯，直奔平远支线。

韩建强和冀锋已经在所里一个多小时了。两个人都不住地抽着烟，谁也不说话。沉默了半天，终于是冀锋忍不住了，又举起手机要给常子杰打电话。韩建强抬起头：“小冀，你算了吧，怎么有点儿事就跟热锅上的蚂蚁一样，一点儿不稳当。”冀锋辩解着：“我是想知道送医院的人怎么样了，一下伤了这么多人，唉……”

韩建强扶了扶眼镜：“当初张所提出这样干的时候，我就有意见。你想想看，就这么十几个人，天天在平远支线附近晃荡，先别说人员管理，祸就惹了不少！成天不是‘110’就是报警，还有的说他们这帮人里面有人和嫌疑人串通一气。焦炭下来以后，他们去收缴了再通过别人转卖给下家，从中牟利。更有厉害的，说他们竟然和嫌疑人一起称兄道弟。你说，能不出事吗？”

冀锋不太同意韩建强的观点，摇摇头分辩着：“教导，外面传的毛病多啦，咱们不能听什么信什么吧？要我看，大家还是出了不少成绩。至少现在支线的治安状况比以前强多了！再说，老常还跟着带队呢，有领导啊！”

韩建强撇撇嘴，哼了一声：“他呀，装傻充愣，一分钱不少挣！就拿这个事来说吧，组织人去抓捕，为什么不带枪？弄得十几个民警跟嫌疑人拼开棍子、棒子了，这要是追究起来，都是问题呀！”冀锋还要再说什么，门被张东平从外面推开了。在张东平后面跟进来的是副处长高建、刑警队大案队的队长，还有几个侦查员。

高建进屋后直接坐到张东平的椅子上，用手一划拉站在屋子的所有人：“都听着！马上成立项目组。大案队的接手做侦查工作，平海所的人负责跑外围。抓住了几个人？”他把目光移向张东平。

“抓住了四个。”得到答复后，他又朝大案队队长看去，“你通知预审来人，突击审查，争取在最短的时间内撬开他们的嘴！我不要别的，就一条，暴力袭警是谁的主谋，都有谁参加了，他们的社会关系分布在哪儿？”大案队队长答应着出去打电话了。高建刚要再训斥张东平几句，手都举起来了，可看看满屋子的人，翻了下白眼把手撂下了。

张东平心里知道，老领导还是给自己面子的，他也知道高建的脾气，今天没冲他大骂一通应该算是幸运了。他慢慢地走过去，拿过高建的水杯，倒满水放到桌子上：“高处，那个重要的嫌疑人刘柱已经带回来了，您看什么时候问？”“现在就问。老赵在吗？他伤得怎么样？”张东平赶忙说：“老赵挨了几棍子，但伤得不重，已经跟来了。”高建点点头说：“先让老赵问，他有经验，你再找个人帮忙。”

张东平答应着退了出去。看见赵鹏程后，他简单说了高建的要求，又把单文叫过来让他们两人一起审讯嫌疑人刘柱。

张东平无意中组成了一对强强联手。赵鹏程是吃了亏以后一肚子的愤怒，单文是联系不上“紫色花冠”这几天也正郁闷中，这两人一起审问嫌疑人，你琢磨着能有刘柱的好吗？肯定是狂风暴雨、电闪雷鸣。

果然，进去不一会儿，旁边的屋子里就传来如过年放鞭炮般的声响。噼里啪啦、噼里啪啦的节奏伴随着刘柱夸张的叫喊声传进了高建的耳朵里。他看了一眼张东平，不高兴地说：“你怎么到了派出所越干越回去了？审人也不知道关门呢！去，告诉他们，别让他乱叫，跟杀猪似的。”冀锋没等张东平说话，先站起来跑出去传信儿了。

跑进旁边屋以后，冀锋也乐了，赵鹏程和单文把刘柱背铐双手，整个人趴在地上，裤子褪到屁股以下，让白白的屁股在灯光下暴露着。赵鹏程坐在椅子上抹着头上的汗，单文举着皮带正往刘柱屁股上招呼呢。刘柱一见有人进来，挣扎着喊道：“我要找你们领导，我要告你们！你们非法刑讯逼供，你们殴打好人，你们不讲人权，你们……”本来冀锋进屋想告诉这两个人手底下轻点儿，可听刘柱这么一喊，火苗子“腾”地蹿了上来，过去一脚踩住刘柱的脖子，指着他骂道：“跟你这样的傻子还讲人权？就是讲了，你能听得懂吗？告诉你，我就是领导！现在就答复你。第一，这里是人民公安派出所，是政府机构，不存在非法刑讯。第二，你也算是好人呀？第三，你今天不交代出暴力袭警的人，一会儿我保证让你欲哭无泪、欲诉无声！”

单文接过话来说：“你刚才还跟我们提美国讲人权，像你这模样儿的落在美国警察手里，早就地正法啦。”赵鹏程蹲下身子抓起刘柱的头发，狠狠地盯着他：“我就告诉你八个字！人心似铁，官法如炉！”

半夜了，各个小组的人不断地向高建和张东平汇报着案情的进展。经过几个小时的突审，案件已经明朗。是小分队抓捕时逃跑出去的两个人报的信，当时刘柱的弟弟正和几个人聚在一起喝酒呢，听说哥哥被捕的消息，借着酒劲吆喝起这帮人一起去营救。因为是晚上，他们又熟悉地形，认为可以一击得手，然后远走高飞。没想到小分队的民警在突遭袭击多人受伤的劣势下，反而激发出了旺盛的斗志，和他们死缠烂打。他们想象中的民警四散奔逃、快速营救成功的场面没有出现，只好丢下人和棍子仓皇逃离了。

高建听完汇报后指示，刑警队马上和市局各个卡口联系，把制作好的嫌疑人体貌特征等资料尽快传输过去，请他们帮忙堵截，又让指挥中心立即通知平海其他几个火车站，加强站车堵卡查缉。一番布置后才想起应该训训张东平，他回过头来，张东平正好站在自己眼前。

看着自己以前的爱将，高建从鼻子里哼了一声，指了指开着的门。张东平马上走过去把门关上了，又回来坐到他对面。

“你说心里话，想到过有今天的事情吗？”

“高处，说实话，我没想过会有这样的事情发生。”

“这就是你考虑事情不周全，说明你还不成熟。当初你和我提打击小分队这个想法的时候，我很支持，就是考虑到刑警队能给你撑腰，真出了事好收拾。可是你，嘴没个把门的瞎噗叽。刘胖子是搞治安的，现在他人呢？这事儿他弄得了吗？”

张东平知道他指的是刘副处长，本来这里面就有误会，索性借这个机会让高建数落数落自己，然后能找个话茬儿跟他解释一下。想到这儿，他不住地点头，学着日本兵摆出副俯首甘为的样子，只是嘴里回答的不是“哈仪”而是“是，是”。等高建说完了，他递过去一支烟点上火：“高处，您批评得对！我是不成熟。尤其是在打击小分队这个问题上，我没把住门儿。”

高建斜了他一眼：“哼，你要不和办公室的靳副主任说，我就不信他刘胖子能有这个脑子，说出这么像样儿的话来！”

张东平一下子蒙了，自己印象中好像没跟靳文澜说过这个事情呀！可现在再去解释也显得幼稚，他索性就坡下驴，不再争辩了，脑子里一个劲儿地捋着这根线头，刘副处长—靳文澜—韩建强！他突然觉得那个鼻子上架着一副眼镜的大脑袋有些让自己恶心！教导员呀，你怎么连我也铲呢？

7

医院里的结果出来了，刘长路是创伤性脑震荡，需要休息静养。一名民警胳膊折了，一名民警腿断了，已经安排了手术。另外几名民警的外伤都做了最好的处理。转天早晨，高建和张东平按照商量好的步骤开始了宣传活动，目的只有一个，把坏事儿变好事儿！

很快宣传活动就显示出了它的作用。先是处领导派出由政委率领的慰问小组，带着几个长得不太水灵的警花，举着鲜花、拎着营养品最先赶到医院，对刘长路他们三个躺在病床上的同志进行最诚挚的慰问。然后就是车站党委书记、站长举着鲜花、拎着钱来了，而且是越到后边领导的帽翅儿越大，连平海市公安局副局长也在百忙当中来到医院，亲自慰问昏迷不醒的几位同志。

张东平代表他们对领导的关心和爱护，以及方方面面伸出的热情洋溢的手表示感谢。同时也表示了一定要在上级公安机关的支持下，将在逃的几名犯罪嫌疑人绳之以法。

下一个环节就是去登门拜访家属，张东平领着高建和政委对负伤的同志挨家挨户地慰问。程序几乎都是一样的，敲门进屋后先介绍领导，然后说一通宽心的话，遇到轻伤的民警就嘱咐一定要养好伤，不着急上班，要保重身体，然后把组织上的一点儿意思装在一个信封里送到家属手里。对住院民警的家属，他们就表示人没什么大事，只是住院治疗，组织上会很好地照顾他们，同时还表示要积极开展工作，早日抓获这帮穷凶极恶的歹徒，请大爷大娘、伯父伯母们放心。

从最后一家出来坐上车，张东平才算是长出了一口气。这个时候，他从心眼儿里感激这些家属，他们都没有提出什么过分的要求，也没有让领导们难堪，使这个正面的故事能顺利地继续下去。张东平刚闭上干涩的眼睛，手机又响了起来。他连忙接通，里面是高建的声音：“张东平，咱们是不是落下一家呀？刘长路的家没去吧？”

他赶紧说：“是，刘长路家没去。因为长路昏迷的时候老赵曾经找过我，说长路清醒的时候嘱咐过他，不要让家里人知道。他们家父母的年纪都大了，怕经不起这个事儿。我也怕老人家着急，再出点儿别的什么事儿，所以想过过再说。”

“找他家属呀！”

“高处，长路几年前离婚后始终都是一个人，这个……”

高建“嗯”了一声，停顿片刻说：“还是去看看好，毕竟这么大的事情不通知家里不行。这样吧，让政委回去，我带着慰问金和你跑一趟。”

医院里，赵鹏程口袋里的手机一直响个不停，这是刘长路在清醒之时塞到他手里的，嘱咐他别将受伤的情况告诉自己家里。赵鹏程点头答应着说“你放心养着吧”，然后转身就把手机关了。说来也怪，早晨起来一开机，电话就顶进来了。他刚接通电话，里面就传来个女人的声音：“长路吗，谢天谢地，你终于开机啦。你别挂电话，你听我说……”

赵鹏程连忙打断对方：“喂，喂，我不是刘长路，他的手机我现在拿着呢。”

“你是谁？为什么拿他的手机？他出什么事儿了？”

“我叫赵鹏程，是他的同事，长路在医院里。你是谁？”

对方听到这个消息，声音有些颤抖：“医院，他出了什么事儿？您能告诉我哪家医院吗，我现在就去。”

赵鹏程已经感觉到这个女人就是刘长路的女朋友迟玉了。他没有犹豫，简单地说了事情的经过和医院的具体地点，还嘱咐迟玉先不要告诉长路的父母，迟玉答应着挂断了电话。赵鹏程刚要推门进屋，从门缝里看见陈其嘉和许彬正坐在病床旁边和刘长路聊天呢。

他不由得停住了脚步。

“长路，你可把我们哥儿俩吓坏了。好么，听说有碗口粗的棍子打在你脑袋上，我想这下坏了，非把我师傅打傻了不可。”陈其嘉边说边瞄了眼墙上贴的禁止吸烟的牌子，偷偷递给刘长路一支烟。许彬给刘长路剥着香蕉：“我可听说棍子当时就折了，可你脑袋是一点事儿都没有，还和这帮浑蛋拼呢！”

刘长路活动了一下身子，忙说：“这都是谁编的？太演绎了！碗口粗的棍子打我脑袋上，打折了我还没事？不是我脑袋没毛病的话，那棍子也是秫秸秆儿做的！”

“好几个版本呢。这不，宣传科的那帮子人成天往所里跑，要采访你们的英雄事迹。哦，我还听说你是为了救老赵才多挨了好几下，是吗？”

刘长路摆摆手：“也不能这么说。当时的情形都乱了，我不能眼看着自己人挨打吧，再说谁也没长后眼，顾不过来呀！”

许彬咧咧嘴，一脸的不以为然：“老赵也真够笨的，这么大岁数还冲锋陷阵呢。我记得几年前不就是你替他挡了一回吗，这次又帮忙挨了回打，我看他怎么还你这个情！”

陈其嘉知道赵鹏程也在医院，忙拦住许彬：“你这人呀，别瞎说，怎么嘴上也没个把门儿的。”

赵鹏程在外面暗自叹了口气，心里有股说不出的味道，是酸是咸是苦是辣，他分辨不出来。总之，这滋味里就是没有甜。他感觉自己真是很对不起刘长路，因为想出一口气，想借力打击一下自己讨厌的人，就把这么好的弟兄捎带上了，这让他心里非常难受。他不认为自己是坏人，也不认为自己心理不健康，可自己做出的事儿，连自己都感觉不那么光彩。有几次赵鹏程差点儿控制不住自己的冲动，想跟刘长路说明事情的真相，说明自己的原本用心，可事到临头他又没了这个勇气。这事儿传出去面子丢了事小，关键是自己以后可怎么混呢！唉……真是自作孽呀！

正在赵鹏程冥思苦想的时候，后面传来一个女人的声音：“劳驾，问您一下，刘长路是住这屋吗？”他猛一回头，眼前一个成熟美丽的女人拎着两大袋子东西，正忽闪着大眼睛望着自己。

迟玉来了。

他连忙把迟玉让进屋里。刘长路看见迟玉，头一句就挺噎人：“谁让你来的？”迟玉倒是很能吃话，放下东西走到床头，伸出手去摸刘长路的头：“让我看看，你这是怎么样了，还疼吗？”刘长路把脑袋往后直仰：“别，别，你手凉，别冻着我。”

迟玉把手拿回来：“嗯，我不摸你，我给你倒点儿热水，我还带来了你喜欢吃的东西呢。”说完就去提暖水瓶，发现没有水了，“你等着，我去打水，一会儿得给你沏茶。”说完，她向屋里的几个人点点头，径直走出了屋子。

许彬看得眼有点儿直：“师傅，这……这姐姐真不错呀！是你对象吧，呵呵呵呵。”

赵鹏程拉住许彬，对刘长路说：“长路，你别奇怪，是我告诉她你住院的。你想想看，家里你不让通知，你女朋友来电话我不能够瞒着吧。得了，人来了，我们几个先回避。”说完，他努努嘴，不顾刘长路怎么阻拦，和陈其嘉、许彬一起走出了屋子。

迟玉回来的时候，屋里就剩刘长路一个人躺在病床上。她顺手把门关上，一下子扑进刘长路的怀里，两只胳膊抱得紧紧的：“宝贝儿，你怎么了？你为什么不理我，你不要我了吗？”刘长路奋力抵御着她如火般的热情，边挣扎边说：“你，你勒得我喘不上气儿了……”“我不管，你不要我，我就勒死你，也比让人家打死你强。”

刘长路胳膊上还在输液，再加上刚恢复身体还软，只能任迟玉折腾：“你勒死我，你勒死我，你得偿命。”“我豁出去了。没有你，我还不如死了呢。”

刘长路一把扶正迟玉的脸：“那你说，那个男的是怎么回事？”

迟玉伏在他的耳边：“是我前夫。他非要和我复婚，我没答应。”

刘长路半信半疑地松开手：“你怎么不跟我说清楚呢？”

迟玉娇嗔地噘起嘴：“你让我说话了吗？你甩手就走了，这儿天我找你都找疯了。”

刘长路哼了一声，推开迟玉伸进他衣服里的手：“你别瞎摸，这是医院，不是在家。”

迟玉把性感的嘴唇往他眼前使劲儿凑过去，手又伸进衣服里：“我愿意！我摸我自己的男人，谁管得着？”

“呵！你弄疼我了。”

“我轻点儿不就得了。”

轮到刘长路放弃抵抗了，他边搂着迟玉丰硕的肩膀边喘着气：“你真不知道愁，张嘴闭嘴男人男人的，咱们的事儿我父母还不知道呢。”

迟玉笑了：“不瞒你说，我去过你爸妈家了。”

“什么？你去他们那儿了？”

迟玉点点头：“我告诉他们说你出差了，我是你女朋友，你临走前让我来看看二老。你爸妈对我挺好的，他们特喜欢我。”

刘长路一咧嘴：“得，你还赖上我了……”

迟玉笑了：“嗯，我就认定你了！而且我已经告诉我爸爸了，他也很高兴。这不，我把新买的宝马开来了，是他送给你的见面礼。”

“还没见面呢……”

“我替他提前预支了。”

“这叫什么事儿呀！”

迟玉得意地笑着，把手向下边抚摩着：“让我看看，还伤哪儿了？”

刘长路赶紧蜷起腿：“就是脑袋受了点儿伤，别的地方可没事啊！”

“谁知道呢，我得检查检查。”

……

暴力袭警案的侦破工作在高建、张东平的带领下紧锣密鼓地进行着。接连几天，各个追捕小组都有收获，外逃的多名犯罪嫌疑人相继落网。最后，只剩下主犯刘柱的弟弟没被抓获。高建和张东平都清楚，搞案子要的就是干净利索麻利快，不能拖泥带水，所以他们使用了所有能使用的刑侦手段，给这个嫌疑人铺开了一张大网。

8

早晨的天空有些阴霾，太阳好久也没露出模样儿，乌乌涂涂的就是打不起个精神来，仿佛要下一场雨才能把这郁闷扫开，才能让太阳正正当当地挂在天空。

张东平坐在办公室里等待着消息。他盯着窗外的站台，站台上的列车和四处奔走的人们让他无法静下心来，脑子里也是乱七八糟的。一会儿是期盼着案子快点儿了结，一会儿又浮现出教导员眼镜后面阴沉的目光。一会儿又想起医院里的那几个伤兵，一会儿又不知道神游到哪个地方去了。望着延伸出很远的站台和铁道线，望着眼前每天都在涌动的人流，张东平忽然有种莫名的感觉，平海车站就是一个社会的缩影，车站真是太大了。

自从案子进行侦破开始到现在，张东平都没有喘过一口大气，这重重的压力让他感觉自己后背扛着一座山。最不让人省心的是，在他扛山前进的时候，还要提防来自各方的冷箭和别人看似不经意间扔下的砖头。他自信皮糙肉厚，能防得住刀斧冷箭，可脚底下的砖头，一不留神却绊你个人仰马翻，肩上扛着的山就会直接把自己压趴下。他甚至在昨天晚上和冀锋闲谈的时候说出了心里的忧虑，平海所这段时间千万不能再出事了！

张东平把目光收回来，望着自己墙上挂着的横幅，上面清晰地写了四个字“有容乃大”。唉……我还不如把它改成“没心没肺”呢！这样我就不用烦恼了。

从上次和高建的谈话中，张东平更清楚了上层之间的矛盾，也更清晰地明白了权力角逐的危险。肖海亮的叮嘱也不时在耳边响起：“有的时候政治斗争是很容易伤人的。”现在的形势是，自从打击平远支线到现在，不管自己愿意不愿意，他都被人家视为高建这条线上的人了。关于这一点，想必刘副处长会更敏感，也会对自己更加另眼看待。每当想到这儿的时候，张东平就止不住地冒火，这个傻帽儿教导员！我哪点对不起你呀？自从来到平海所，事事敬着你、捧着你，拿你当棵葱，面子也给足了你，只要你提出来的建议没有直接反驳过。自己为的是什么？还不是想营造一个班子团结和所内和谐的气氛！按说作为一个教导员应该知足啦，可你怎么拿我的客气当缺心眼儿了。

想到这儿，张东平的脑子里不禁冒出冀锋讲给他的一个笑话。

这笑话还是个真事儿，导演这个笑话的人，就是教导员最看不上眼的刘长路。当时冀锋正在给刘长路做思想工作（估计是聊天扯淡），刘长路的电话响了，冀锋就说："准是你小蜜打来的。"可刘长路接着电话"嗯"了几声，眼珠乱转，听了一会儿说："你这个电话打得正好，我老板也许会喜欢。这样吧，你等一下，我把他的电话告诉你，你直接给他打好吗?"然后就用手按住话筒，充满神秘地对冀锋说："你把教导员的电话告诉我。"冀锋当时没反应过来，查了一下手机就告诉了他。刘长路对着话筒念过后，合上手机站起来就要出去。冀锋赶忙叫住他："你这是干吗去?"刘长路兴奋地一指旁边的屋子："我听听教导员怎么接这个电话!"冀锋更蒙了，非让他说明白。刘长路捂着嘴小声说："刚才打电话的是一个女的，外地口音，说自己家乡的一个小妹妹父亲生病了，没钱治，想找个有钱的男人开处女，价格可以商量。我把她介绍给教导员了!"冀锋听完，差点儿没气乐了："长路，玩笑可别开过火了。韩教导员不是那样的人。"刘长路推开他说："我就是想向教导员学习学习怎么应付突发事件。你不愿意学拉倒!"然后，他溜出办公室，悄悄跑到韩建强门边。

果然，教导员的手机响了。"喂"了一声以后就没声音了。过了一会儿就听见里面说"你可以给她找个工作嘛"，然后又没声音了。再过了一会儿，韩建强说话的味道就变了："你那小妹妹长得漂亮吗？一般需要多少钱呀?"刘长路听得差不多了，猛地一把推开门，吓得韩建强手里的电话差点儿没掉地上，脸腾地抹上了一片红色。刘长路倒是很平静地冲他说："教导，冀锋给我盒好烟，我们俩找了半天就是没火儿。你有吗？借我用用。"韩建强问都没问，马上拿起桌子上的打火机递过去，手里还紧攥着电话舍不得放下。

听完刘长路叙述后，冀锋真是哭笑不得。临出门的时候，刘长路还不忘幽了一默："妈的，幸亏是在单位，要是换个地方，我这猛一推门，吓不出他阳痿来也得落身病。"

张东平听冀锋说完这个笑话后也不住地乐，还嘱咐冀锋不要再扩散了，注意点儿影响，自己根本没太往心里去。但是，以后发生的许多事情让他是越来越看不起这个道貌岸然的家伙了，先是广大群众的非议，这个可以解释为领导的方式方法不同，一人难称百人心。可是，一个基层派出所的主官做到让所里的民警都对你有意见，那就不是什么好事了。

再就是思想上的分歧，张东平主张对民警的业务宜精不宜粗，管理宜粗不宜细。原因是现在每日的工作压力太大，民警们也需要心理和生理上的双重呵护，尤其是心理上的，要竭力在纷乱的工作环境中为民警们提供心理上的安慰。可韩建强总是强调用制度死卡，看重手里的权力，有一回甚至还说，自己就可以担任心理辅导师。本来嘛，我的职称就是政治教导员嘛！那一次，张东平被教导员的无知和无畏噎得半天说不出话来。

最重要的是，这个韩建强竟然顺手给自己下了好多个绊儿。这哪里是搭伙干活儿呀，整个就是培养对立面。面对这样的人，自己不能再讲什么宽厚了，否则自己就是现代版的东郭。

急促的铃声把张东平从遐想中叫了回来，他忙操起了桌子上的电话。电话是高建打来的，告诉他一直监控的嫌疑人有消息了。根据他们监控的手机信号，这个人就在平海附近的一个县城里，具体位置马上叫刑警队送过来，并配合他们一起行动，晚上出击把嫌疑人抓获。得到这个消息后，张东平立即兴奋起来，一口气拨打了好几个电话，告诉冀锋和常子杰马上赶到所里，然后走到楼道里喊单文，让他按照事先定好的名单打电话通知人来所里报到。转回身，他看见刘长路从外面闯进来了。

"长路，你怎么跑出来了？赶紧回医院去！"

"张所，我听刑警队的哥们儿说，要组织行动抓捕袭警的那个浑蛋，我就跑出来啦！”

“你伤还没好利索呢，不许你掺和。回去，回去！”

“张所，我好了，没事啦。别的我不多说，这次行动算我一个！要不我自己开车跟着你们也得去。”

张东平无奈地摊开手：“长路，你等等行吗，我现在还没码齐人呢！你要去，行。但是，现在你得找个地方先歇会儿，等我信儿。”

刘长路应了一声“我等着”，便打开值勤三组的门，躺在床上等消息了。

单文在屋子里听见了张东平和刘长路的对话。他从很早就想和刘长路解释一下，不是自己打的小报告，让他因此受了处分。可是不凑巧，总没机会。现在所里正冷清，刘长路也正好一个人待在屋里，于是他放下手里的名单，慢慢地推开了值勤三组的门。

“长路，你怎么样了，好利落了吗？”刘长路看见单文进屋，忙坐起来：“大内呀，快坐！我没事。谢谢你还惦记着。”说完，他拿出烟递了过去。单文磨叽着接过烟，一时不知道怎么开口。还是刘长路痛快：“怎么，找我有事儿呀？”

单文运了运气，坐在他旁边：“长路，我想跟你说，你走火的那件事儿，不是我……不是我说的，我开始真不知道。”

“咳！兄弟，就这事儿啊，过去了，过去了……”

单文一听，麻烦啦，他整个弄拧了，这意思是原谅我了？可根本就不是我告的密啊！不行，我还得说清楚：“长路，你误会我的意思了。其实这事我根本就不知道，是许彬让我帮忙擦枪我才看出来枪打过的。可是，我的确没向上级汇报过呀！也不知道谁说的，弄得陈其嘉和许彬还跟我打了一架。长路，你可别因为这事儿记恨我呀！”

刘长路这回是真听明白了，他看看单文焦急的模样儿，伸出手拍拍他的肩膀：“兄弟，这事儿在我这儿就算过去啦。我知道不是你，你不是爱打小报告的人。其嘉和许彬那儿，我跟他们说去。”

看着单文离开屋子，刘长路不禁又把思绪勾了起来，不是单文，能是谁呢？难道真是赵鹏程吗？

9

满天的阴云到傍晚的时候终于开化了。月亮明晃晃地出现在头顶上，不时地还伴随些微风，让人感觉这个时候特别适合情人间的散步、亲昵。平海所抓捕嫌疑人的车队，伴着柔美的夜色，奔邻近的A县城开去了。

一路上，张东平不时地用手机与县公安局的同行交换信息。得知嫌疑人没有离开居住的屋子，他又催促小吴尽快到达指定地点，好与同行会合。

赶到A县城后，县局的同行先详细介绍了一下嫌疑人居住地的特点："主要就是这个地方太难弄，都是一帮狗食啊！你们可得注意，千万别整动静大了，要不这帮家伙真敢动手抢人呢！"

"你们当地派出所不管用吗？"冀锋忍不住插上一句。

"哥们儿，你们是外面来的，不知道这里边的事儿。"同行无奈地说，"要不是你们高处和我们齐副局是哥们儿，这事我都不能管。"

张东平拉了冀锋一下，一个劲儿表示："待会儿你就带我们到地方，抓人动手的事儿我们自己来，你就盯着点儿，万一蹦出一个半个看热闹的，负责解释解释就行了。"同行不停地点头："对，对，我负责盯着这块儿。"然后又嘱咐了一番，大概的意思是，你们一定要悄悄地进村，打枪的不要，活捉"李向阳"，尽快撤出来。

一帮人没有理会村里几只狗的乱叫，摸到嫌疑人居住的院子边上，按照事先的分工上房的上房，把口的把口，翻墙的翻墙，打开大门进院后朝屋里冲了过去。床上的一男一女被突如其来的灯光惊醒，还没看明白怎么回事儿，男的就被刘长路一把按住："你叫什么？快说！"

男人光着身子，颤抖着答出两个字："刘栓。"

就是他！几个人七手八脚地往他身上罩衣服。这个时候，那个女的突然操着一嘴怯口喊了起来："你们这是走（揍）啥呀？快来任（人）啊，俺家来土飞（匪）啦！"

刑警队的弟兄抓起床边的一只皮鞋，“噌”地一下摞到她嘴里：“再喊！再喊把你嘴缝上！”

张东平挥着手：“别废话，一块儿带走。快，快！”几个人拿起衣服，套在两人的头上，架起来就往外走。刚走到院里，刘长路感觉院子茅房里好像有动静，几步跑过去一看，有个二十几岁的女人正蹲在那里，哆嗦着用手机不知道说着什么。他上去一脚把手机踢飞，拉起来就往外拽。

不到三分钟，一男两女全部被带出院子架到了车上。张东平说了声“快开”，车子飞快地朝村口驶去。眼看就要到公路上了，车灯扫处，一个穿着警服没系扣子，叉着腰撇着腿的中年男人挡在车前。他的后面还跟着七八个拿着棍子的壮劳力。只见他把手朝车前一指，喊道：“停车！”

张东平心说，坏了，真是怕什么来什么，越怕有人截车还越蹦出来几个挡横儿的。时间容不得有话好好说，他一边跑下车快步走过去，一边指着对方：“你们是干什么的，敢拦警车？”穿警服的中年男人也不含糊：“你们是干什么的，跑这儿绑票来了。”

“你什么眼神？有开好几辆警车绑票的吗？再问你一遍，你是干什么的？”张东平的口气严厉起来。

中年男人往前迎了两步：“我是这乡的派出所副所长！带联防队员巡逻呢！这片都归我管，有什么事儿跟我说。”

张东平掏出工作证：“我们是平海铁路公安处的，来这儿执行任务，已经和你们县局联系过了。请你多支持，咱们有情后补……”

还没等张东平说完话，中年男人一摆手：“铁路公安处？铁路公安处是什么玩意儿？没听说过。我也没接到通知说有行动呀！”

张东平压住心里的火，他知道现在不是阐述铁路公安是什么性质的公安队伍、担当什么职责的时候，也不是以横对横的时候。面对对方的无礼，自己不能纠缠，只能尽快脱身。要不然真等到村里的人组织起来，自己这二十多个人得让人家捏成包子，打包运回去。

“所长！我们的确是来执行任务的，是一起暴力袭警的案件。

这个案子的主犯我们已经抓到了，来的时候已经和你们县局的齐副局长通完气了，你多多支持，协助我们一下。”

“没听我姐夫说过这事呀……”中年男人拦在那里还是不让道。

张东平忙掏手机：“有这层关系更好，我给齐副局长打个电话，您亲自跟他说。”手机里传来的却是对方已关机的提示音。张东平忙示意对方：“我这儿还跟来一位你们县局刑警队的同志……”说完，他回头就往后面找那位同行，可早看不见人影了。

中年男人不耐烦地看着张东平，一通忙乎，见电话接不通，证明人又没有，把脸一耷拉：“算了吧，你别瞎忙了。总之一句话，人不能带走！谁知道你们是干什么的！”说完这话，他身后的一帮壮劳力像得到指示一样，把棍子朝前一立，摆出个誓死捍卫的架势。

张东平真是有些急了。身后的村落里狗叫声已经连成了一片，他看见有的房子灯都打开了，不能再耗下去了。张东平回过头冲要下车帮忙的民警喊道：“都回车里去，看好嫌疑人，谁也别下车。”然后掉过头来对中年男子说：“我的工作证你看见了，情况跟你也说清楚了。这次行动我们领导也非常重视，看见中间那辆宝马了吗，处长就坐里面，是我叫他出来跟你说说呀，还是你现在就让道儿？”

中年男人有些犹豫，说话也没刚才的冲劲儿了：“就是你们领导来了，也得按规矩办事……”

张东平做了个停的手势：“现在我不和你多说，这个案子通天！你要想拦，可别怪我不懂事儿了。”说完眼眉一立，朝小吴喊道：“开车，谁拦车今天就是谁。”

几辆车在中年男人和一帮壮劳力的惊愕中驶上公路，然后快速地飞奔起来……

回来后的审讯进行得很顺利，刘栓痛快地承认了自己的罪行，同时还交代了一些收赃的渠道。通过审讯，打电话的女人和那位比110还快的副所长的事情也弄明白了。他还真是齐副局长的小舅子，也真是当地乡派出所的副所长。因为这个村里开着几家赌窝子，是他罩着的，所以他常驻这个村。因此，他就勾上了几个相好的女人，打电话报警的就是其中之一。

张东平了解这些事情后没有大动干戈，只是在给高建报捷的电话里轻描淡写地说上几句。他相信领导会从中听出来故事的，而且事情已经办完，自己没有再打破这个砂锅的必要了。

案子结了，下面的程序就是报奖报功、奖励参战人员了。张东平拟了一个名单，把单文叫过来让他按名单去写材料。单文神情木讷地进屋接过名单出去了。他想和单文说几句，可想到他马上要写上报材料，又看到堆在桌上的一摞文件，把话咽了回去。他脑子里又冒出前段时间在宾馆里的情景，看来这小子真是有婚外恋了。

第五章　站车查缉

1

单文这段时间郁闷透了，上网找不到“紫色花冠”，打电话对方总是处于关机状态，仿佛突如其来的艳遇像划出一根火柴一样，“噌”地爆发出极速的光亮后，又慢慢地冷却了。单文有点儿忍受不了这种孤寂，他说不清自己是迷恋这段外遇，还是更迷恋“紫色”的身体。媳妇看着他天天沉默的样子，以为他是工作太累、太紧张了，便主动包揽了全部家务，到了晚上也尽己所能去挑逗他，可单文和媳妇做爱就是提不起精神来，有几次曾经幻想身下这个女人就是“紫色”，刚想有点儿创意就被媳妇打雷般的呻吟声闹得烟消云散了。

这让单文想起了陈其嘉拿许彬开心的故事。许彬喜欢看黄碟，所以总说自己的老婆太传统、太规矩了。陈其嘉就问许彬，你怎么不把自己的爱好介绍给你老婆呢？许彬说，介绍了，她不看。还说这都是低级庸俗的东西，太下流！陈其嘉就说，你老婆和我们门口的一个傻娘儿们一样。许彬正纳闷呢，陈其嘉接着说，这个傻娘儿们她老公在工厂里上班，休息的时候大家就聊自己的女人。一个说我老婆挺厉害的，叫床的声音特大，每次我都得告诉她小点儿声。这个工人听完后回家就和自己老婆说了，这个傻老婆当时就说，叫床谁不会呀，晚上叫给你看！到了晚上，两人准备好一办事，傻老婆在底下就喊："床呀……床呀……"

唉……看来品位不一样，真是没感觉呀！这种想法总在单文脑子里转悠，他不由得怀疑起自己这段十几年的婚姻来。这么漫长的时间是怎么走过来的，为什么自己以前没有发现？是自己变化了，还是周围的事情变了，他没办法给出答案。

这段时间在网上总和"黑宇"不期而遇，两人还是下棋、聊天。只不过他感觉"黑宇"好像也很沉闷，棋锋也不是很锐利了。有一次，两个人几乎是比着看谁更臭，一个昏招儿连一个昏招儿，最后两人谁都不好意思赢棋了。因为什么？都太臭啦！不过唯一能让自己开心点儿的，就是陈其嘉和许彬主动找他说话示好，还表示有时间哥儿几个一起坐坐。这说明他们知道，在走火这件事上冤枉了自己，想解释解释。

平远支线上恢复了平静，偶尔有些小打小闹的都及时被小分队镇压住了。张东平把赵鹏程调回所里，毕竟老赵的岁数偏大些，不能总在线路上拼命。张东平把刘长路也调回到值勤三组，继续和陈其嘉、许彬一组去值勤，小吴也调回来给自己开车，他现在把工作重点转到了车站和正线的沿线上。用他自己经常挂在嘴边的话讲，站区治安、站车堵卡是脸，需要这两项工作来壮门面。沿线治安环境的稳定是命，线路上出事就是大事。现在的生存理念是，上级领导让你要脸的时候，你就得要脸，给脸不要不行。上级领导让你要命的时候，你就不能要脸，要脸就别要命！听，跟绕口令似的。

铁路警察在站车堵卡上有悠久的历史，据说从民国的时候，在铁路上工作的警察就有这方面的本事。他们善于察言观色，注意嫌疑人的行动举止，能从细微处发现破绽进行问话，能从携带的物品中判断出嫌疑人的往来方向。

早些年间，有许多从事革命事业的共产党人，走得出村，走得出乡镇，走得出工厂、矿山，走得出银行、夜总会，就是走不出车站。因为盘踞在车站上的警察眼太贼、嘴太快、经验太丰富、心眼儿太多，他们盯上的人很少能从手里滑过去。所以才有了流传下来的一句话：“车船店脚牙，没罪都该杀！”（现在的人们把牙行演义成了衙门）这门本事被一辈一辈口传心授地继承下来，直到现在有些犯罪嫌疑人走到车站附近时，依然胆战心惊。

20 世纪 90 年代末的一场网上追逃战役，铁路公安显示出了强大的查堵优势，仅平海派出所一家，几乎每天都有全国各地公安局的人来此押解嫌疑人。可进入了 21 世纪，平海所却总也没有让人骄傲的成绩。为什么呢？用赵鹏程的话说，现在的车站民警都忘了本了，就知道守着台计算机查身份证。事实的确是这样，无论是大拨轰地查验旅客身份证，还是守在车站的进出站口挨个安检，这种方法都已脱离了铁路民警以前的优良传统。脱离传统也罢，新式的查缉方式也罢，关键是这种做法能否成为一种长远的形式存在下去。

早在刑警队的时候，张东平就对这种做法嗤之以鼻，始终认为这样做早晚会丧失铁路公安长期积累起来的传统。到平海所以后，张东平的这种忧患很快得到了验证。人大代表提出这种查缉方式的问题和弊病，并对此提出了质疑。上级领导的行动是真快，马上发公文告诉下面取消这种做法。

形式上是取消了，可隐患却留下了。铁路警察从此变得浮躁了，变得急功近利了，变得没有人再去研究“拨色（shǎi）”、“打现行”这样的业务了，变得过于依赖计算机了。有的民警更是夸张得很，随便叫过来一个人，在计算机前一敲键盘，“没有，放行”！这不和马三立的相声一样了嘛！先生就知道你没有，一翻地上的木板，看见了没，写着呢，没有！

张东平现在的处境很尴尬，在平海所发生了一系列事件后，急需站车堵卡抓获流窜犯罪嫌疑人来给自己脸上贴金。这是目前最快见效，也是最能见效的一种办法。有了这个想法后，他不再去找教导员韩建强商量了。他想，再找教导员商量已经形同与虎谋皮。张东平定下心来，把冀锋和常子杰叫了过来。

2

两名副所长聚齐到所长室里，张东平开门见山地说出了自己的想法，目的很明确，就是平海所要积极响应公安局、处的号召，在铁路又一次全面提速前，掀起一个站车查缉的高潮。这样做，一来可以完成上级交代下来的指标，二来可以冲淡一下当前的颓势，就是避避邪气儿。说完，他看了看两位副所长：“这项工作得和沿线的治安整顿一起进行，所以我的意思是，老常多侧重一下正线，多跑跑，反正沿线的几个小站你也熟悉。冀所，你来主抓站车查缉的事儿。所里的人员怎么抽调，班次怎么安排，你定。怎么样，二位有什么意见吗？”

常子杰点点头说没意见。冀锋沉吟了一下，心里对张东平这个所长很是佩服。他刚来所里任职的时候，自己也有些郁闷，认为上级领导没长眼眉，不把自己提起来，反而调来个张东平，所以时不时地在工作上不支持也不反对，走中间路线。但是，经过一个阶段的接触，他已被张东平全新的理念、工作中机智灵活的特点、化腐朽为神奇的领导艺术所感染，悄悄地改变着自己的观点，愿意主动协助他，也愿意在一些事情上提出自己的建议。“张所，我想咱们别沿袭老一套的查缉方式了，所里边的人大拨轰地都去查缉，容易形成出工不出力的情况，还把别的事情都给耽误了。”看到张东平赞许的目光，冀锋受到了鼓舞，继续说道：“就像你整治平远支线一样，抽顶岗的人配合值勤组查缉。三个值勤组里面也抽出几名能手，不用他们站死岗，天天就在站区内外踅摸，专司其事，估计肯定能有成绩。”

“这个主意不错呀！”张东平立即表示支持，随后又加上几句，“抽调人的事，你定好了就办。还有，我没别的本事，给大伙儿站脚助威干后勤还是没问题的。这样吧，每抓着一名网上的逃犯，人家来接人的单位给多少，我就给多少！咱也来双奖。抓到没上网的，原则上一个奖百元。遇到特大个的，再往上加。总之，不能让干活儿的人白受累。这样，也可以刺激一下不干活儿的。”

常子杰插过话来：“张所，听着真受鼓舞。可咱哪有这么多钱呀？你别大话说出去啦，到时候发不出来呀，呵呵……”

张东平把手一摆：“扫扫咱的库底子应该没问题，开完会我就让单文盘盘账。不够也没关系，咱有车站呢！白给他们看家护院了，找他们要钱！”

“车站能给咱钱？”常子杰不太相信地问他。

“你别管啦，事在人为，关键看你怎么为。”

冀锋让张东平鼓舞得很兴奋，又提出一个建议：“是不是跟教导员说说，让他搞搞宣传鼓动什么的，设立个擂台赛，再搞个个人抓获第一名什么的？”

张东平摇摇头：“卖狗皮膏药的事儿咱不干！不过，你说的设立擂台赛争第一名这个事儿可行。干脆，奖励前三名！第一名年终报三等功，所里给奖金一千元；第二名报嘉奖，奖金六百；第三名也报嘉奖，奖金四百。你们俩看行吗？”

常子杰和冀锋都乐了，这太行了。这样干，弄不好能整出个财主来。常子杰乐过之后又感觉有些不对：“张所，这里面有漏洞呀！”“你说，你说，什么漏儿？”“没上网的咱先别提，先说这上网的嫌疑人。抓着啦，当然是发现人的首功，可负责查询成卷的民警也费了不少劲儿。我们不能厚此薄彼呀！”

“哈哈哈，你老常还跟我上成语了。”张东平笑得一脸灿烂，“我明白你的意思，咱们虽然不搞大锅饭，但也不能打消同志们的积极性。我定了，查询成卷的民警也给奖励。这下应该没事了吧？”

两位副所长都满意了。张东平脑子一转，不如趁这个机会把自己想了很久的方案推出来。想到这儿，他给两人扔过去支烟：“其实，这里面还有层其他的意思。”两个人点着烟，等他的下文。“你们哥儿俩想想，我来平海所一年多了吧，怎么就没见发展过党员呢？是都不够标准呢，还是咱们党团活动开展得不好呢，还是我们这些当领导的不注重发展培养呢？借这个机会，把党员民警推到前面去，让他们在日常生活中去观察要求入党的积极分子。咱们几个也得勤谨点儿，多注意发现、培养对象，够条件的就上会讨论。”

“还发展党员呢，所支部连正常组织生活会都很少召开。”常子杰晃晃脑袋，话说得就带着股气儿。

其实，张东平要的就是这个效果。他何尝不知道，自己来所里一年多，就开了两次支委会，一次是自己上任的时候，班子成员外加治安组的老高，五个支委见了次面。还有一次，就是过年前支委例行的节前碰头会。以后就再也没有听见过党的声音了，更别提开个党小组会进行一下批评与自我批评了。

张东平没对韩建强有成见以前，他也没把这些当回事儿，反正工作都挺忙，没有完整的时间静下来做这些工作。可现在不一样了，现在是搂着草也得把韩建强这个兔子带上。“老常，咱们有特定的工作环境，有的时候吧……这个，可能教导员有点儿顾不过来吧。”

“他顾不过来什么呀，天天就知道在屋里‘入定’，要不就瞎编民警家访记录。你问问他，一年到头他去哪个民警家里家访过？”张东平不知道，常子杰提议过许多次，要发展内保组几个年纪大点儿的民警入党，都被教导员给否了，所以常子杰对教导员很是不满。

冀锋的脑子转得多快呀，听话听音儿、锣鼓听声，他马上感觉出来这是个信号：“其实工作再紧张、再忙，也得按程序培养发展党员呀！我问过韩教导一回，人家跟我还打官腔呢，说什么入党必须严格，本着成熟一个发展一个的原则，一个不成熟就一个不发展。结果，弄得总浪费名额。”

“去年，我来以前不是发展许彬了吗？”张东平跟上一句。

“张所，教导员家装修，许彬跟长工似的长在他们家，就差把自己媳妇也派过去一块儿干了。”常子杰说得义愤填膺，“哪有这样使唤人的！”

行了！已经形成共识了。张东平很满意现在的结果，但他不急于求成。有了这个涡儿，以后再动手就好办了。想到这儿，他还是摆出一副宽容的姿态：“算啦，等过了眼前这道坎儿，咱们开个支委会，到时候再说。”

3

冀锋开始调兵遣将了。他把赵鹏程和治安组老高调来帮助值勤组审查，把刘长路、林辉等几个抓获能手抽出来组成一个查缉小组，又在值勤组大会上搞了一下动员，会上张东平把各种奖励机制公布于众。临了他还特意絮叨了两句：“所里根本没有制定惩罚的办法，为什么？就为了不给大家压力。但大家也不能浑身轻松，拿事儿不当事儿。提前说好啊，哪个组抓得少，年底就扣哪个组二斗红高粱！”

火车站就没有消停的时候，已经快到中午吃饭的点儿了，站台上仍是挤满了要上车的人。服务员不辞辛劳地前后奔走拢齐着队伍，生怕乱了营。刘长路、林辉他们几个，有的穿便衣，有的着警服，在站台上来回溜达。

火车进站了。人群开始涌动，每个车厢门口都挤满了急于上车的旅客。刘长路没有和其他几名同事一样在车厢门口处转悠，他有自己的一套方法，那就是：站得高，看得远。他与车厢拉开一段距离，远远地观察着前面的人群。这时候，一个从前面人群里走出来的男青年引起了他的注意。这个男青年穿着一般，老远望去像个工人，背着一个帆布挎包，正从人堆里朝外挤呢。“怪了，这趟车是平海站始发，他不着急上车，还从人群里朝外走，这小子有毛病！”想到这儿，刘长路迎着男青年走了过去。

“你去哪儿呀？”男青年正低着头想出站，被眼前的民警吓了一跳，忙抬眼看着对面的刘长路：“我出站呀……”

刘长路伸手拦住他的去路：“你从哪趟车下来的？这个站台就停了一辆始发车，你是干什么的？”

男青年有些不自然，边从口袋里往外掏着什么边说：“大哥，你可别误会，我是跑通勤的（铁路上的通勤职工），进站以后发现这趟车西城不停，所以想出站买点儿东西等下趟。给您，这是我的通勤证。”说着，他递过来证件。

刘长路接过证件，拿在手里看看：“你带的东西能让我看看吗?”

男青年把挎包从肩上褪下来递给刘长路：“大哥，您愿意看就看。都告诉您我是通勤职工，您还是不放心……”

刘长路仔细检查了一遍，没发现什么可疑的东西，又把目光盯在对方的口袋上：“口袋里还有什么东西，都掏出来。”

“大哥，我一工人能有什么值钱的玩意儿呀，就是一串钥匙和一部手机，给您看。”男青年说完，主动从口袋里掏出钥匙和手机。

刘长路接过他的手机：“嗬，全金属壳的，大容量，全兼容，最便宜也得七八千啊！你够有钱的！说说，这手机的号码是多少?”

男青年立时愣神儿了。

“说呀，别打愣！自己的手机号码还用想呀!”

“大哥，这……这是我对象刚给我买的……”

“那你对象够有钱的。行，拿这个手机给你对象打个电话!”

男青年汗下来了，浑身不自在：“大哥，您看……我好歹也是内部职工，您看……这事……”

刘长路哼了一声：“就你这小样儿还和我斗心眼儿？说吧，手机怎么来的?”

男青年把脑袋一低：“大哥，这是我捡的。”

“在哪儿捡的，告诉我，一会儿我也去。”

“大哥，真是我捡的，就是刚才在站台上。”

刘长路有点儿上火，这小子肯定是刚在站台旅客身上下来的活儿，可自己没当场抓住他。现在这小子认定是捡的，自己拿他也没辙，急得他冲男青年一个劲儿地运气。“我怎么不找找老赵呢?”脑子里闪出这个念头，他举起手里的电台：“值班室有吗？值班室有吗?”“有！讲话!”“谁呀？说话这么冲!”“得，我没您冲，是六角吧。”电台里传来冀锋的声音。“是我，疯子，你看看老赵在吗？我有事儿找他。”“在，你过来吧。”

刘长路把电台往腰带上一别，用手指着男青年：“你可想好啊，对你自己说的话可要负责任，等到了派出所再改可就来不及了。”

男青年这时已经是一脸的无辜：“大哥，我捡了东西不要还不行吗？您不能因为这个就拘留我吧？”

“嗬，你懂得还挺多！跟我走，到派出所再说。”说完这话，刘长路朝前一指，示意男青年走在前头，自己拿着手机跟在后面向派出所值班室走了过去。

屋子里的冀锋和赵鹏程正等着他呢。看见他老远带进来个人，冀锋站在门边，嘴又张开了：“行呀，重赏之下必有勇夫，这话一点儿也不假。”刘长路伸手扒拉开冀锋，让男青年走进屋：“麸子，还荞麦皮呢。老赵，你给他相相面。”说完指一下椅子，让男青年坐下，把赵鹏程拉到一边低声耳语着。

赵鹏程边听他介绍情况，边用眼斜着男青年，顺手接过通勤证仔细地端详着。看了一会儿，他指着相片上的印章对刘长路说：“长路，别看你以前鉴别板票是行家，这个你可打眼了。”“怎么呢？”“相片是后来换的，印章是比着套上去的。这小子拿着它不定走过多少地方呢！”

“我就觉得不对劲儿嘛！”刘长路跟着说，“老赵，你给来来，我也顺便学两手。”

赵鹏程连忙谦虚道：“你还跟我学呀，谁不知道你是抓获能手啊！”

刘长路梗了下脖子：“大哥，你别逗我，我是能抓，可审不如你呀！你就来吧，不会因为这点儿小事儿还让我请你一顿儿吧？”

赵鹏程忙摇着手：“兄弟，兄弟，看你说哪儿去了。”两人当着男青年的面一点儿不避讳，给人的感觉就是，吃你这盘菜是早晚的事。

男青年终于憋不住了，挪动了一下屁股，对赵鹏程说：“大哥，我就是捡了个手机这么点儿事儿，都跟这位大哥说清楚了，求求您放了我吧。”

赵鹏程拿起手机端详着，嘴里一点儿也没闲着：“放了你，行啊！我有几个问题，你回答清楚了，马上让你走！”男青年立即点头说：“您问，您问。”

赵鹏程举着手机：“前面的事我知道了，也不问你。就问你捡手机的具体位置，当时你在哪儿？”

“在车厢门口。”

“几号口？当时口上有多少人？”

“4号，我在4号口呢。当时围了好多人，都争着上车。”

赵鹏程点点头：“也对，人要不多不拥挤，手机就掉不下来了，你也就捡不着了，是吧？”

“是，是。”男青年一个劲儿地点头，表示同意赵鹏程的观点。

赵鹏程仍旧和颜悦色地继续着：“你详细说说怎么捡的手机。”

“嗯，当时我就在这堆人里面，看见前面一个男的抢着上火车，手机从他后裤子兜口里掉地上了。他没感觉到，就我一个人看见了，所以才捡起来放口袋里了。”

“你们周围没人？”

“都忙着上火车，谁都没注意到。”

“你给我学学，当时怎么捡的手机。”赵鹏程还是不紧不慢地说着。

男青年站起身来，弯腰比画了一遍。

“真是这样？”

“真的。”

“还改吗？”

“大哥，您看您说的，我改什么呀？本来就是这么回事嘛！”

话音落地，赵鹏程把眼一瞪，冲着男青年劈头盖脸地来了一句：“你给我站起来！”男青年被突如其来的呐喊吓得浑身一震，仿佛屁股下面坐着图钉一样“腾”地站了起来。

“现在是制度健全了，要是放在以前呀，你这番话就值一顿大嘴巴子！”赵鹏程轻蔑地盯着眼前这个猎物，“我不白骂你！我让你明白明白，你还嫩呢，瞎话没编圆。你待的这个地方是列车车厢的门口，据你所说，当时有好多旅客挤在一起争着上车，手机是从前面旅客裤子后口袋掉出来的。你怎么能弯得下腰捡这个手机？就算你能做出这个动作，你必然要拦阻周围上车的旅客，因为你空间不够大，你不可能弯腰捡手机。但是，你如果这样做了，手机也不是你的了。”

男青年有点儿慌乱，嘴唇不住地抖动着，想辩解可又找不出适当的话来，两只手不住地抓着自己的裤子。

赵鹏程又冲他举起手机：“我不懂手机品牌的好坏，但我知道手机如果掉在地上就应该有磕碰的痕迹。可这个手机上半点儿也没有，这说明什么问题？说明手机是你从前面旅客口袋里下的活儿。”看着男青年眼神里的疑惑，他上前走了两步，一把抓起男青年的手：“我别冤枉了你。我说你听，看看是不是这么回事儿。你前面的旅客估计是个男的，他上车的时候手里还拎着东西，所以他一只手抓车门手把杆，一只手朝上面举着东西抬腿上的车。你在他后面借他上车这个力用手指点他的后裤子口袋，手机自然就褪到你手里，然后你转手朝自己口袋里一揣，这个活儿算做得了。”说完话把男青年的手朝上一举，“还用我给你验验吗？”

男青年把脑袋一耷拉，看得出是心服口也服了。

“宝贝儿，‘吃车门’先看看招牌，别不择食儿。说吧，哪个遛子的？”

男青年沮丧地叹了口气：“在您这儿掉了脚（被抓落网的意思），我服。跟您老不说瞎话，我是哈尔滨的。不过砸盆儿说盆儿，砸碗儿说碗儿，您老圣明，我就这么一次。”

“你认了就行。我这儿没这么多闲白儿（不说其他事）。”说完，赵鹏程转过头朝坐在观众席上的冀锋努努嘴，“弄走问个材料吧，也算长路开门红呀！”

看着赵鹏程和一个民警把男青年带走，冀锋回过头来问刘长路：“我觉得老赵没说清楚呀！”

“怎么没说清楚？”

“他偷完手机怎么走的呀？”

这回轮到刘长路显摆了：“要不怎么说你们这些当官的脑子里一半装的是面，一半装的是水呢！”冀锋不乐意听了：“你什么意思呀？”

“不晃荡的时候正好，一晃荡，整个一脑袋糨子！他就不会上了车再下来呀！”说完，一转身走了。

冀锋拍了拍脑袋：“谁比谁傻多少怎么着！”

4

自从刘长路抓了个扒窃的小贼，开了头一把和之后，平海所这段时间的站车查缉成绩节节上升，五天之内连续抓获了六名网上逃犯，足足地给几位所头儿脸上贴了金。可刘长路的点儿是背到家了，几天下来混了个赔本赚吆喝。冀锋这回算是逮着理了，天天见了他就念经："大葱！你平时能耐挺大的，怎么到节骨眼儿没戏啦?"刘长路倒也不争辩，嘻嘻哈哈地说："大象踩蚂蚁，我放他们二百米。让这哥儿几个先抓着，我找高人充电呢！"

刘长路说的这个高人，就是赵鹏程。这段时间，只要一有空闲，刘长路准拉着赵鹏程，好烟好茶地伺候着，让他给自己讲解对付各类嫌疑人的招法和审问技巧。用刘长路自己的话说，我就好这个！赵鹏程也愿意有一个倾诉的对象，愿意将自己多年积累的经验放在新时期的站车查缉中去验证。这下可好，两人天天往那儿一站，比着给旅客相面。反正车站里有的是人，随便盯上一个，两人就研讨起来，从穿着打扮到携带的行李物品，从男女青年到老人小孩儿，都能说出个道道儿来。

这天中午，两人在候车大厅又争上了。原因是刘长路说坐在休闲厅里的一个穿着入时的靓女是二奶，赵鹏程说是坐台的小姐，两人各说各的，谁也说服不了谁。正巧张东平从处里开会回来，挨完表扬心情正灿烂呢，顺便在车站里溜达，看见两人站在候车大厅门口比比画画地就凑了过来。听明白以后，张东平乐了，说这还不好办呀，长路，你上去碰碰，我给你们当证人，谁输了今天中午饭就朝谁说话！赵鹏程说，行，可长路问话可别冒啦。刘长路说，怎么着，还用你教我怎么问呀！

说完，刘长路朝靓女走过去："女士，你有车票吗?"靓女看见警察微微有点儿不自在，答了声"有"，从挎包里掏出车票。刘长路接过车票看了看："听你的口音不是本地人，出门带身份证了吗?"

靓女忙又往外掏身份证。就在这个时候，刘长路出其不意地跟上一句："你平时在哪儿坐台呀?"靓女想也没想脱口而出："平海大都会。”说完后，她觉得不对，翻了个白眼儿盯着刘长路：“你管得着吗？”刘长路把车票和身份证朝靓女手里一塞：“我管不着，你好好干吧，准有前途。”说完回到了站在边上等他的张东平和赵鹏程身边。

张东平这个乐呀，伸手把刘长路拉到一边：“我说，长路，咱下回可别这么问了，这也太直接啦，连个过渡都没有，哈哈哈……”

刘长路梗梗脖子：“张所，我问的时候就想了，问是坐台的顶多让人家翻个白眼儿数落几句，要问是二奶不就得挨嘴巴子了。”

赵鹏程边笑边指着刘长路说：“这回认输了吧……”

“我什么时候要过赖？不过，你不能白吃我，你得告诉我从哪点看出来她是个坐台小姐的。”刘长路远远地盯着靓女说，“你要说得我心服口服，我连晚饭都请。”

张东平也趁火打劫：“老赵，说说，我也听听。”

赵鹏程笑笑说：“其实简单得很，眼神。这两种女人的眼神有区别。虽然都很媚，二奶的眼神是对某个人放电，移动慢，盯得死。可坐台小姐就不同了，她的眼神是满处乱飞还有点儿挑逗的味道。你过去询问她的时候，她有点儿不自然，就因为你穿着警服呢。你要像张所这样穿着便服过去，她眼神更乱了。”

张东平呵呵一笑说：“姜还是老的辣。我不跟你们聊了。长路，买完饭给我送上去，我不能白当裁判呀！”说完，他呵呵笑着朝楼梯走去。

刘长路拉着赵鹏程直奔车站餐厅，一路上琢磨着赵鹏程的话，两只眼睛还不住地踅摸。快路过售票处的时候，花坛边上的一老一少两个男人引起了他的注意。老的年纪有六十多岁，干瘦的身材罩在宽松的衣服里，脚底下蹬着双圆口布鞋，脸上皱纹不多、胡子不少，可梳理得还挺整齐。少的二十多岁，留着分头，个子不高，衣服穿得整整齐齐、干干净净。可是，这两个人怎么一点儿行李也没有呢？想到这儿，他用手拽了一下身旁的赵鹏程：“老赵，我怎么看这两个人别扭呢？”“嗯，我看着也别扭！”赵鹏程的眼神早扫到这两个人了。“我过去问问！”还没等刘长路移动步子，赵鹏程忙拉住他："等会儿，再看看，我估计他们等人呢。"

果然，从售票处里急急忙忙地跑出来一个胖胖的中年男人，他身后紧跟着个比他还胖、手里拎着许多兜子的女人，俩人还挺像两口子。这两个人朝这一老一少跑过来，到他们身边一个劲儿地解释着什么。老瘦子不紧不慢地摇着手，接过他们递来的车票，很潇洒地冲检票口一指，在三个人的簇拥下往前走去。

刘长路紧走几步，上前去叫住他们："几位等等！你们这是准备去哪里呀？"还没等老瘦子说话，搀着他的胖女人抢先说了话："警察同志，他老人家是去北京，我们是来送站的，刚买的车票。"说完举起手里的兜子，"你看看，这不是刚买的东西，准备带给老人路上吃的嘛！"

刘长路看了一眼里面的东西，烧鸡、面包、方便面、火腿肠、袋装咸菜、罐头，应有尽有。再看看胖男人手里拎的兜子："你这里面是什么？"胖男人冲他举兜子："你看，老人家出门忘了带洗漱用品，这里面是手巾、香皂、牙膏、牙刷、洗头水、擦脸油什么的。我们懂规矩，没带危险品进车站。"

"哦，你是送你爸爸？"刘长路顺口说了一句。

"不……不是我爸。"胖男人回答得有点儿含糊。

刘长路斜了胖子一眼，对老瘦子走过去："你是哪儿的人？去什么地方？带身份证了吗？"老瘦子一张嘴，中气十足："我是四川人，准备去首都北京，身份证……我没有身份证。"

"没有身份证？你有什么能证明自己身份的东西吗？"刘长路疑惑地看着自己眼前的这位老人。

"我……"老瘦子摇摇头，想表示自己没有可以证明自己的东西。"您老给他们看看您以前的工作证呀！"胖女人插了话，"大哥，您可是不知道，我们这位老先生可是个老革命啊，一辈子功劳大大的。"

"好好说话，好好说话，我不懂日语。"刘长路不耐烦地往后退了一步。

胖女人有点儿不好意思："您看这不是快开车了嘛，我一着急有点儿抢话啦。老先生可是黄埔军校毕业的啊，参加过北伐战争，和日本人拼过刺刀，还远征过缅甸呢。”

胖男人赶紧跟过来证明：“有这事儿！老先生是黄埔二期的，跟咱们老一辈的革命家朱德、周恩来都是同学呢！”

“停！停！停！有点儿乱，有点儿乱！”刘长路连忙摆手打断他们俩的话，一指老瘦子：“他是黄埔二期毕业的？”

“是啊！”男女两个胖子异口同声地回答，毫不犹豫。

“参加过北伐，打过日本人？”

“嗯！”

“还和朱德、周恩来是同学？”

“没错啊！”

“哼！你们俩没事吧？”刘长路轻蔑地看了看他们，“我劝劝你们吧，有病别扛着，抓紧治。先别送他上车啦，你们俩先去医院吧！”

“你这是嘛话呀？拿我们当嘛人了？告诉你呀，我们可是良民！”

赵鹏程上前一步，按住刘长路：“你们俩像良民不假，可这二位就不好说啦。我问你们，刚才和我们说的话，都是从哪儿听来的？”

“谭老先生告诉我们的。”俩胖子恭敬地一指老瘦子。

赵鹏程朝老瘦子示意：“谭老头儿，把他们说的工作证拿出来我看看，顺便再告诉我，你今年多大啦？”

谭老头儿从上衣口袋里掏出个证件递给赵鹏程，没再说话。

赵鹏程接过来打开一看，嚯！真厉害！国民党军统局潜伏证。中间相片上穿着制服的年轻人就是谭老头儿。刘长路凑过来一看就乐了：“这年头儿是怎么了？什么土神瞎鬼的都冒出来了！你先跟我说说，这么多年的风风雨雨，你是怎么混过来的？”

赵鹏程拦了一下刘长路：“说呀，你今年多大了？”

谭老头儿磨磨叽叽地吐出几个字：“九十八了……”

“什么，你再说一遍？”这岁数可着实吓了赵鹏程、刘长路一跳。

胖女人赶紧扶住谭老头儿："你们俩别吓着他老人家，你们没听见吗？老头儿都九十八啦！"

赵鹏程和刘长路一对眼神，这里面毛病大了！两人同时一指派出所值班室的方向："你们得跟我们走一趟啦。"

"去哪儿呀？马上要开车了。"一直没说话的男青年问了一句。

"耽误不了你们，咱们去派出所。"

到了派出所里三下五除二地一问，事情清楚了。这对胖男女是两口子，开个小饭馆有些富余钱，一年前遇到这两个人来饭馆吃饭就搭搁上了。谭老头儿主讲，男青年捧场，两人一通忽悠，愣说四川乐山大佛脚下有个金库，是孙中山闹革命的时候留下的遗产，现在改革开放发展经济了，国家准备启动这笔巨额遗产，自己就是活在这世上唯一知道金库密道的人。可是工程巨大需要民间捐款，捐赠的数目都存盘登记，等启动遗产后双倍返还。这两个胖子一听，觉得有利可图，前后一年之中捐了三万多元。每次谭老头儿进京催问启动方案时，两口子负责买票、买吃的，跟伺候自己亲爹一样，就为了一个字，"钱"！

许彬听完这两口子的叙述后，都不知道是哭是笑了："你们……你们俩平时不看看书、看看报呀！20 世纪 80 年代的骗局，你们怎么就没听说过呢？"

胖女人不愿意听了："同志，您这话说得可不对呀！这怎么是骗局呢？老人家身上还有许多外国钱呢，都是金库里的，我们还看见过呢！你们不信，让老人家拿出来给你们看看？"

许彬朝谭老头儿把眼眉一立，没好气地说："自己拿出来，别等我搜你。这么大岁数了，也不知道愁。快点儿拿！"

谭老头儿一点儿也不慌张，稳稳当当地解开腰带，从里面掏出一沓花花绿绿的外国票子："小同志，你太年轻了，有许多事情你还不知道呢。不过，我会原谅你的。"这话差点儿没把许彬的鼻子气歪了。

赵鹏程在旁边观察半天了，他在想一个问题，怎么能把这老骗子的谎言揭穿。现在是老骗子报了一通假姓名和地址，根本无从查找，按照规定最多关二十四小时。关键是得找个能治得住他的人，这个人得掌握些近现代史知识，还得认识这些花花绿绿的外国钱。派出所里谁行呢？他把这个想法和刘长路、陈其嘉一说，陈其嘉用手一指上面："老沉啊！"

5

单文这几天始终没闲着，陈其嘉找他的时候，他正忙着编写平海所近期站车查缉的优异成绩呢。听完陈其嘉说明来意，单文放下手里的材料，不住地挠头："黄埔二期的，这得多大岁数了。""他说自己九十八了，还和朱德、周恩来是同学呢。"

"这肯定是胡说，朱德根本没上过黄埔军校，周恩来当时是政治部主任，教他们还差不多。不过，他要真是黄埔二期的，活到现在好像也就是这个岁数呀！"陈其嘉推开单文眼前的材料："我说大内，就因为你有学问，平时爱看书，大伙儿才叫你去的。再说了，哪有九十多岁的人长得像六十多的模样儿呀，报了几个地址都查无此人，肯定是说瞎话！不过咱们这帮人，包括老赵都没掌握以前那个年代的知识。你受累，辛苦辛苦……"

单文站起身来，抓起衣架上的警服："你和许彬一样，用人朝前，不用人朝后。现在这是用着我啦，一个劲儿地作揖。等哪天用不着了，还不定背后骂我什么呢！"陈其嘉知道单文这是说打架的事儿，忙抢在前面把门打开："都是哥们儿，都是哥们儿。单文，你别总记着以前的事。上次是我不对，你别往心里去。怪我！怪我！"人家一道歉，单文也就没法儿再说什么啦，穿上警服和陈其嘉走出了屋子。从派出所到值班室的一路上，陈其嘉把老头儿说得神乎其神，其实他是了解单文的心理，你越说得厉害，他越是有好奇心想去见识见识，尤其是单文这样以有学问自居的人。

果不其然，单文进了值班室就冲谭老头儿运气，前后左右地看了半天，回过头来问刘长路："长路，他身上带的外国钱呢？我看看。"刘长路从抽屉里拿出一把纸币，单文接过来仔细看了看，问谭老头儿："你说，这都是哪国钱呀?"谭老头儿慢慢睁开微闭的眼睛："警官，我早告诉你们了，这是美金，你们可得给我保管好，丢了你们赔不起。""狗屁！这一沓秘鲁币也值不了一百块钱人民币!"单文使劲儿把秘鲁币扔在桌上。谭老头儿脸上微微颤了一下，但立即恢复了镇静。单文指着他的鼻子："你不是自称黄埔二期的吗? 我今天就问问你，你是哪年进的黄埔，哪年毕业的?"

在满屋人眼光的注视下，谭老头儿慢悠悠地张开嘴："1927年……1928年毕业的……"

"不对!"单文打断了他，"允许你仔细想想，再说一次。"

谭老头儿还拧上劲儿了："没错！我就是1927年进的黄埔。"

单文没再纠缠这个问题，把手一摆，继续问："就算你是二期的，当时谁是总队长? 你学的什么科? 在哪个学员队?"

谭老头儿不假思索地脱口而出："当时的总队长就是蒋介石，我是步兵科，在第三学员队。当时我和朱德、周恩来是同学……"

单文伸手做出个停止的姿势："别说了，你是越说越没人话了，我今天就当着大伙儿的面揭穿你。你也给我好好听着，黄埔二期学员是1924年入学的。"谭老头儿赶紧睁开眼："警官，我这么大岁数，难免记错呀……"

"行，许你记错了，但1924年什么时候入的学不会记错吧? 自己学的什么科目，在哪个学员队不会记错吧? 学习期间有什么大事不会忘记吧? 毕业以后分配到什么地方不会想不起来吧?"这一连串的发问，弄得谭老头儿眼睛再也闭不上了，疑惑地看着眼前这个文文弱弱的警察。

"单文，别跟他客气！把这个老骗子的皮扒开，省得他再去骗别人!"刘长路在旁边用眼睛斜着那对胖子夫妇，狠狠地说。

单文清清嗓子，对谭老头儿说："黄埔二期是1924年8月、10月、11月分批入学，1925年9月分批毕业的。当时，毕业的学生有四百五十人。总队长是严重，副总队长是张治中，分为五个学员队，其中步兵科是两个队，没有第三学员队！黄埔二期的学生最应该记住的是，在学习期间就参加了第一次东征和平定叛乱的战斗，毕业后分配到国民革命军第一军。”

看着刘长路、赵鹏程、陈其嘉和许彬佩服的目光，单文不由得挺了挺身板：“你还说什么和朱德、周恩来是同学，朱德根本就没上过黄埔军校。周恩来当时是政治部主任，应该是你的老师才对！就算你是硕果仅存的黄埔生，你能把黄埔军校的校歌唱出来吗？作为二期的毕业生，不应该忘记吧？”

谭老头儿的汗下来了，不住地用手去擦。

“怒潮澎湃，党旗飞扬，这是革命的黄埔。主义须贯彻，纪律莫放松，预备做奋斗的先锋。你会吗？”单文朗诵完歌词，用手拍了一下谭老头儿佝偻下来的后背。

“大内！抽烟，抽烟！还得说你有学问呀！”许彬扬眉吐气地看着萎缩成一团的谭老头儿，给单文点上火。刘长路瞥一眼一直站在旁边已经成惊弓之鸟的男青年说：“你刚才说，谭老头儿是你什么人？”“我……我爸……”回答得一点儿底气也没有。“哦，你今年多大呀？”男青年看看谭老头儿，又看看刘长路，磨叽半天就是张不开嘴。

“快说！别跑这儿来做数学题！现在算来不及了。”

“我三十……不是，我二十四。”

单文听了之后，马上回过头来惊讶地看着谭老头儿：“老头儿，你真厉害呀！你比孔子他爹生孔子的时候岁数都大啊！孔子他爹当时七十三，你行，你七十四岁的时候还能让你老婆怀孕，繁殖能力够强的。”

“就算他行，他老婆能行吗？”陈其嘉在旁边跟上一句。

谭老头儿抬起头，仿佛拼命为了证实自己的年纪：“这是我和三姨太生的……”

“呸！别没羞没臊了。觍着个脸还在这儿说瞎话！告诉你，今天你说不清楚，别说是去北京，就是去火葬场也得先过这道关。”刘长路指着谭老头儿的鼻子骂道。

胖子两口子全程观摩了这一幕，张着嘴，直着眼儿，半句话也说不出来了。

后面的事情顺利多了，把两个人分开询问，一会儿就都撂了。谭老头儿和男青年确实是四川人，也确实是父子关系。谭老头儿今年六十一岁，从二十多岁的时候就走出家门靠行骗为生。偶然的一次机会，他认识了这对财迷的胖子夫妇，就开始忽悠，先后从他们手里骗走了三万多元。许彬按照老骗子报出的真实姓名和地址上网查询，真没想到，他还是两个地方公安局网上通缉的嫌疑人。刘长路开心极了，非要晚上请大家去吃饭。赵鹏程和单文推辞了半天，架不住刘长路盛情邀请，约定了下班后在车站广场集合，大家一起去“朋友海鲜”聚餐。

“朋友海鲜”在平海算是比较大的饭店了。每天来这里吃饭的人们川流不息，好像吃海鲜都不要钱似的，去晚了还订不上座。还是刘长路让迟玉把他爸爸公司负责招待的单间腾出来，这帮人才有了个喝酒吃饭的地方。两瓶酒下去，单间里的气氛热烈起来了，几个人推杯换盏互诉衷肠。陈其嘉把单文一把拉过来，举着酒杯：“老沉……不对，兄弟，是我错怪你啦。长路都跟我说明白了，以前是我浑蛋了！你可千万别往心里去……”

不善喝酒的单文满脸红晕，举着酒杯就是碰不着陈其嘉的酒杯：“你看你，都是黄埔一期的，别，别这么客气！”

“我干啦！我干啦，你随便喝……别回家后让我嫂子罚你睡床铺底下。”

许彬也举着酒杯凑过来：“其嘉，辈分有点儿乱，有点儿乱。你叫单文兄弟，叫单文的媳妇嫂子，你这是从哪儿论的？罚你自己一杯！”说完，一口把自己酒杯里的酒干了。

刘长路、赵鹏程和冀锋三个人也是频频举杯。赵鹏程放下杯子，一个劲儿地摇晃着脑袋：“长路、冀锋，我真不行啦，有点儿高……”刘长路抢过他手里的酒杯往里面倒酒：“老赵！难得你和我们一起喝点儿酒，今天你就喝痛快了，就算是多了，咱有车呀！开车送你回去。”

冀锋忙拦住刘长路：“你都这模样儿了还敢开车！我不批准。”

刘长路把嘴一撇："少跟我摆所长的架子啊，就你聪明，我们都傻。我一个电话司机就来，你信吗？""我不信！"刘长路一指冀锋，意思是你看着，然后操起手机拨通了电话，里面传来迟玉柔柔的声音："宝贝儿，你在哪儿呢？""我在306这个单间呢。你嘛时候过来？""我在你楼上呢。等我一会儿，马上过来！"刘长路放下手机，冲冀锋一翻白眼儿："听见了吧，一会儿就来，你行吗？"冀锋忙摆着手满脸的懊悔："我怎么把迟玉这个茬儿忘了呢，这地方还是人家帮咱要的呢。"

刘长路乐了，举起酒杯对着赵鹏程："老赵，你放心地喝。今天这酒算我敬你的！我佩服你！以后我就跟你学啦，你可不能保守。"

赵鹏程忙举起杯子："长路，酒我喝，你可千万别再这么说了，我这点儿玩意儿其实差得远呢。"刘长路一梗脖子："你谦虚，说起打现行、搞发现，还有谁能比你强呀！"

赵鹏程轻轻地叹了一口气，没再说话，举起杯子和刘长路一饮而尽！这个时候，他想起了自己的师傅徐雷，也被眼前这个直率坦诚的刘长路感染着，一股想把事情说明白的冲动不住地在心里翻腾："我得告诉他，不能再蒙我这个兄弟了！"

趁刘长路上厕所的机会，赵鹏程从后面跟了上来。厕所里静悄悄的，只有嗡嗡的排风扇声不停地响着。刘长路走到洗手池旁边，一抬眼看见身边的赵鹏程："老赵，呵呵……我没事儿，不用你跟着我。"赵鹏程借着酒劲儿伸手搭在刘长路的肩膀上，咬咬牙下了很大决心："长路！老哥哥……老哥哥，我对不起你呀……"

突如其来的表现把刘长路弄愣了，他连忙扶住赵鹏程："老赵，老赵，你真喝高了？没喝多少呀……"

赵鹏程伸手打断他："长路，你别拦我，这件事弄得我心里一直挺别扭。要不是今天借着这个酒盖脸儿，我可能就没勇气跟你说了。"看着刘长路疑惑的眼神，赵鹏程搭在肩上的手微微有些颤抖："兄弟……其实，其实你走火那件事，是我举报的！"

"什么？"刘长路瞪起眼睛。

6

赵鹏程忙举起手晃动着，仿佛怕刘长路打着自己似的：“长路，你别着急，你听我说，听我说……”

刘长路梗着脖子，奇怪地盯着赵鹏程：“老赵，你没事儿吧？”

赵鹏程努力地摇着头：“兄弟，你听我说。你对老哥哥我够意思，几年前在货场抓人，你为了我把掉下来的木板踹开，结果在医院里躺了一个多月，上回平远支线还是你替我挨的棍子，你受的两次伤都是为了我呀！我不是没心没肺的人，我心里过意不去啊……可打电话举报走火的事儿，我真不是冲着你呀……”

刘长路一把扒拉开赵鹏程搭在肩上的手，好像发现了嫌疑人一样地警惕，可瞪圆的眼睛里射出来的却是愤怒：“真的是你？真的是你呀？”“兄弟，你别上火……”还没等赵鹏程说完，刘长路猛地甩开手：“赵鹏程！你知道吗，当初陈其嘉和许彬怀疑你的时候，我还替你开脱呢！我说老赵不是那样的人，不会干这没屁眼子的事！可你，你就是这么还我这个人情的啊？”

“兄弟，我真不是冲你。我也知道，这一个处分，把你今年入党的事砸飞啦，还得扣了你一年奖金……”

“咣”，刘长路一拳砸在洗手池的大理石桌面上，震得桌面嗡嗡地回响，震得赵鹏程浑身颤抖。“在你眼里，兄弟情分还不如这么点儿钱吗？”说完，他用劲儿往旁边推开赵鹏程，猛地把门拉开了。

门外站着同样正愣神儿的许彬，显然他已经听到了两人刚才的谈话：“长路……迟姐，姐，来了，我跑来叫你的……”刘长路哼了一声，侧身走出门，根本没有理会在他身后不停地喊着他的赵鹏程。

后半程的酒越喝越没劲儿了。刘长路闷闷地坐在椅子上，丝毫不理会冀锋的调侃和迟玉的浓情蜜意，自顾自地举杯灌酒。许彬吭吭唧唧地走进屋说老赵先回去了，让他告诉大家一声。冀锋不知道怎么回事，不住地埋怨着，这个老赵，总和别人不一样，喝个酒也不痛快！倒是陈其嘉看出来刘长路和许彬的变化，碍着这个场合他没有再问。单文已经露出八分醉意，起劲儿地和迟玉谈论着诗词歌赋，话越说越没溜儿，已经把李白的“举杯邀明月，对影成三人”解释成李白当时有心气儿要和嫦娥搞对象，弄得陈其嘉在旁边不住地咧嘴：“敢情从唐朝就有癞蛤蟆啦，还想吃嫦娥这只天鹅，而且他还披上了文化人儿的外衣！”

本来欢快的酒宴，被赵鹏程的早退和刘长路阴沉着的脸破坏了。散席的时候，陈其嘉送走这几个人后，一把拉住了正挥手打出租车的许彬：“怎么回事？”许彬看看远去的宝马，里面坐的是迟玉、刘长路、冀锋和单文他们，回过头来神秘地说：“你知道走火的事儿是谁捅上去的吗？”陈其嘉摇摇头。许彬把嘴凑到他耳边：“老赵！”

陈其嘉先是怔了怔，然后自言自语地念叨着：“还真的是他……”

夜色铺满了整个城市，伴随着还有些凉意的冷风，星星点点的灯河就在风中的平海市上空不停地闪烁着。

张东平这几天真是志得意满，他又走在别人前面了。

让他高兴的是，平海所这段时间的站车查缉捷报频传。自己手下这帮弟兄真够争气的，既迎合了上级领导开展站车查缉堵卡的要求，又给自己挣了脸，弄得每天处领导班子的交班会上，总是夸平海所的成绩。今天一早又来通知了，让他去公安处开会，几十个所长都参加，议题是火车提速前的各项公安保卫工作和继续保持和发扬目前站车查缉的良好势头——怪绕嘴的。他换好警服，叫小吴先去备好车，然后走到教导员办公室门口，朝里面喊：“大哥，我去处里开会，你有要捎走的东西吗？”自从他打定主意要收拾教导员以后，对韩教导员反而更加客气了。

韩建强从桌子上抬起头来：“有个重点民警的名单，前几天忙也没和你商量，不过也没什么大不了的，你看看，然后交给政治处去吧。”他进屋接过来信封，说声“没别的事了吧”，然后哼着自己改编的“阳光总在风雨后，你瞧不见彩虹……”走下楼去，拉开车门对小吴说：“走！”

车子离开平海站，他忽然想起装在自己兜里的重点民警名单，忙从信封里抽出来仔细看着。“这个教导员呀，怎么把刘长路当成重点人啦!”他把名单朝信封里一推，装进了自己的黑手包。

平海站的旅客进站口并排放着两台查危机，进站的旅客边把自己的行李物品放在查危机的传送带上，边排着队往里面走，走进去就是平海站的候车大厅。陈其嘉和林辉两个人站在广告牌子底下，正说话呢。“其嘉，我觉得还是铁路这个买卖好，一天到晚地不断流儿，以后我有钱就他妈的开个车站!”

“对，叫铁道部单给你接一段铁道过去。”

“这得花多少钱呀!”

“你还怕花钱呀，从所里开始搞查缉到现在，你挣多少钱了!都交家里存起来准备下小的了吧，就不知道慰劳慰劳大伙儿?成绩都是你一个人的，是吗?”

林辉推了一下身边的陈其嘉：“挤对谁呢?我就是点儿好赶上啦，真论起来，抓人还得说你们组，你和长路都是干这个的!”

一句话把陈其嘉的心事勾起来了，他叹了口气：“这几天长路是没心气儿啦……”林辉刚要往下问，忽然，他看见个三十岁左右的男青年，穿着件半旧的夹克衫，拎着个旅行包走进大厅。林辉捅了捅身边的陈其嘉：“别说我没告诉你呀，这小子你问问吧。”陈其嘉看看迎面走过来的“夹克衫”对林辉说：“你先看见的，我不和你抢!”说完转到广告牌子后面抽烟去了。林辉说：“要是活儿可没你份呀!”他上前两步，叫住了“夹克衫”：“出示一下你的身份证。”

“夹克衫”怔了怔，把手伸进怀里掏出身份证递过来。林辉接过身份证，用手指了指进站口边查询计算机的民警，示意“夹克衫”跟自己一起过去。两人走到计算机前，林辉把身份证递给负责查询的民警。输入身份证上的名字后，民警抬头仔细看了一眼“夹克衫”：“你叫什么名字?”“杨伟。”“夹克衫”回答道。“林辉，你把他带回去吧。这小子1999年在原籍抢劫呢!”林辉听后，一把抓住“夹克衫”的衣服，问查询计算机的民警：“是网上通缉的吧?”得到确定答复后，他连忙喊躲在广告牌后面的陈其嘉：“其嘉，你快过来呀，呵呵……我中奖啦!”

突然，“夹克衫”猛地甩开林辉抓着他的手，扔下包回身向站外跑去！这个动作太突然了，林辉被甩了一个趔趄，身子差点儿转了个圈。“抓住他！别让他跑了！”林辉和陈其嘉在后面紧追上来。“夹克衫”奔跑的速度出奇地快，几秒钟的工夫已经把林辉和陈其嘉甩开老远。两个人在后面奋力追赶着，可明显有点儿力不从心了。

“夹克衫”已经跑到广场的栅栏边上了，相邻几个地方的民警听到喊声也追了过来。这个时候，刘长路正好朝广场里面走，听到喊声他忙抬眼寻找目标，看见“夹克衫”利索地翻过栅栏，向自己这边跑来。他紧跑几步，一把拽住了“夹克衫”的衣服。出乎刘长路的意料，“夹克衫”借着奔跑的力量转身猛地向后一扬胳膊，打开了他的手，然后继续向前面奔跑。

这下把刘长路闪得够呛，手上的指甲都裂开了。刘长路忍住疼调整一下身体，又朝“夹克衫”猛追。陈其嘉抢过旁边售货厅的一辆自行车，飞身蹁腿上车用力蹬踩着，顺着“夹克衫”逃跑的路线冲了下去。

几个人一路追逐着跑出了车站，跑过了车站前面的公路，“夹克衫”一头扎进了商场边的街道。陈其嘉瞄准小道骑车冲了进去，后面紧跟着气喘吁吁的刘长路。“夹克衫”回头看见紧追不舍的陈其嘉，猛然转身冲进路边的一家小商店，进屋前顺手抓起门口啤酒箱子里的一个空瓶子，朝地上一磕，“啪”，瓶子底部被砸得粉碎，露出了尖锐如刀锋的玻璃棱子。商店里的中年女人还没等喊出声来就被他一把卡住，被瓶子顶住了她的脖子。这个时候陈其嘉也追到了门口，他甩开自行车就往商店里冲。

“别进来！你进来我就捅死她！”“夹克衫”大声地喊叫着。

陈其嘉猛地停住脚步，他看见“夹克衫”已经把锋利的玻璃顶进了女人的脖子，血慢慢地渗了出来。“夹克衫”的手在不住地颤抖着，女人在他的挟持下一动不敢动，正用恐惧的眼睛望着自己。陈其嘉自己做梦也想不到，这个只有在电影、电视剧里出现的镜头真实地展现在自己眼前。“你，你放开她！别伤害这个女同志，有话跟我说！”他一时组织不起顺溜儿的语言，脱口说了句官话。

“你走开！现在就退下去！”“夹克衫”说的是他脚下的台阶，“给我找辆汽车，再给我找个司机！送我离开这儿！”

陈其嘉心里气大了，妈的，我到哪儿给你弄汽车去！可眼前的情景让他不得不退下台阶，边退边冲“夹克衫”摇手：“有话好好说，你别冲动，我现在就下去……”他退到台阶下面，刘长路正好赶过来。看到这个场面，刘长路也愣了。以前没遇到过这样的事情啊，谁也没有处理挟持人质的经验，这回算是崴泥啦。

“你们俩还愣着干什么？去给我找汽车！”“夹克衫”这句话提醒了刘长路，他忙对陈其嘉说：“去呀！给这个，这个人，找汽车去！”陈其嘉当然明白他的意思，是让自己赶紧叫人围住这个地方，商量解救人质的办法。可这个时候自己离开，万一有什么事儿就全是刘长路独自面对了。刘长路看出他的心思，又猛地推了他一下：“快去呀！找车去呀！”陈其嘉只好冲刘长路点点头，转身从街道上跑了出去。拐了个弯，他忙掏出手机：“值班室！谁呀？别你妈的您好啦！出事儿啦！”

刘长路和挟持中年妇女的“夹克衫”对峙着，一时倒显得很平静。小商店上面的窗户突然打开了，一个人举着手机在冲下面拍照。又一扇窗户打开了，这回是DV录像机架出来了，都把角度定在这三个人身上。街道两边也出现了许多探头探脑的人。

“夹克衫”更紧张了，他死死地卡住中年妇女的脖子，腾出手来用玻璃指向刘长路：“你的人怎么还不来？再不来我捅死她！”说完又把破玻璃瓶子顶在女人的脖子上。刘长路有些着急，冲“夹克衫”喊：“你别冲动！给你找汽车去啦！”

“去这么半天还不见人，跟我耍花样啊！”

刘长路朝夹克衫摊开手：“你当拍电影呢，说来架直升机也能落在房顶上头？你要的是汽车！我保证，你再耐心等会儿准能来！”

“你敢骗我，我就捅死她！”

刘长路真有点儿不知道说什么好了，心里一起急，就逮着什么说什么了：“你傻啊！我可告诉你，你现在手里有个人质还好点儿，要没有她，你自己说，我能跟你这么谈话吗?”“夹克衫”愣住了，他大概想不到对面的民警会这么说话。“所以我告诉你，你别总拿捅死她吓唬我！有种你就捅死她，我看你不让周围这帮老百姓揍扁了才怪呢!”中年妇女可吓坏了，一个劲儿地哆嗦：“你可别听他的呀！你是什么警察呀，有你这么说话的吗……我的妈呀……”

刘长路上前走了两步：“我不劝你放下东西，劝你你也不听，我就告诉你要耐心等着，别冲动，车来就送你走!”

“夹克衫”张口骂道：“谁相信你们警察的屁话!”

刘长路也指着他骂道：“那你说怎么着？是你自己出的主意要汽车！给你找去了又不相信！气急了，我不管啦！我走了，看你怎么办!”说着，转身就朝台阶下走。他感觉自己找到对方的弱点了，他想抓住机会出击一蹴而就。“夹克衫”一下子愣住了。中年妇女可吓坏了，冲刘长路的后背伸出绝望的手：“民警同志，你可不能不管呀！你不能见死不救啊……”街道两边的人也不住地指指点点。刘长路知道自己的计谋实现不了了，转身又走回来，冲中年妇女无奈地摇摇头：“大姐呀，我能走吗？我是警察啊!”

手机响了！是短消息的声音。刘长路举起手机，按下按钮。“车已到！注意协助抓捕！保证人质安全!”是冀锋发来的短信。刘长路马上按下删除键，朝“夹克衫”举起手机：“看见了吗？车马上就来，司机都给你找好啦!”话音没落，街道口驶进来一辆老式的大发车，吭吭唧唧地开了进来。刘长路抬眼朝驾驶楼子一看，里面坐的竟然是赵鹏程。

7

赵鹏程穿了件半新的工作服，头发凌乱地趴在前额上，佝偻着腰，两只露出来的手颤巍巍地握着方向盘，也不知道是因为汽车的抖动还是他自己紧张。他用眼睛扫了一下刘长路后，紧盯着“夹克衫”手里的玻璃瓶子。

刘长路从他的眼神中读出了他的用意，先让“夹克衫”上汽车，在上车的时候伺机抓捕，解救人质。可谁也没有操作过这样的程序呀，只有走一步算一步了。想到这儿，刘长路朝“夹克衫”示意：“车来啦，你过来吧！”“夹克衫”用瓶子指着他：“你退后，离我远点儿。”

刘长路张开两手慢慢地往后退着，边退边计算着用几步能最快地冲到车前，帮助赵鹏程抓住“夹克衫”。“夹克衫”挟持着中年妇女慢慢地向大发车边靠拢，突然，他停住脚步对赵鹏程喊：“你，下来，把门打开！”赵鹏程依旧颤巍巍地走下车，把两边的车门都打开了。“夹克衫”用玻璃瓶子顶着女人的脖子，一步一步地挪到车门前。

就在这个时候，围观的人群里突然跑出两个男人，奔“夹克衫”冲了过去！他们边跑还边喊：“你把我媳妇放开！”“放开我姐姐！”这情景出乎所有人的意料，刘长路与赵鹏程第一时间竟然没做出反应！两个男人几步就冲到“夹克衫”旁边，“夹克衫”紧张地用力将玻璃顶住妇女的脖子：“你们都躲开！躲开！”玻璃瓶子深深地扎进妇女的脖子里，血顺着玻璃往外流淌，妇女吓得一个劲儿地“哎哟”，已经说不出话来了。

刘长路几步冲上去拽住他们：“你们干什么呀！救人不是这么救的！”“废话！敢情坏人手里的不是你娘儿们！”男人激动地指着“夹克衫”：“你放开我娘儿们！这儿有警察，还有司机，你随便抓他们谁当人质都行！”

“夹克衫”卡住妇女的手更紧了，勒得妇女直翻白眼儿：“滚！你们这些警察别跟我装孙子！都离我远点儿！要不然我捅死她！”刘长路敏锐地感觉到机会来了，他忙扒拉开两个男人，站到前面背向“夹克衫”推着他们：“你们这样做帮不上忙，往后退……”两个男人情绪更激动了，和刘长路较上劲儿了：“你是警察，你不去救人还拦着我们，还给坏人叫汽车，你算什么东西呀！”刘长路边用手向后推他们，边不住地示意：“你们后退，后退，我们这样做是怕伤着大姐！”说完，他扭头看了一眼。

赵鹏程趁乱已经运动到“夹克衫”的身后，只要过了车头，就可以下手了！“那个司机，你想跑啊！”其中的一个男人指着赵鹏程喊着。“夹克衫”猛然警觉了，匆忙回头去看接近自己身后的赵鹏程：“你回去！上车！”机会就在这瞬息之间！刘长路顾不上再去搭理这两个碍事的男人，猛然转身瞄准“夹克衫”手里的玻璃瓶子冲了上去！

“夹克衫”再转回头的时候，刘长路已经冲到了他的眼前。他感觉持瓶子的手腕一酸，瓶子便从妇女的脖子上滑了下来。他想用力抬起胳膊，刘长路根本不给他这个机会，另一只手一个直击，擦着妇女的头皮狠狠地撞在他的眼眶上。咣！“夹克衫”什么也看不见了，卡着妇女的手也松了下来。赵鹏程的动作更快，从后面一把锁住“夹克衫”的脖子，和刘长路一起把他按在地上。

中年妇女被两个男人扶起来，搀到了边上。赵鹏程和刘长路刚给“夹克衫”戴上铐子，这两个男人又跑了回来，朝着“夹克衫”上去就打，任刘长路他们俩怎么拦也拦不住。这两个人的行动带动了周围许多有正义感的群众，上来不分青红皂白可劲儿地痛打落水狗。

赵鹏程连忙挡住不知道从哪边飞过来的拳头和鞋底，边喊着“长路快上去开车”，边架起“夹克衫”朝车厢门闯。这时，冀锋、陈其嘉、林辉带着几个民警也赶过来了。他们分开勇猛的群众，给车子让出一条小道。刘长路驾驶着浑身哆嗦的大发车，“轰”的一声开出了街道。

车上，赵鹏程死死地拽着“夹克衫”，不住地用手揉着自己眼角的淤血：“这帮人真是的，人都抓着了还下这么狠的手！”刘长路抬眼看了一下反光镜，赵鹏程的腮帮子和眼角都有些发胖，这是让愤怒的群众给打的。他本来想说几句安慰的话，可犹豫一下又咽了回去。

韩建强知道这个消息的时候，嫌疑人早已被关在等候室里了。他忙叫单文去联系一下新闻单位。民警勇斗劫持人质的歹徒，不仅将人质顺利营救还抓获了歹徒。好嘛！多大的事呀！得马上进行宣传。还没等单文打通电话，底下的值勤民警就报告，平海市电视台最火的节目《都市报道》的记者来了，正在派出所楼下面呢，要采访当事民警和所领导。韩建强很兴奋，他忙告诉单文先下去接待一下记者，自己从衣柜里找出一件崭新的警服穿在身上，然后拿起一尘不染的帽子，正了正中间的警徽，戴在头上，扶了扶鼻子上面的眼镜，跑到镜子前面仔细端量了一下。行，还挺上镜，就是眼镜片有点儿反光。

他稳步朝楼下走，迎面撞上正跑上来的冀锋。“教导，你这是干吗去呀?”冀锋问他。他看了看呼哧带喘的冀锋：“小冀，今天这事干得漂亮！我这不是下去看看嘛，听说电视台的记者来了。”

冀锋忙说：“我就是为这事呢。记者想采访刘长路和赵鹏程，可老赵去医院看眼去了，长路的手让玻璃瓶子划破了也去了医院。我还听说……那个女的现在住院了，好像家属情绪有些冲动，正满处找咱们的人呢，说是让咱们给负担所有赔偿。”韩建强朝冀锋一摆手：“这事儿咱们管不着！找嫌疑人要去。走，你和我一起去看看。”说完直接奔门口走。冀锋答应一声也朝前走，突然感觉好像缺点儿什么，忙拿起手机拨通了张东平的电话……

女记者正在站台上等着他们呢。看见教导员过来，许彬在旁边起劲儿地介绍着，这位是电视台的于记者，那个举着录像机的是王记者，这位是我们的韩教导员。于记者摆出一副职业记者的微笑向韩建强伸出手去：“您好，教导员，我叫于晶。听到平海所的民警机智地解救人质抓获歹徒的消息，我们第一时间就赶来了。您准备好了吗？准备好我先采访您。”

韩教导员呵呵笑着说：“你应该先去采访当时的民警，我也是之后才听说的这个事。”

“没什么，我们的编导在外面等着他们呢，先采访您也是一样的。”

“我说些什么呢……”

“您主要介绍一下这些民警平时是怎么训练的，面对这样的突发情况该采取怎样的措施。我刚才听介绍，咱们的民警还化装成汽车司机去解救人质，这样的素材多好呀！您再说说您是怎样指挥的，就行啦!”

韩建强扶了扶眼镜："好吧，那我就说两句。"

于晶记者朝摄像点点头，先简单地对着镜头说了两句开场白，然后把话筒直接朝着韩建强。韩教导员属于人来疯类型的演员，话筒一递过来马上就来情绪："今天这个事情主要是我们临时处置得当，这完全得益于我们平时超前的预想、刻苦的演练和对民警的教育，使他们在关键时刻能把老百姓放在心中，能挺身而出，机智果敢地和犯罪嫌疑人作斗争。他们的行为突出了我们人民公安全心全意为人民服务的宗旨意识，彰显了大讨论、大练兵、大接访的成绩……"

手机铃声响了！韩建强示意记者停顿一下，接通了电话："喂，谁呀?"

"教导，是我冀锋。我刚跟张所通了个电话，他正开会呢，不方便说话。他让我告诉你，接受记者采访时说话一定要慎重，因为现在当事人已经住院了，假如这件事儿在电视上大张旗鼓地播出去了，闹不好有翻车的可能！让咱们最好先组织人去走访一下周边的群众，取取证。"

韩建强听完后对着电话说"好啦，知道了"，把电话放进了口袋。他心里想，这个冀锋怎么什么事都先告诉张东平呢?这明明是出彩儿露脸的事儿，让张东平搞得跟如临大敌一样。再说了，我说话能有什么不慎重的?于记者见他接完电话，又把话筒凑过去："听说解救人质的时候出现了突发情况，我们的民警为了保护嫌疑人还挨了打，请问有这样的事情吗?"

"有，这都是当时围观群众引起的。他们有的情绪激动，还有的不熟悉我们解救人质的方法，所以在成功解救人质之后对嫌疑人有些过火的举动。我们的民警是为了保护嫌疑人挨的打。"

"据说有两名群众还帮助了你们解救人质，有这样的事情吗?"

"当时是有两名群众跑过去要解救人质，但是他们没有起到帮助作用……"

采访结束的时候，还没有看见刘长路和赵鹏程，于记者只好表示作后续报道的时候再采访他们。送两位记者出去的时候，韩建强忽然看见广场上停着的电视台的汽车旁站立着一位风姿翩翩的女人。于记者走过去对这个女人介绍着：“唐导，这位是平海车站派出所的韩教导员。”

唐导很端庄地伸出手：“韩教导员，你好！怎么张东平不在呀？”

韩建强忙握住对方的手：“张所去开会了。怎么，唐导认识张所？”

唐导笑了一下：“我认识他，不知道他还认不认识我。我们以前是同学。”说完，很优雅地从韩建强的手中抽出手，转头对于记者说：“走吧，咱们去采访一下被解救的人质。”

相互道谢后，电视台的汽车在韩教导员的目送下离开了平海广场。真想不到，张东平还有这样的关系，怪不得他让我说话慎重呢，是他自己想出风头呀！韩建强转身一背手，朝车站办公楼走去，早把刚才冀锋传的话忘到脑袋后面去了。

中午的时候，张东平才返回派出所。回派出所后的第一件事就是被劫持的那个妇女的家属来了。张东平赶紧让从沿线回来的常子杰先去接待一下，问清楚情况，自己转了个弯走到派出所楼上。

听完赵鹏程和冀锋的汇报后，张东平也觉得处理得不错，但他隐隐约约总感觉事情不会这么简单。果然，常子杰来了，向他报告了妇女家属的要求，派出所必须承担病人住院的一切费用，而且还要担负营养费、医药费、精神损失费等开支。家属还说，你们警察在解救人质行动中根本没起作用，致使当事人受了伤，还和电视台的记者说他们根本没有冲过去帮忙。他们现在已经接受了电视台的采访，把不真实的情况告诉了记者。

听到这个消息，张东平脑子里的第一个反应是：崴了！这事儿要麻烦！他赶紧问身边的冀锋：“抓完人以后取证了吗？”

“嫌疑人的材料取了……”

张东平打断道：“不是这个，我是问周边群众的材料取了吗？”

“没有……”

张东平声音有点儿拔高：“你们这么半天都干什么了？我不是告诉你了吗？让你通知教导员组织人取证！证据！懂吗？”

“我跟他说了，当时教导员正接受记者采访呢。采访完，教导员也没安排。我和老高他们忙着去医院和审问嫌疑人，没顾上……”

“教导员现在去哪儿了？”

“不知道，也许去向车站党委汇报了吧。”

张东平真是上火了：“他还知道哪头轻哪头重吗？车站党委是他爹呀！”他不住地在屋中很小的空间踱着步，反复走了几圈以后，对冀锋和常子杰说：“咱们得赶紧动手！冀锋，你带人去现场周围访问，尽量搞清楚当时的情况。虽然现在有点儿晚，但这项工作必须做。主要是弄明白谁先动的手！老常，你去找关系先安抚住受害人，争取时间，能拖多久是多久！主要一个目的就是不能让他们闹起来。我马上找有关部门问问相关的法律条款。”

“可电视台怎么办呢？人家可是录了像的。这要是一播出……”常子杰不无担心地插上一句。

“咱们所谁和新闻媒体关系好？”张东平问。

“单文，他经常发布消息，接触得比较多。”冀锋说完后马上又加了一句，“张所，来的记者里面有个唐导演还问起你呢。”

张东平用手捋捋头发：“谁呀，叫什么名字？”

冀锋忙回答说：“我不知道，但听教导说了一句，她跟你是同学。”

张东平猛地拍了一下脑袋：“我知道她是谁啦！”

8

整个下午，平海所里所有能干活儿的民警都在忙碌着。他们跑遍了案发地的所有住户，并对其进行走访，得到的结果大体一致，不是没看清楚，就是不知道。刘长路提供了一个信息，当时有两户人家，一个用手机拍照，一个好像是用 DV 录像机记录了当时的现场。可是，民警走遍了附近的住户也没有一个人承认自己记录过当时的现场。

张东平感觉事态严重了，他隐约感觉到危机临近了。这个危机是一个深深的黑洞，被黑洞包围在中央的就是他这个平海站派出所。晚了！他不由得暗自叹息一声，如果当时能在第一时间获取到周围旁观者的证据，现在至少自己能作出明确的判断，能很主动地答复当事人家属的一些要求。可从收集上来的信息看，自己的动作肯定是慢了，人家已经先行疏通好了街坊四邻，就算是当时亲眼看见的，现在都说不知道了。他捋了捋发涨的头皮，操起电话询问法制科自己刚才咨询的事情。法制科的回答让他有点儿发冷。类似这样的情况，如果伤害当事人的嫌疑人有赔偿能力的话，则可以在刑事诉讼时附带民事赔偿。如果没有，则由引发事情的一方赔偿。说句好懂点儿的话，你平海站派出所这回要当冤大头了，这也是他最不愿意看到的结果。最后，法制科的人还善意地提醒他，此事千万不要引起诉讼，否则必输无疑。张东平马上又拨通了肖海亮的电话，让他帮忙收集一下处领导对此事的信息。再拨通高建的电话，得知高处长正在厦门办案呢。

门外有人在大声地说话："你们这还是人民的派出所吗？怎么找你们当官的就这么难呢？""别理他，他一个当兵的小民警跟他不过话，找他们所长！"跟着传来单文无力的反驳声："你们不能这样乱闯，这是派出所！"

"派出所怎么啦？派出所也得讲理！"

"这不就是所长室嘛！砸门！"

听着这说话的意思，准是妇女的家属来了。这个时候，张东平知道自己不能再躲了，好赖自己也是个所长，不能让几个家属堵在屋里！想到这儿，他理顺了思路，站起身来把门拉开："谁在外面嚷呢？我就是所长，有话进来说！"

外面的两个中年男子，一个穿着满是褶子的西服，留着长头发；一个穿着件休闲服，留着高平头。两人被张东平的突然出现唬住了，一时没说出话来。"你们两位是女同志的家属吧？"还是张东平先问他们。"对，我是他爷儿们。这个是我舅爷。"长头发边答着话，边指一下旁边的高平头。"进屋坐吧，有事进屋说。"张东平侧开身让他们走进办公室。

两人进屋后主动找沙发坐了下来，和张东平坐的椅子形成了对立面。还没等张东平坐稳，长头发先发言了："所长，见您一回可够难的，我们从上午就找您，总说您不在……”高平头扒拉他一下：“大哥，你别说不相干的。这不是见着所长了嘛，直接跟所长说！”

长头发点点头：“所长，我们俩都是受害人的家属，找您来就是想问问，我媳妇住院的钱谁给呀？现在人可是在医院里躺着呢！”

张东平心里跟明镜一样，可现在他只有先装傻了：“你们说的是上午让嫌疑人刺伤的那个大姐吗？”看见两人点头称是，他接着说：“我上午开会去了，具体情况不太了解。两位容我点儿时间把情况调查清楚了，我肯定给你们个圆满的答复。”

高平头扬起脖子，伸出手划拉着：“所长！你这话我们可不爱听。事情都发生多半天了，你还不清楚呢？你不清楚我告诉你，就是因为你们所的民警追坏人，坏人跑进商店去了，抓着我姐姐当人质，然后你们民警还上去强行抓人，坏人急了，拿碎玻璃瓶子捅了我姐，才致使我姐姐受的伤！你说，你们是不是应该负责任？”

张东平边摇头边摊开双手：“你说的这个情况，我真是不了解。我是刚刚开完会回来才知道的这个事儿。不是跟二位说了嘛，你们容我时间调查一下。”

长头发向上挺了挺身子，这是发言前的准备动作：“所长，不是我们不相信你，电视台的记者已经去医院采访我们了。人家说采访你们，教导员说的可是民警去营救的，还说有些群众在成功解救人质以后对嫌疑人有些过火的举动。您可听明白啦，我们是在解救人质以后才上去打那个坏人的。可在这以前，坏人已经把我媳妇扎伤了，这不都是你们引起的吗？”

张东平暗地里骂了句“韩建强，你真傻”，可还得面对眼前这二位家属。他把桌子上的烟盒拿起来：“你们二位说的，我都能理解。我也明白你们的意思，现在是你们的亲人在医院里，你们很着急。可你们换个位置想想，就当你们是我，出了这样的事情不得先搞一下调查呀！我还是那句话，容我点儿时间，我肯定给你们个圆满的答复！”说着，把烟递了过去。这二位谁也没接，给他来个大窝脖儿。

高平头从自己口袋里掏出烟："所长，咱们索性打开天窗说亮话。我们也是咨询了有关法律条款才找来的，像这样的事情应该由你们派出所先垫付医疗费，因为你们是引发事情的一方。电视台的记者采访我们的时候，我们也把自己的看法说了，现在就等你表态了。"

张东平猛吸了口烟，使劲儿往下压了一下火气："你的意思是……"

高平头从沙发上站起来了："在事情没调查清楚以前，你们派出所得先给受害人垫付点儿医疗费。我们可都是穷人，没钱给人治病！你们要是不垫付医疗费，我们就向你们上级部门反映，实在不行还有法院呢！"

法制科同志的话又在张东平耳边响起，他无奈地点了下头："垫付医疗费可以！但我还是那句话，你们二位容我点儿时间，把这个事情调查清楚后，咱们再坐下来谈。好吗？"说完，他操起桌子上的电话："单文吗，你看一下所里还有多少钱，查好了以后告诉我。"过了一会儿，单文敲门进来了："张所，现在能支出的现金就两千元了。"张东平说了声"都拿来"，心里对单文的机灵还是挺满意的，因为他知道，所里的现金远不止这些。

钱拿过来了，张东平把钱直接递到长头发手里："先拿走给大姐看病。我知道这点儿钱不多，但事情总能有个解决的办法！"长头发接过钱以后，连个谢也没说，撂下句："我们先去医院，有事儿再说。"长头发气哼哼地和高平头拉门走了出去。张东平看着他们出去的背影，不住地运气。这个时候，桌子上的电话又响了。张东平拿起电话，"喂"字还没问完，对方的声音比他还高："喂什么喂，我。"是肖海亮。"嗨，别提了，刚碰见截道儿的啦，弄走我两千块钱！"

"是不是受害人的家属呀？"

"是啊！人家对咱们的事情门儿清，看意思真是下功夫了。我这回有点儿麻烦，现在是刚开始，以后他们要狮子大张嘴，叼住我不放，我可怎么办呢……"

电话那边的声音明显降低了："东平，你可要有思想准备，据我所知，刘处已经表态了，谁惹的祸谁搪。你别太冲动啦！"

张东平痛苦地把脸挤成一团："可工作是上级领导让干的呀！不能底下的派出所有点儿事儿就一推六二五吧！他们推了，我怎么办？让我去处理抓人的民警吗？让民警去赔偿人家吗？这叫什么事儿呀！"

"你啊……你怎么不多想想呢？人家为嘛能反应这么快，怎么就对法律条款和规定知道得这么详细，怎么能一下打中你的软肋？还不是有人告诉他们！"

"你的意思是说……"

"我什么也没说啊！"电话里的肖海亮停顿了一下，"你还是赶紧找找关系，先把电视台这边疏通好了，据说那边也接受采访了。"

肖海亮一提这个，张东平气更大了："这个韩建强真没溜儿！我还让冀锋告诉他慎重点儿，慎重点儿。可他张嘴这么一说，弄得我连退身步都没有啦！"

"行啦，抓紧把事平了。实在不行就认倒霉，花点儿钱，千万别让人家起诉到法院。现在咱们的处头最怕这个！明白吗？"

挂断电话以后，张东平不住地胡噜着脑袋，看来，这件事自己得吃哑巴亏了，结果很有可能是认错赔钱，弄个灰头土脸的。还是静下心来先想办法疏通一下电视台吧。看来，真得找找她了。这个想法一浮现，他不由自主地摸了一下自己的耳朵。唐丹娜，这个名字让他不堪回首。这个人是他的第一任女友。

唉……已经过去这么多年了，她不会再记恨自己吧？想到这儿，张东平拉开抽屉，翻出一本同学录，找到唐丹娜的名字，眼前立刻浮现出一个美丽的影子。

电话打通了，却没有人接。他挂断电话，想了想，又继续拨通了这个号码。这回话筒里传来清晰的声音："哪位？"他连忙向上举了举话筒："是唐丹娜唐导吗？我是张东平。"

"张大所长呀，怎么想起我来了？"

张东平不好意思地捋捋头发："你看，上次老同学聚会，我也没看见你，这还是大头给我的通讯簿，我才知道你的电话……”

“你皮儿太厚啦，有什么事直接说！”

这一句话噎得他差点儿没咳嗽出来：“呵呵，你现在还这么厉害呀，不减当年。这个，这个，我还真有事儿找你帮忙。你看，一会儿你有时间吗？我们见面谈……”

“现在不行，我得赶着做节目呢。有什么事儿下班再联系吧。”

“我就是说的节目的事儿！”他赶紧抢过话头，“你也知道，就是我们那个劫持人质的事。有关的事情电话里说不清楚，你能不能先别播出来呀？”

“你是台长啊，说不播就不播！现在节目已经上线了，晚上新闻就能看到在你的领导下，英勇的公安民警的光辉形象！”

张东平的嘴差点儿没咧耳朵边上去，不过不是乐，是哭。他有点儿理不顺言语了：“娜娜，你听我说啊，这里面很复杂。”

电话那端不言声了，好久才轻轻地吐出一口气：“张东平，你刚才喊我什么……”

“我，我喊你娜娜呀！”这还是他们在恋爱的时候亲热的称呼。

隔了一会儿，电话里才又传来唐丹娜的声音：“你现在找我，不就是想让我不要播出采访的节目嘛！跟你说实话吧，这档节目已经上播出线了，肯定拿不下来。但我可以把后续的部分内容帮你掐了。”

“是吗？真是太好啦！谢谢你，谢谢！”张东平不住地点头。

“其实，后续做的比要播出的节目精彩，群众对你们在解救人质时的做法很反感，有些说法也很新颖。从收视率的角度来说，真不应该放弃。”

张东平赶紧抢过话头：“我明白，我明白，你这是帮了我一大忙！我得好好答谢你！”

“有时间再说吧。记着点儿，你又欠我一个人情！”

“我还是别欠你吧。晚上有时间吗？一起吃个饭。顺便给我讲讲你说的后期节目。”

唐丹娜犹豫一下，答应了。

9

华灯初上，城市的街道上流光溢彩。

张东平选择了离电视台不太远的“上岛咖啡”坐了下来，打通电话告诉唐丹娜地方后，要了一壶茶慢慢地喝着。他脑子里总是闪现出十多年前唐丹娜清丽的画面，那个时候他们还是同学，从有好感到互相喜欢，最过火的行动就是抱在一起接个吻。这在他们那个时代已经算胆大的了。闲下来的时候，两个人也总在一起畅想未来，只不过两人的理想虽都远大，但并不合拍。高考他落榜了，而唐丹娜却考上了西南的一所名牌大学。

张东平清楚地记得自己骑着自行车奔驰了几十里地去火车站送她的情景。因为没钱买不了站台票，车站的服务员死活不让他进站，他缠着这位铁面无私的服务员说了半天好话也不管用。就在他要绝望的时候，从站台里面走出来个警察，慢悠悠地踱到服务员跟前，两个人旁若无人地开着玩笑。警察一转身，看见了急得抓耳挠腮的他，问服务员这是干什么的。服务员看都没看他，说没票还想混进站坐车。警察斜了一眼说，不像啊！然后问他，你进站干吗去呀？他仿佛抓到根救命稻草，忙回答说，送人。警察又看了看满头大汗的他说，送女朋友吧？他忙不停地点头！警察朝服务员摆了下手说，让他进去吧，别跟衙门似的卡得这么紧。服务员笑着打了警察一下，朝他摆摆手。他连声说着“谢谢，谢谢”，急步跑进了站台。

站台上挤满了送行的人，他一节车厢一节车厢地努力寻找着自己的情人。广播里传来让人们远离车门的声音，列车缓缓启动了。就在这个时候，他忽然发现前面的窗户里一块手绢在不停地摇动着，他太熟悉这块手绢了。于是，他赶紧绕过人群冲了过去。唐丹娜从车厢的窗户里伸出手来把手绢扔给他，说：“我放假就回来！到地方就给你写信！”

之后他俩的故事发展基本上是按照老式电影剧本改编翻拍的。先是唐丹娜来了封信，在嘱咐他不要泄气继续努力复习参加高考以外，信尾特意附上了详细的通信地址。他则装模作样地回了第一封信。这后面就开始了两地书，恋人情。双方都是边写边查看自己身边所能用上的书籍，从里面引经据典，互诉衷肠。等到六十多封信的时候，两个人都感觉到已经笔墨用尽、言空词穷，接下来必须要用身体书写才能完全表达自己的情感。

于是，在唐丹娜放假从学校回到家的时候，他开动了自己所有的聪明才智，求另一个女同学把她从家里叫出来。两个人在寒冷的街道上前后行走着。他能感觉到身后那双火辣辣的眼睛里射出的渴望，她也从他湿漉漉的咻咻鼻息中感觉到压抑不住的激情四射。两个人来到他事先借到的房子里，匆匆关好门窗，然后就是两个高烧四十二度的身体拼命纠缠在一起，发疟子，打摆子，一次又一次，起伏跌宕得死去活来。

俗话说得好，有一回就有百回。在以后的日子里，两个人充分地利用着能利用的时间和空间，享受着年轻的快乐，直到他们相互承诺永不变心后，张东平又一次地把她送上了西去的列车。

可事情的发展总不以个人的意志为转移，就在张东平待业近一年的时候，通过同学传来的信息，得知铁路公安要招收新民警。在他努力地回忆铁路公安是什么样子的时候，那个曾经在车站放他进站台的民警的光辉形象出现在眼前。就是他啦！他开始央求在工厂里当科长的爸爸给自己找找关系，他想进铁路公安。爸爸还真的为这事儿询问了一下自己的关系，老天有眼，一个以前的小哥们儿现在在铁路上当段长。经过老一辈紧锣密鼓地协商，在一个傍晚，他被他爸爸领着，拎着两瓶酒和一兜子水果来到这个叔叔家。段长叔叔仔细端详了他以后很满意，留下他们父子俩在家吃饭。吃饭的时候，段长的老婆和女儿也一起作陪，他感觉段长的老婆审查自己的眼神有点儿像丈母娘看姑爷。吃完饭，在回家的路上，他把自己的想法对爸爸透露了一下，没想到他爸爸立时直起眼睛："行啊！儿子，不当警察真亏了材料，今天就是连相亲带说你工作的事儿。"他感觉有点儿眩晕，忙对爸爸表示自己不想这么早就搞对象，还要趁着年轻多玩几年，顺便在事业上出点儿成绩。没想到被他爹严词回绝了，最后还抛出句掷地有声的话语："你不想进公安啦?"在前途和女人面前，张东平犹豫了片刻，最后还是选择了前途。更何况，他未来的老婆长得也挺美丽动人的。

秦香莲、陈世美的故事在他和唐丹娜的身上重演，只不过现代版的陈世美改姓张了。解除这段恋爱很顺利，几乎就是一封信的事。唐丹娜表现出的冷静出乎他的意料，回信没有争吵、没有哀怨，只写了四个字，祝你顺利。可是他却从要好的同学嘴里听到，唐丹娜因此在学校大病了一场。病愈后，她在他们唯一的一张合影的四周浓浓地涂上了一个黑框。她是在祭奠这段死去的感情。

以后的日子里，张东平顺风扯帆、乘风破浪地前进着，从一个值勤的小民警到刑警队侦查员，又从侦查员到警长，从警长到大案队队长直至三十多岁独挑大梁。这在铁路公安这个老气横秋、论资排辈、关系密布的系统里算是晋升得很快了。静下心的时候，他也曾想起过唐丹娜，想起过自己这段初恋，但马上又被冰冷的现实阻隔，以至于多次同学聚会他都不去或是晚去，就是为了躲避还在他心头萦绕的"秦香莲"。

唐丹娜来了，轻盈地坐在他面前。他赶紧把自己从回忆中招回，摆出副自己都觉得假的笑脸："来了，快坐!"

"我不是已经坐着了嘛!"唐丹娜冷冷地回了一句。

"呵呵，那就喝茶……"

唐丹娜对他递过来的茶水象征性地接了一下："张大所长，要不是我去平海站采访，要不是你有事儿求着我，你才不会给我打电话吧。"

他刚想说不是，可又一琢磨，在"秦香莲"面前还是老实点儿吧，于是很坦诚地点点头："是，没事儿我不敢找你。一个是怕你忙，再有就是我也有点儿怕见你。"

唐丹娜摇摇头，手指划动着茶杯："有什么怕的，这么多年啦，我早把以前埋在地下了，不提这些了。其实今天你约我出来，不就是想让我把录制的后续节目掐了嘛!"说完，她从包里掏出一卷盒式带递过去："给你，还没倒制式呢。"看着张东平兴奋地接过带子，她缓慢地问了一句：“你跟我说实话，这件事会不会对你的仕途有影响？”

张东平把带子放进包里，叹了口气：“唉……你总是那么深刻。说实话，这件事情如果处理不好，我肯定很被动，也有可能因此而倒霉。你是不知道呀，当个所长真累人呀……”

“就这样你还愿意干呢，还不是有官瘾。别说昧着良心的话，透着假。”

“得，在你面前我不装。我有瘾，行了吧。”张东平边说边翻看着桌子上的菜单。

“你别忙了，我马上就得走，一会儿还有事呢。”唐丹娜的话很坚决。这种不容置疑的口气让张东平只好撂下菜单。

“我送你吧，你准备去哪儿？”

“不用了，”唐丹娜透过玻璃指了指停在马路边上的一辆别克，“我先生等我呢。你继续努力吧，还是那句话，祝你顺利。”说完，她站起身离开椅子。

张东平忽然想起什么似的一把拉住她的手，语气中透着真切：“娜娜……你把带子给我，对你，对你的工作不会有影响吧？”

唐丹娜停顿了一下，仍旧很优雅地抽出自己的手：“难得你还能想着别人。我会处理好的。”说完轻轻离开桌边，稳步走了出去。张东平让这句话震得微微颤抖，望着她离开的背影，有些怅然若失……

电视台在如期播出这个节目后，就没有了下文。这让准备借媒体炒作此事，引起社会关注的伤者家属很失望。张东平也在马不停蹄地忙碌着，边寻找能与家属说上话的社会关系，边让冀锋和常子杰代表派出所不时地去医院探望伤者，摆出一副关怀备至的姿态，顺便向医院了解伤者的情况。几轮折腾下来，受伤的女人在冀锋和常子杰不住地开导下，在亲戚朋友的不断劝导中明白了一个道理：派出所肯定要赔偿，但赔偿的钱最好实实在在地落在自己口袋里。想想自己连受惊吓带挨扎流血，然后又辛辛苦苦地在医院装了半天的蒜，结果得来的钱有好多都要捐给医院，这样干可不合适。反正自己各种手续、证据都有，派出所这个买卖也黄不了，账也赖不掉，还是尽早出院回家继续装吧。想通了以后，她积极配合派出所办好了出院手续，回家疗养了。

摆平了棘手的两件事后，张东平把几位所领导召集到一起，开始研究怎么收拾善后了。从常子杰那里得来的消息，人家开出价码来了，零七八碎归了包堆加一块，至少三万。张东平一听就蹿了：“大哥，他们这不是解决问题，是劫道儿呢！”

常子杰也很无奈：“张所，就这样还托关系找人呢。主要是那个男的，太难伺候，谁的账也不买。前天还跟我说什么，要解决不好就去法院。你看看这事……”

韩建强扶着眼镜插上一句：“这叫趁火打劫。不过话说回来，还是咱们有短儿让人家抓着啦！”

张东平挪动挪动屁股，转过身对着常子杰：“还是得跟他们谈，这价也太高啦。我不能把辛辛苦苦从车站要来的钱都捐给他呀！老常，你还是得多摸摸他们家的情况，多找找关系协调，最后丢人赔钱这事儿我来，谁让我是所长呢！”

冀锋发了圈烟，点上后感慨道：“这一下，再给民警发的钱就更少啦，上头的指标还没完成呢……”

韩建强不满地从眼镜后面瞥他一眼：“没有钱就不干活儿了？以前没有奖金的时候不也照样抓人，照样干工作吗？要我说，都是钱给得太多才出这样的事。”冀锋刚要反驳就被张东平的眼神拦住了。韩建强继续着自己的发言：“我们应该从这回事儿上吸取教训，在以后的工作中不要再发生类似的问题。”张东平的眼睛紧紧地盯着他：“教导的意思……”

韩建强慷慨激昂地说：“我的意见是让肇事的几个民警自己掏钱，按数额平摊在他们头上。惹了这么大的祸还让所里负担，所里费尽心机给解决成这样就已经不错啦！”

张东平真有点儿坐不住了：“教导，可是你接受记者采访的时候还夸奖咱们的民警呢，说这是成功的营救。现在让民警掏钱，这有点儿说不过去吧？咱们没办法给他们做工作呀！”

“当时那种环境，我必须得这么说！谁知道会搞成这样！现在的情况是人家挤对到咱们门口要钱，给不了就得引起官司。真要形成诉讼，这结果不用说大家也知道吧。所以我说赶紧了结，让他们几个掏钱赔人家。我看用不着做什么思想工作，是自己的饭碗重要啊，还是几个钱重要？”

张东平压抑了很久的怒火和怨气终于爆发出来，他猛地拍了一下桌子，“咣”的一声，差点儿把韩建强的眼镜震下来：“你这叫不负责任！我就不明白了，怎么一出点儿事情当领导的都赶紧找个下家，都往民警身上推？你想没想过当初是谁让民警干的？别拿底下的民警都当傻子，照你说的这么做，他们的心还不都凉透了，他们以后就会变着法儿地去赚你！以后谁还会听咱们这几个所领导的？谁还会跟着咱们干？”

他扫了一眼已经愣住的三个人，接着说：“上面的局、处领导一个劲儿地给咱们加压拧扣，咱们还在这儿撑着，没听见一个说辞职不干的，说白了不就是有这个官瘾嘛！你有这个瘾不靠下面的弟兄们捧着能行吗？今天这事我做主了，不管花多少钱，都由所里出。参与此事的民警还得给奖励。就这么办了！”

一点儿掌声也没有。

真是凡事都得搞好调查研究，踏下心来琢磨一件事就没有琢磨不成的。常子杰动用了一些关系，把这家前后左右查了个底儿掉。查出来这家男人在外面和朋友开了个服务中介公司，属于半黑半白的那种。他天天还开了辆不知道落下多少养路费没交的汽车。张东平知道这些情况后说咱也折腾折腾他。果不其然，这个男的连续好几天都没做好梦，不是工商税务的来公司转悠，就是出门准遇到交通警检查，搞得他焦头烂额。这个时候，常子杰和找到的关系不失时机地出现了，在知道了这些缠头裹脑的事情后，表示尽力帮忙摆平。男人也松口说，事情好商量。在相互达到谅解后，终于达成协议，一万五千块钱了事。张东平知道这个消息后，长出了一口气，还是老话说得好呀，斗争中求团结！

几天后的一个下午，张东平和冀锋坐着小吴开的车来到伤者的家中。张东平边开着玩笑边把装着一万五千元的信封递给中年妇女，还一个劲儿地道歉，弄得中年妇女很不好意思，利索地在张东平事先写好的协议书上签了字。

离开这家出来的时候，冀锋看着阴沉着脸的张东平劝道："事情都解决了，就别烦啦。"

张东平抬眼捋捋头发："冀锋，我想明天就开个支委会。"

第六章　卧轨女尸

1

快下班了，赵鹏程提前几分钟推着自己的"铁驴"走到派出所值班室门口。他照例往里面看了看，里面只有许彬在坐着看报纸，似乎没有注意到他。他推车向前走了几步，看见刘长路正向这边走过来，忙停下来准备和他说话。可是，刘长路看见推车站在门口的他，扭回身拐个弯奔站台去了，弄得赵鹏程在原地磨叽了半天，不知道是该走还是该留。唉……我算是把长路得罪苦啦！

他到市场买了一桶油和一袋米，蹬着车奔向徐雷的家。走到门口，他才想起来，自己上次来的时候好像还是三个月以前呢。

他照例在敲敲门后推门走了进来。徐雷的老伴李静患了白内障，眼睛看什么都模糊。她正在外孙子的屋中摸索着收拾房间，听见敲门声，说了句"门没锁"，就继续着手里的活儿。李静住的地方是一套两室一厅的旧式单元房，一边屋供外孙子睡觉和学习，一边屋是李静自己的居室，徐雷的骨灰和遗像就摆在李静床边儿的桌子上。整个房间收拾得干净整洁，一看就知道李静是个利索人。

"是小赵来了吗？自己倒水喝吧。"李静冲门口的地方招着手，"我这眼睛也不方便，你自个照顾自个吧。我先给小白眼儿收拾一下东西，你看看这床上、桌子上这个乱呀！"

赵鹏程答应一声"您别管我，我自己来"，就直接走进对门的厨房，把提来的油和米放在柜门里，推门走进李静的房间。他每次来都要在徐雷的遗像前坐会儿。这次他跟从前一样，先拿起放在旁边的桌布，仔细地擦拭着徐雷的相片。他擦得很细致，连一丝一毫的尘土都不放过，直到他认为擦拭干净了，才又把骨灰盒和桌子逐一擦完，然后拉过把椅子，面对着徐雷的遗像，缓缓地坐下来。他从口袋里掏出香烟，点燃一支，先放在徐雷的相片前，嘴里喃喃地念叨着："师傅，徒弟又来看你啦，给你点支烟。你尝尝现在的烟卷，比以前好抽多了……"说完，他自己也点了一支深深地吸了起来。两股烟雾缓缓地在屋中升腾起来，慢慢地升到屋顶，交融在一起。透过烟雾，徐雷温和的目光注视着他，他也动情地看着徐雷，好久没有移开。

沉默了一会儿，他叹了口气："师傅啊，我又来打扰你了。你别介意我这个不成器的徒弟总来烦你，我心里有好多话没地方说呀……这么多年啦，和我一块儿的师兄弟们都立起个来啦，就连高建都当副处长了，可我还是个小民警，你说我心里能不别扭吗？到平海所以后，无论我怎么干，所头儿都对我不感冒。教导员韩建强总拿斜眼儿看我，你说我心里能痛快吗？前段时间长路的枪走火让我看见了，正赶上他值班，我就给督察队打了匿名电话。其实我这么干不是冲着自己弟兄来的，我就是看不惯韩建强那个德行。可长路对我不错呀，这么多年在所里总敬着我，还替我扛过事儿。我心里过意不去呀……赶上个机会，我主动把这事跟他撂了，结果他跟我掰了。这事儿要是传出去，我肯定里外都不是人。师傅，我该怎么办呢……"

在他对着徐雷的遗像倾诉自己心里话的时候，李静慢慢地从隔壁摸索着走到自己的房间。这么多年她习惯了赵鹏程到家里来的程序，每次总是放下点儿水果和米面油粮之类的东西，然后就会把徐雷的遗像仔仔细细地擦拭一遍，再和他聊会儿天。她知道他们之间的感情，所以从不去打扰他。这次她听见赵鹏程在屋中默默地说着什么，觉得奇怪，轻轻走过来后听到了这一番真情告白。

"小赵，有什么事儿别闷在心里，和他说说也好。"李静慢慢地说着，“我有的时候一个人闷了，也会对着他说说话，把听见的、看见的，还有孩子们告诉我的新鲜事儿说给他听。”

赵鹏程连忙站起身来搀扶着李静坐到椅子上：“嫂子，您也许都听见了吧……我是心里闷呀，这道坎儿横在这儿了！”

“这叫什么坎儿呀，就是你刚才说的那件事儿吗？”赵鹏程用力地点了点头，李静接着说道：“老徐刚走的时候，我孤儿寡母地带着儿子、闺女过日子，困难就别说啦。虽然有组织上的照顾，但总感觉孤零零的。于是就有人来给我说媒，劝我再走一步。说实话，我当时真的是动了这个心思啊，可我一看见儿子、闺女就收回了这个念头。为什么呢？因为我不能让他们忘了有个当铁路警察的爹。这行再苦再累，总归是你一辈子的事由吧，因为你喜欢它，你才干的。小赵，所以我说你别管别人怎么升官发财，只要你心里还想干这行，就别管人家怎么看你、怎么说你。你是老徐的徒弟，咱们不坑人害人，猫子狗子的事儿咱更不能干啊！这么多年过去了，我也老了，净添毛病，爱唠叨，你可别怪嫂子说你呀！”

赵鹏程的眼有些模糊，他心里清楚，在李静的眼里自己还是个好人。他生怕李静察觉，忙偷偷用手揉了揉湿润的眼角：“没事儿，嫂子，您说得对。”

教导员韩建强这两天有点儿耷拉脑袋，自从那天开会让张东平没皮没脸地数落一顿以后，紧接着又给他来了个杯酒释兵权。所里召开支委会，先是说了一通以后的工作重点，还没等他明白过味儿来，张东平就说要按照上级组织部门的要求，进行支委改选。他理所当然地认为这是走形式，支部书记还得是自己，所以非常大度地投了张东平一票。可四个所领导加上治安组的老高一轮选举下来，张东平全票当选支部书记。根本没有他想象中的推脱谦让，张东平就坡下驴，冠冕堂皇地夺了他的权，他成了支部副书记。这个打击让他半天没缓过神儿来。

这天晚上，张东平和他换了个班。韩建强整个晚上都把自己关在屋子里，反复地琢磨着这件事儿。这是张东平的阴谋，他肯定事先串通好了几个支委不投我的票。看来我上次跟靳文澜说的那件事儿他知道了，这纯属打击报复！冀锋、常子杰这俩浑蛋，不仅不帮忙，还跟着张东平跑，真是他妈的典型的墙头草——随风倒。反正是想了半天，一点儿也没有发现自己有什么不对的地方。就这样冥思苦想，直到夜里 12 点才合眼躺在床上。

不知道睡了多长时间，迷迷糊糊地好像床头的电话铃在响。他仰着脸伸出手抄起电话：“喂，谁呀？”电话里传来的是车站安全室干部的声音：“韩教导吗？我是车站安全室大刘！刚才 6 点 13 分，货 57453 的司机在正线十公里的地方轧了一个。”

有铁路线的地方，就会有这样那样的路外伤亡事件。原因很多，有捡拾破烂的盲流穿越线路的，有上下班的人走近道儿的，有下地干活儿的农民翻护网的，还有遇到点儿别扭事想不开自杀的。反正是总有前仆后继拿自己跟火车拼体力的人。结果往往是眼前一黑，听见一声闷响，就什么也看不见了。韩建强举着电话，没有太着急，不紧不慢地问：“男的女的呀，怎么撞的？死了吗？”“司机说是个女的，可能是自杀。火车鸣笛根本没躲，还在钢轨上趴着呢，人肯定是完啦！”韩建强说了声“你等着，我们马上就去”，然后撂下电话，揉揉生涩的双眼，边骂着街边起来穿好衣服。铁路公安有规定，凡是发生路外伤亡事件的时候，派出所值班领导必须赶赴现场。毕竟人命关天！

韩建强叫起值班的赵鹏程、单文和司机小吴，背着勘查包，开着车接上安全室的大刘，奔着出事地点扎下去了。

小吴的驾驶技术是一流的，十几分钟就赶到了地方。他们先把车停在公路边上，几个人七扭八歪地爬上线路。单文发现了护网边上工务段干活儿留的门没锁，几个人才避免了翻越护网这个高难度的动作。进到线路上，韩建强简单地分了分工，几个人就分头踅摸开了。这回倒不怎么费劲儿。单文没走多远就喊：“在这儿啦！”大伙儿奔他聚拢过去。

一具几乎全裸的女尸横躺在铁轨中间，从脖子到下肢的关节处分成两段，被火车轮子碾轧得稀烂。从女尸裸露着的部位看，这个女人岁数不大，身材也单薄，要不然像这样的卧轨姿势肯定会被机车前面的排障器顶开的，再随着飞驰的车轮的碾轧，现在恐怕早该成肉馅了。想到这里，赵鹏程从勘查包里取出相机，边安装电池边选角度准备拍照。韩建强招呼着单文和小吴两人，让他们四周围再找找，看能不能发现遗书或者和这具女尸有联系的东西。说完，他和安全室的大刘端详起这位死鬼来。

赵鹏程出现场是很细心的，他并不急于对尸体进行拍照，先是在尸体附近仔细地勘查，他要把火车轧过后尸体散落的一些零部件收集起来，再观察一下死者有没有随身携带的物品，像小首饰呀、手表呀、口红之类的东西。可这具女尸让他感觉挺怪的，她只穿了件贴身的三角内裤和背心。一个女人就算是下定决心要去阎王殿，也不至于脱得这么性感跑出来死吧？他没有听从韩建强的催促，边变换着角度对尸体进行拍照，边把勘查范围扩大到相邻的钢轨。就在退出去几步，他准备拍照女尸全景的时候，旁边钢轨上的血迹引起了他的注意。他忙放下相机凑近钢轨仔细端详着。

韩建强从心眼儿里就烦赵鹏程，一个小小的路外伤亡，既然已经确定了自杀就赶紧拍照，赶紧做好现场勘查记录，然后把人往安全室一交，让他们按无主尸体登报寻尸，七天不来人认领，火化了不就结了？至于这么装模作样地折腾吗？可自己是领导，不能给下属认真负责的劲头泼冷水，所以他一边抽着烟一边不耐烦地催促赵鹏程快点儿，因为一会儿就会有很多快速列车从正线上通过。

赵鹏程仿佛没听见他的话，查看完血迹后又走过来俯身围着女尸上下左右地看。这时，在周围查找了一圈的单文和小吴也两手空空地回来了。“有什么发现吗？”韩建强大声地问着他们俩。小吴摇摇头跑到赵鹏程身边看女尸去了。单文也摇摇头说：“没有，就是前面下行的护网边上还有个口子，露得挺大的，得让工务来人补上。”韩建强说：“行，那就你执笔，让老赵说一下勘查情况，抓紧做个报告。”单文答应着从勘查包里取出纸笔，朝赵鹏程走了过去。

赵鹏程抬头看了一眼韩建强，心里在琢磨着要不要把自己看到的疑点告诉他，因为刚才他又在女尸的脚部发现了明显的拖痕。

“都别愣着啦！抓紧弄，弄完咱们回去！”韩建强在催着他们。

赵鹏程心里说，你这个傻子，就知道发号施令，狗屁不懂，这回我非挖个坑把你埋里面。想到这儿，他一赌气，动手就拿起剪子去铰女尸的背心。刚触到女尸身体的时候，他忽然看见伏在地上的女尸的头部向一侧斜仰着，眼睛怔怔地盯着前方，似乎是不甘心，又似乎是在向接近她的人喊冤！他不由得激灵了一下。李静的话又在耳边响起来，你是老徐的徒弟，咱们不坑人害人，猫子狗子的事儿咱更不能干啊！

人命关天！我不能拿无辜的性命开玩笑。有了这个念头，他把剪子从女尸身边移开，冲着韩建强说道："教导，我看还是叫刑警队出现场吧。我怀疑这不是路外伤亡事件，是杀人移尸！"

"什么?"周围的几个人都愣了。

2

赵鹏程在大家惊讶的目光注视下又重复了一遍自己的话："这不是简单的路外伤亡事件，很可能是杀人移尸。"

韩建强一把将烟头扔在地上，往前面凑了两步，先看看赵鹏程又看看躺在地上的女尸："老赵，你有什么根据说是移尸呀?"

赵鹏程从钢轨边上站了起来，指指女尸说："首先，她穿的衣裳太少了，就算是横下一条心想死，也不至于这么暴露就出来卧轨吧。其次，从尸体的皮肤和头发的光泽度上看，她岁数不大，能有什么排解不开的事儿呀，我觉得有点儿不合情理。"

"也许是感情上受了刺激，就是不想活了呢。"单文在旁边插了一句。韩建强很同意他的看法，不住地点头："有这可能！有这可能!"

"那在现场我们为什么一点儿遗留物也没找到呢?"赵鹏程提出疑问后继续说："在和她相邻的下行铁道钢轨上，我还发现了一团血迹。现在还不能认定这血是否就是死者本人的，但血是新鲜的，周围也没有其他东西。如果是机车碾轧造成的喷溅，血液是不会拐弯喷溅到下行钢轨内侧的。在翻检死者的时候，我发现她小腿和脚上都有明显的拖痕，其中左脚外侧的拖痕很深，这说明她很有可能是在昏迷的状态下，被人拖拽到铁道上的。"这话一落地，单文和小吴就跑去看女尸腿部被拖拉的痕迹了。“还有，就是我对她的卧轨姿势理解不了。人要是想死，怎么都能死。她没必要把自己横搭在钢轨上，从心理上说，这需要极大的勇气，可一个年纪不大的女人是不容易做到的。”

韩建强的态度犹豫了，他不知道应该怎么办了，一脸茫然地看着赵鹏程：“照你说的意思，她是让人挪到这儿来的，可到这儿以前她是死是活呀……”

赵鹏程无奈地摇摇头：“这就得专门的法医来鉴定了。我现在只能看到这一步，至于她到这儿以前是死是活，死前有没有性行为，得专业人士说了算！”看着韩建强盯着女尸愣神的造型，他忍不住提醒了一句：“教导，给指挥中心打电话叫刑警队来吧，现场先别动了，等他们来了再说。还有一个多小时才是快速列车的高峰点，时间来得及。我和单文、小吴再把周围仔细转转，看看还能发现什么有价值的线索。”韩建强连忙点头，掏出手机不停地拨着电话。

单文把赵鹏程带到下行护网的豁口处，这个地方离案发现场二十多米远。赵鹏程让单文拿着相机，自己在护网跟前端详着。这个豁口很大，整片的护网几乎都被扒开了。看来是有人嫌原来的口子小，为了进出方便又把它给扩大了。他看完护网又凝神注视着下面的土路，果然，从护网外到铁道边上有一行拖拉的痕迹和凌乱的脚印，再往上面就是铁道边的石砟了，拖拉的痕迹在石砟上是不容易显现的。这就是把尸体运进来的地方。他叫单文用相机把豁口周围拍了下来，然后和单文走下路基，坐在道边上等待着从此路过的人们。

对解决路外伤亡事件，进行现场勘查，所里许多人都很佩服赵鹏程，单文就是其中一个。路外伤亡每年都得有十几二十起，有的解决起来很容易，找不到家属的车站出钱火化了了事，找到家属的也只是把尸首给人家，说几句节哀顺变的话就算结案。有的就麻烦多多，家属要么是真不明白，要么就是装傻充愣，哭着喊着朝铁路要说法。其实，就是要钱。每到这个时候，车站安全室养的一帮专司其事的业务虫子，就会翻出一本20世纪70年代的铁路法引经据典，振振有词地向家属解释，你这样的情况按照铁路法有关规定，我们出于人道主义会给你提供丧葬费多少钱、粮票多少斤（都是两位数以里）……神经脆弱点儿的听见还给粮票呢，当时就蹿了！这都什么年代了，你们铁路还有粮票呢？你拿出来！我当文物收藏着。业务虫子又说了，你别着急呀，考虑到现在的环境变了，各种物价都在翻番地涨，所以我们决定在以往的基础上结合现在的行情，多给你们点儿丧葬费用。接下来就是讨价还价，但肯定是谈不拢。这个时候业务虫子们一般都会摆出一副心痛的样子，又翻开铁路的有关规定，对着家属们说，几位大哥大姐你们是不知道啊，要是真按照规定死抠，你们还欠着我们钱呢！

这话等于是宣布黄世仁变杨白劳，富裕地主变贫下中农了，谁能接受得了。于是，纷纷谴责，让他拿出证据。业务虫子看见产生效果了就翻出有关规定一行一行地念，首先说明非正常停车，客车、货车正线一分钟要损失多少钱，支线一分钟要损失多少钱，然后再说按规定造成非正常停车的，除铁路内部事故外，都要由责任者承担。然后再一扒拉计算器，得，上面的数字是五位数。如此几番下来，家属们也就没脾气了，只好签了城下之盟。

可也有追求真理就是不低头的，他们认一个理儿，火车撞死了我们家的人，铁路就得赔！这个时候，一直在旁边不说话的赵鹏程登场了。他先是对死者家属的心情表示理解，然后就宣扬一通改革开放给铁路带来的大好形势，然后又说提速以后火车多么快，但火车再快它也是有轨行车，它不是汽车、摩托车，可以在公路上来回乱钻，它有自己固定的行驶轨迹。所以说，人要是不去惹它，它是不会跑下来找人的。跟着又说一通禁止横穿线路、禁止钻越护网等，联系到现场勘查死者的情况，事实是明摆着的。死者违反了相关法律和规定，自己弄死了，和铁路无关！但是，本着人道主义的原则，还是要有适当的补偿的。

后面的事情就好办了，赵鹏程两边当好人从中斡旋，终于达成一个双方都能接受的方案，事情算圆满结束。有的时候，家属为了感谢民警同志的大力帮助，还专程到派出所敬献锦旗。上面写什么的都有，有一回家属送给赵鹏程的锦旗上赫然写着“包公再世，为民做主”八个大字，弄得所里的民警喊了赵鹏程一个多月的“赵青天”。可这回他算是显出真本事了，整个现场勘查得滴水不漏，把一个看似自杀的案件还原成了杀人移尸的现场。凭这一点，单文就佩服，认为今天出的这个现场不冤，既看见了传说当中的卧轨女尸，又偷着学了一手。

韩建强给指挥中心打完电话后，叫小吴上公路迎着一会儿赶到的刑警队，把他们带到现场。他放下电话后，好像觉得还应该有点儿事情要做，可就是想不起该做什么来了。他想去喊路基下的赵鹏程和单文，可又不知道把他们叫来后干吗。他掏出支烟点着了慢慢地抽着，今天幸亏是没着急给这个案子定性啊，也幸亏是听了赵鹏程的建议，要不然等把尸体移走了，有人再翻旧账，说是杀人移尸我可就被动了。按照自己平时和赵鹏程的关系，他看出来以后为什么还告诉我呢？这不正是个给我下绊儿的机会吗？想到这儿，他看了一眼背朝他坐着的赵鹏程，心里有股说不出的滋味。

刑警队的人来了。刘副处长也来了。简单地介绍了一下情况后，刑警队的人员拍照的拍照，勘查现场的勘查现场，又把刚才他们走过的程序折腾了一遍。法医姓南，四十多岁，长得有点儿像《激情燃烧的岁月》里的石光荣。他在粗略地看了现场以后，叫几个人把尸体搭到护网外边的干地上，然后从车上拿下检验用的器具，再让人们支起一个简易的棚子。他顶上个白帽子，穿好衣服，戴上口罩和手套，举起手术刀，像进流水线一样钻进棚子里面解剖尸体去了。

时间过得真快，转眼太阳已经顶在了头上。早起做生意、遛早儿的一拨人也三三两两地回来了。这些人来回的路线就是钻上下行护网的两个口子。铁路修的涵洞在好几百米以外，谁让你不把涵洞修到我们家门口，怎么方便怎么来吧。赵鹏程和单文选的这个地方就是他们的必经之路。他们俩不停地向要钻进护网的人询问，早晨在他们第一回钻过去的时候有没有注意到铁路边上有什么人和车。同时也维持着秩序，告诉他们别从这儿过了，走前面的涵洞。在问到第三十多位的一个老人时，他提供的线索让两人兴奋异常。

“我平时起得早，今天好像是……6点多一点儿的时候吧，我从这儿过去的。当时没看见人，就看见对面铁道边上停着一辆汽车。”

“大爷，您还能想起是什么样的汽车吗？”单文着急地问。

“好像是辆红色的大发车，红色的，没错！”

“您还记得车的牌照号吗？”这话问得有点儿勉强。

老头儿困难地摇着头：“我当时离得远啊，没看清楚……”

赵鹏程递给老头儿一支烟，帮忙给他点着后自己也点了一支：“您别着急，慢慢想想，当时车停在什么部位？车子是新的还是旧的？里面有人吗？要是有，有几个？您慢慢想，不着急。”

老头儿“吧吧”地嘬着烟，努力地回忆着赵鹏程提出的问题：“车是红色的，不是新车。里面肯定有人。我怎么说有人呢，因为从车窗户里往外冒烟，准是司机在抽烟呢。”在赵鹏程和单文的鼓励下，他又回忆起汽车的位置：“当时车就停在离这个口子不远的前面，有个十来米吧，别的我就不知道啦。”

听完老头儿的叙述后，赵鹏程连忙叫单文陪着他，自己跑到刘副处长面前报告了这个情况。刘副处长一指刑警队的人说：“问问这个老头儿，给他取个材料。”两名队员铿铿地奔老头儿走了过去。这时南法医也从棚子里钻出来了，他举着一份填写得很潦草的检验报告说：“死者头部有硬物撞击的伤口，脖子处有勒压的痕迹，但不是致死的原因。死因应该还是火车碾轧。死者胃里含有大量酒精成分，估计生前曾大量饮酒。还有，死者生前有过性行为，与其发生关系的人还不止一个。”刘副处长听完报告，回头对围着他的人问：“你们说，把这些情况综合起来，说明嘛问题？”韩建强赶紧跟上来：“刘处，这说明我们判断的杀人移尸是正确的，铁道是第二现场。”说完这话，他瞥了一眼站在旁边的赵鹏程。赵鹏程的脸上一点儿反应也没有。

刘副处长点头表示同意，又和刑警队的人商量了几句，转回头来对韩建强说：“刑警队和你们一起搞这个案子。向地方公安局通报一下，先查找一下尸源，然后你们就商量着办吧，反正过两天高处也该回来了。”韩建强心里明白，他是在等高建回来接手这个案件。

在搀着刘副处长走下路基的时候，刘副处长回过头问：“建强，听说把你的支部书记给选下去啦，怎么回事呀？”韩建强叹了口气：“唉……刘处，选下去我不是更轻松了嘛！”

刘副处长瞪了他一眼：“这叫嘛话？你该怎么干还得怎么干！这个张东平啊，他想干吗？还嫌自己官小？我得和书记说说这个事！哪有教导员不是支部书记的……”

韩建强点头哈腰地把他送上车，一直望着车没了影子才回身又走回到现场里面。

回派出所的路上，韩建强心情挺好，他拿小吴和单文开着玩笑，破例掏出自己的烟发了一圈，还主动给赵鹏程点上，弄得赵鹏程有点儿抽不出这支烟到底什么味儿了。

张东平到派出所以后就知道了这个案子。他先和刑警队通了电话，然后安排冀锋带着赵鹏程他们一组的人协助调查。紧锣密鼓地要完马前三刀以后，他开始琢磨了，我管的这段线路要出事！既然能有人把尸首搬到线路上，就能有人去线路上踅摸路材、路料。以前别的所不是没发生过这样的事情，专门有人去偷铁道上的扣件、螺丝杆、连接器去卖钱。这样的案子上面盯得紧，累心，累人，还不好破。前段时间常子杰始终和工务部门搞关系，工务的几个工区也算是够义气，帮着瞒了线路上不少丢东西的事儿。眼前这件事给自己又敲了下警钟，铁路沿线仅凭这几十厘米高、离了歪斜的护网可不行。铁路民警有多少人力、物力去填你这个瞎窟窿啊！

张东平的敏感不是没有道理，就在他组织侦破移尸案件的时候，一个更大的阴影正悄悄地向他袭来。

3

搞案子就像做饭时炒菜一样，你想在缺油少盐的厨房里烹饪出好吃的菜，首先得把家伙什和各种调料备齐了。然后还得在厨房里分好工，有剥葱剥蒜的，有盯墩切菜的，有上灶主勺的，不能乱。乱了不是做出来的菜不好吃，就是根本做不出来。最忌讳的是厨房里有好几个大厨，你炒木樨虾仁，我非得烹虾段，你炒八珍豆腐，我就来个全爆，都说自己的菜重要，都说自己的菜得先上，争着拔尖抢功，保准把底下这帮小跑儿折腾晕了。

张东平在刑警队待过，他明白这里边的事，所以自打刑警队的人来接手这个案子，他在人力、物力上给足了支持，及时提供了先期得到的资料后，就不再过多参与指挥了。他还嘱咐参加办案的民警一定要支持配合，同时还要多收集有价值的信息，争取尽早破案。

在给附近区县公安局、派出所发出去的寻找尸源通报的第二天，柳青镇派出所给了个反馈，说是他们管内有一个开副食店的老板来派出所报案，称自己的外甥女已经三天没回家了，叙述的头型、身高、胖瘦和女尸很接近。派出所民警让这个老板来到平海所，让他来辨认一下尸首。刑警队的侦查员和赵鹏程一块儿接待了副食店的老板、老板娘和他们那留着板寸头的儿子。老板娘一看死者的照片，眼泪就下来了，哭着说："我苦命的孩子呀！"老板在旁边不愿意了，一把抢过照片对老板娘说："就知道瞎咧咧，你认准了再哭啊！"等仔细端详完照片，他也傻了，双手一个劲儿地哆嗦，半句话也说不出来。还得说他们俩的儿子，那位板寸少爷，这小子接过照片看了看，对赵鹏程说："伯伯，没错，我看就是我表妹！"赵鹏程说："咱慢着点儿，都别激动。你们仔细看看，主要是认准了。如果是，一会儿带你们去看看死者，我们还得询问你们一下死者生前的情况。"

"民警同志啊，我这个外甥女可是好孩子呀！平时不招灾不惹祸的，跟谁也没仇。这是谁起了坏心要害她呀！"老板憋了半天，终于把话说出来了。

赵鹏程示意他先坐下，又从饮水机里倒水给他们递过去："咱慢慢来，先说说你这个外甥女是怎么跟你们住一块儿的。她不回自己家吗？"老板叹口气："大哥啊，她妈妈，就是我姐姐，他们两口子是知青。想当初大手一挥，广阔天地大有作为，他们就去了西北，在那个倒霉地方一待就是好多年。这不是有政策孩子可以回来念书嘛，所以我姐才把她送到我这儿来……可现在，人没啦，我可怎么和我姐交代……”说完把脑袋一低，不言声了。

板寸晃着脑袋插过话说：“我就知道她总去那个养鱼池就没好，里边都是一帮什么人呀！看着人模狗样的，其实都是坏蛋，见小闺女就流哈喇子……”

赵鹏程赶紧拦住他：“慢点儿，慢点儿，你情绪有点儿激动。咱别骂街！你说她总去养鱼池？养鱼池里能有坏人？”

板寸露出副不屑的神情：“伯伯，你是不知道，我表妹高中毕业就不上了，在养鱼池打工挣钱。其实那个养鱼池里还带着游泳馆、卡拉 OK 什么的，她在里面当陪钓。”

赵鹏程和侦查员一对眼神，明白了，死鬼是一年轻的三陪小姐。板寸打开闸就收不住了：“她去的时候我就告诉她啦，别让那帮傻子占咱便宜，有起腻的就跟他们提我！”侦查员斜了他一眼：“提你干吗？”“提我就好使，不服？我砸趴下他们！”赵鹏程急忙伸手摆出停止的姿势：“你还是太激动了。这样，让我们这位同志陪你爸你妈说说话，咱俩边上聊会儿。”说完朝侦查员努努嘴，把板寸领出了门。

到了另一间屋里，赵鹏程让板寸坐好了，又递给他支烟：“我看你挺大个子整个一四六不懂。不是我说你，家里出事儿心情激动我能理解，可你看看你爸你妈正难受的样儿，你张嘴就胡吣没个把门的，也不分个场合。真不懂事儿！”几句话训得板寸心服口服：“伯伯，您说得对！怪我不懂事。”“行啦，在这儿和我说说吧，你都了解你表妹嘛事儿？”

见嘛人下嘛药，这是老民警的学问。一会儿工夫赵鹏程就和板寸聊得烂熟，知道了死者叫赵玉梅。你瞧这个名字，早就预备着没了。赵玉梅今年十八岁，高中没毕业就不上学了，属于一颗红心奔小康，不给政府添负担，自带设备竞争上岗的个体经营者。因为从小练就的好水性，她在柳青镇最大的养鱼池兼娱乐总会里担任陪游公关，业务范围是陪你游泳、陪你钓鱼、陪你娱乐，其实就是三陪。结交的人员范围广，社会关系复杂。板寸在当地村镇属于古惑仔初级阶段，经常率领着一帮小兄弟浪荡街头，也曾经给自己的表妹摆平过几次客人不给钱或者钱没到位想入非非的事情。因为兄妹俩都属于个体户里的不法经营者，所以互相隐瞒没有告诉家里的父母。赵玉梅虽然早出晚归，可还是坚持回家，不在外面过夜。这次是连续三天踪影皆无，家里不放心才去派出所报的案，寻找尸源的通报也正巧传到民警手里，才有了他们三口登门认尸的故事。

办案的哥儿几个正高兴呢，下去收集线索的小组又捋出来个线头。在养鱼池附近走访调查中，有许多人见过经常有一辆半新的红色大发车停放在池子旁边，但是这几天好像消失了一样看不见了。这个线索让大伙儿很兴奋，于是马上调整了侦查方向，把网向柳青镇与养鱼池附近撒了下去。

张东平这两天挺沉得住气，因为在他看来这个案子肯定能破！不是自己盲目乐观，而是在他们下功夫侦查的同时，地方公安分局也派人来向他们咨询这个案子的材料。来人说最近在柳青镇周边连续发生了多起抢劫单身女子财物、强奸伤人的案件，作案人至少三名，采用跟踪受害人到家，或者到僻静地方下手作案的方法，心狠手快，抢了就跑。有时跟踪到受害人家中的时候，怕受害人报案，在作案得手后还残忍地给受害人补上几刀。平海所发现的这具女尸很有可能就是这个案子的延续。有了这些线索，张东平有理由对这个案子持乐观的态度，但是也有一点，他想还是最好在自己所里有新突破，争取赶在地方公安破案之前把它拿下来，哪怕是提供出有价值的信息呢。一来可以显示铁路公安的实力，二来也好向上边有个交代。

整个上午他都在等待撒出去的各个小组往回传递消息，可就在他刚和刑警队通完电话的时候，治安组老高举着值班室里的无绳电话匆忙跑进来："张所，你赶紧接电话，可能出事啦！"他伸手接过电话，示意老高坐在沙发上："老高，你慌什么呀！喂，我是张东平。""张所吗，我是工务段王寿昌。"打电话的人是工务段平海站工区的党支部书记，“有个紧急的事儿赶紧告诉你。刚才快速列车经过正线三十一公里的地方晃动得很厉害。接到这个消息，我们派人去检查，发现从三十一到三十二公里的地方线路上丢失了四十多套扣件。”

“啊！”张东平惊讶得喊出了声，“王书记，你们怎么处理的啊？”

“当时我没在，值班的人把这事儿报告给分局啦！”

听见这个消息，张东平坐不住了：“大哥，你们这么干不等于是给我上眼药吗？先告诉我一声啊！”

“张所，你别着急，真不是给你使绊儿。这不，我回来知道这件事了，赶紧给你打电话，就是通知你抓紧去看看，别被动了。”

张东平说了声“行，我马上带人去现场”，扔下电话对老高说：“赶紧叫人，咱们去正线三十一公里的地方，通知在外面调查的所里民警，离现场近的都去现场集合。”老高连忙提醒说：“小吴开车出去查案子了，有车没司机。”张东平拿起放在床边的帽子：“你去叫人吧，我开车！”

赶到地方的时候，冀锋带着赵鹏程他们几个人正在铁道上等着呢。张东平说了句“先看现场”，就带着这帮人从护网的豁口钻了进去，在铁道上低头寻找着丢失扣件的位置。过了一会儿，几个人把分段检查的情况归拢，数字出来了，总共丢失了四十三套钢轨上的扣件。有的地方是顺着钢轨并排一气儿拧下来的，有的则是隔着间距拧的。这让张东平很费解，说作案的这个人懂简单的铁路常识吧，他并排地拧下来好多个扣件，这种手法无异于破坏。说不懂吧，他还知道要在钢轨上拧扣件的时候隔开距离，这样做是为了避免造成列车行驶时发生事故。这是个什么人？张东平正对着铁路沿线下面的村庄发愣的时候，手机又响了起来。

他赶忙接通电话，里面传来高建熟悉的声音：“张东平吗？你们现在到哪啦？”“高处，我们到现场了！”高建说了声“找个人迎我们”，就把电话挂了。他忙告诉旁边的民警去接，回过头来问冀锋和赵鹏程他们：“这附近的村子归哪儿管？叫什么名字？村里的治安环境好吗？”冀锋指着前面冒着不知道是什么烟的村庄：“这是西平区南坡乡管辖的村，村里二百多户人家，平时治安还可以。在我们所管辖的线路上，这个区段从未发生过这样的案件。今天我们往这儿赶的时候还纳闷呢，怎么说出事儿就出事儿啦?”

张东平费劲儿地摇摇头：“先不说这个啦，这个村叫什么名字?”

冀锋看了他一眼：“小卞庄!”

张东平刚想说，这个村怎么起了个这么有想象力的名字，话到嘴边又咽了回去。

过了一会儿，高建带着人赶到了。来到现场后，还是老程序，照相的照相，检查的检查，记录的记录，忙得不可开交。等忙活完要回平海所的时候，高建点了点跟在自己身后的张东平说：“我刚回来还没喘口气呢，就跑你们这儿来了。我看你小子得赶紧买点儿纸烧烧，避避邪气儿!”张东平叹了口气，不住地点头：“我是得烧烧，这段时间太邪行啦!”

回到派出所，高建把带来的刑警队侦查员们又留下一拨，帮助搞扣件被盗的这个案子。高建强调道：“以扣件这个案子为主，同时不能放弃女尸案件现有的线索。两个组要勤通气儿，多交流资料，说不定哪块云彩有雨呢。”安排完具体工作，刚要端杯喝口水，手机就响了。他接通电话，没说两句表情立即严肃起来，放下电话对张东平说：“麻烦啦！上报公安局以后，他们拿这个当事儿啦，估计过会儿就得到平海所!”

“还来几个督战队?”

“这回是齐副局长亲自来。”

4

公安局的齐副局长很有领导的派头，也有雷厉风行的工作作风，从公安局赶来的途中就用手机发出了一系列的指示，告诉高建所有人员都到现场。现场的周围做好警戒，控制住首先发现丢失扣件的巡道工进行询问，技术部门做好现场拍照……可能再也想不起说什么来了，才把电话挂断。高建对张东平挥挥手说：“走吧，别在所里待着啦，回现场吧。”张东平边给高建端水杯往外走边问：

“怎么回事?”高建把齐副局长的指示说了一遍，最后摇摇头：“哎……这些活儿还用他教给我吗？就知道发号施令!”张东平没再言语，高建的牢骚也正是他的牢骚，可现在从高建嘴里说出来让他感觉心里没底……

齐副局长晃动着臃肿的身体上了线路，在高建、张东平的引导下钻进护网，回过身来第一句话就是：“这个护网的口子是怎么破的?”得，念完经就打和尚。张东平的脑子在短短的几秒钟里反应出若干个答案，终于在紧走两步，喊完一声“齐局”后选择好了正确的回答：“是我们自己弄开的，这儿离现场近，为了勘查现场方便。”齐副局长“嗯”了一声继续往前走，猛回头对张东平说：“勘查完现场得补上!”

张东平忙点头称是，小心翼翼地跟在局长、处长的身后，设想着下面要提出的问题，在内心里打着腹稿。走了几十米，齐副局长就喘气了，估计早把自己在车上安排的工作忘到脑袋后面去了，指着前面的线路说：“就是这一段吧，总共丢了多少扣件?”

高建接过张东平递过来的纸条，掠了一眼：“对，就是这段线路，总共丢了四十三套扣件。”

“是什么样的作案手法?”

“从开始发现到最后一个丢失扣件的地点，有八百多米长，作案人是上下行一块儿拧的。有的地方是连续拧下来的，有的地方是间隔着拧的，不排除作案人了解铁路常识的可能。”

“是不是铁路内部的人呢?”

“有可能，但现在还不能确定。”

齐副局长站在线路上，高瞻远瞩地用手画了一个圈：“你们得多投入警力，把周围几个村彻底地调查一遍。还得查查邻近的收购网点，你们知道有多少收购网点吗?”又是想一出是一出，张东平张嘴就来：“沿线有二十七个，这块儿有五个。”得到张东平确切的答复后，他又说：“统统派人去调查，注意最近有没有去卖铁路器材的人，同时还得查查内部职工……”这个时候，前方线路上的信号变了，这是要通过快速列车的信号。张东平赶紧说：“齐局，下来吧，马上要过车啦!”齐副局长鄙夷地看了他一眼，表现出临危不乱的大将气质，仍旧站在线路中间：“慌什么！刚才说到哪儿啦?噢，要调查路内职工。还得划出范围，派人在这附近蹲坑守候。具体工作你们要细致研究，要切实可行，要……”呜！火车鸣笛了。提速以后的火车不认识齐副局长，老远就发出了信号！意思是，赶紧躲开！你要是不躲开，就等着找坟地吧。齐副局长大概也听出来了，大将风度当时就找不着啦，神色紧张，脚底下也有点儿乱，在高建和另一个随从的搀扶下，深一脚浅一脚地踩着石砟朝路基下跋涉，终于在火车赶到前逃下了路基。

望着从身边飞驰而过的列车，齐副局长感慨地说：“哎，火车提速后就是快!”这话忽然让冀锋想起了刘长路讲的那个笑话里让卫生巾砸脸上的老农，忙忍住笑背过脸去，没想到正和同样背过脸来的张东平对个正着。两人一咧嘴，同时又朝另一边转过了脸。

等齐副局长高瞻远瞩、运筹帷幄地在现场布置完侦破工作后，一行人又回到了平海站派出所。齐副局长坐稳后听了会儿汇报，然后又重申了几点要求，最后把同行的治安处朱副处长留在平海督战，自己在大家的陪同下钻进汽车，临了探出脑袋说了句话：“这个案子要追究责任!”说得张东平心里阴沉沉的。

张东平忙着把高建和朱副处长让进屋，赶紧叫冀锋给朱副处长安排住宿，又让常子杰招集好晚上准备蹲坑守候的人手，才回屋坐在椅子上重重地喘出一口气。他现在真有点儿佩服自己的预见性，也就是几天前，自己刚对沿线的状况有些忧患，还没有来得及采取措施，案子就找到头上来了。联系到前面的女尸案件，可真是福无双至，祸不单行！看来自己真得买点儿纸钱烧烧了，要不然再这样下去，自己的乌纱帽真是岌岌可危了。

蹲坑是警察在执行侦破任务中最笨拙，也最有效的工作方法。它的笨拙主要表现为守株待兔，根本没有任何钻空子的空间，就这堆这块儿，无论严冬酷暑、刮风下雨，都要死尸不离寸地式地守候，幻想着下一个兔子能再次撞到树上。有效的是，就是有缺心眼儿的兔子义无反顾地走同样的路线，用同样的方法，再次撞到树上。在铁路沿线发生案件的时候，铁路公安受地理环境和科技使用上的限制，经常要开展守株待兔式的蹲坑，虽然很笨拙但也很无奈，有的时候为此花费的人力、物力无法用语言来形容。所以这样的差事一旦落到哪名民警的头上，都会无一例外地龇牙咧嘴、怨声载道。

刘长路又被从值勤组抽调出来参加蹲坑了。张东平叫他参加蹲坑小组的时候没有做太多的思想工作，只说了两点。一是考虑到你有当侦察兵的底子，蹲坑的时候真遇到情况处理起来比其他人都强。二是所里准备继续上报你为入党积极分子，你小子就是装，也得给我装一年！话又说回来啦，你平时工作就不错，现在是组织考验你的时候。

蹲坑的位置定在案发部位和左右一公里的地方，刑警队和平海所的民警分成五个小组，换成便服轮班守候着。为了防止突发情况，张东平还特意安排两辆汽车在铁道边上转悠，接应蹲坑的民警，有时候也送些水和吃的东西。刘长路和一名刑警队的侦查员、一名所里民警编在一组，三个人零散地分开在铁道边上的草丛、树林和涵洞里，不停地注视着铁道。用刘长路给迟玉打电话时开的玩笑说，我们是经典老片里的“铁道卫士”！

这边蹲坑的几个小组正焦头烂额的时候，那边负责侦破女尸案件的小组倒有了进展。

说来也巧，赵鹏程他们几个人一连跑了好几处走访红色的大发车都没有结果。这天又是中午了，他们索性把车往路边的饭店门口一放，几个人走进了饭店。老板见来了生意挺高兴，忙迎过来给他们让好座，端上茶水，等几位坐好了就问：“吃点儿什么?”赵鹏程让刑警队的哥儿几个点菜，刑警队的人让他们点，互相推让了一阵儿，最后赵鹏程说：“得，你们来平海好几天啦，咱们也没正式吃过一回囫囵饭，今天我做主请请哥儿几个！”说完让老板拿单子写菜，一气儿点了好几个。当点到罾蹦鲤鱼这道菜的时候，他突然停住了，对着老板说：“老板，你带我看看你的鱼池。”老板心里明白，这是客人想看看鱼的质量好不好，鱼活不活，忙说：“您别看前面水柜里的，您跟我后面请。”他把赵鹏程让到后院的鱼池边上。

鱼池里的鱼摆着分水正欢快地畅游着，看来鱼很新鲜。赵鹏程心里挺高兴，掏出支烟卷递给老板：“你这鱼够鲜亮！你自己有鱼池吧？”老板接过烟忙给他点上：“您是行家，咱这鱼就吃个鲜亮劲儿。不瞒您说，这都是养鱼池天天给咱送的，保证鲜！”赵鹏程盯着在水里游动的鲤鱼问了句：“是柳青镇上的那个养鱼池吗？”老板点点头：“是啊！我这一水槽鱼就是刚送来的，还没给人结账呢。”说着话从院外走进来一个二十多岁的小伙子，大大咧咧地朝老板说：“今天的鱼齐啦，您把这几天的账结了吧，我回去好交差呀！”老板冲赵鹏程点点头说“您随便看”，然后跟小伙子走进屋里。赵鹏程边抽着烟边在后院里溜达，看见后院的门开着，他走出去想看看后门通向什么地方。他出后门朝旁边一看，一辆红色的大发车就停在路边。

职业敏感让他不由自主地靠了过去，围着大发车仔细地观察着。六成新的汽车，玻璃上贴着遮阳膜，红色的外皮，这些特征都与案发现场的那辆大发车吻合。想到这儿，他马上拿出手机给屋里的民警打电话，告诉他们自己在饭店后院发现目标了。然后，他搬过凳子坐到门口，等着小伙子出来。不一会儿，小伙子从屋子里走出来，抬头看见赵鹏程堵在门口跟戒严似的，皱起眉头就要骂街，可发现赵鹏程笑眯眯地盯着他，感觉有点儿发怵，想绕过去出门。没想到赵鹏程伸腿拦住去路：“小伙子，我问你个事儿，门口那辆汽车是你的吗？”小伙子没好气地答道：“是我的，干吗？”赵鹏程掏出工作证对他晃了晃：“那你就得和我走一趟了，到派出所后有几个问题要问你！”小伙子有点儿含糊：“我去派出所干吗？我又没犯事儿！”

“谁说你犯事儿啦？你这么敏感！”赵鹏程说完站起身来。

小伙子有些害怕地往后退，没想到身后还有两个人正等着他呢。被抓住胳膊的小伙子恐惧地叫喊着：“你们为什么抓我呀？我没犯事！”赵鹏程冲他摆摆手：“都告诉你啦，就是问问情况，你不闹咱们就稳稳当当地走！把大发车钥匙拿出来。”小伙子没脾气了，乖乖地掏出钥匙。

回到派出所以后，几个人马上对送鱼的小伙子进行审问。证实了车是他表哥的，前几天开到外县玩去了，今天才回来，他借车送完货还要把车还给他表哥。因为他在养鱼池上班，表哥和几个朋友经常找他来玩，其实是为了去游泳池白游泳。案子有进展了！红色大发车的主人，即小伙子的表哥肯定有重大嫌疑。考虑到这个人还在养鱼池等他还车，几个人请示张东平后马上带着小伙子开车直奔养鱼池。到养鱼池后观察了一下，这小子还没走。于是，几个人基本上没用分工，一窝蜂地冲进去，抓头发的抓头发，拽胳膊的拽胳膊，三下五除二不由分说就把这小子给铐住了，连同送鱼的小伙子一起带回了派出所。

刑警队的人对表哥进行突击审查，刚问了几句这小子就撂了，说自己抢过别人的包，也打过群架，就是不提和女尸有关的事情。任凭侦查员怎么提示询问，他就咬死口什么也不说啦，气得几个侦查员捋胳膊挽袖子就要大刑伺候！还是赵鹏程赶紧拦住他们：“哥儿几个，别跟他着急，你们都挺累的啦，旁边屋歇会儿，我跟他聊聊。”几个侦查员在他的劝说下出了屋子。他把门关上，拉把椅子坐到蹲在地上的表哥跟前：“小伙子，告诉我叫嘛名字？”表哥抬头看看他，又把头低下了，嘴里吐出两个字：“胡军。”赵鹏程指指地上：“胡军，我这个人不喜欢耍胳膊根子，你坐地上吧，咱们聊聊。”

胡军一屁股坐在地上，用迷茫的眼神盯着赵鹏程，不知道他要对自己采取什么措施。赵鹏程则是点燃一支烟，任烟雾缓缓地升起，一句话也不说了。等了好一会儿，胡军沉不住气了，对赵鹏程仰起脸：“伯伯，您要跟我聊嘛呀？”“哦，跟你聊聊你住哪儿、你家里都有谁，这个能和我聊吗？”胡军的眼神里流露出一丝松懈：“能，伯伯，我就住柳青镇上，家里有爸、妈，还有一个姐姐。”

“噢，都有工作吗？平时挣得多吗？”

“单位不景气，我爸妈他们都下岗啦，现在自己摆个小摊做早点，我姐姐在平海市里面给人打工，他们挣不了多少钱。”

赵鹏程笑了笑，指着胡军的脑袋：“你小子跟我说瞎话，太不老实啦！我又不是税务局的！”胡军忙挣扎着身子想站起来，被赵鹏程按了回去。他坐在地上不住地摇头：“伯伯！这事我干吗还骗您呢，您不信去镇上六街问问，都知道他们俩天天在那儿卖早点，能挣多少钱呀……”

“那你小子天天就吃你爸你妈？也不知道找个工作干干活儿？”

“我爸给我找活儿啦，过几天去给人家开车。”

“那以前呢？以前一直在家待着吧？”

“嗯，我上完学就没出去打工，我妈说我受不了那个累。”

赵鹏程的脸沉下来了：“你还是没说实话！”

胡军忙发誓道：“伯伯，我说的都是实话！骗您是小王八！”

赵鹏程把眼一瞪：“那你这辆车是怎么来的？按你说的话，家里没这么多钱，你自己又不干活儿，这辆汽车不会是从天上掉下来的吧？说！车是怎么回事？”

胡军仿佛更松了一口气，极力表白着：“伯伯，我明白您的意思了，这车可不是偷的啊！这是我们哥儿几个凑钱买的，就是为了平时跑黑车拉拉活儿，挣俩零花钱儿。”

“和谁一块儿买的？”

胡军不假思索地脱口而出：“和大周、董二、小杰他们几个。”

“别跟我说外号，听不懂，说大名！”

“大周叫周浩，董二叫董川，小杰叫王杰。”

“他们是哪儿的？”

“也是我们柳青镇的，董川和王杰的爸妈以前在外地上山下乡，他们俩都是跟爸妈回的柳青镇。”

“你们经常在哪儿揽活儿？”

“就在柳青镇的歌厅、洗浴中心，还有……”

“还有养鱼池，对吗？”

胡军感觉有点儿不对劲儿了。就在他犹豫的时候，赵鹏程又大声地跟上一句：“你们除了开黑车还干吗了？”

5

胡军愣了一下，半天才从嘴里吐出几个字：“我们，我们没干吗呀……”

赵鹏程的眼睛死死地盯住胡军，语速也加快了：“小子，问你是给你机会，别拿警察叔叔的宽容当客气。再说啦，没有不透风的墙，几个人做的事儿，你不说别人还不说吗？早说早踏实，憋在心里的滋味不好受吧！”胡军把头低下了，不敢正视他的目光，嘴里还在嘟囔着：“我，我不知道您说的是……”

赵鹏程没理睬他，从案卷里抽出女尸的照片，拿在手里仔细地端详着：“胡军，我们调查过，你应该不是个本质很坏的孩子。你岁数也不大，做错了事还可以改。你家里有姐姐、有母亲，她们都是你的亲人，也应该都关心你、疼爱你。可你想过吗，人家孩子的家里就没有亲人吗？人家的父母就不疼爱自己的孩子吗？你睁开眼睛好好看看！”说完，赵鹏程把照片用力朝胡军扔过去！照片打在胡军的身上，让他颤抖了一下。他偷偷地瞥了一眼，急忙转过头去。“你看着她！眼神别躲！”赵鹏程的声音高了起来。胡军用恐惧的目光看着照片上血肉模糊的女尸，颤抖得更厉害了。

“她在成为一摊肉泥之前，和你一样是个活生生的人！也和你一样年轻！她也有自己的家，自己的父母，自己的亲戚、朋友。可现在她什么都没有了，因为她的身体让火车碾成了几段儿，肠子、肚子飞溅得满铁道都是。这还不是最惨的！最惨的是，她是在还活着的时候，还有知觉的时候，被火车轮子轧死的。干这个事儿的人和她有什么深仇大恨啊？这么下黑手糟蹋她！”

胡军颤抖得更厉害了，嘴唇不住地哆嗦着，更不敢去看地上的照片了。

赵鹏程又拿出张照片扔过去：“你再看看这张。”照片里女尸的头和脖颈处分离，散乱的头发与血肉搅拌在一起，两只微张的眼睛盯着前方。“你好好看看！她的眼睛为嘛闭不上？因为她冤！她不甘心自己十几岁的生命就这么完结了，她在告诉害她的人，恶有恶报！她就是化成了鬼也饶不了那些人！"

胡军再也撑不住劲儿了，"扑通"一声跪在地上，冲赵鹏程一个劲儿地喊道："这不是我干的！人不是我杀的啊……"

"是谁？"

"是，是大周、董二和小杰干的。我就是帮忙开个车！"

"在哪儿？"

"在养鱼池边上，我租的房子里。"

赵鹏程长出了一口气，指着胡军："你从头到尾，详细地把事情经过给我说一遍！"

随着胡军的交代，杀人移尸案的全部真相展现在赵鹏程的面前。

周浩、董川、王杰和胡军是一个专门抢劫单身女子财物，同时还犯有强奸行为的犯罪团伙。他们四个以养鱼池旁边胡军租住的房子为据点，用抢劫来的钱买了辆二手汽车做交通工具，在柳青镇周边作了多起案子。女孩儿赵玉梅正是在养鱼池里陪游的三陪女，也天天和他们混在一起。这天，几个人又聚在一块儿吃喝，喝到醉眼迷离的时候，周浩有些见色起意，连拉带拽就把赵玉梅弄到旁边的屋里去了，按住了就是一通狂风暴雨。完事后，他想起自己的几个弟兄还等着呢，就把胡军也喊了进去。胡军进来以后刚脱了裤子，赵玉梅就说："你们几个真不是人造的，一个不行还惦记轮着上我。告诉你们，我可都认识你们几个，等我找我表哥来，你们一个都跑不了！"胡军认识赵玉梅的表哥，知道对方不好惹，吓得赶紧又把裤子提上了，一溜小跑回到屋里说："不行，她表哥就是板寸！咱们几个惹不起，还是把她放了吧。"周浩一听，不干了。放了她也没大伙儿的好！干脆继续干，完事儿把她掐晕了朝铁道上一扔，让火车轧死算啦。董川、王杰在酒精的作用下连声喊好，跟日本兵进慰安所一样，挨个办完了事儿，周浩又进去了。赵玉梅坐在床上正穿内衣裤呢，见周浩进来"哼"了一声把脸扭向一边。她哪知道死亡正在向她逼近，等周浩的手触及她脖子的时候，她才感觉不对劲儿，拼命地挣扎。周浩一个人制伏不了她，忙喊来董川和王杰，三个人七手八脚地按住她。周浩看着身子底下的赵玉梅没气了，叫胡军开来汽车，几个人把昏厥中的赵玉梅抬上车，朝铁路方向开了过去。

到铁道边后，他们停好车，选择一个护网豁口比较大的地方，先扒大口子，然后两个人把赵玉梅拖上路基，放在下行一侧的钢轨上。就在这个时候，赵玉梅“哼”了一声要缓过气儿来，这下可把周浩吓坏了，忙操起路基上的石头冲赵玉梅的头部狠狠地砸了几下，直到她不再吭气了才把石头装到口袋里。董川问他，石头不扔了还留着呀？他说，要扔也得扔别的地方，电影、电视里边不都说了嘛，这是现场，咱不能给警察留下东西。然后，几个人就在路边车里等着，等火车轧完再回去。等了半天，终于过来了一趟火车，可火车是从上行另一股道儿来的，没轧着。得，几个人又把赵玉梅挪到了上行铁道上。过了没一会儿，下行又过来一趟车。这回几个人不挪了，在车里老实地等着结果。等到 6 点多的时候，一列火车终于从赵玉梅身上轧过去，然后几个人才放心地开车离开了铁道边。完事后，他们感觉应该避避风声，就开车躲到邻近的县城。胡军这次回来是探听消息的，没想到大发车刚一露面，就被在饭馆吃饭的赵鹏程他们候个正着。

看着坐在地上、被铐住双手、瞪着迷离的双眼的胡军，赵鹏程不由得在心里叹了口气。唉……真不知道现在的年轻人都在想些什么，说抢就抢，说杀就杀。他们杀了一个和自己同龄的女孩儿，竟然还弃尸铁路伪造现场，难道他们不清楚这样的后果吗？难道他们不知道人命关天吗？赵鹏程想不好该怎么去评价这几个小畜生，视人命如草芥的人，自己的命又是什么呢？也许他们当中有的人还有时间，在监狱里用自己的后半生来考量这个问题，有的或许再也没有这个机会了。

中午的太阳直直地照在铁道上，虽然已近深秋，但铁道边上的热浪伴随着潮湿的味道不停地扑进蹲坑民警的鼻子里。刘长路和刑警队的小李两个人躲在铁道边的草丛里，一边不住地使劲儿扇着扇子，一边用手巾擦着从皮肤里渗出来的汗水。刘长路更夸张，像狗一样不停地把舌头吐出来吸气儿，看得小李摇头苦笑道："大哥，您这是来哪一出呀？"

刘长路吸进舌头："我想知道警犬是怎么散热的。"

小李从脖子上抹下来一把汗，抖搂着手："都好几天啦，也没个人影，咱这活儿干得真窝囊。"

刘长路边用眼睛扫着草丛外面边搭腔："窝囊，我才叫窝囊呢！小时候总看电影《铁道卫士》，认为铁路民警真厉害，又能逮坏人又能飞身扒车除险排爆，复员后连犹豫都没犹豫就进铁路公安啦。可进来以后才知道，敢情两码事儿……"

"怎么呢？"

"你看看咱们现在干的这个活儿，都快成日伪时期的护路队啦。天天就跟铁道熬鳔，把工务巡道、信号检查、电务电气这些活儿全干啦，自己的正差是一点儿没干，还铁路警察呢，改铁道警犬算啦。"

小李呵呵地笑着："大哥，你嘴是真损，不过说得还真有道理。"

"遇到案子咱们上是应该的，可总不能把这么多人都朝铁道线上轰吧。还说火车提速到每小时一百六十公里，能跟发达国家媲美，人家发达国家铁路边上是嘛环境，咱们是嘛环境？你瞅瞅，这比人都矮、比篱笆墙都软的护网挡得住谁呀！明知道挡不住人还把民警朝铁道线上赶，让咱们去看线路，这不是警犬是嘛？"

小李好像也被这种怨气感染了，不住地摇头叹气。这个时候，刘长路手里的电台响了起来，"长路，长路，注意点儿！有个人从你们和四组之间的豁口上去啦……"

这是在公路上的汽车里，负责接应各个小组的常子杰的声音。

刘长路扒开草丛向前面望去，果然，在离他们几十米远的地方，一个中等身材的男人已经走上了铁道。

这个男人手里提着一个像尼龙袋子似的东西，穿着身运动服，在护网里的铁道边上溜达着。他看似漫无目的地闲逛，越走离刘长路他们蹲坑的草丛越近。

刘长路和小李对了对眼神，还是先别动。刘长路慢慢地把电台的声音拧小，两个人屏住呼吸盯着这个男人。“运动服”在离他们有十来米的地方停住了，环顾一下四周，又转身朝原来的地方走去。刘长路和小李暗自吐出一口长气，刚要活动一下身子，忽然看见那个“运动服”走到钢轨边蹲下身子，从尼龙袋子里抽出个扳子，冲钢轨上的扣件就拧了下去。

“就是他了！”两个人同时从草丛中跳了出来，奔“运动服”跑了过去。“运动服”听见身后的声音猛地回头，看见两个穿着肥大便衣的男人奔自己跑来，忙停住手，扔下尼龙袋子，站起来就跑。刘长路和小李在后面紧追，边跑边用电台通知前面的民警上来堵截。

“运动服”跑了一段就看见迎面堵截过来的便衣民警，匆忙中他跑过路基，直奔到护网跟前，用手抓住护网上沿，使劲儿跨腿要跳过去。刘长路边追边朝“运动服”跳过的护网外看，那里是一片杂草，人如果扎进去肯定会给追捕增加难度。情急之中，他俯身拾起一块石头，紧追几步跑到路基上，瞄准正要翻身跨过护网的“运动服”用力扔了过去。不知道是因为天热手滑，还是刘长路的技术下降了，石头只砸在了护网上。“咣”的一声，引得“运动服”惊恐地回头观看。就在这个时候，刘长路的第二块石头追过来了，正好砸在“运动服”的脑袋上！

“梆”！“运动服”觉得眼前一黑，身体往后一仰，一只手捂住脸，摆出了个中弹身亡的造型，整个人掉在了护网里面的路基上。

追上来的刘长路和小李从地上把他提起来，一看，满脸是血，鼻子里还在不住地往外冒，估计是鼻梁子折了。“运动服”费劲儿地抬起有点儿肿胀的眼睛看着他们俩：“你们开枪打我！”这句话把刘长路逗乐了，指着他的鼻子说：“你瞧你这个德行！开枪？真开了枪打你鼻子上，你还能说话呀？”

后面追过来的人也赶到了，把“运动服”铐住双手带下路基，扔到车上。常子杰把他的扳子也拿在手里，冲围在一起的人们一挥手：“走，咱们回所！”

6

平海所两天之内捷报频传，连续破获了杀人移尸和拆盗铁路器材的案件，捎带着还帮助地方公安局柳青镇分局破获了一起系列抢劫杀人、强奸案件。这样的喜讯足以让张东平振奋，但他没有得意忘形。他知道自己的帽翅儿现在是保住了，但还得继续审问抓获的嫌疑人，继续扩大战果。于是，他打电话叫回正在家里调休的赵鹏程，协助刑警队的同志讯问拆盗扣件的嫌疑人。在电话里，张东平没有打埋伏，直接跟老赵说得很明白，主题就是一个，最好把以前平海所背的几起拆盗铁路器材的案件都安在这小子身上。

被抓到的“运动服”名叫黄利，今年四十二岁，家是外省的。因为两口子都下岗了，天天闲着没事儿做，听人说相邻的平海市好找工作，就把孩子托付给爷爷奶奶，扛起背包毅然投入到来平海打工的洪流中。可是到了平海以后，两人都没有什么过人的技术和本事，工作自然就不好找。正在愁眉苦脸、唉声叹气的时候，老乡登门拜访，指给他们一条明路：“你们可以去平海市的城乡接合部收废品呀！辛勤收购的同时顺便再偷点儿东西，划拉点儿住户放在外面没用的自行车呀，炉子呀，桌子、椅子、锅碗瓢盆什么的，然后往大的废品收购站一卖，这不就是钱嘛！”一句话算是让这两口子开了窍，马上就置办起收废品的家伙，一辆三轮车、几个破麻袋、一个无论怎么用都不准的秤。服装就不用置办了，反正自己穿的这身衣服走到哪儿都像收废品的。干这行儿吆喝也不用专门培训，嗓门大、脸大、不知道寒碜就行，喊起来也简单：“有废品的卖……”就这么夫唱妇随地干了一段时间还真见起色，两人的温饱解决了，还能有点儿节余。后面的事情就该甩开膀子奔小康了，可奔小康也不是件容易的事情，需要更加努力地挣钱。这个时候老乡又来了，又给他们指了条明道儿：“你们可以在收东西的时候，顺便去铁路上转转呀！铁道上的东西又没数，拆他狗日的！拆下来就能卖钱，这也算是杀富济贫啊！”两口子又受鼓舞了，摩拳擦掌地奔铁道边上去了。还是黄利脑子里面装的东西多点儿，知道害怕，好几次都没有下手。但架不住老婆总是加油鼓劲儿，今儿俩糖饼明儿仨糖饼地伺候着，黄利终于在犹豫了几次以后，一咬牙操起扳子干了起来。

赵鹏程赶到所里的时候，刘长路正和刑警队的哥儿几个轮番审问着黄利。赵鹏程进屋听了几句就明白了，黄利已经都撂了，现在正好是深挖细查、扩大战果的阶段。他先跟屋里的人客气几句，然后拿起办公桌上的水杯续上茶叶，去灌水了。这边刘长路和一个侦查员还在问着："你前段时间还去过铁路上吗？再仔细想想……"黄利费劲儿地想了半天，摇摇头说："两位大哥，在这块地段上我就干了这么一次，还是我老婆跟着我一起干的。还有就是这回啦……"

"你说就这一次，谁信啊？在这段上就干一次，别的地方呢？还不知道你小子偷了多少回呢！"

"两位大哥，天地良心啊，我拿自己的良心保证，就干过这么一次。"

"闭嘴！你还有良心？你知道你这样做的后果吗？告诉你吧，说大了你这是破坏，说小了你也是个盗窃！还不主动都交代清楚了？留着过年呀？"刘长路他们两个人轮番地数落着黄利，弄得他眯缝着肿胀的小眼儿不停地眨，不知道说什么好了。

赵鹏程沏完茶，进屋前特意叫上了一名侦查员。不为别的，就是因为屋子里还有刘长路呢。自打上次他主动坦白事情真相后，刘长路始终没和他正面说过一次话，有说话的机会也躲避开了。从刘长路躲开的背影里，他读出了其中的含义，对方还在记恨着自己。本来嘛，自己把始终信任甚至还有点儿崇拜自己的朋友出卖了，还不能容忍对方记恨自己吗？有了这样的原因就可能发生冲突，自己还是明智地避免吧。所以，他拉上一个侦查员一同来到屋里继续审问黄利。

其实，在派出所里审讯不像电影、电视剧里表现得这么费劲儿。用赵鹏程的话说，你得摸准嫌疑人的脉，知道他怕什么、惦记什么、关心什么。只要弄明白这几点，顺水推舟，就能达到胜利的彼岸。几轮对话下来，赵鹏程就感觉黄利对在家乡上学的孩子很上心，言谈中带出对孩子的关爱，希望孩子能考上大学继续深造。有了这个缝儿就好办了，其实赵鹏程也只是简单地威胁了几句，黄利就扛不住劲儿了。

审讯很顺利，黄利清楚了坦白从宽、抗拒从严的道理，在动之以情、晓之以理的政策感召下，主动承认了多起拆盗铁路器材的案件。最后，在老赵的启发下，还揭发出几个老乡的不法行为，举报了几个经常收购铁路器材的废品收购点，还说出了他们这帮人的聚集地，其实就是一个收购各种废品的地点。这些实际行动获得了赵鹏程的奖励，给了他一支烟，让他痛快地抽上几口。

张东平听完汇报后一拍桌子，说了声："码齐了咱们的人，给我去扫荡！只要是和收购铁路器材有关的人，都给我弄回来！"这下动静可大啦，平海站派出所出动了所有的警车，所里能动的民警男女老少全部上阵，在弃暗投明的黄利的指认下，奔着城乡接合部的一片废旧物品收购点开了过去！

坐在车上的张东平脑子并不热，他清醒地分析了一下这次行动的后果，反复掂量了几次，还是利大于弊。所以，他在给冀锋和常子杰的电话中反复强调，要造出声势来！进去以后动静越大越好，不是为了专门抓人，而是让这帮人知道，偷铁路上的东西有人管，管的人就是铁路警察。

他们开进去的地方是一个自发形成的小村，里面都是来平海市打工的外来人口。小村卧在离铁路不远的公路下面，被广告牌子遮挡得严严实实，从外面根本看不出来。警车开到村口的时候，从里面溜达出来一只狗，斜眼看了这帮警察一下，叫都没叫又溜达进去了。得，它都拿警察不当回事儿！"给我往里进！见着咱们的东西就收，见着收东西的人就带车上看着，给我行动起来！"随着张东平的一声吆喝，几十名民警纷纷跳下车，奔着这些破旧的小房冲过去。

村里的人见着民警忙到处躲闪，生怕被叫住询问或被抓走，可越是这样越让民警感觉这些人有问题。于是，这边喊着"穿外套的，站住！有话问你"，那边叫着"那个长得跟奥特曼似的，就叫你呢！过来，警察叔叔问你话”之类的声音此起彼伏。大家穿屋进院地检查着，把个小村闹得人声鼎沸、尘土飞扬。刘长路走进一家带着小院的收购点，一眼就看见堆放在墙边的道钉和螺母，还有许多垫片。再往里走走，好家伙！连铁路上给列车打眼儿防滑的铁鞋都当废品弄来了。他指着堆在地上的东西喊着：“这是谁的东西？给我出来！”屋门开了，走出来一个中年妇女，满脸的严肃，透着一股不好惹的气质：“不知道！”

刘长路斜她一眼：“不知道你答什么话？”

中年妇女操着外地口音：“这是俺家的地盘，你问俺就回答了。”

刘长路朝她摆摆手：“你跑这儿占山为王来啦？告诉你，这都是国家的地盘。”说完话指指地上的铁鞋，“这也是你的吧？”

没想到中年妇女斩钉截铁地回答道：“俺不知道！”整个一毫不犹豫，仿佛上过如何对付警察审问的培训课一样，义正词严的表情差点儿没让刘长路笑出声来。“你不知道？可是东西在你们家的地盘上找到了，这怎么说？”

“谁知道是哪个龟孙陷害我呢，反正我们家从来不收这东西。”

刘长路心里清楚，偷东西的和收赃的就是一条食物链，有的时候他们之间是相当的熟悉，很可能早就形成了长期的供求关系。收赃的人面对警察，面对法律表现出来的坚决与其说是在保护盗贼，还不如说是为了保护自己，因为如果供出经常来卖货的人，人家就不会反过来咬你一口经常收购呀？想到这儿，他给中年妇女一指警车：“上车，去派出所！”

“俺又没犯法，去派出所干什么？”

“去派出所给你们上法制课！就算你没收铁路器材，在铁路边上干废品收购也得先听课，明白吗？”

中年妇女这回脑子没转过来，撇嘴说了声“还真麻烦”，跟着刘长路来到警车旁边，自己拉开门钻了进去。刘长路在外面把门关上，心里话说：“哼！傻老娘儿们，我还弄不了你？到派出所立马就给你开课！第一讲就让你知道，锅为什么是铁打的！”

清理检查快接近尾声了，搜查出来的铁路器材堆在地上像座小山。警车里面放着要带走的十几个土神瞎鬼。张东平觉得事情折腾得差不多了，目的基本上也达到了，朝大家挥挥手说“把东西放车上，带着人回所”，宣告集中清理行动暂时告一段落。他下面要做的就是等这个村的真正老板自动露头。像这样的外来人口聚集地，在当地没有有身份的人撑腰是壮大不起来的。可这样的人又和当地各个执法部门有着千丝万缕的联系，否则类似这种都市里的村庄早就被取缔了。张东平要借这个机会扩大影响，保自己管辖的这段线路一个时期的平安，同时也保住自己这顶乌纱帽。

车队浩浩荡荡地回到车站，直接开到站台上。张东平指挥着民警先把收集来的十几个人带回派出所，正要跟着回所，忽然抬头看见相邻站台上停靠着一列客车。在客车边上，教导员韩建强正拼命地冲他挥手呢。这是怎么啦？他紧走几步来到站台边上，朝韩建强喊道：“韩教导，有事啊？”

因为离得远，韩建强示意他接听手机。张东平掏出手机一看，上面有好几个未接电话，肯定都是教导员刚才打的。“喂，怎么啦？”他有点儿不耐烦。话筒里传来韩建强的声音：“张所，事情不好办。看见这列车了吗？上面有十来个准备去北京上访的群众，铁路分局和咱们公安处的意思是坚决堵在平海，不让他们乘火车进京。可人家有车票呀，就是不下车。车站的意思是他们不下车，火车就不开！你赶紧带人过来想想办法吧。”

张东平抬头看着停靠在站台上的列车，从车窗中望去，里面已经人头攒动，显得有些混乱。这说明火车已经停了一段时间了，车上的人们情绪开始不太稳定了。想到这儿，他忙招呼身边的人：“都过来，都过来！留下老高带治安组的看人，马上把值勤组剩下的人给我调过来上站台，其他的人现在都跟我过去！”说完话，他带头第一个跳下站台，迈过铁道，登上相邻的站台。

车站的站长和书记早就躲在一边关注事态的发展了，看到张东平带人赶过来，立即觉得腰杆硬了，“噌噌”地都从柱子后面蹿出来，站到张东平旁边：“张所，你来了，太好啦！”“还是张所来得及时！”张东平连忙指着对面的警车道：“书记、站长，我们刚才组织了一次行动，清理非法收购铁路器材的网点去了，这不刚回来！车上是一批什么人呀？”

7

车站党委书记拉住张东平的胳膊，用手指着列车：“东平啊，车上是一批想去北京上访的旅客。前方站发现他们的时候，因为停点儿短，没有弄下来，通知咱们在平海站堵截。谁知道停了车，咱们反复做工作，他们就是死活不下车。请示上级领导，上面说不下来就不发车。你们一定要想办法把他们弄下车呀！”

张东平边听边不停地点头。这时，手机铃声又响了，他看都没看就接通了。“张东平吗，我是高建！”“高处，您有什么指示？”电话里高建又重申了一遍不能让上访人员进京，坚决将他们清理下车的指示。然后，他还特意嘱咐两句，告诉民警行动不要过激，不要引火烧身。说完，还没等张东平再询问如何清理就把电话挂断了。

说心里话，张东平对处理这样的事情也是很挠头的。国家规定公民有到上一级部门上访的权利，而且上访的人员中许多都是认为自己的事情在当地无法解决，或者无法得到圆满答复的，所以才背起包裹进北京上访。有单人独自进京申冤的，有几个人一起走的，还有更多的组成一个小团体的。他们的模样儿很典型，穿着朴素，理直气壮，有的还带着小型的铺盖卷，背包或口袋里无一例外地放着自己的申述材料。材料的形式五花八门，写什么的都有。当然，也不排除有成心搅和的和一些上访老户。这些人久经沙场、经验丰富，不好对付。你清理他的时候，他就和你反复述说自己的冤情，死活不动窝。你要强行带走他的时候，他就和你要无赖。有的人还因此要出了窍门，只要警察来了他就往前冲，主动用语言激怒你或者和你发生肢体冲突，然后朝地上一躺，嘴里喊着警察打人啦，我们没法活啦，真没有天理啊，这还是不是共产党的天下啦，等等。火车站是个人员流动频繁的场所，南来北往的旅客都能看见这一幕，用领导的话来说，造成了极其恶劣的影响。造成影响以后就得满处找替死鬼，一扭头，发现车站上的警察大小长短正合适，于是早把让他们清理拦截上访人员的话忘了，最后这锅汤还得浇在警察身上。结果是，赔钱、赔理送出境。上面领导认为底下民警办事不力，激化了矛盾。底下民警埋怨上面领导光说不练瞎指挥，不了解情况。所以一发生这样的事情，民警都不愿意往前凑，连带队上去的所长或者教导员都怵头。

有一次，平海所也是奉命接列车上送下来的几个上访人员，还没上站台呢，刘长路、陈其嘉他们几个人就问冀锋："冀所，你带我们过来接上访人员，也不交代清楚怎么办！咱们是上去就拽呀，还是说服教育啊？人家要不下车，咱们是动手呀，还是跪下喊爹求人家下车啊？"弄得冀锋一个劲儿地给张东平打电话请示。幸亏当地驻平海办事处来了一帮工作人员，上车后谈了几句出手就拽，死拉活拽地把几个人弄下列车，才算完成了任务。

不过，有了这么一回经验，倒是给张东平提了醒。他在以后执行这类任务的时候注重了宣传，那就是执行任务的民警有明确分工，有专门预备谈不拢动手架人的，有专门大声向旅客宣传上访人员扰乱秩序的，还有专门鼓动旅客起哄往下轰他们的。总之，不能一味地生拉硬拽。用张东平的话说，得使巧劲儿，千万别把咱自己揉里边。这回张东平也是将跟到站台上的民警拢过来，简单地说了说注意事项，分配一下谁干什么，然后一挥手说："上车!"弟兄们答应一声，奔车厢门拥了上去。

车上的情况比他们预想的还要糟，这帮上访人员男女加一块儿有十二三个，平均年龄五十多岁，都拿着出发地到北京的有效车票，摆出一副汤水不进的劲头儿，气宇轩昂地坐在硬席车厢，任车上的乘警怎么劝就是不动窝。上来的民警开始还想以检查车票的名义把他们请下车，可人家拿的是到北京的车票，没到目的地你凭什么让人家下车？交锋一开始，警察就落了下风，人家据理力争、理直气壮，民警一时还真没办法把他们轰下车，想生拉硬拽又怕他们赖上自己，场面就这么僵持住了。可总不开车，其他的旅客就不干了，开始纷纷谴责民警，车厢里说什么的都有，民警有点儿吃不住劲儿了。“同志们，旅客同志们！都静一下，听我说几句！”场面一僵持，负责宣传鼓动的民警出场了。冀锋打着手势，让大家安静下来：“旅客同志们，大家不要误会。我们上车也是执行任务，是把这些人接下车，和你们没关系，请大家配合我们一下！”

“配合什么呀？哪有你们警察这样的，人家有车票就让人家坐车嘛！”

“对呀！你们凭什么不让人家去北京啊？”

“你们也太霸道了，车都不让开，耽误时间你们负责吗？”

旅客当中立时就冒出许多接话茬儿的，句句都往要害上捅。冀锋使劲儿把手朝下压了压：“大家的心情，我们理解。我们也着急啊！不是告诉大家了嘛，我们是在执行任务，把他们请下车。一会儿，他们当地驻平海市办事处的同志就来接他们。”旅客听见解释，声音有所下降，可上访的人们听见当地政府要来接人，马上又闹起来：“我们不相信他们！在当地都解决不了，难道回去就能解决吗？还不是怕我们去北京上访！”“我们不下车！我们要去首都找大领导！”冀锋边不住地解释，边朝刘长路、陈其嘉、许彬、林辉他们几个人使眼色。几个人分别穿插在旅客中间，开始煽风点火。

刘长路靠近一对和自己年纪相仿的夫妇，这个男的就是刚才谴责民警霸道的那个人：“大哥，您看看这事儿，其实我们也不愿意这样。一火车人就陪着他们几个这么耗着，多耽误工夫啊！”男的斜了刘长路一眼：“哼，还不是你们不让开车，要是耽误了我的事儿，你们得负责赔偿！”“赔！赔！肯定得赔！您可以找铁路提出索赔，谁让他们不开车的。可是这帮人不下去，车就不开，您也走不了，就这么陪他们耗着？我们这是工作，认倒霉，没办法，可您何必呢？到时候赔是赔您了，可事情耽误了，受损失的不还是您吗？”男的打了下愣，不说话了。眼前这帮人和他非亲非故，自己出于一时的激愤站在了认为正义的一边，谁知道警察的一番话还没上升到理论的高度，就让他的思想产生了动摇。这个时候，刘长路又说话了：“大哥，不如你们跟他们说说，让他们都下车。他们一下车，火车准开！”男的不由自主地直点头。那边陈其嘉也凑近几个老年人，不停地做着工作：“大爷，您老可别生气，这也是没办法的事儿，他们不下车，车只能停在这儿。您当我们愿意管呢，可我们得执行命令！耽误您老几位的时间，真不好意思。”看着几位老年人脸色好转，不跟着起哄了，他又继续说：“大爷，您几位不如劝劝他们，让他们下车休息，这样做也是为了更多旅客的利益，使大家能继续踏上旅途奔赴前方。”几位老年人也感觉民警的话有道理。

许彬和林辉也按照这个思路起劲儿地朝旅客煽风。不一会儿，车厢里旅客的口径全变了，变成声讨这帮上访人员了：“你们就和警察下车吧。你们下去，我们好走啊！”

“下车等你们当地来人解决多好呀，别没事就朝北京跑，首都再大也架不住你们这样天天往里冲呀！”

“就是，就是，还是先下去吧，别赖在车上不动啦！”

上访人员里面有几个绷不住劲儿了，站起来还嘴：“你们知道什么呀！我们的事儿不用你们管！”这样的话可是犯了众怒，旅客声讨的浪潮一浪高过一浪：“下车！在这儿起什么腻呀！”“这帮人就欠管！带着刁民的样儿，还上访呢，到地方也没人管他们！”“你们要是真有理，就跟警察下车，总不至于枪毙你们吧？”

此时，张东平和当地驻平海办事处联系上了，他们的人已经进到车站广场，要求张东平协调一下，让开来的汽车可以驶进站台。张东平想都没想就答应了，现在他也是想尽快把这堆烂泥扔出去。

车厢里的风头已经全变了，虽然民警和上访的还在僵持，但旅客中开始有人对上访人员骂街啦。这样的形势真是太好了。冀锋抓住时机，马上做他们的工作，一通连哄带骗：“你们赶紧下车吧，再这样下去，如果真发生冲突，我们可得追究你们的责任，到时候咱们可得换个方式对话啦。”面对如此严峻的形势，上访群体中有的人动摇了，互相交头接耳，慢慢地在用眼神找寻领头的人。“我们不下车！你们这些警察别想骗我们！你们这帮人就是贪官污吏的走狗！”一个六十多岁的老头儿猛地站起来冲冀锋骂着。冀锋忙冲他摆手：“大爷，您可别上火啊！我们这是工作，和贪官污吏没关系！”

老头儿索性挺起胸膛，用手拍拍胸脯：“老子在家乡就和当官的谈判，什么场合没见过！你们几个小民警能怎么样！大家不要下车！”

嗬！他还来劲儿啦！气得冀锋真想冲过去。这时，冀锋手机的彩铃响了。他忙接通电话，里面传来张东平的声音：“冀锋，我是张东平！我在下面都看见了，别犹豫，让人先把这个老头儿架出来！他们当地的车已经上站台了！”

冀锋听到这话跟打了针强心剂一样，冲老头儿说道：“你到底下不下车？”“不下！”老头儿真不含糊。冀锋冲身边的两个民警一挥手，说了声：“给我请下去！”民警们费尽心机地讲了半天，嘴都说干啦，早想动手往车下架人了。听到领导的命令，没有片刻犹豫，奔着老头儿冲了过去。没等他反应过来，一人抓住他一只胳膊，架起来朝车门就走。老头儿挣扎的样子在他们的手臂中显得十分滑稽，他的喊叫声也淹没在车上众多旅客的哄笑声里。

站台上，张东平和当地接人来的干部简单地讲了讲情况。办事处的干部边表示着感谢边招呼自己的人把上访的老乡接下车。看着最后一名上访人员走出车厢门口，张东平才长长地出了一口气……唉，干铁路公安太刺激了！整个一瘸子踩板板倒——站不住脚儿。这不，自己马上还得组织人去审问刚弄进来的这帮人。想到这儿，他忙叫住常子杰：“常所，把你内保的人都拉出来！今天挨个儿给这帮收废品的过过堂！”

8

功夫没有白下的，内保组和治安组的民警像搞“大跃进”似的对这群收废品的人进行着审查。形式几乎千篇一律，上来就是狂风暴雨，拍桌子瞪眼睛地一通吓唬。在这一点上民警掌握得很好，虽然雷声大，但是雨点小，只触及灵魂不伤及肉体。一来没什么必要，都是些小蟊贼，不值得费这么大的气力。二来事实明摆着的，不由得你不承认，民警们要做的只是深挖线索，再扩大一下战果。果然，在强大的人民民主专政的铁拳下，这帮乌合之众在对自己的不法行为供认不讳的基础上，纷纷检举别人。由许彬审的一个中年男人就向他提供了一个重要的线索。他知道他们当中有一个人曾经在铁道上，对开过去的列车扔过砖头！

这消息可是让许彬喜出望外。按他说的情况找到那个扔砖头的男青年，这小子已经让赵鹏程揉乎得像个面团儿了。也不知道许彬当时是怎么想的，进屋以后没按惯例和赵鹏程碰碰案情，直接冲他来了个开门见山。这小子当时就蒙了，“扑通”一声跪在地上冲许彬和赵鹏程说：“警察大爷！我没想搞破坏呀，我那是扔着玩的呀……”赵鹏程也被这突如其来的变化搞晕了，怎么又冒出来个石击列车的案子，这段时间没听说呀？但他还是极力保持着冷静：“你站起来！好好跟我说，这是什么时候的事儿?”等这个男青年详细地叙述完日期和事情经过，赵鹏程的汗是真下来了。

他交代的这个案子早破了，作案人就是徐庄村的傻子徐海东！

赵鹏程忙偷眼看了看许彬，这小子还沉浸在又挖出一个案件的喜悦当中呢。许彬，你怎么先不和我碰碰情况呢？你哪里知道这里面的事儿呀！想到这儿，他站起来对许彬说：“小许，你帮我看会儿人，我出去一下。”他是想赶紧将情况向张东平汇报，让所长早些拿个主意。可许彬误会了他的意思，一翻白眼儿：“老赵，你用不着这么着急地去汇报吧。再说了，这条线索是我挖出来的!”

他忙冲对方摆着手：“小许，你别误会。这里面有事儿，你先帮我看一下。别和他说太多的话，我马上就回来!”说完抢过两步拉开屋门出来了。

张东平听完赵鹏程的话以后也愣神儿了：“妈的，这真是天网恢恢啊！没想到这么长时间的案子让收废品的给钩出来啦。”

赵鹏程不住地点头：“是啊，谁能想得到，这回有点儿麻烦。”

张东平摆摆手，让赵鹏程先坐下，然后掏出烟卷扔过去一支，自己顺便也点上一支：“咱先别乱，静下心想想办法。好在人在咱们手里。”说完不住地用手捋着自己的头发。

赵鹏程慢慢地吞吐着烟雾，心里不停地思考着如何去对付面前的困难。这个案子他最清楚，而且还是始作俑者之一，钩出来对所里、对自己都没什么好处。现在的局势是即使嫌疑人承认了石击列车，也不能再翻以前的案子了，关键是如何才能把它消于无形。就在他冥思苦想的时候，张东平停住捋头发的手，朝他说道：“老赵，你还记得我们在刑警队的时候办的那起强奸案吗？”这句话把他问愣了。他有些迷茫地盯着张东平：“你说的哪起呀？”“咳，就是平海北站，两个盲流在车厢里的那个案子！”“噢……”张东平的提醒让赵鹏程想起了那件久违的往事。

这件事儿说来话长。那还是张东平刚到刑警队不久的时候，有一天平海北站派出所民警打来电话说，他们接到受害者的报案，称自己在停靠在车库里的列车车厢中被人强奸了。当时的治安环境还没有现在这么复杂，听说出了这么大的案子，刑警队的领导很重视，当即让队里所有值班人员奔赴现场。

赵鹏程带着当时还是初生牛犊的张东平和几个民警开车来到平海北站。进门以后，一看受害人，赵鹏程就有点儿不痛快。受害人的穿着打扮明显是个女盲流，觍着个脸还在那儿大言不惭地跟民警连比画带说的。派出所的值班民警看见刑警队的弟兄们来了，忙主动介绍了一下案情。当时是值班的民警例行去车库进行安全检查，当走到后面的车厢时，听见里面有说话的声音，民警当时还认为是搞卫生的服务员没有退乘，就没太在意。可当民警巡视回来的时候，听见里面的说话声音越来越大，而且还有厮打的声音，忙打开车厢门跑进去一看，是一个男盲流正在打这个女盲流，地上还有两块砖头。两人看到突然出现的民警都吓得够呛。尤其是那个男的，“扑通”一下子坐在了地上。女的也不好意思地收拾着自己凌乱的衣服。民警看见这场面就问怎么回事儿，按值班民警的叙述，当时就想把两个人轰走算啦。可谁承想女盲流突然蹦起来抱住民警的大腿，指着男盲流说：“他强奸我！”这下事儿可大啦！民警听了这话，过去一把将男盲流抓住，还没等他说话，左右开弓就把男盲流抽得原地转圈。等再问他时，男盲流一副理屈词穷的样子更让民警认为是这么回事儿了。于是，把他们带回了派出所。因为是刑事案件，所以通报了刑警队来人处理。

赵鹏程听完介绍以后没着急下结论，先让张东平他们几个把女的带到屋里询问取笔录，自己带着派出所的值班民警来到案发现场。无论是什么样的刑事案件，现场勘查是必不可少的。赵鹏程按照民警的指引在车厢里来回地检查了一遍，没有发现其他的证据。只是地上有两块砖头，他拿起来仔细检查也没发现血迹，就问值班民警："你进去的时候看见男盲流拿砖头了吗？"值班民警说："没有，我来的时候这儿就有两块砖头，也许是服务员垫锅炉用的吧。"赵鹏程"嗯"了一声没再说话，然后回到关男盲流的拘留室前，仔细端详了一下这个盲流。

铁路上经常有盲流扒车到下个目的地，或者利用空闲的车厢住宿的事情。人在外面漂泊久了，风餐露宿的有今天没明天，廉耻观早就淡薄了，有的女盲流甚至为一顿饭、一件破棉袄就可以跟人睡一觉。这里面的事儿实在是有点儿乱。他没轻信女盲流的一面之词，想听听男盲流是怎么说的。可出乎他意料，眼前的男盲流不仅对强奸女盲流的事情供认不讳，而且竟然还说强奸了两次。这真让他觉得审问顺利得有点儿意外。他又例行地对男盲流做了几个简单的测试，当确认对方不是弱智，脑子也没毛病的时候，就转身走进了询问女盲流的屋子。

里面的询问工作刚开始不久。张东平和另一个侦查员对女盲流问着话，女盲流回答得很积极："当时是俺先在车上的，是俺占的地方。他上来就把俺的地方占啦！""谁问你这个，说怎么发生的情况。"女盲流咽了口唾沫："俺就说，大哥你准备去哪儿呀？他问我，你准备去哪儿？我说我去广州。他说在这儿没有去广州的车，得去平海站坐。我就说俺口袋里没有钱呀！他就说你跟着我，我保证把你带上车去。俺说那太好咧！俺谢谢你！他就不怀好意地问我，你怎么谢我呢？俺看他不像好人，没搭理他。谁想到他冲俺就扑过来了，俺没他劲儿大，就让他给弄啦。"我的天！这一气儿带有地方方言的顺口溜儿差点儿没让听众背过气去。张东平耐着性子听完后，问了她一句："这事儿完了以后呢？"听见这话，女盲流突然间不说话了。"问你呢！完事儿以后呢？"女盲流犹豫了一下："没啦……"

“不对。”赵鹏程接过来说道，“你可别不说实话，我们可都是来给你做主的，都是你亲人！当着亲人你不要不好意思，有什么就说什么。”

女盲流听完这话，看着赵鹏程、张东平他们，不好意思地说：“这事儿完了以后，我们就躺椅子上咧。我看他劲儿还挺大的，就问他吃什么这么大的劲儿。他说他天天在馆子里蹭饭吃，等一会儿也带俺去。俺说俺可不跟你这样的坏人去，你给俺点儿钱俺自己去。他说行，但得跟俺再来一回。俺想咧，反正都给他弄啦，来就来吧。”她这话把赵鹏程和张东平听得直眼儿了。女盲流继续说：“他说这次不能躺着啦，要换个站着的姿势，我当时也想知道站着是什么样，就依了他。可谁知道他个子比俺高不少呢，够不着。俺就捡了两块砖头垫在脚底下，就这样完的事儿……”

“停，停，什么乱七八糟的，你这都叫什么玩意儿呀！”赵鹏程气得给女盲流拔下了电门。话说到这儿，整个案子的性质全变了。他现在才清楚现场里的那两块砖头是干什么用的了。

这个案子最后做了治安处理。

想到这里的时候，赵鹏程已经明白了张东平的意思，把石击案子的线头掐了。就事儿论事儿，不再追究。张东平知道对方已经明白了自己的意思，又递过去一支烟：“老赵，这事儿还就得你来，别人来我也不放心。把这小子熏熟了以后怎么处理，你看着办吧。”赵鹏程点点头，刚要出去，突然又想起许彬，忙对张东平说：“张所，这线头是许彬发现的，我怕跟他不好交代……”

“你把许彬叫来，我跟他说。你就放心办吧。”

赵鹏程答应一声出去了。

9

转过天来，都市里的村庄的主人，一个浑身抽搐、嘴歪眼斜、走路都费劲儿的残疾人士大毛，在他的弟弟二毛的陪同下来到平海派出所报到。

大毛的毛病是幼儿时落下的，据知道的人讲是吃错了药，家里也没有及时医治而造成的后果。他弟弟二毛倒是五大三粗的，在城乡接合部那片属于有实力的买卖人。二毛自己名下有一个网吧、两家饭馆、一个汽车修理厂，还有一个歌厅，但所有的证照都是用他哥哥大毛的名义办的。原因很简单，哥哥大毛是残疾人，干什么都免税。所以这个以收废品为由的小村出事了，也得由大毛这个地主来解决问题。这几年哥儿俩在周边织密了关系网络，利用合法买卖掩护着不法勾当，发了不少财。

其实在他们没来以前，张东平已经通过关系了解到不少他们的内幕。根据掌握的情况，他特意放出风声，我平海所在这里折腾的目的，一是要破案，二就是想见见后台老板！同时又给大毛、二毛兄弟放出另外一种风声，平海所的张东平是个亮堂人，做事讲板够朋友，只要你别惹他，他肯定给你放条道儿走。所以，相互经过两天的侦查与反侦查，大毛、二毛兄弟俩才来到平海车站，走进派出所。

一见大毛颤颤巍巍的模样儿，张东平强忍着把喝到嘴里的这口茶咽下去，抿着嘴差点儿没乐出来，连忙站起来指着沙发："别握手啦，你快坐，你快坐！"说完和他身后的二毛握了一下手。"张所，兄弟开的这个废品收购站底下的人不懂事，给您添麻烦啦！我带着我哥来给您认错了。这不，我们带着所有的证照让您查验，您要打要罚就说话。"二毛很真诚地表着态。张东平一摆手，做出个很大度的架势："没这么夸张，坐下说，坐下说。"

二毛扶着大毛坐定以后，又谦让了一轮烟才正式进入话题："张所，这个废品收购站是我这个残疾哥哥的照，您看看他这模样儿，能管嘛事呀！我也有一摊子生意啊，所以对他们这帮外地来的土鳖就没管教好。我们哥儿俩听说出了这档子事儿以后真害怕了，虽然我们不太懂法，但是这破坏铁路的罪名要是安上可麻烦啦，所以赶紧跑来了。张所，我们听您招呼！"

一番话说得铿锵有力，既表了决心又推脱了责任。张东平心里明镜似的，要是真的把这哥儿俩办了，马上就得跟来一大帮说情的，弄不好能直接找到处长那儿去。再说了，人家已经解释清楚了，都是收废品的小跑儿办的事儿，他们不知情。好在自己已经有了主意，借这个机会把红旗插到这片土地上去。“二毛，你什么也别说啦。事情我都清楚，今天你来的意思我也明白。不就是保你底下的这帮人吗？咱们打开天窗说亮话，那个黄利我必须得办！这个没商量。剩下的十来个人……既然大毛颤颤巍巍地都来了，我给你们哥儿俩面子。人，你们领走，但得写出深刻检查，保证不再收购铁路器材。还得从我这儿拿走宣传物品，回去张贴到各家各户！钱，我也不罚了。怎么样？”

这哥儿俩没想到张东平这么痛快，一支烟还没抽完事情就有了结果。两人对了下眼神，眼光里闪出一种佩服的神态。二毛挪动一下身子，这个时候都是他发言，要等他哥哥说话得把人急死：“张所，您太够意思啦！不瞒您说，我今天来还带着罚款的钱呢。这样吧，我都捐给您……”

张东平赶紧摆手阻拦：“你可别捐啊，我没地方下账。要是真有这心，回去帮我们约束一下这帮人，让他们以后别再收铁路上的东西，也别再去拆铁路上的东西就成。”

二毛被感动得不停地搓着手：“张所，我有个主意，不知道行不行啊？”张东平连忙示意：“你说，你说。”“我的意思是，您还不如给他们挨家收管理费呢，按月收，这样所里既有收入，还能了解情况。”

张东平笑着摇摇头：“二毛，你是不知道呀，我们铁路公安在这方面管得特别死，不允许派出所擅自这么干。你看看我们所里这状况，破瓦寒窑的，有的屋连个空调都没有，唉……”

二毛多明白的一个人呀，马上站起来表态：“张所，您对我们够义气，我们哥儿俩也不能装傻呀！这样吧，一会儿我挨屋转转，看看需要多少，所里这空调的事儿我赞助啦。”

既然谈得这么融洽，张东平也就半推半就了。于是，平海所的民警在副所长冀锋的带领下，浩浩荡荡地开进都市里的村庄，挨家挨户地签订完爱路护路责任书，张贴了一通严禁非法收购铁路器材的布告和展示画后，回到所里兴高采烈地享受着新安装的空调。虽然已经进了深秋，但是他们还是把冷暖空调开到了最大挡位。

天慢慢地凉了，夜里的冷风已经能让人感到飕飕的寒意。忙碌了一天的平海所民警们，在匆忙地吃了几口晚饭以后又纷纷走上了线路。铁路又一次提速开始了。

每一次提速，民警们都无一例外地出现在铁道上。他们像改了工种一样在路基上巡视，冷风不停地朝他们的脖子、袖口里灌，他们在寒风里蜷缩成一团。上级领导要求不间断地进行巡视，展现良好精神面貌等指示，在这个时候成了放屁。不是他们不想挺起腰杆，不是他们不想拿出精神头来，而是高强度、高密度的连续作战使他们本已疲惫的身心承受不了这样的负荷，只能用这种消极怠工和撒野式的谩骂来抒发心中的郁闷。

单文也在这个保卫提速的队伍中，他分管的一段线路还算平坦。虽然漆黑的线路上没有一丝光亮，他还是在黑夜里不停地给“紫色花冠”发送着信息。“紫色花冠”在他的心里是一个美丽的梦。在平时的生活中，他尽力掩饰着自己的失落，背着老婆、孩子偷偷地在网上寻找着“紫色花冠”。他希望对方有一天会突然出现在自己的面前，就如她来平海和自己见面一样。火车提速以后，民警们的工作黑白颠倒，又没有了休息日，天天处在恶劣的环境中，忍受着身边呼啸而过的列车上飘洒下来的屎尿。单文心中再不愿意，也只能远离电脑，天天在线路上数着星星。他不像有的民警那样，不停地骂街、喝酒排解着心里的苦闷，他把所有的激情都倾注在小小的手机上，不停地对没有踪迹的“紫色花冠”倾诉着心声。

第七章　我打响了

1

“送走了星星迎太阳，太阳下山出月亮，月亮扭头天边落，抬眼一看又出太阳！”废话！真是傻帽儿！在线路上巡视了一夜的刘长路念完自己编的这段山东快书后，痛快地骂了一句。旁边的陈其嘉和许彬缩了缩脖子："知道废话还唱。""改成巡道工了，我心里别扭，还不许说几句呀！"许彬有同感地吧唧一下嘴，也不说话了。两人走下路基，许彬掏出烟递过去，点着火以后深吸了一口，望着远处的公路："长路，小吴怎么还不来接咱们呀，这都几点啦？"

刘长路也看着前面："你傻呀！咱们巡视的这段线路五个点呢，咱们是最后一拨，人家小吴不得一拨一拨地接呀！你耐心等着吧。"

许彬撇撇嘴，把想要骂的街吞了回去，换了一句："早知道一宿在外面冻着，还不如你自己开车来呢……"

刘长路笑着拍了他一下："倒霉孩子净占师傅的便宜！"

本来他们今天晚上是要上夜班的，可是昨天还没下白班的时候，教导员韩建强告诉陈其嘉说，因为有突然情况，所里值班的人员和晚上负责巡视线路的人都抽走去平海北站执行任务了，让他们下白班后在所里吃饭，稍事休息一下去铁道上巡线。陈其嘉当时就表示不满，事情明摆着，从早上八点上班到晚上八点，十二个小时的值勤，人都累软了，晚上还要去巡线，哪有这样安排的。韩建强解释说是紧急任务，人手实在安排不开才让他们临时顶替一下，马上就会有人来接替他们，可谁知道教导员把他们扔在外面以后就没音信了。将近半夜的时候，陈其嘉实在忍不住了，给韩建强打了个电话，询问有没有人来接他们，回答是没有。让他们坚持到转天早晨，然后没等他再说话就把电话挂断了，气得陈其嘉不住地骂街："有人安排上班，没人安排下班。这他妈的叫什么事呀！"

这个时候，张东平和常子杰正带着所里的民警还在平海北站忙碌着呢。

在平海北站旁有一个铁路工厂，随着铁路不断地裁减人员，工厂里面的工人都面临着下岗的威胁。这天，也不知道从哪里传来的消息，说工厂要取消，人员全部回家休息。这好比是一滴凉水掉进炉子上的热油锅里，立即沸腾起来。在厂里上班的一百多个职工马上撂挑子"起义"了，同时还把这个消息通知了在家休息的那些同事。一传十，十传百，到快下班的时候一下子聚集了几百号人，吵吵嚷嚷地奔向厂长办公室。厂长得知这个消息后二话没说，立刻就当了逃兵，对外宣称是找更大的领导去了。工人们看见这个情形，更是义愤填膺，有人挑头说："咱们去前面的铁道上拦火车去！只要火车一停，上面马上就会知道，就会有领导来找咱们对话。"这个意见得到了大伙儿的响应，于是工人们相互簇拥着来到离工厂不远的铁道边上，拉着手站成一排挡在铁道上。这下可热闹了，公安处知道这个消息后，忙调动周边十几个派出所的警力前去疏导。张东平接到命令后，仓促中调集人手赶到了现场。

现场的秩序很乱，工人和民警搅和在一起，在铁道边上僵持着。张东平从老远看到这个情况后，回身对跟上来的人说："平海所的人都靠拢好啦，别掉队。听我的指挥，有事儿一起上！"民警们答应着自觉地慢慢靠拢，裹成一团朝铁道边上行进。与平海所前后脚到达的支援队伍下车后便被人流冲散了，等他们再赶到现场指挥刘副处长的旁边时，只有平海所还保持着完整的队形。"刘处，我们到啦！"张东平跑到身着便服的刘副处长旁边，"按公安处指示，除去在班走不开的，所有人员都来啦！"

刘副处长明显有点儿慌乱，胖胖的脑门不住地往外渗出汗水。看见张东平，他忙用手指着人群："你们来得正好，现在的情况是不能让他们冲上铁路！刚才我跟李处通过电话，他和铁路分局的领导正朝这边赶呢。李处指示说，一定要控制住局面，绝不能造成拦车断道！"说完，他用手划拉一下平海所的人，对张东平说："你带你的人现在就过去，帮助前面把他们压下去！"

张东平边听边朝铁道边上观察，他发现有两处人流涌动得非常厉害，急忙向刘副处长建议道："刘处！我们是不是在他们后面搭上人墙？这样即使冲过了第一道防线，还有我们抵挡着。要是我们也过去了，这些人真冲过来，可就直接上铁道啦……"

刘副处长定睛一看，也马上转过神儿来了，点头同意了他的建议。

张东平和常子杰带着平海所的民警在铁道的路基前面搭起了一道人墙。随着时间的不断推移，人群丝毫没有散去的意思。张东平忽然想起晚上要去巡线的民警都被他带到了这里，忙给值班的教导员韩建强打了个电话，让他先安排人去巡线，保证提速列车的安全，等这边事情有转机再去接替。谁知道韩教导员忙中抓瞎，把上了一天白班的值勤三组派了出去，而且这一派就是一整夜。

小吴把车停到广场上，刘长路、陈其嘉、许彬他们几个舒展着疲倦的身子下了车。刘长路对陈其嘉和许彬说：“你们等会儿我，我去值班室找冀锋有点儿事，一会儿开车送你们回家。”许彬打着哈欠，伸着懒腰：“那你晚上还得接我们，要不我们就得打出租来上班……”刘长路一摆手：“不领情算啦！”陈其嘉赶忙接过话头：“别呀，你还是送送我吧，我可是骑不动车了。你顺便跟冀所说一声，也算咱们交差啦。”刘长路说：“好，你们等着我。”说完回身朝民警值班室走了过去。陈其嘉和许彬掏出烟卷点着后，站在警车边上眯起眼睛看天空上的云彩。就在这个时候，一件让他们意想不到的事情发生了。

一辆深黑色的加长商务车边鸣叫着警笛边飞快地冲进站区，进站口周围的人们纷纷躲避着这辆汽车，以致发生了小范围的骚乱。汽车直向进站口冲去，正在门口疏导车辆的民警刚想去拦阻，便被飞速驶过的汽车带了个跟头，一屁股坐在地上。正朝进站口走去的警长林辉见此情况，忙跑过去阻拦汽车。谁知汽车躲开他后在广场边上画了个圈，停在了靠近进站站台的地方。车停稳后，司机拉开车门，从里面走出个气定神闲、穿着讲究的五十多岁的中年男人。跟着又从汽车里蹿出好几个男男女女，手里拎着大包小包互相叫嚷着就要进站。

像这样的情况，值勤的民警如再不过去问问就说不过去了。林辉紧跑几步，过去拦住了他们的去路：“几位旅客，请你们按照规定，自觉地将随身携带的行李进行查危检查。”这话还没落地，给中年男人提包的司机使劲儿扒拉开林辉，用不容置疑的口气说道：“赶紧躲开！我们没时间啦，没看见马上要开车了吗？”这一下差点儿没把林辉带个趔趄。他站稳后冲这个司机说：“按照规定进站上车必须要经过查危检查！请你们现在就去检查行李，时间还来得及！”

这回轮到中年男人说话了，他斜着眼瞪了一下林辉，伸出手来指着林辉的鼻子，满嘴酒气地喊着："你算是干吗的，连你们处长都得买我的账。赶紧滚一边去！"林辉被眼前这个人吓住了，不由得有点儿退却。在旁边看了半天的陈其嘉忍不住了，正了正自己的帽子，快步跑过去挡在林辉的前面："这位先生，不管您是干什么的，进站来的都是旅客，都要进行查危检查！"

中年男人似乎有些不相信眼前这个民警再次挡他的路，直冲着陈其嘉走过去，一伸手冲陈其嘉打了过去。陈其嘉迅速地抬起手，一把扛住对方的手腕："先生，请您自重！"谁知道对面的中年男人抬手又打过来，嘴里还不停地说着："我叫你知道我是干吗的！"陈其嘉这次狠狠地迎上去搪了一下。中年男人抖落着手腕，不住地骂着："你反啦，活腻歪啦？一个车站的小警察还敢打老子！"这话无意于贼喊捉贼，有点儿要无赖的意思。没等陈其嘉答话，旁边立即冲过来几个跟班模样儿的人，上去朝陈其嘉就打，一巴掌掀飞了他的帽子，跟着又上去两脚。突如其来的打击让陈其嘉无法应付，混乱中只好举手招架着。

许彬看见陈其嘉被这几个人围攻，扔下手上抽了一半的烟就跑了过来，边跑边喊："住手！不许打人！"这话仿佛给中年男人提了个醒儿，转回身对着身边的人一指许彬说："这儿还有一个呢，把这小子也收拾啦。敢跟我叫板，我今天让你知道知道我是谁！"陈其嘉忍着扑面而来的巴掌喊道："你们这样做是阻碍执行公务！"中年男人也喊道："老子是人大代表！你阻拦我就是阻碍执行公务！给我打！"他的喊声就等于是给随从的人下了命令，几个跟班不分青红皂白围着陈其嘉和许彬打了起来。这个时候林辉早跑得没影儿了，估计是回去喊人了。

许多旅客被广场中央的奇特场面吸引住了。七八个穿着便衣的人推搡围打着两个警察，两名警察在他们的拳脚中间就像狂风中的树叶飘来飘去，显得那么无助，平日里被民警顶在头上的国徽也被踩在了地下。执法者神圣不可侵犯的尊严在谩骂声和拳脚相加之中荡然无存。

2

林辉跑回值班室叫人的时候，冀锋、单文和刘长路正拿被关在等候室里的籴籴和小杰醒盹儿呢。这俩人嬉皮笑脸地喊着刘伯伯、冀伯伯，一个劲儿地献媚。

值勤二组的民警早晨一上班，就看见籴籴和小杰两个票贩子在售票厅里溜达，还没等过去清理他们，电台里就喊上了。林辉在值班室里接到指挥中心打来的电话，说是有旅客打110报警，称平海站售票厅里票贩子要打人。这可不是小事儿！值勤民警顺手把这两块料带回值班室，可再找打电话报警的旅客，早没影儿啦。只能先把他们关在等候室里。两人见没凭没据就开始耍赖，正巧冀锋和刘长路都来了。票贩子也知道民警里谁好惹、谁不好惹，马上旧貌换新颜，伯伯大爷地喊个不停。刘长路一见籴籴就乐了，整个晚上的怨气都奔他去了，连挖苦带找乐损了他一通。说来也怪，籴籴边赔着笑脸边答应着，就是没脾气。用冀锋的话说，这帮人真贱，好说好道儿地讲法律，他认为你没能力，上去没皮没脸地一通训，他认为你是好人！说完，他打电话让单文拿相机下来给这两个人照相，按规定建立违反治安管理人员卡片存档备查。就在这个时候，林辉风风火火地跑进来了，推开门就喊："出事啦！打人啦……"

"有人挨打了，你跑这儿来干吗？"冀锋没好气地给他来一句。

"冀所，不是有人挨打了，是咱们的人让别人打啦！"

刘长路一听就火了，没等冀锋说话，上去推了林辉一把："你傻呀！咱们的人挨了打，你就更不能跑回来了！到底怎么回事儿？"

林辉咧着嘴指着门外："……他们开车冲进来，我拦没拦住。陈其嘉让他们按规定接受查危检查，他们不去还动手，许彬过去也让他们给打了，这帮人还说自己是人大代表！"说完他推开门，指着广场，"就在那儿……"冀锋、刘长路顺手指的地方望去，看见陈其嘉和许彬正在人群中让人推搡得左右摇摆。

刘长路二话不说就要往外闯，被身边的冀锋一把拽住："长路！你干吗去？你这脾气，过去更麻烦。"说完朝林辉和单文一挥手：

“你们俩跟我过去看看，不管出现什么情况都要克制！”两人答应着和冀锋向广场跑去。他们三个人前脚走出民警值班室，赵鹏程后脚踩进屋。屋子里只有刘长路和等候室里关着的两个票贩子。

赵鹏程和刘长路对了一下眼神，刚要过去张嘴说话，刘长路就把脸扭过去盯着外面的情景，没打算和他说话。赵鹏程尴尬地摇了摇头，这个疙瘩不好解啊！

冀锋他们三个人刚跑到广场，就被这些人当成是来抓他们的增援部队，在那个中年男人的指挥下，拳头又向这三个人挥了过去。现场的许多旅客把出事地点围了个水泄不通，对着正挨打的警察指指点点。他们弄不清楚，警察本来应该是制止这种暴力活动的，怎么在光天化日之下，变成了暴力活动的牺牲品。其实，这正是上级部门要求警察在执法中的一个误区：不分场合，不分地点，全心全意地为人民服务！

看着自己的同事不停地躲闪、避让，看着他们顶着劈头盖脸的拳脚不住地劝阻对方，刘长路实在忍不下去了。他猛地把帽子抓下来朝地上扔去，抬腿就要往外冲。“长路！你可别这么去呀！”赵鹏程死死地抓住他的胳膊。“你躲开！你没看见他们让人家打成那样，再不过去警察变臭贼啦！”刘长路说完，使劲儿挣脱开抓着他的手。赵鹏程上前又一把拉住刘长路：“长路，我们得想办法！”“想什么办法呀？许他们打咱，就许咱们还手，谁说人大代表只许打人不能挨打呀！”赵鹏程眼里突然发出一股凶狠的寒光，猛地把刘长路往身后一拉。刘长路踉跄两步勉强站住，疑惑地看着眼前的小老头儿：“赵鹏程！你吃多了是吗？拽我干吗？”赵鹏程没搭理他，把帽子摘下来放在桌子上，然后边往外脱自己的警服边朝尜尜说：“把你的上衣脱下来给我！”尜尜忙把自己的外套脱下来，从栏杆中递过去。“长路，想蹚这道浑水也得知道保护自己！快换衣服，我跟你一起打！”

刘长路眼前一亮，心里豁然开朗。什么话都不用说啦，还是老民警斗争经验丰富！他接过小杰递过来的衣服，顺手打开等候室的门，把两人放了出来。“为党国立功的时候到了！我不用教你们，你们也应该知道怎么做！起哄架秧子是你们的强项。完事后我大赦你们俩一个月。”两人立即兴奋地差点儿喊万岁，紧跟在刘长路、赵鹏程身后，冲广场跑了过去。

刘长路直奔前面一个年轻男人跑过去，伸胳膊挡住他要打向许彬的手：“不许打人！你们是土匪还是流氓，哪有这么打警察的！”

男青年愣了一下，随即指着刘长路的鼻子说：“你算干吗的，滚！”

刘长路哼了一声：“我是老百姓，我看你们这样不公！我就得管！”

“对！就得管他们！他们肯定是流氓闹事儿的！”

“哪有这样打警察的，跟打臭贼似的……”尜尜和小杰开始起哄了，把矛头直指向这些人。

男青年恼羞成怒，嘴里不干不净地骂着街，朝刘长路抬腿就是一脚。奇怪的是，他腿还在半空的时候就感觉自己整个人也突然悬在了半空，紧接着眼前的人物变成了头顶上的蓝天。等他明白过来的时候，人已经狠狠地摔在了地上。

他哪有刘长路出脚快呀！

赵鹏程用自己的身子挡住打向陈其嘉的拳头，猛一摆头，一个标准的格挡冲拳，拳头狠狠地击打到对面随从模样儿的人的脸上。这个人眼前一黑，连吭都没吭，捂着鼻子就蹲下了，刚才旺盛的战斗力顷刻间土崩瓦解。

尜尜和小杰看到这个场面，立即不满足于站脚助威的角色，也冲过去拉住一个正推搡着冀锋的男人，叮当五四地一通招呼，打便宜人呗，这多过瘾呀！冀锋从迷茫中醒过神来，忙过去拉。他被尜尜一把推开，嘴里还不停地念叨：“警察同志，你们别管！我就看不惯他们这么猖狂！”冀锋顺着尜尜的眼神望过去，刘长路正一脚把一个男青年踢得空中转体。冀锋多聪明的一个人呀，马上就明白了。他忙朝后边退了几步，张开双手不停地喊：“同志们！同志们！你们要冷静，不要再动手打架啦……”陈其嘉、许彬和林辉这个时候已经变成拉架的了，可谁也没有真动手拉扯。

刘长路连续打倒两个张牙舞爪的随从，几步冲到中年男人的跟前：“就是你喊的打警察，是吗？”中年男人有些颤抖地往后仰着身子："我告诉你，我，我可是人大代表！""人大代表不为人民做好事，跑这儿来要特权，算什么人大代表！"

"你是干什么的？你，你管得着吗？"

"今天就得管管你这嘴。"话没说完，刘长路已经反正两个嘴巴抽了上去。倒把人大代表打愣了，直着眼珠半天没敢说话。这下可把冀锋吓坏了，他知道，刘长路又闯祸了！

你别看人大代表和他的随从打警察没事儿，可要是有人打了人大代表，尤其是警察打了人大代表，这事儿可就闹大啦！现在的情况是，无论怎么推脱，这个案子已经悬在了平海派出所的头上了。你想想看呀，人大代表从这里乘车，先别管他如何不讲理，如何打骂民警，如何要特权。可当他自己的人身权利受到伤害的时候，他肯定会不依不饶地讨说法，那种执拗的程度比张艺谋电影里的秋菊还要要命十倍。秋菊就是一个老百姓，充其量也就是卖辣子换钱进城告状，然后再倚在门口喃喃地说几句："俺就是要个说法！"可人大代表不同呀，他要是撒起泼来能手眼通天，能把没理的事情说成有理，能把自己的不是说成是因其他原因造成的。冀锋想到这里，忙伸手去拉刘长路，嘴里还不住地喊道："你快住手！你快住手！"不带名字不带姓，就怕暴露出刘长路民警的身份。

混乱中，大伙儿都把一个人疏忽了。这个人就是内勤单文。

单文从跟冀锋跑过来的时候就感觉不好，从追打推搡陈其嘉、许彬这帮人的眼神和动作上看，他们肯定都喝酒了。每个人都小脸通红，打人的时候不分脑袋屁股，抡圆了就招呼，这都是酒精在他们胃里闹腾的。他边跑边偷偷地把数码相机掏了出来，趁冀锋和林辉冲进人群里劝架的时候躲在远处选择着角度。其实他的想法很简单，想为这件事情留下一些证据，但随着事情的发展，连他自己也没有想到，这些被他偷拍下来的相片会引起一场震荡。震中就是他单文本人！

单文尽量躲开遮蔽住镜头的物体和人，不间断地拍摄着这帮人追打民警的镜头。当刘长路、赵鹏程出现的时候，他先是感觉到振奋。这哥儿俩是好样的！但是，他随即又开始有些担心。当刘长路甩开手反正抽那个自称人大代表的中年男人的嘴巴时，他真是又开心又兴奋。该！早该抽你这样的玩意儿！当周围的旅客都被吸引过去的时候，他猛然想起一件事儿，抬头朝广场四周最高的灯塔和电线杆子上寻找着。在上面有几个摄像机探头正在左右摆动着。我得把第一手资料抢到手！有了这个想法，他揣好相机，转身奔车站的控制室跑去……

韩建强是从值勤民警嘴里知道广场上打架了的。值勤二组的民警匆忙中用电台相互联系，准备去广场帮忙。韩建强听见后，忙打通值班室的电话询问情况。当知道事情的原委后，他第一个反应就是，得马上去现场，如果真是人大代表，那民警挨打了不要紧，千万不能让人家对这里的工作提意见。自己是政治教导员，这个时候就得责无旁贷地去向人家道歉，去征求人家的意见，以免闹出更大的事端。他穿戴整齐地跑下楼去的时候，人大代表及其同伙们已经被围观的群众当成流氓镇压了。他眼前看到的情景稍微能让他有些宽心，副所长冀锋带着陈其嘉、许彬、林辉等一帮民警努力地围成一个圆圈，圆圈里就是狼狈不堪的这帮人。圆圈外面是愤怒的群众，他们不停地对里面的人指指点点，民警们也在费劲儿地解释着。

“我们已经打 110 啦，一会儿就来更多的警察！”

“给报纸和电视台也打电话啦，人家记者正在路上呢！”

“警察同志，你们还管他们干吗？他们打你们的时候多凶！”

“还是警察好，打不还手，骂不还口的。”

这些议论不住地朝韩建强耳朵里灌，他忙走到冀锋跟前：“到底怎么回事儿？”冀锋简明扼要地说了说经过，然后回头看一眼早就没了脾气的中年男人，对韩建强说：“就是他，自称人大代表的那个人。”韩建强仔细打量一眼对面的中年人，看着面熟。还没等他说话，中年人冲他喊道：“你是不是平海所的教导员，小韩？”这口音有点儿领导的意思。韩建强急忙过去答应着：“我是小韩，我是小韩！您是……”中年男人仿佛看见了亲人，声音不自觉地提高了八度：“你看看，你看看，我是胡明呀！和你们刘处是朋友……”

韩建强想起来了，这个人是平海西区的一个领导，市人大代表。他们的确认识，认识的场合是在一次酒席桌上。

又是一番简单的介绍情况，教导员韩建强斜了冀锋一眼。从现在开始，在他心里已经默认胡明说的是事实了。他转过身对冀锋说："赶紧集合人手，四下采集证据，务必把打胡代表的人找到！"

冀锋不情愿地点着头四下张望着，刘长路和赵鹏程早就没有了踪影，尜尜和小杰也一下子找不着了。

3

张东平带着疲倦的民警们在赶回派出所的路上就知道了这个"噩耗"。冀锋在电话里显得有些语无伦次，以致张东平坐在颠簸的车里几次提醒他，慢点儿说，慢点儿说！冀锋断断续续地叙述着情况，只是隐去了刘长路、赵鹏程他们两个穿便衣上去武力制止的情节。不是他想隐瞒，而是觉得这样的事情在电话里不好说。即使是这样，张东平也怔住了。他清楚这件事情的分量，如果处理不好肯定又是一通狂风暴雨。他静了下心神，告诉开车的民警抄近路尽快赶到所里。

车开进平海站，张东平没等车停稳就跳了下来，直奔民警值班室。屋子里面冀锋正在等着他呢。进屋后，他对冀锋的第一句话就是："把事情的详细经过告诉我，别藏着掖着。"冀锋当然也不想隐瞒，一五一十全招了，毕竟这里面牵扯到责任。张东平听完后把脑袋朝椅子背上靠去，嘴里长长地叹了口气："唉……这下麻烦啦！"

冀锋的心里也是七上八下的，这个时候他已经完全没有了主意，只盼着张东平能立即生出一个念头来化险为夷。民警们早就知趣地退了出去，值班室里只有他们两人。他伸手向张东平递过去一支烟："张所，你看这事儿……是不是……"张东平仰起身子："你有嘛想法就直接说！"冀锋点点头，但还是犹豫着，说话也不像以前那么利落了："我的意思……这事儿是他们无理在先，他们不听民警劝告强行开车进站，咱们的民警让他们接受查危检查，他们不仅不去还动手打人。再说啦，他们当时也都喝了酒……"

张东平斜了斜冀锋：“现在说这个晚啦，人家会承认吗？”

冀锋朝前挺挺身子：“可他们不接受查危检查，殴打民警也是推脱不了的吧。这回我多长了个心眼儿，找了好多人做证取材料呢。现在咱们的民警还在做这个工作呢。”

张东平赞许地点点头：“尽量把材料取得详尽些吧，那个狗屁代表人呢？在哪儿？”冀锋：“因为没赶上火车，教导员把他们让到贵宾室休息去了，说是下一趟车再走。我看他情绪挺激动，始终拽着韩教导不停地说。”说完这话，冀锋瞥了一眼张东平，“这个胡代表跟刘副处长挺熟的，可能现在电话早过去了。你还是想想怎么跟刘副处长说吧。”

这话真是提醒了张东平，他猛地从椅子上坐起来：“韩教导员知道老赵和刘长路穿便衣的事儿吗？”冀锋摇摇头：“好像现在还不知道，但现场人多嘴杂，也有可能传到他耳朵里。要真是这样……”“你别总说半句话，说下去！”张东平不耐烦地催促着。冀锋咬咬牙：“要真是这样，韩教导肯定如实地向上报告。报告的结果我就别说啦。”张东平有些恼怒地站起身，用手指使劲儿地点击着桌面：“这还用你跟我说吗？我难道不清楚这样做的后果？可你怎么不想想呢，这个胡明胡代表再浑蛋，再不是东西，人家也是人大代表啊！刘长路上去给他俩嘴巴子，真他妈的英雄啊！还有老赵赵鹏程，都这把年纪啦怎么还玩冲锋陷阵这套呢？让你说，这事儿怎么办？”

张东平这回可是真急了！鼻子里不住地朝外喘着粗气，一只手使劲儿地捋着脑袋上的头发，在屋子里来回踱步。这件事情把他推向了两难的境地，承认打人的人里面有派出所的民警，就等于把前面民警们所受的屈辱都抵消了，还得搭上两个民警弟兄的前程，到时候百口难辩。不承认，一来怕此事穿帮，二来上面追查下来你也得当个案子搞。总之，是里外都有火烤着，不折腾熟了不算完。可话又说回来了，即便是没有赵鹏程、刘长路动手给大家解围的事儿，这一锅粥按照现在上级领导的思路，结果还得扣在平海派出所的头上。情急之中，他的脑袋仿佛卡住了，一点儿办法都想不出来。

冀锋没有张东平想得这么复杂，他试探地接上一句："索性把这事儿都推到旅客头上，就说是上下车的旅客和周围的群众看这事儿太气愤，自发地上去制止……"还没等他说完，张东平就打断了："你太天真啦！哪有这样的好事儿呀！就算是有很多见义勇为的群众，路见不平拔刀相助，可还有监控录像呢！"说完这话，他突然像想起什么似的立刻停住脚步，猛回身对冀锋说："对，录像！"冀锋也明白了他的意思，几乎同时喊道："录像！"

张东平使劲儿拍了拍脑袋："人急上房，我怎么把这么重要的证据给忘了！快！你赶紧去车站监控室把第一手资料取回来，我们仔细研究一下，如果能和所取的旅客材料相对应，这事儿还能有转机！"

冀锋答应着刚要往外走，又被张东平喊住了："你再给赵鹏程和刘长路分别打个电话，让他们来派出所直接找我。无论事情怎样，我们都得先从他们嘴里把情况了解清楚。"

此时，赵鹏程和刘长路正坐在车站旁边的一个茶馆里。刘长路叫了一壶铁观音给赵鹏程倒上后，拿出烟闷头抽了起来。赵鹏程也给刘长路回敬了一杯茶，举杯示意后自己慢慢地抿着，仿佛在品尝着杯中散发出的浓浓的茶香，又仿佛刚才一场争斗早已与自己无关，现在只是个作壁上观的闲人一样。一轮茶过后，刘长路忍不住了，他不停地端详着眼前的这位同事、哥们儿、冤家、对头。他想开口说话，却一时不知如何起头，张了几回嘴又都咽了回去。

"长路，喝茶，铁观音呀！你品品，多香……"

刘长路勉强举杯喝口装装样子，放下杯子："你把我叫这儿来就为了喝茶？"

赵鹏程也放下茶杯，掏出支烟来点上火，仍旧慢慢地吸着，吐出几口烟雾后冲刘长路说道："长路，我叫你来这儿是为了跟你说件事儿。你别着急，听我把话说完。说完以后你再表态，行吗？"刘长路疑惑地点点头，心想看看你老赵到底卖的什么药。得到同意后，赵鹏程清清嗓子："长路，人咱们是打啦，可你想没想过后果呢？我可是想过啦，这件事儿不会这么善了，上级领导还有挨打的代表肯定都要追究。老哥哥我对不起你，上次走火的事儿害你坐蜡啦，这回叫你来就是想跟你说个明白。真有事儿你千万别出头，我老赵把这件事全担了。”

刘长路没想到赵鹏程会说出这么一番话来，他注视着对方的眼睛，瞳孔里闪出的真诚让他怦然心动，老赵还真是够哥们儿！可既然已经惹了祸，伸头一刀，缩头也是一刀，自己没必要让个老民警为自己扛事儿。“老赵！”这是在酒店里他一拳砸在墙上以后，第一次这么称呼赵鹏程，“人是我打的，你怎么能替呢？再说，我可不能让你因为这事儿连退休金都没的拿……”

赵鹏程举手打断他的话：“长路，今天我跟你说说心里话。这么多年了，我总是小心翼翼地做事，没出过大格，也没得罪过谁。领导看不上我是领导的事儿，可是同事之间我没有昧过良心，就是在你这件事上真让我寒碜啊！”他狠狠地抽了口烟：“你也许听说过我二十年前的那档子事儿。当时我是真的想开枪啊！我不怕死，在车站干咱们这行的每天都得面对危险，可谁让我当时没打开保险呢……还赔上师傅徐雷的一条命，他要活着现在都应该退休养老了。从那以后，我就把自己废了。我跟自己较劲儿也和别人较劲儿，总是看别人不顺眼，总觉得世界对我不公平。可我发誓，我没去害过谁呀！今天这事儿主意是我出的，动手也是我先动的！长路，你就别再和我争了。”

“老赵，”刘长路一把拍在赵鹏程的肩头，“就冲你今天说的这话，以前的事儿别再提啦，再提你就是看不起我！刚才的事儿我们得另说，你留着老命领退休金吧，我还年轻，大不了不干警察干别的去！”

赵鹏程摇着头：“兄弟，论斗争经验，你比我还差得远呢，真要是三头对面地掰扯，你不一定比我反应快。所以我说还是我来吧，你旁边给老哥哥站脚助威！”刘长路一梗脖子：“那可不行！”他们两人都在为能解脱对方不住地争执，但他们谁也没有考虑到，自己的做法是多么悲哀、多么无奈。事后，他们在最后一次聚会的酒席上，单文扔下几句让这帮人回味无穷的话：“我们为什么给自己找退路？真正应该害怕的是那些官僚，是那些头脑中没有法制的当权者！用到警察的时候一句话、一张纸条就可以凌驾在法律之上，用不着的时候就拿我们当抹布，想扔就扔，想甩就甩。是人大还是法大！”

正在两个人互相争着充当肇事者的时候，刘长路的电话响了起来。刘长路看看来电显示，抬头对赵鹏程说：“得，你别争了，冀锋给我打电话了。”赵鹏程指着自己的手机：“你先接吧，你接完了就该是我了。”

他们两个人走进张东平的所长室时，张东平正在为录像的事情苦思呢。冀锋拿来的录像带让他既高兴又担心。高兴的是胡代表打民警的画面清晰可见，陈其嘉、许彬狼狈不堪的模样儿在荧屏前一览无余。担心的是后半段不知道什么原因出现了一片雪花，是技术上的故障，还是人为的销毁？真让他摸不着头脑。技术故障的可能性很小，因为过了这段画面都很清晰。如果说是人为的销毁，做这件事的人真是有头脑！他为派出所留下了胡代表与其下属打人的证据，还不动声色地抹掉了不利于刘长路和赵鹏程的画面。这个人能是谁呢？冀锋询问了当时监控室里的值班人员，得到的答复是在他值班的时候，接到主任打来的电话，让他去主任室有事情。等他下楼到主任办公室的时候，竟然没有人。他还以为是哪个坏小子拿自己找乐涮着玩呢，就又回到了监控室，前后总共不到十分钟的时间。事情明摆着，这个人熟悉车站的环境和电视、电脑的操作，先用一个电话把值班员调走，然后趁机销毁了不利于派出所民警的证据。可关键的是，这样做人为的痕迹太明显了，没办法解释成为技术故障。刘长路、赵鹏程进屋的时候，他的手机也同时响了起来，是唐丹娜来的电话。他示意两人坐下，顺手接通了电话：“喂，唐丹娜吗？你好。”“张大所长，我正在来你们平海站的路上呢。有人给我们新闻热线打电话，说你们那儿的警察让一帮暴徒打了，暴徒还自称是人大代表，有这事儿吗？”

张东平一边听一边飞速地转动着大脑。记者要来！舆论导向！

先不管这件事儿民警处理得如何，目前自己已是箭在弦上不得不发！与其坐以待毙，等着领导的追责和质询，等着人家揪住你打，不如先发制人把水搅浑。这样既可以让大家清楚事情的真相，也可以在夹缝中自保。想到这儿，他忙对着话筒说："有这事儿！现在人还在车站呢，挨打的民警已经去医院看病了。不过……"

"张东平，你有什么话直接说，别跟大娘似的。"电话里的唐丹娜有点儿不耐烦。

"你别急呀，我的意思是说，对方真是人大代表。这样的新闻，你们敢报吗？我不是怕给你添麻烦嘛……"

"你给我添的麻烦还少吗？告诉你，狗咬人不是新闻，人咬狗才新鲜！反过来讲警察打人不新鲜，被人打个屁滚尿流才有意思呢。"

"我明白了，你就是憋着看我们出洋相来的呀！行，你来吧。"撂下电话后，他朝两人说道："电视台的一会儿来，咱们长话短说，告诉我当时的真实情况。"还没等赵鹏程说话，刘长路抢先开了口，把事情的经过原原本本地说了个底儿掉，只是把赵鹏程的主意改成了自己的。赵鹏程听后立时站起来反驳，称所有的责任都由自己承担。两个人在张东平面前争执起来，都摆出一副大义凛然、慷慨就义的样子。他们把张东平弄得说不出话来，最后他两只手使劲儿摆出个暂停的姿势："二位，先歇会儿，听我说两句。"看见两人都不说话了，张东平才继续自己的发言："老赵、还有长路，我叫你们俩来不是问完情况以后报告上级怎么处理你们，而是想怎么能把这件事扛过去。再说清楚点儿吧，是想怎么保护你们。老赵、长路，我张东平来平海所也有一段时间了，你们平心而论，我是挤对下面民警、挤对自己弟兄的人吗？"开场白挺好，深入人心，两人都不说话了。他掏出烟卷扔给他们，自己也点上一支接着说："我的宗旨你们哥儿俩也清楚。没事儿不惹，有事儿不怕！况且这件事情从哪方面讲咱都是受委屈的一方。说心里话，我也看不惯这样的人，拿着人民群众给他的权力耍特权。今天在这屋里，我敞开地告诉你们，打得对！就应该打这样的浑蛋！"

这话说得太解气了，刘长路的身子随着张东平的节奏不住地颤动着。赵鹏程则闷闷地抽着烟，眼睛慢慢地眯成一条缝。张东平调动完积极性以后，又把话拉了回来："可现在的形势是，咱们公安民警是弱势群体。执法环境就不提了，只要长个脑袋的，就算他是个盲流，他认识阿拉伯数字 110 就能监督你，不管他懂不懂法，也不管你做得对与错，就能打电话告你。我们是孙子媳妇啊！这些年我们铁路民警受的冤枉还少吗？"说到这儿，他停顿了一下，狠抽了口烟："一会儿我就要去见那位胡代表了，今天叫你们俩来就是跟你们交个实底儿。现场情况冀所带人正在调查，监控录像我也拿到了，不过里面没有你们俩打人的画面。这个情节我暂时可以装作不知道，你们俩都给我写个休假申请，日子写在昨天，然后就回家休息去吧。不过咱们丑话说在前头，假如有人把这件事儿挑出来，你们俩可要做好思想准备。"

这已经是张东平权限之内最大胆的做法了，连赵鹏程也不由得在心里喊了声"佩服"。但他还是追问了一句："张所，电视台的人要来采访，你怎么应付呀？"刘长路也跟上一句："陈其嘉和许彬这顿打就白挨了吗？他们这么打咱们警察，难道就没人管吗？"张东平捋捋头发，呼出一口长气："能借力当然是最好的了，我现在只希望打个平手就烧高香了。"说完，他转头看着刘长路，这个三十出头年富力强的兄弟，带着一身退伍军人的豪气走进铁路公安的队伍，摸爬滚打受苦受累，这么多年没得过任何好处，到现在还让某些领导另眼看待……想到这儿，他走过去拍了拍刘长路的肩膀："长路，记着我说的话吧，任何法律的完备都是用鲜血书写的。尤其在咱们这里，更是用警察的鲜血书写成的！"

4

唐丹娜带着人来到平海车站的时候，冀锋正在门口迎接他们呢。看见几个记者走下车，冀锋赶紧迎上去对唐丹娜说："唐记者，你好，我是冀锋。张所让我在这儿接你们，你有什么事需要我就说话，我们大力支持。"唐丹娜礼貌地点点头："张东平呢，他跑哪儿去了？”冀锋神秘地四下看看，凑过去把声音压低了：“估计张所这会儿正在贵宾室里接受那位爷的训斥呢。你是没看见呀，这帮人太厉害啦。”唐丹娜晃了下搭在肩上的长发：“有这么厉害呀，怪不得你们警察挨打了呢。”冀锋赶忙摇着手：“唐记者呀，我们可是一贯地为人民服务，学雷锋，做好事。这不刚才看见人家心里别扭想不开，我们主动把脑袋伸过去，让人家打一顿出出气……”

唐丹娜被冀锋这番话逗乐了，捂着嘴把脸扭到一边。

冀锋带着唐丹娜来到贵宾室的时候，张东平和韩建强还坐在那儿听胡代表演讲呢。“你们车站的治安环境太差劲儿啦！我一个人大代表从这儿上车都挨了打，你们自己说说，你们还能保证老百姓的生命财产安全吗？还能为平海市的经济发展保驾护航吗……”张东平是抱定了主意只听不说，只挨训不辩理，一个劲儿地点头称是。韩建强这回表现得倒是挺活跃，还没等胡代表说完，马上接过来表决心：“请您放心，这件事情我们一定尽全力搞清楚！抓到行凶伤人的坏人，给您个交代！”这样的表态让张东平浑身不自在，怎么能随便就给这件事情定性了呢？可当着这么多人，自己也不能提出反对的意见。他心里正别扭着，唐丹娜带着个摄像记者来到了跟前。也不知道是做贼心虚，还是一见镜头就受刺激，胡代表的一个马弁“腾”地站起来，冲唐丹娜喊道：“你们俩是干吗的？谁让你们到这儿来的？”唐丹娜怔了一下，随即恢复了平静：“我们是平海电视台的记者，是来采访……”话没说完，马弁就蹿了！“谁给你们报的信儿？我们不接受采访！”说完就朝门外推唐丹娜。唐丹娜躲开他伸过来的手：“我们是接到群众打来的热线才来的，请问您是当事人吗？”“滚！你们这帮狗仔队！”马弁骂街了。这下唐丹娜可火了，她把眼眉一立，冲着马弁说道：“我们是记者，有权利对每个新闻事件进行采访！你不接受采访可以，但你不能出言不逊、恶语伤人！”

胡代表站起来指着张东平和韩建强：“你们看看！这都是些什么人？我要求你们派出所马上把这两个自称是记者的人轰出去！咦，你怎么还在拍呢？不许拍！”两个随从上去就抢男记者的摄像机，同时朝外面推搡着他们。唐丹娜被突如其来的变化弄蒙了，有种秀才遇见兵的感觉。她不停地在两个人的推搡中挣扎着，朝张东平喊道："张所长，你可是人民警察！你看看在你身边发生的事情！"张东平被眼前的情景怔住了，他一时不知道怎么去阻拦、话应该如何说，眼睁睁地看着几个人围着唐丹娜和摄影记者边推搡边抢摄像机。韩建强赶忙站起来安抚胡代表，冀锋则手足无措地张望着……

火车进站了。张东平和韩建强护送着胡代表走上站台，韩建强脸上照旧挂着谄媚的微笑，可张东平脸上的表情已经僵硬了。胡代表在登上软卧以前回头冲两人来了一句："我已经把今天的事情通知你们刘处了，这事儿不算完！"韩建强不住地点头，嘴里说着："您慢走，您慢走，我们一定按您的指示尽快落实。"他手里做出搀扶的动作，好像生怕胡代表从车厢里摔出来一样。张东平紧跟在后面，始终一句话都没说。他不是不想说，而是说不出来，心里不住地泛起一阵阵莫名的苦涩。

下午，几个所领导都聚集在办公室里准备开所务会。开会之前，张东平已经接了刘副处长、高副处长连续打来的好几个电话，内容都一样，大声的训斥加上要求，让张东平他们无论如何都要抓到殴打人大代表的"暴徒"，对民警挨打的事儿是只字未提。把张东平训得就剩下"哈仪"了，根本没给他说话的机会。快开会的时候接到唐丹娜的一条短信，很简短，只有几个字："张东平，你还算是个男人？"他看后眼皮跳了跳，手底下暗使劲儿，把信息删除了。他没办法回答。他隐隐地感觉自己刚刚在唐丹娜心里慢慢恢复起来的形象，又被人无情地一脚踹塌了。停了会儿，他稳定一下情绪，抬起头对坐着的几位所领导说："咱们开个短会，商量一下就今天上午的事情怎么跟上面交代。我先说说自己的想法，首先这件事来得突然，怎么处理我们也没有前例可循。所以我想先安抚一下被打的陈其嘉和许彬，多做做他们的思想工作。他们看病疗养所有的费用都由咱们所里出，另外也得多下下功夫，搜集线索查找参与起哄闹事儿的人。我估计这事儿肯定没个完，等着吧。"他故意没说打人这个字眼，轻巧地把这件事往治安案件上引过去。常子杰边点头边说：“我同意，可万一新闻媒体要跟着起哄怎么办？今天可是有两个电视台的记者吃亏啦……”张东平指了下冀锋：“让冀所去对付。总之，咱们的人不能接受任何采访！有一点冀所你记住，对哪家新闻媒体都要做到多配合少说话！”冀锋“嗯”了一声，没有言语。

张东平感觉有必要再解释一下，于是接着说：“我知道民警的工作不好做，但现在还是先忍耐一下吧……”他把后面的话咽了回去，他本来想说能拖就拖，能靠就靠，直到把这件事儿晾凉了，也许就好处理了。但碍于这个场合，他没有说。他停顿了一下，换成了下面的话：“至于电视台怎么报道这件事，咱们也管不了，但是咱们要做到不推波助澜。”整个过程中韩建强始终没有插话，这让张东平很奇怪，是他另有主意，还是他对自己的想法也很认同呢？

其实，韩建强早已经把事情的来龙去脉掌握清楚了。

给他提供这些信息的就是林辉和许彬。如果说在教导员问到他们这件事情的原委的时候，许彬是慷慨激昂的话，那么林辉则完全是被韩建强所形容的严重后果吓坏了。他没让教导员费什么劲儿就全招了，还主动说出了赵鹏程、刘长路穿便衣赶来制止打人的事儿。临了林辉还对韩建强说，您可千万别说是我说的呀！韩建强当时就对他这种做法予以了肯定，表扬他这是对领导负责，是坚持原则的表现。然后韩建强还加上一句，你放心吧，当领导的不会跟你们一样。韩建强走了半天，林辉也没弄明白，当领导的不会跟我们一样？我们什么样呀？

韩建强也想到了监控室里的录像。他到监控室去要录像带，得到的答复是录像带让冀副所长拿走了。他第一个反应就是，这件事情张东平也知道。冀锋取走了录像带是为了销毁证据，还是为了尽快破案邀功请赏呢？于是，他从监控室里取走了备份的录像带，回到派出所走进张东平的所长室想打探一下情况，看见桌子上放的是赵鹏程和刘长路的休假报告，日子写的是昨天。不对呀，这两个人今天还来上班了呢。噢！这是张东平想打个时间差呀！即使这件事情抖搂出来牵扯到他们，赵鹏程和刘长路也可以以当时不是上班时间为理由，以一个普通群众而不是警察的身份来应对此事。作为派出所的领导也可以以此为由进行推脱！张东平呀，你可是太狡猾了。我非得把这件事儿捅上去！

韩建强有了这些想法后，开会的时候一句话也不说，对张东平提出的建议也没有表示反对，他知道张东平肯定是想把这件事拖凉了。他是在等待时机要张东平的好看，捎带着收复失地。

形势真让韩建强揣测对了，张东平果然顶着上面的压力开上拖拉机了。他在等什么呢？韩建强坐在屋里绞尽脑汁地琢磨着。连续两天了，报纸上没消息，电台、电视台也没声没影儿，这说明胡代表运用自己的关系把这件事消化了。现在应该是把自己手里的炸弹送上去的时候了。可怎么送呢？亲自去交？不行！这等于暴露出来自绝于人民。以匿名的方式送过去？又太下三烂了，自己怎么着也是个派出所的教导员呀！还没等他想出来个主意，靳文澜的电话打过来了，头一句话就问："你看昨天的新闻了吗？"他疑惑地回答说："我天天看呀！"靳文澜说："是网上的。你自己看看吧。你们平海所的事情让人家弄网上去了！"韩建强很惊疑，这是谁干的呀？

把这个信息发布到网上的人就是内勤单文。

单文从事情一开始就偷偷地关注着，在这方面他比其他民警都敏感。当刘长路和赵鹏程痛打胡代表的几个随从时，他悄悄地撤出了战场，先给监控室里的人打个电话调开他，然后趁机跑进去抹去了有刘长路、赵鹏程动手参战的画面，才回到自己的办公室里等候消息。从张东平让他向上级报告的材料上，他看出了这个问题的严重性。找陈其嘉和许彬他们商量？不行，上次走火的事儿就看出这俩人太冲动。告诉刘长路和赵鹏程也不行，他们是当事人呀！自己虽然也很讨厌胡代表的德行，但是不能把自己装进去。得想个更好的办法！他叼着根烟坐在电脑前无聊地敲击着键盘，"啪啪"的声音猛地把他警醒了。上网啊！通过网络把这件事儿捅出去！神不知鬼不觉，还能为自己的同事争取到公正的结果。对，就这么办！

他把数码相机拿回家里，在电脑上仔细挑选出许多当时情景的画面，一张一张筛选着：胡代表张牙舞爪地指着林辉的鼻子，几个人围着陈其嘉拳打脚踢，许彬的帽子被打掉后双手护着头露出恐惧的眼睛，被胡代表的随从追打得满处跑的陈其嘉和许彬。有这些足够了！上传到网络上很简单，他还起了个挺招人眼球的题目《人大还是法大!》。操作完后，他长出了一口气，在心里默念着，哥儿几个原谅我用这个方式让你们出名了！

5

网络上的信息传播远比其他各种媒体快速、迅捷，而且铺天盖地地没个完。就连单文自己也没想到，当时出于义愤发出的帖子会成为焦点，天天被众多的网民点击讨论，大有爆棚的趋势。更让单文欣慰的是，一开始默不发声的电台、电视台也加入进来报道，此事已经引起了平海市委的重视，派出调查组对这件事情展开调查。如果说他的举动引发了一场地震，那他无疑就是这场地震的策源地。这让他有点儿偷着乐的感觉，天天不自觉地在电脑前流连忘返，和网友们讨论着相关的话题。

这天下午，单文推说去办事儿，提前从派出所出来溜回了家，原因是今天他组织的网络门派有个内部比赛，他这个掌门人得到场参加以壮声威。

进屋，家里没人。老婆肯定是在超市上班没回来，这个时间孩子还在上学。

他先把警服和帽子往沙发上一丢，又打开水龙头往铁壶里灌满水，点上煤气烧上水，在茶壶里续上茶叶，等水开以后沏好茶。这套流程他操作得非常熟悉。然后，他打开电脑四平八稳地往前一坐，那种舍我其谁的良好感觉又升腾起来。自己在虚拟的世界里仿佛就是一方霸主。

他的这个门派人气很旺，门派里的人们看见掌门来了，都热情地打着招呼，他也不停地点击着对方的名字，打出些问候的话语。他还不时地和熟悉的网友开几句俏皮的玩笑。“黑宇”人也在线上不停地喊着他的名字。他飞快地点击了一下“黑宇”，做了个笑脸。“黑宇”没有像往常一样还给他个微笑，而是突然不再说话了。网络中这种现象常有，他没有在意，仍旧在自己的房间里继续宣布着比赛规则和注意事项。在告知了奖励种类和裁判员名单以后，选手们都就座了，他宣布比赛正式开始。刚刚还嘈杂的对话框立时少了喧嚣，显示器上只有比赛的选手静静地对垒。

“蓝色！蓝色！你还在吗？”是“黑宇”在叫他。

“在，朋友，有事儿吗？”他快捷地回复着。

对方又“哦”了一声没有了下文。

他觉得今天“黑宇”很奇怪，不似过去那样滔滔不绝，发表一些新奇的观点。“黑宇是不是有什么心事儿啊？”想到这里，他不停地叫着对方的名字问道：“黑宇，你在吗？”“怎么不说话了？”“有什么事情要和我聊聊吗？”他想招呼“黑宇”一起下盘棋，可“黑宇”没有再回答。电脑显示他已经下线了。

时间在悄悄地走着，不知不觉中又过了一个小时。单文把论坛里的文章拣自己认为好的、重要的回复了几篇，刚刚进到房间，就看见“黑宇”在对话框里正在叫他。

“蓝色，你还在吗？”

“我在，刚才是断线了吗？”他选择了另一种方式接近对方。

“没有，刚才我离开了一会儿。”“黑宇”答话了，“可以和你在 QQ 上聊吗？”

“没问题，我 QQ 开着呢。”单文一边说一边打开了专用聊天的 QQ，上面显示着“黑宇”在线。

“今天门派有比赛，你不参加吗？你棋下得很不错，来吧。”

“不了，没心情下棋，只想和你聊几句。”

“没问题，我们以前不是聊得很开心嘛！”

“黑宇”沉默着……这种场面让他有点儿不知所措。他点燃一支烟，两眼盯着电脑，不住地摇着头：“这个黑宇真是有点儿怪。”

等了一会儿，“黑宇”终于又说话了：“我要死了。可是在死之前有个问题总弄不明白，以前我们聊过许多次，知道你有深度，所以才想向你请教请教。”

他感觉有些突然，手底下有点儿乱：“你怎么啦？请教谈不上，我们一块儿探讨。能告诉我你有什么不愉快吗？”

“黑宇”：“我的困惑就是，人为什么要有思想呢？学会了思考也就增添了烦恼，有了烦恼就会产生许多怨愤，有了怨愤就得报复。所以，我想轰轰烈烈地做件大事，然后归于平静。这样也许最能体现我的自身价值！”

有哲学的味道。他想到这儿，赶忙把字打过去：“人要是没有思想，存在的意义就打了折扣。当然，在不断的思考中会产生许多困惑和焦虑，这要看我们自己怎么能走出来。体现价值的方式有许多种，不知道你如何选择呀？”

“黑宇”没有理会他的话，继续着自己的发言：“我遇到的问题你解决不了，连我自己想了很久也找不到适合的解决方式。”

“噢，那你就去攻占钓鱼岛，把它插上五星红旗，然后守在那里，这样你就既可以轰轰烈烈又能平静地度过一段时间了。”

“我不计较你调侃的语气，你没理解我所说的意思。经过深思熟虑，我已经决定好怎么做啦！”

“你决定什么了？”

“我决定给自己搞一个非同寻常的葬礼，由我自己点燃葬礼上礼花的引信。我会伴随着冲天的光柱和缓缓升腾的火苗向天空飞舞，这样我会没有痛苦，而且在那一瞬间享受飞天的快乐。你觉得我的创意好吗？”

单文不由自主地打了个冷战：“不好，感觉你是在放卫星。”

“黑宇”：“你这个比喻挺恰当的，只不过放上去的是我自己。”

“能告诉我在什么地方放吗？我想去看看。”

“到时候你就知道了，不过你最好还是离得远些，爆炸的火焰也许会伤着你的。”

单文被一种恐惧感笼罩着，手下不由自主地加快了打字的频率：“真的不能告诉我吗？你为什么选择这样做？”

“黑宇”给了他一个笑脸：“喜欢！因为我厌倦了这个纷争的

世界。哦，不要查询我的 IP 地址，我隐藏了。这和我们平时下棋一样，我料你于先。”

正要查询对方 IP 地址的单文一时不知该如何回答，眼睛紧紧地盯着电脑愣住了。这小子是比我想得远，真是个高手。

这两天的休息真是把刘长路郁闷坏了，天天躲在迟玉的家里不出屋。迟玉怕他别扭，变着法儿地做出许多好吃的饭菜。可他看了两眼就放下了筷子，钻进屋里躺床上不说话了，任凭迟玉怎么问也问不出个所以然来，急得迟玉不知道做什么好。晚上，迟玉打开电脑上网，突然被一条新闻吸引了，忙跑进屋叫他起来：“快起来！你看看，你们派出所上网了！”他翻了个身：“上就上呗，不就是又抓了个网上逃犯嘛！”“不是，是你们的民警让人打了，还有相片呢。”听见这话，他猛地从床上爬起来，提上裤子，趿拉着拖鞋朝外就走，弄得迟玉在后面追着喊：“你把腰带系上呀！”

刘长路跑到电脑前，还没坐下，立即被一条特别醒目的消息吸引住了——“人大还是法大！”他用鼠标点击打开标题，果然，里面说的就是前两天在平海车站发生的事情。许多照片也贴在了网上，里面有陈其嘉和许彬、林辉挨打的画面，还有那个胡代表丑恶的嘴脸和他手下张牙舞爪的模样儿。“这是谁干的呀？太厉害啦！”他边想边从电脑前抓起烟卷，迟玉在后面忙给他点上火，指着画面里的胡代表说：“这个人我认识。他是西区的，自己有生意，据说还是个什么领导。”“你怎么认识的？”迟玉撇撇嘴：“还不是跟我老爸一起参加宴会认识的。这个人挺厉害的，黑白两道都有关系。”刘长路听完这话，翻了个白眼儿：“得，那你就等着给我收尸吧！”

“怎么啦……”迟玉疑惑地看着刘长路。

“没怎么，就因为我看不惯这王八蛋天老大他老二的德行，替他爸爸管管他，捎带着把他手底下的人也收拾了一顿！”

“是吗？”迟玉先是吃惊地盯着眼前的男人，然后马上扑上去抱住他的脸狠狠地亲了一口：“你太厉害啦！真是个男人！”刘长路一把扒拉开她：“你没事儿吧？”迟玉索性坐在他腿上咯咯地笑：“告诉你吧，他这人霸道得很，想打他的人太多了，我爸爸就是其中一个，只是碍着他的身份不能轻易碰他。这下可痛快啦！你可替你老丈人出了口气呀！”说完这话，她又像是想起什么似的看着刘长路：“不对呀，这上面可是说你们的人挨打了啊！”刘长路咧咧嘴笑了：“呵呵，你没听说过吗，哪里有压迫，哪里就有反抗！这个傻子和他手下打得小陈和许彬他们满处跑不敢还手，我和老赵才穿便衣过去教育了一下他们。”他详细地讲了一遍事情的经过，听得迟玉一个劲儿喊好。这可把刘长路自己都搞转向了，心说：“我怎么找了这么一个二百五的媳妇呀！”

最后，迟玉告诉刘长路，为了表示对他这种行动的嘉奖，家里决定借这次他休息的机会组织一次旅游，今天晚上就走。刘长路苦笑着摇摇头，得，越说越犯病。

单文已经坐在电脑前两个多小时了。他反复翻看着以前和“黑宇”的聊天记录，思索着“黑宇”的谈话语气。他到底想干吗呀？是想搞网上自杀？还是故意语出惊人想引起别人的重视？还是真有什么企图？如果是后者，那就太可怕了。这等于是流动在社会上的一颗定时炸弹，这颗炸弹有智能、有准备、有时间，只等到他自己认为合适的时候才拉响导火索。可现在自己又能做些什么呢？光凭着网上的聊天记录就判定他是个嫌疑人？是个要危害社会的暴徒？万一他是个精神病人呢？想到这里，单文自己都觉得可笑，我是不是杞人忧天了？

突如其来的一阵电话铃声让他打了个激灵，他忙拿起电话听筒，里面传来老婆的声音：“喂，你在家呀，孩子回来了吗？”他支应了一声说：“还没有呢。”老婆继续说道：“难得你回来得早，赶紧去市场买点儿肉、菜、鱼之类的，收拾好了等我回家做。”“今天嘛日子呀，你这么忙乎，你爸要来呀？”“一边待着。你怎么当爹的？今天是你儿子的生日。”说完，老婆撂下了电话。

单文放下电话，赶紧跑到挂历前，一眼就看见了儿子早早用红笔圈出的日期。他拍了拍自己的脑门，忙抓起放在沙发上的衣服，一溜小跑地冲下楼去，连电脑都没有关。

6

躺在床上的赵鹏程又做了个和以前同样的梦，这个梦境伴随着他的睡眠反复出现。自己仿佛又拿起了久违的手枪，向着不知名的地方不断地扣动扳机。可这次子弹却从枪膛里射击出去了，他眼看着对面的人在他的射击下不停地跳动，直到被他打倒。他反复几次强迫自己继续这个梦境，他想知道结果是什么，可是他已经醒来，再也接续不上了。

赵鹏程翻身从床上爬起来，窗户外面的天色有些阴暗。抬起手腕看看表，已经是下午 5 点多了，自己这一觉睡得真够踏实，时间也真够长的。印象中自己从干警察那天起就没有睡过几回踏实觉，即使躺在自家的床上，也总是迷迷糊糊感觉有事儿，总是担心电话铃声会突然响起来，招他回单位去执行任务。这么多年，几乎都形成毛病了。他叹了口气，下床穿鞋，走到水池边用凉水洗洗脸，想刺激刺激自己的面部神经，清醒一下，好忘记刚才的梦境。

两天没去派出所上班了，他好像觉得少了点儿什么，细想想，自己不觉感慨起来。人啊，就是有点儿贱骨头，忙得脚不落地，跟哪吒踩着风火轮似的连轴转，倒没觉出什么不舒服来，可一休息，忽然感觉绷紧的神经全放松了，头疼、屁股疼的毛病都出来了。其实他心里也明白，这就是报纸、电视里说的那种亚健康状态，是身心缺乏合理调节的反应。还有一个最重要的因素，就是自己已经不年轻了。他喊了几声老伴儿都没人答应，心里想着可能是出去买菜了，于是穿好衣服走出家，骑着自己的破“铁驴”漫无目的地沿着马路溜达了下去。他也说不清自己这回到底要去哪儿……

夜，悄悄地拉开了帷幕。主干路上的路灯闪烁出荧荧的亮光，街道两边的霓虹灯竞相争艳，平海火车站也像解除了灯火管制一样，打开了所有的灯光，与周边交叉的公路网汇成了一片五颜六色的灯海。

张东平今天晚上值班。他仍像往常一样把自己关在屋里。他在反思这段时间派出所里发生的事情，一件一件地在脑子里过着电影。民警的思想动态、领导之间的平衡、与上层建筑的关系都让他不得不深思，每一件事情他都反复掂量，直到前两天胡代表在平海站上车这件事为止。自己来这个派出所时间已经不短了，从各个方面来衡量，按说能左右得了局面，可是每次处理事情都让他感到如履薄冰。是自己太脆弱了，还是现实的情况太复杂了？他想到了韩建强，这个总拿眼镜后面的眼睛看人的教导员。自己开始并没有要消除他权力的想法，可是无论在现实工作还是思想上，他都跟不上节拍，有的时候甚至有意无意地在拖自己的后腿。通过多次的较量，他慢慢地感觉到，这不是他们两个人单纯的争权夺势，而是两种基层领导思路的抗衡。趁着还没彻底撕破脸，把他挤走算了。

想完这些事情以后，他走出屋准备去车站转转。还没走出几步，身后就传来一阵急促的脚步声。

“张所！”值班民警举着文件夹飞快地赶了上来，“紧急情况！请你看完后马上进行安排！”

张东平打开文件夹，里面的内容让他立刻紧锁了眉头：

“平海市公安局内部紧急传真电报，市内各区、县分局，铁路公安处、民航公安处、公交公安局、市区各卡口：今日3小时前我市北岭区一武警看守的武器仓库发生被盗事件。犯罪嫌疑人利用在武器仓库附近放火吸引大部分武警战士救火之际，打死打伤两名武警战士，盗走六四式手枪三支，七九式V型冲锋枪两支，子弹二百余发，炸药若干，后驾驶一辆黑色桑塔纳轿车逃跑。经现场调查证实，犯罪嫌疑人共三人。

“嫌疑人甲：男，身高一米七五左右，体态中等，肤色较白，留分头，本地口音。穿紧身夹克装。

“嫌疑人乙：男，身高一米八左右，体态健壮，肤色较黑，留平头，本地口音。穿休闲衣裤。

“嫌疑人丙：男，身高一米六七左右，体态较瘦，肤色较黑，留长发，本地口音。穿休闲衣裤。

“请各单位接此通报后，立即布置查缉工作，并通告参加查缉的民警注意自身安全，发现嫌疑人即予扣留，并速报市局指挥中心。”

张东平看完后，合上文件夹，马上说道：“迅速通知当班值勤民警加强查危工作，通知副所长冀锋、常子杰速回所。除沿线警组不动以外，日勤、内保、治安组及值勤组轮休的民警，能通知到的全体来所报到，启动应急预案。”话音刚落，屋里的电话铃声又急促地响起来。他奔回屋内，一把抓起桌子上的电话。“张东平吗？”这是肖海亮的声音，“紧急通知看见了吗？还有一个补充通知，你记一下。”张东平答应着，顺手拿起笔：“据被抢救过来的武警战士说，三人曾称要乘坐火车去北京搞更大的动静。处领导要求平海的各个车站都要加强阵地控制，一定要把犯罪嫌疑人卡在站外、堵在车下，不能从我们眼皮底下漏网。张东平答道：“我已经启动了应急预案，还通知了各警组民警回所参加堵卡行动。”

“好！我马上带防暴分队到你们所参加堵卡工作。”撂下电话，张东平想去找韩建强，因为他知道，这个时间教导员是不会回家的。刚一抬头，看见韩建强已经站在了门口：“我知道这件事情了，咱们抓紧商量一下工作方案吧。”

刘长路驾驶着汽车正在和迟玉去平海火车站的路上。今天晚上，两个人要去南方旅游。用迟玉的话说，就算是提前蜜月旅游了。也许是因为刘长路的关系，迟玉只要出门儿，首选肯定是火车。因为这个事情，刘长路还和她开玩笑说，我代表铁道部部长，对你长期为铁路作出的贡献表示崇高的敬意。

这个时候，坐在车里的迟玉正仔细端详着身边的刘长路。在她眼里，他就是个真的汉子：“我一看你的样子就觉得你特别帅！你的工作每天都能带给你全新的感受，每天你都有新闻讲给我听。面对各式各样的坏人，你总有办法制伏他们……从你身上，我看到了警察的风采！我是不是捧过劲儿了？”

“嘿，嘿，嘿，”刘长路笑了起来，“你可真别这么捧了，我听着挺肉麻的……”

“我说的是真话。我特佩服你，真的！”

刘长路伸出一只手，紧紧地握住了迟玉的手，像是在传达着心里的信息："坐好了，让你享受一下飞车！"

派出所的几名领导又聚在了张东平的屋里。张东平通报完具体情况后说道："你们没到齐之前，我已经通知当班值勤民警，加强查危和对重点岗位、部位的巡视清理工作。除沿线警组加强巡逻线路外，日勤、内保、治安组及值勤组轮休的民警，能通知到的全体来所报到，启动应急预案。大家看看还有什么要补充的？"

冀锋想了想："我建议多编成几个便衣民警清理小组，和着装的同志们公秘结合，这样便于工作，也便于发现目标。"

张东平点点头表示同意他的意见，然后将目光投向了一直沉默不语的教导员韩建强："老韩，你有什么想法？"韩建强抬起头："我认为应该立足于犯罪嫌疑人从这里乘车、出逃的这个预想，把查缉面扩大，除站区里面要加强清理巡视，对前后广场、车站的操车场、货场和一些大的建筑物都要加强巡查，以免有什么疏漏，别让犯罪嫌疑人钻了空子。"

张东平表示认同："教导员说的很重要，我们马上行动。鉴于犯罪嫌疑人是三个人，估计他们不会聚在一起，肯定是分头进站，然后上车会合。我的意见，以两三个民警为一个战斗小组展开清理，相互之间要加强策应。冀所把武器库打开，枪支尽量多往下配发。"说完以后，他好像觉得有必要再强调一下："一会儿还是我跟大家做动员吧，枪到手里可不是烧火棍，也不是摆设。要临机决断，能打就打！绝不能让咱们的民警当犯罪嫌疑人的靶子！"这番话可真是够大胆的，让另外三个人听后都有些惊诧。因为现行的警察枪支警械管理是非常严格的，严格到和社会的高速发展有些脱节。就拿制止暴力犯罪来说吧，规定里说了四条，每条看上去都很像那么回事儿，可仔细一斟酌，毛病就出来了。上面提到的都是在暴力犯罪已经造成或将要造成后果时，不开枪不能制止时才可以打，但没规定对发现暴力犯罪嫌疑人的时候就可以先行拔枪控制局面。所以，就形成了特别窝囊的场景。警察发现了犯罪嫌疑人，但不能先拔枪，因为按照规定一拔枪就违法了，人家反过来就能告你！脑子活点儿的还可以违反规定，头脑僵化一点儿的警察只剩下两条道。第一条是等犯罪嫌疑人先拔枪，还得看清楚了人家拔出来的的确是枪，你才可以拔。当然了，人家要是主动缴枪的不在其列。人家要是开枪打不着你，你再打，这就没事儿了，因为是犯罪嫌疑人先动的手。第二条是拿自己的鲜血警示后人，成就法律的完善，顺便对现行的各种管理制度提出无声的抗议！说白了就是当英雄，自己的模样儿变成照片贴在墙上，让后来的人们怀着无比崇敬的心情来瞻仰。所以，当张东平提出能打就打的主张时，这三个领导都有些发愣。

张东平看看他们："如果没有别的意见，我们就开始行动！"

两位副所长出屋去布置任务了，张东平喊住了站起身要出去的韩建强："老韩，你不要去了。今天我值班，你在所里居中指挥就可以了。"

"你还要带队在站区进行清理呢。我带内保组的民警去检查车站的货场和操车场吧。"

张东平没有再争执。货场、操车场车辆众多、环境复杂，里面铁道纵横，面积很大，其间也许还夹杂着油罐车或危险品车辆。这个地方是要安排一名领导带队检查。于是，他拿起桌子边的强光手电筒，递了过去："老韩，清理的时候注意点儿！"

韩建强接过手电筒，冲他笑了笑，转身回自己的办公室了。

刘长路和迟玉把车停好，相拥着刚走进广场，一眼看见冀锋正满头大汗、指手画脚地忙碌着。刘长路凑过去拍了他一下："嗨！你干吗呢？上蹿下跳的，出事啦？"冀锋回头看见他："是有点儿事儿，刚接了个协查通报，有三名持枪的犯罪嫌疑人可能从咱们这儿走，这不正安排堵卡呢。你怎么来啦？你不是歇假了吗？"刘长路一指迟玉："我们准备今天晚上出去旅游的。怎么着？用人吗？我帮你们忙乎忙乎。"冀锋摇摇头："还是别了，你们好不容易出去玩一次，我可不当这个坏人。"说完，他冲迟玉笑了笑，意思是说你们该去哪儿去哪儿，这里面没刘长路什么事儿。刘长路梗了下脖子刚要说话，可看见在一旁的迟玉，又把话咽了回去。还是迟玉明白眼前的这个男人，她推了一把刘长路：“咱们的车要晚上 11 点多呢，不着急，你想去就去吧。”刘长路犹豫了一下，冲迟玉点点头：“你先去候车室等我，我去去就来。”说完拽着冀锋朝售票大厅走了过去。快到大厅门口的时候，冀锋拉了他一把：“长路，你看那边的那个人，是老赵吗?”刘长路再抬头看的时候，前面已经没有了人影。

冀锋看见的那个人就是老民警赵鹏程。

赵鹏程骑着自行车信马由缰地来到派出所，放好车就知道了这个信息。他脑子里反应出的第一个念头就是：“我得参加堵卡！我得要把枪!”有了这个念头，他飞快地跑过广场，一气儿跑到派出所，刚进楼道就听见张东平在问常子杰：“单文联系上了吗?”

“第一回打电话，家里没人接。再打是他老婆接的，说单文出去了。过会儿再打的时候，家里没人接电话。我已经让顺道的民警去他家叫了。”

“哦，单文要是来了，让他和陈其嘉、许彬一组穿便衣去北京方向的候车室。”

赵鹏程停住脚步，压抑住紧张的心跳，长长地吁出几口气。他从开着的屋门望进去，韩建强站在一边，陈其嘉和许彬站在那里正听着张东平讲解情况呢。他犹豫着要迈步进去，被身后的人一把拽住了。他猛回头，发现身后站着的是刘长路：“老赵，你怎么来了?”他推开对方的手：“长路，你不是也来了嘛!”“你想参加堵卡?”“多个人多份劲儿，要不我在家也闲得难受。”刘长路摇摇头：“我看你也是闲的，回去陪陪嫂子和孩子多好，别掺和啦。”赵鹏程忙用手指竖在嘴上比画了个小点儿声的动作：“长路，我有预感，今天我能拿着枪！你听我一句，要是今天这事儿完啦，我请你们哥儿几个好好吃一顿。”刘长路看着赵鹏程兴奋的样子，没再劝阻，用手一推：“走！我跟你一块儿去!”

张东平看着眼前这几个熟悉的面孔，边给每个人发放刚刚印好的嫌疑人特征，边沉稳地说：“都是老公安了，战前动员就免啦。

尽快熟悉嫌疑人的体貌特征，工作中注意发现。你们三个人的任务就是巡查三个通往北京方向的旅客候车室，如果发现目标，不要轻举妄动，立即用手持电台通知我。另外，嫌疑人可能带有武器和炸药，注意自身安全。”

刘长路、陈其嘉、许彬三人拿起手持电台后并没有走，仍在等待着什么。张东平注意到他们的举动，沉吟了一下：“我懂你们的意思，先来的各组都已经把枪领走了，你们在工作中注意与他们配合。再说候车室内旅客众多，也不适宜动枪。还有……就是外面的卡子已经很严密了，你们多注意发现就行啦。”张东平故意没有提及因为走火的事情，已经停止了他们三个人佩枪资格的事儿。

“让我佩枪和他们一组吧！”赵鹏程上前一步对张东平说道，“张所，让我佩枪和他们一组吧！”

7

赵鹏程的话有些出乎张东平和韩建强的意料。韩建强本能地皱了皱眉，把目光移向张东平，示意他不要答应这个请求。张东平没有理会他的示意，用目光紧紧地盯住赵鹏程的眼睛。他知道老赵的夙愿，也很想给老赵个机会。而现在，他从赵鹏程的眼睛里读出了一个老民警的渴望和坚定，也读出了他内心要说的话：“给我机会！相信我！”

张东平回转身，示意值班民警打开枪柜，拿出一支五四式手枪，稳稳地递到赵鹏程的手里：“老赵，只剩下五四啦，佩带的时候注意点儿，别暴露了。”赵鹏程先是怔了一下，没想到久违的枪会这么突然地出现在自己眼前。

赵鹏程忙伸手接过来，迅速解开腰带，右手抻出腰带的一头，左手顺势将枪套往前送去，只一下就将枪纲、枪套插进腰带，再将腰带一系，双手抖出衬衣遮挡住枪套。一系列的动作完成得标准利落。他仿佛又回到了二十多年前，当时那个年轻的赵鹏程也是这样雄姿英发、干脆利落。张东平冲他们几个人点点头：“一定要多注意安全！记住，发现情况果断处置。咱们民警的命值钱！”

来通知单文到所里集合的民警在楼下喊叫的时候，单文正准备给儿子切蛋糕。在阳台上，他冲楼下的人回答着，转身进屋抓起了警服和帽子。这么多年来，他早已经养成了习惯，只要单位有事情，不管心里多不愿意也得赶回去，谁让自己吃的是这碗饭呢。老婆看见他急匆匆的样子，上去一把将他扒拉到一边：“你们单位怎么总有事儿呀？好不容易答应儿子一起过个生日，你又要走。要去也行，陪儿子把生日过了再去！”

单文让她拽了个趔趄，忙伸手扶住椅子。他没有着急，转过身冲坐在桌子中间盯着他的儿子歉意地笑笑：“看看，你妈妈急了。儿子，咱爷儿俩商量商量。爸爸得赶紧回派出所去办事儿，今天你和妈妈先吃饭，等明天爸爸回来带你和妈妈一起去饭馆吃，怎么样？”儿子盯着他，懂事地点点头。

他老婆在旁边接道：“没见过你们单位这样的，我把电话插头拔了都不行，还找家来了。”

“什么？你把电话插头拔啦？”单文瞪圆了眼睛盯着老婆，大声说，“我明白了，就是因为这个，单位才派人来家找我的。你啊……我是所里的内勤，所里叫我肯定有紧急任务，我得赶回去。”说完，他不容老婆分辩，拿起衣服冲出门去，任凭老婆在后面怎么喊叫他都没有回头。

单文骑车没用十分钟就到了车站货场门口，照例把车锁到货场里面，和值班的工人说了一声“帮我看好啦”，然后在黑暗中深一脚浅一脚地穿过铁道。这个时候，他的手机响了，准又是这倒霉娘儿们。他忙停下脚步，掏出手机，来电显示却是一个陌生的号码。他犹豫了一下，接通了电话。

“喂，是蓝色吗？”

这熟悉的声音让他如同听到了天籁之音！

“你是紫色！是我，是我，我是蓝色！你在哪儿呢？”他说话的语速不由自主地在加快，明显有点儿语无伦次。

“我在家呢……这段时间你还好吗？”

“我，我一直在想着你呀……”

两个人各说各的，谁也不挨着谁地问候和回答着。最后，还是“紫色花冠”把话拦住了：“我准备去平海，想再看看你……”单文被这个突然到来的喜讯美得直跺脚：“好啊，好啊！你准备什么时候来？”“明天吧，明天我就坐车去。”“好！好！我去车站接你！”这个时候已经没有必要再追问她因为什么失踪了这么久，因为自己马上就要见到她了。单文心里的抑郁被这个好消息一扫而空，一溜小跑地迈过铁道……

走了一会儿，单文发现今天晚上停留在线路上的货车太多了，绕行更耽误时间，于是他看了看前后的信号机，确认没有放行信号时，急忙攀过了两列货车。当他准备绕过面前的一列油罐车时，一个在黑暗中晃动的身影引起了他的警觉。“可能是偷油的吧？”想到这里，他慢慢地向对方靠过去。就在快要接近那个身影的时候，那个人突然回转身看见了他，在黑暗中向他示意性地扬了扬手，手中仿佛还拿着一个小锤儿。

“哦，是列检职工呀！”单文松了口气，也冲他抬了下手，边走过去边习惯性地问候着：“辛苦，还没下班呢。”

“是啊，您也忙着呢……”对方客气地回答着。

“你们甲班的老王怎么没出来检查呀，偷懒了吧？呵呵……”

对方立即回答道：“他在屋里休息呢，这点儿话谁干不一样呀！”

正在行进的单文忽然停住了脚步，转过身来对这个人说道：“今天当班的不是甲班，甲班里也没有姓王的师傅。你是干什么的？”话音未落，这个人猛地回转身，突然扬起胳膊，一支黑洞洞的枪口直对着单文的前胸，低声说道：“不许动！”

平海火车站内外地各个岗位上的民警，像一台上满了发条的机器，有条不紊地行动起来。查危进站口、广场、候车室、站台、旅店、车站商场、饭店，一双双警惕的眼睛巡视着所有可疑的目标。一张无形的网在黑夜里悄然拉开。刘长路和许彬、陈其嘉与赵鹏程他们四个人分成两组，两人在前，两人在后，顺着候车室仔细地巡视着里面的人们。

快走到第三候车室的时候，刘长路扭头对许彬说："迟玉在里面，我过去看看。过会儿真没嘛事，我就上车走啦。"

许彬开着玩笑："你这可真是工作感情两手抓，两手都抓着硬的啦。"

刘长路推了把许彬："一边待着去，别犯贫啊！"

两人说笑着走到第三候车室门口，刘长路一眼就看见了椅子上坐着的迟玉。他冲迟玉笑笑，快步走了过去。迟玉也看见了走过来的刘长路，起身迎过来。就在迟玉站起来的瞬间，刘长路的目光被坐在她身后的一个男青年吸引住了。不到一米七的身高，肤色较黑，虽然戴着个长帽檐的帽子，但从帽子边上露出的头发上看，肯定是长发。他穿着一身休闲衣裤，眼神不停地在帽檐下四处窥视，与特征上描述的太接近了。想到这儿，刘长路故意停顿了一下，向迟玉张开双手做出迎接的样子。等迟玉走到跟前，他一把抱住她在原地转了一圈。就在迟玉摸不着头脑的时候，身后的许彬已经看见了刘长路暗示的眼神。他顺着刘长路的指示确定一下目标，然后若无其事地继续向前靠近，选择好最佳位置封堵住目标的退路。

此时还在刘长路怀里的迟玉有些羞涩，脸上泛着红晕："你怎么啦，不看看是嘛地方啊！"刘长路低头附在她耳边轻声说："别回头，我们分开以后你就往屋外走，去叫后面的民警。"迟玉先是愣了一下，立即心领神会地点点头，凑过去在他耳边轻轻吻了一下："宝贝儿，注意点儿！"说完放开他的手走出门口。

看见迟玉走出候车室门口，许彬已经将男青年的退路封死了。刘长路稳稳心神，一步一步地接近目标。

赵鹏程和陈其嘉正好迎面撞上一溜小跑的迟玉，问明情况后忙让她闪在一边，两人快速来到第三候车室。候车室里，刘长路和许彬呈四十五度角站立的位置立刻让他们俩明白了，目标已经出现。他们俩没有急于向刘长路那边靠拢，而是警惕地扫视着四周，为刘长路和许彬做着警戒。

果然，就在刘长路逼近那名戴长檐帽的男青年时，一个萎缩在角落垃圾桶边的高个男子不自然地动了一下。这一细小的举动被赵鹏程发现了，他敏锐地感觉到情况不妙，急忙边举手示意许彬注意自己的后方，边与陈其嘉快速靠拢过去。此时的许彬正全神贯注地紧盯着椅子上的男青年，对自己身后的危险浑然不觉。

候车室里的广播响了："旅客同志们注意啦，请持通往北京的××次城际列车车票的旅客做好准备，现在开始检票。检票时请大家按照顺序排队协助客运人员工作，祝大家旅途愉快!"

候车室内的人们纷纷拿起自己的行李物品，向检票口涌去。戴长檐帽的男青年也站起来，提起自己身边的背包，刚要迈步，刘长路像墙一样地挡在他的面前，手里举着工作证对他说："我是警察！请你出示一下身份证和有效车票。"

男青年显然没有思想准备，慌张地答道："我，我有车票，我这就上车，时间，时间来不及了。"

刘长路的口气不容置疑："我是警察。请你出示一下身份证和有效车票。耽误时间可是你自己的事情!"

男青年无奈地掏出车票和一张黑乎乎的身份证递了过来。刘长路接过车票一看，是即将开走通往北京的城际列车的车票。再看身份证，印记模糊，有明显的伪造痕迹。他果断地说："你的身份证有问题，请跟我到派出所去核实一下。"

"可我就要上车去北京了，时间快到了呀！我有急事……"男青年语无伦次地说道。

刘长路坚定地说："请你带上自己的行李物品跟我走!"

男青年慌张地扭头向后看去，迎面遇上了许彬冰冷的目光。他知道自己无路可退，眼中闪出一丝绝望的目光。他装作顺从地低下头，向前移动着脚步。突然，他猛地把背包向刘长路扔去。

刘长路早有防备，一掌拨开迎面飞来的背包，顺势飞起一脚正踢中男青年的腹部。男青年"哎哟"一声，手还没有来得及伸向裤子口袋就被踹得坐在地上。没等他站起身来，就被从后面冲过来的许彬使劲儿一把按住。一支手枪，从裤子口袋里滑落到地上。

赵鹏程的预感是正确的。就在刘长路和许彬对嫌疑人实施抓捕的时候，那个高个男子突然站起来，一下子抖掉了披在身上的外衣，将手伸向裤袋，侧身朝刘长路和许彬的方向跑过来。一米八的身高，体态健壮，肤色较黑，留着平头，穿休闲衣裤。就是他！通报上的二号嫌疑人！赵鹏程用双臂奋力地拨开涌向检票口的人群，朝高个男子冲去！

面对枪口的单文表现得异乎寻常地冷静。他没有动，也没有说话，两只眼紧紧地盯着对方的眼睛。

“把枪和手机拿出来，扔到一边去。”对方冷冷地说道。

“我是去单位上班，身上没带枪。”单文把手机掏出来，扔在地上，举起双手晃了晃。

“我本来想放下东西就走的，没想到你自己撞上来了，也没想到你竟然会试探我。真是活该你倒霉！”对方的语气里透着阴冷。

单文笑了一下：“没办法，我天天上班要从这儿路过，碰上我也算你够背运的。我能问问你刚放的是什么东西吗？”

“炸药！”对方痛快地回答着，“反正你是死定了，告诉你也没什么。你会伴随着冲天的光柱和缓缓升腾的火苗向天空飞舞，而且在那一瞬间享受飞天的快乐。你觉得我的创意好吗？”

单文猛然一惊，这句话太熟悉了。“你是黑宇！”

“你，你怎么知道我网上的名字？”对方显然比他更吃惊。

“那你就去攻占钓鱼岛吧，把它插上五星红旗，然后守在那里，你就既可以轰轰烈烈又能平静地度过一段时间了。”单文缓缓地说道。

“怎么，你是，你是蓝色！这可真是太巧啦！”“黑宇”摇摇头说道，“我可是告诉过你，让你离远一点儿的！”

“谁知道你跑车站来干爆破了，你电影看多了吧？我既然看见了，当然要想办法阻止你了。”单文平静地说。

“就凭你？阻止别人也要看看实力。你手里连个烧火棍子都没有，还想阻止我，真是笑话！”“黑宇”轻蔑地说。

“我承认，我们目前的对比是不均衡，你占着优势，可总体上看，你却是被动的，是劣势的一方。告诉你吧，这周围都是我们的人!”单文觉得今天自己说话特顺畅，一张嘴就引用了一句电影里的老词。

“别和我斗嘴!”“黑宇”不耐烦地说道，“不过，看在我们曾经聊得开心的分儿上，我也可以告诉你我的安排。”单文点了点头，“我们今天刚刚作了个大案，抢了个弹药库。我的朋友们准备乘坐十几分钟以后的火车去北京，我还想在走之前留下点儿响动，所以就绕道钻进了车站货场。当然，这样也可以避开你们的检查。我观察了停留的列车，选定了这列油罐车，这不还没等我挂上炸弹，你就过来了。”

单文不以为然地摇摇头：“你怎么知道自己放的炸弹肯定能在你走后爆炸呢?再说，你走了我们还可以拆除它呀!”

“黑宇”被单文轻蔑的语气激怒了：“我从小就爱好物理和化学，我自己制作的炸弹是效果最好的。”说罢，他举起手中的一个黑色的方块状小包，“话都说到这份上了，不妨告诉你更多一点儿，我还在其他地方安排了另一颗定时炸弹。怎么样，这回服了吧?”

在“黑宇”说话的时候，单文脑中飞快地运转着，他极力想找出个制止对方的办法。冲上去夺枪拼杀?这样的距离倒在枪口下的肯定是自己，还起不到任何作用。大声喊叫吸引别人注意?声音在货车林立的夹缝中不会传得太远。看情形，自己无论怎么做，他都会穷凶极恶地引爆炸弹。千万不能让他炸响!他焦急地盯着纵横的铁道线，忽然眼前一亮。他们俩都在无意中站到了驼峰的走行线上，而且他清楚地看见，表示道岔开通的信号灯正在幽幽地放着蓝光。

从驼峰上滑下来的货车声音很轻，滑行到线路上的时候会因惯性使列车既重又猛，足以把他撞得粉身碎骨。我得拖住他!不能让他离开道心!想到这儿，一个悲壮的念头在单文心中慢慢升了起来。我今天可能回不去了!

8

赵鹏程清楚地看见高个男子从裤袋中掏出了手枪，对准刘长路他们。这情景与二十五年前的一幕是多么的相似！他的大脑在过去和现在的两个时空中来往不停地穿梭闪回着！徐雷、他自己，双方的枪口和愤怒的眼睛，喷出的鲜血与刺耳的枪声，自己梦境中那个不知名的地方。

他拔枪了。

赵鹏程清楚地记忆着出枪的每一个环节。那是自己在这么多年中反复练习的一个动作，轻盈潇洒，快速迅猛，他可以保证绝对不会有失误。他大声喊着："警察！把枪放下！"然后推开要往前冲的陈其嘉，挺身挡在了刘长路与许彬的身前。

"砰！"对方的枪响了，子弹划出枪膛，呼啸着打在赵鹏程的前胸。他感觉自己踉跄了一下，脚步有些散乱，但没有倒下。他极力控制住自己已经倾斜的身体，集中精神，手臂依然保持平衡，对准目标，连续地扣动着扳机。

"砰！砰！砰！"赵鹏程感觉五四手枪在自己手中微微地抖动，弹壳急速地弹出。他闻到一股淡淡的火药味，他看见歹徒随着自己的每一次击发都在不住地跳跃着，最后软软地瘫在地上。这就是自己多年的梦境啊！我打响了！我开枪了！这是赵鹏程头脑里闪出的最后声音！

刘长路他们被眼前的情景震撼了。赵鹏程用身体挡住了歹徒射向自己和许彬的子弹，在先被击中的情形下仍然奋力还击。他的枪不停地向歹徒射击。一枪！两枪！三枪！直到把对方打倒在地，赵鹏程依旧平举着枪口，看着对方瘫软在地上。赵鹏程缓缓地倒下了。"老赵！"刘长路高喊着扑过去，一把将胸口冒着血浆的赵鹏程揽在怀里，"老赵，你得挺住啊！我这就去叫救护车，你挺住啊！"

赵鹏程紧盯住刘长路的眼睛，费力地把他的目光引向角落的果皮箱上，仿佛使尽全身力气对他说："长路，去，去，看看！"刘长路被猛然惊醒。那就是歹徒待过的地方，说不定会有什么东西，要马上进行检查！他忙将赵鹏程交到陈其嘉的手里：“其嘉！你看着老赵！不许让他死！”说完疯了似的冲角落的果皮箱跑了过去。许彬铐住嫌疑人，举着电台，不住地用嘶哑的声音喊叫着：“快叫救护车啊！老赵让枪打啦！快呀！”

陈其嘉紧紧地抱住怀里的赵鹏程，不住地说道：“老赵，老赵，你挺一会儿，已经去叫人啦，去叫救护车啦，你挺一会儿，你可不能闭眼啊！你还欠我们一顿饭呢！”

赵鹏程惨白的脸上露出一丝笑容，对陈其嘉轻轻地说：“其嘉，好兄弟……告诉长路……我对不住他。”

陈其嘉知道他是在说走火的事情，强忍住涌到眼里的泪水，用力地摇着头：“老赵，咱们是哥们儿，没有对不起的事！”

这话让赵鹏程开心地笑了笑。突然，他紧皱皱眉头，像是对陈其嘉又像是对谁说道：“师傅，我，我可打响啦！”说罢，缓缓地合上了眼睛。“啊……”陈其嘉抱住怀里的赵鹏程，痛苦地嘶喊着！

刘长路一层一层小心翼翼地清理着垃圾桶。时间也在嘀嘀嗒嗒中一分一秒地流逝。果然，在桶边的底部，一个爆炸装置赫然出现在眼前。

他回转身向周围的民警喊道：“快疏散旅客，马上通知张所，说这里发现了爆炸物！给我开一条通道！”然后，他慢慢地将爆炸物移出桶外。

“刘长路！刘长路！你听到了吗？听到回话！听到回话！”手持电台中传来张东平急促的呼叫声。

“我是刘长路，我听到了！你讲！”情急之中早忘记了客套。

“长路，你不要擅自处理爆炸装置，等拆弹分队赶到再处置。我再重复一遍，你不要擅自处理爆炸装置，等拆弹分队赶到再处置！”

刘长路没有回话，他仔细地观察着爆炸物的外观。这些东西他在当兵的时候就熟练地操作过。他发现在炸药和引信的连接处，有一个液晶显示器在不停地跳动。“张所，来不及啦！这个炸弹是定时的！从我这里看还有不到三分钟的时间。拆弹分队赶不及啊！”

"什么?"张东平的声音明显紧张起来。

"张所，时间紧张来不及啦！你把防爆罐调到广场上，我抱着炸弹跑过去!"说完，他抱起炸弹，飞快地向广场跑去。

在广场中巡视检查的张东平与督察队队长肖海亮，立即将防爆罐放置到广场中央。张东平用手持电台呼叫着各个岗位的民警："所有的人都注意啦！所有的人都注意啦！为刘长路疏开通道！为刘长路开道！快啊!"

候车大楼内，刘长路正在拼命地向前跑着，他跳过挡板，越过栅栏，撞开迎面而来的行人，三步并作两步地向前冲去。他仿佛又回到当兵的时候，他的眼睛死死盯住前方的一个个障碍物，人和景物在他身边飞快地掠过，在他耳边只能听见战友们一个一个接力的喊声。

"长路，前面左拐走右手楼梯，那儿没有人!"

"长路，走大厅中门，门已经打开啦!"

"长路！快出大厅时一直跑，广告挡板挪走啦！快呀!"

"长路，快跑，肖海亮在广场接你哪!"他按照战友们指示出来的路线拼命地奔跑着。

跑出大门，他一眼就看见站在不远处的肖海亮在向他挥手。短时间内的极速奔跑已使他筋疲力尽了，他感觉胸口胀满，不得不大口地喘气，但他还是咬着牙，向肖海亮跑去。

"长路！扔!"肖海亮冲他大声地叫道。刘长路目测一下距离，使尽全力把炸弹扔到肖海亮的手中。肖海亮接过后，转身继续奔跑。当快接近张东平的时候，他大喊一声："东平！接住啦!"然后，用力扔了过去。张东平看准爆炸装置飞过来的路线飞身跃起，双手紧紧将其卡住，三个空中接力又快又稳。张东平转回身把炸弹扔进防爆罐内，一把扣上盖子，接着顺势就地滚出很远。

"嘣"的一声，防爆罐被震得远远地飞了出去。

单文仍在和"黑宇"对峙着。"黑宇"已经明显地露出不耐烦的情绪，他似乎发觉单文不停地和他对话是在等待着什么，于是他把枪向前一指，狠狠地说：“蓝色，你别和我要花招儿！我是豁出去了，可你又为了什么呢？”

“精神！一种精神，你不会理解的！”单文已经掌握了对方的脉搏，他越是这样说，“黑宇”就越是不服输，越要问个究竟。

“什么精神？为事业献身的崇高理想？别和我说大话！”“黑宇”果然又上当了。

“不是，我没那么崇高，我只是履约而已。”单文平静地说道。看到“黑宇”露出不解的神色，他继续着自己的发言：“你听说过契约精神吗？没听说过吧。估计你也不是很清楚，我简单地给你说几句吧。那是在1620年的时候，一艘名叫‘五月花’号的轮船，载着从英国到美国的一些社会各阶层的人们。他们刚刚上岸就相互约定，以后要靠契约办事。契约是一种约束，也是一种诚信。就拿我来说吧，我从穿上警服的那一天起就和这个职业签约了，就注定要承担风险。这个契约里有如下条款，忠诚、勤奋、坚强、执着、鲜花、荣誉、掌声、奖励等，最后一条就是牺牲。现在就轮到我履行这个约定啦！这在我看来是一种光荣！”

“你难道不怕死？”

“不怕死？谁不怕死啊！其实我的动力是来源于我不能毁约，毁约是要受惩罚的。”单文仍旧那么平静。他看见一列货车已经从驼峰上悄然滑下，这是已经解体正准备重新编组的列车，他仿佛都能听见车轮沙沙的滑动声。

“那你就先走一步吧！”“黑宇”气急败坏地举起手枪。

“黑宇，你没种开枪！枪声会把我的战友引到这里来，这就是我刚才说的，周围都是我们的人，你才是劣势的一方！”

列车在快速逼近。单文的心情更加平静。

他清楚地知道今天的结局，但他丝毫也没有考虑躲避。这个时候，他感觉胸口内鲜血在不住地涌动，自己就是大英雄！

他全神贯注地盯着眼前的“黑宇”手中的枪和炸弹。他知道，不管结果怎样，自己已经开始履行这个契约里最残酷的条款了：“开枪呀！你这个傻子！是老爷们儿吗？”

“黑宇”被他的气势吓住了，不住地往后倒退着，握枪的手不停地颤抖着：“蓝色！你别认为我不敢开枪！”

“你记住啦！我叫单文！”单文一步一步地逼近“黑宇”。“黑宇”也在一步一步地倒退着，他丝毫没有感觉到身后另一个庞然大物也在逼近他。

“你不要再过来啦，我真开枪啦！”“黑宇”近乎疯狂地叫喊着。

“你敢开枪就不会像狗一样叫唤！”单文也大声地喊道，“黑宇！别你妈的像个娘儿们！”今天单文骂街骂得特别痛快。

列车已经快滑到“黑宇”身后了，单文笑了，笑得很开心。他的笑声在夜空中传得很远，很远。

“砰！”单文感觉自己的胸口被人重重地打了一拳，他摇晃一下，仍继续冲着“黑宇”走去。

“砰！砰！”“黑宇”又朝单文开了两枪，摇晃中的单文依然没有倒下，他还在向前走。这个只能在电影、电视剧里出现的场面让“黑宇”的精神近乎崩溃了，他疑惑地看着自己的手枪，仿佛从枪膛里射出的不是子弹，而是另外的什么东西。单文的眼睛死死地盯着“黑宇”，嘴里艰难地吐出一句话：“这一局棋我赢啦！”

没等“黑宇”反应过来，列车带着强大的惯性狠狠地撞到了“黑宇”的身体上。他不由自主地身体前倾，扬起双手，炸弹、手枪从他手中脱出，向天空飞去。单文憋足一股劲儿，大喊一声：“啊！”他朝炸弹飞身跃起，赶在它落地前一把伸手接住了这个该死的东西。

枪声在黑夜里传出很远，正在货场巡视的民警听见枪声，朝这边跑过来。铁道边上的情景让他们都惊呆了。犯罪嫌疑人已经被货车撞轧得像一摊泥堆在那里。单文身上的枪眼仍在汩汩地往外冒着血浆，他静静地躺在钢轨和石块间，已经停止了呼吸，怀里还紧紧地抱着那颗未响的炸弹。

列车缓缓地驶出了站台。坐在车厢里的人们三三两两地透过车窗观赏着平海的夜景，没有人知道刚才发生的凶险的一幕，他们的心里仍旧装满了舒心和愉快。火车载着他们就要离开平海，奔赴家乡了……

几天以后，从赵鹏程和单文的追悼会上出来后，刘长路、陈其嘉、许彬和迟玉一同来到了徐雷的家中。李静热情地招呼他们，又是倒水，又是拿水果。当李静问起赵鹏程为什么没来的时候，陈其嘉按照事先商量好的口径告诉老人，老赵出差了，他走的这段时间托付我们，让我们常来看望您，看看老师傅徐雷。李静听后，半晌没有言语。过了一会儿，她用手指了指对门的房间说："我不问你们出什么事儿啦，老徐的遗像在那边屋里呢，小赵来的时候常去看看的。"

刘长路轻轻地走出屋门，来到放有徐雷遗像的屋内。他先是仔细地擦拭了一遍徐雷的遗像，然后点燃一炷香，慢慢地从口袋中拿出赵鹏程的相片。他看见赵鹏程正对他甜甜地微笑着，笑容是那么自然，那么自信，那么开心。

"师傅，他打响啦！"

长篇小说存目

作品名称	作者	出版者及出版年代
红石口	龚成	人民文学出版社，1975 年
风扫残云	丁令武	河南人民出版社，1977 年
刑警队长	王亚平	上海文艺出版社，1980 年
一封未完成的信	兰玉文	黑龙江人民出版社，1981 年
法网	李中杰	山东人民出版社，1982 年
寻找回来的世界	柯岩	群众出版社，1984 年
特 -03 号	黄大荣	长江文艺出版社，1986 年
珠姨	李良杰	福建鹭江出版社，1986 年
秋香别墅的阴影	曹正文	江苏文艺出版社，1986 年
少女远行归来	庞瑞垠	群众出版社，1987 年
摘月谍影	王瑞玉	群众出版社，1988 年
公安魂	宗岱	群众出版社，1988 年
刑警的隐秘	修来荣	沈阳出版社，1988 年
硝烟谍影	刘秉荣	漓江出版社，1989 年
神秘的报案者	周胜岭	明天出版社，1989 年
特别行动	刘志文	海天出版社，1989 年
北部囚徒	唐运隆	群众出版社，1989 年
塞外码踪人	胡锦成	群众出版社，1989 年

女性的血旗	李建	群众出版社，1990 年
绿月亮	彭荆风	《警坛风云》杂志，1990 年
乱世更风流	邹德盛	沈阳出版社，1990 年
人生黑洞	白痴	群众出版社，1990 年
黑狼——警犬家族传奇	王国才	群众出版社，1991 年
雾霭与阴谋	魏世仪	群众出版社，1991 年
黑手	贾曾鸣	群众出版社，1993 年
血色风筝	张策	群众出版社，1996 年
时代悲歌	尹曙生	安徽文艺出版社，1996 年
地火	胡祖富	新疆人民出版社，1997 年
抗争	尹曙生	安徽文艺出版社，1998 年
永不瞑目	海岩	群众出版社，1998 年
天路难回	张策	中国文联出版公司，1998 年
鱼孽	朱恩涛、杨子	警官教育出版社，1998 年
特工行动	修来荣	北方文艺出版社，1999 年
官场谋杀	熊剑	大连出版社，1999 年
背叛	豆豆	群众出版社，2000 年
玉观音	海岩	群众出版社，2000 年
凝视黑夜	蓝玛	群众出版社，2000 年
双刃剑	刘广雄	《啄木鸟》杂志，2001 年
血象	孙丽萌	大众文艺出版社，2001 年
探长	兰景林	北方文艺出版社，2001 年
危机四伏	胡玥	作家出版社，2001 年
拿什么拯救你，我的爱人	海岩	光明日报出版社，2002 年
深牢大狱	海岩	作家出版社，2003 年
十冬腊月	马青山	群众出版社，2003 年
纪委在行动	易卓奇	光明日报出版社，2003 年
出生入死	罗学知	长征出版社，2003 年
黑白盐	刘兆华	四川文艺出版社，2004 年
绝境	朱维坚	群众出版社，2004 年
守口如瓶	韩青辰	花城出版社，2004 年

欲望天堂	李辉	群众出版社，2004 年
被告	迟兰波	群众出版社，2004 年
从此直到永远	卿晓晴	中国人民公安大学出版社，2004 年
暗算	朱维坚	作家出版社，2005 年
探长	兰景林	北方文艺出版社，2005 年
纪委调查	易卓奇	新华出版社，2005 年
暗害	高正文、孙明华	大众文艺出版社，2005 年
浮尘	贾文成	内蒙古人民出版社，2006 年
一针见血	程琳	人民文学出版社，2006 年
风雨太平镇	范东峰	中国人民公安大学出版社，2006 年
非法途径	冯维松	百花洲文艺出版社，2006 年
真假情报	国易	群众出版社，2006 年
缺月	穆玉敏	中国人民公安大学出版社，2006 年
滴血十字架	王建幸	中国人民公安大学出版社，2006 年
无法预料	王希泉	中国人民公安大学出版社，2006 年
湛蓝深处	梦娟	作家出版社，2006 年
非法途径	冯维松	百花洲文艺出版社，2006 年
车来人往	耿慧东	群众出版社，2006 年
煤殇	贾文成	群众出版社，2007 年
河东河西	朱力军	时代文艺出版社，2007 年
非常车祸	郝火炬	河南文艺出版社，2007 年
污点	武和平	作家出版社，2007 年
一石二鸟	冯华	江苏文艺出版社，2007 年
生死在凤滩	颜永江	中国人民公安大学出版社，2007 年

越过雷池	彭祖贻、胡雪梅	中国人民公安大学出版社，2008 年
巴士警察	吕铮	作家出版社，2008 年
狐踪谍影	王建幸	中国人民公安大学出版社，2008 年
血色泪歌	李晓燕	群众出版社，2008 年
选择	李汉卿	中国人民公安大学出版社，2008 年
预备警官	武和平	作家出版社，2009 年
沉默	朱维坚	作家出版社，2009 年
险象环生	库玉祥	群众出版社，2009 年
混乱之神	吕铮	江苏人民出版社，2009 年
软脚鸥	赵光奕	宁夏人民出版社，2009 年
是非功过	葛辉	中国人民公安大学出版社，2009 年
代价	马彦坤	中国人民公安大学出版社，2009 年
嫌疑人	文轩	中国人民公安大学出版社，2009 年
谁是英雄	滕章贵	中国人民公安大学出版社，2009 年
沙粒作证	程琳	中国人民公安大学出版社，2009 年
测谎	穆玉敏	中国工人出版社，2009 年
危局	小重	群众出版社，2010 年
刑警马车	李洁冰、李雪冰	江苏文艺出版社，2010 年
我的阿波罗	杨东明	《啄木鸟》杂志，2010 年
卧底警察	李汉卿	作家出版社，2010 年
雨夜惊魂	常大利	中国人民公安大学出版社，2010 年
搭档	刘心一	群众出版社，2011 年

越跑越追	宗利华	群众出版社，2011 年
边关流星	杨佳富	云南民族出版社，2011 年
红门英雄	郭群	太白文艺出版社，2011 年
不归路	刘宏波	中国民主法制出版，2011 年
杏林劫	洪顺利	中国民主法制出版社，2011 年
金棕榈之谜	蓝玛	上海文艺出版社，2011 年
兵王	李昆	《啄木鸟》杂志，2011 年
猫鼠博弈	陈歆耕	作家出版社，2012 年
警察日记	许震	武汉大学出版社，2012 年
英雄梦	刘广雄	《啄木鸟》杂志，2012 年
“主神”的毁灭	欧阳伟	湖南人民出版社，2012 年
赎罪无门	吕铮	外文出版社，2013 年
流淌在刀尖上的月光	王松	百花文艺出版社，2013 年
女子中队	李春良	时代文艺出版社，2013 年
负案在逃	贾文成	群众出版社，2013 年
鬼使神差	李晓平	作家出版社，2013 年
雨杀	蒋海云	线装书局，2013 年
暗夜下的墓葬	常大利	广西人民出版社，2013 年
爸爸父亲爹	魏人	群众出版社，2014 年
名提	吕铮	江苏文艺出版社，2014 年
新闻发言人	张策	群众出版社，2014 年
测谎师	刘军	《当代长篇小说选刊》杂志，2014 年
人民警察	程琳	人民文学出版社，2015 年
情感的针脚	李双其	群众出版社，2015 年
网眼	李晓燕	群众出版社，2015 年
逆风而行	高岩	《啄木鸟》杂志，2015 年
驻站	李晓重	作家出版社，2016 年
暗斗	张和平	中国文联出版社，2016 年
镜框上的血痕	苏天才	群众出版社，2016 年

生死之间	贺平	吉林文史出版社，2016 年
退休警官	刘庆玉	团结出版社，2016 年
绝对意外	宋庆华	群众出版社，2016 年
坦白	龚桂华	人民文学出版社，2016 年
追踪者	青斗	群言出版社，2016 年
派出所长	李汉卿	作家出版社，2016 年
三个阴谋	张望	重庆出版社，2016 年
非常承诺	舒中民	《啄木鸟》杂志，2016 年
盛宴	宗利华	山东人民出版社，2017 年
因为爸爸	韩青辰	江苏少年儿童出版社，2017 年
利剑	张建芳	群众出版社，2017 年
铁军	任建国	群众出版社，2017 年
借命而生	石一枫	人民文学出版社，2018 年
双眼台风	须一瓜	浙江文艺出版社，2018 年
起死回生	景文玺	群众出版社，2018 年
后面有人	吴建发	群众出版社，2018 年
前埠村疑案	张黎宇	群众出版社，2018 年
灵魂何处存放	李双其	群众出版社，2018 年
满江红	楸立	江西高校出版社，2018 年
测谎者	李晓平	作家出版社，2018 年
熊掌大侠传奇	关玺华	群众出版社，2019 年
逃往何方	蒋庆明	群众出版社，2019 年
涉黑嫌疑	冯锐	群众出版社，2019 年
雪剑	刘春龙	群众出版社，2019 年
网探	舒中民	《啄木鸟》杂志，2019 年
蓝与黑	张明贵	《啄木鸟》杂志，2019 年
湛蓝色的雁群	孙明华	《啄木鸟》杂志，2019 年

附录

主要参考书目

1.《中国当代公安题材文学作品选》，李文达主编，中国人民公安大学出版社，1992 年 11 月第 1 版

2.《中国当代公安文学史稿》，高润平、张子宏、于奎潮著，群众出版社，1993 年 9 月第 1 版

3.《中国公安文学作品选讲》，杜元明主编，警官教育出版社，1996 年 2 月第 1 版

4.《无铃的马帮（当代中国公安文学大系——中篇小说第一卷）》，《当代中国公安文学大系》编辑委员会编，群众出版社，1996 年 10 月第 1 版

5.《傍晚敲门的女人（当代中国公安文学大系——中篇小说第二卷）》，《当代中国公安文学大系》编辑委员会编，群众出版社，1996 年 10 月第 1 版

6.《无悔追踪（当代中国公安文学大系——中篇小说第三卷）》，《当代中国公安文学大系》编辑委员会编，群众出版社，1996 年 10 月第 1 版

7.《埋伏（当代中国公安文学大系——中篇小说第四卷）》，《当代中国公安文学大系》编辑委员会编，群众出版社，1998 年 5 月第 1 版

8.《神圣的使命——〈当代中国公安文学大系〉短篇小说第一卷》，《当代中国公安文学大系》编辑委员会编，群众出版社，1996 年 10 月第 1 版

9.《同船过渡——〈当代中国公安文学大系〉短篇小说第二卷》，《当代中国公安文学大系》编辑委员会编，群众出版社，1996 年 10 月第 1 版

10.《献上一片安宁（当代中国公安文学大系——纪实文学第一卷）》，《当代中国公安文学大系》编辑委员会编，群众出版社，1998 年 2 月第 1 版

11.《“金盾文学奖”获奖作品集 1995 卷》，公安部宣传局编，群众出版社，1998 年 6 月第 1 版

12.《“金盾文学奖”获奖作品集 1996 卷》，公安部宣传局编，群众出版社，1998 年 7 月第 1 版

13.《“金盾文学奖”获奖作品集 1997 卷》，公安部宣传局编，群众出版社，1999 年 1 月第 1 版

14.《“金盾文学奖”获奖作品集（1998 年卷）》，公安部宣传局编，群众出版社，2000 年 7 月第 1 版

15.《金盾文学奖获奖作品集 2000 年卷》，公安部宣传局编，群众出版社，2001 年 7 月第 1 版

16.《2003 年金盾文学奖获奖作品集》，公安部宣传局编，群众出版社，2004 年 5 月第 1 版

17.《“金盾文学奖”获奖作品集（2005 年卷）上、下》，公安部宣传局编，群众出版社，2006 年 3 月第 1 版

18.《“金盾文学奖”获奖作品集 2007 年卷》，公安部宣传局编，群众出版社，2008 年 3 月第 1 版

19.《金盾文学奖获奖作品集（2009 年卷）》，公安部宣传局编，群众出版社，2010 年 5 月第 1 版

20.《第十一届金盾文学奖获奖作品集》，公安部宣传局编，群众出版社，2013 年 10 月第 1 版

21.《第十二届金盾文学奖获奖作品集》，公安部宣传局编，群

众出版社，2015 年 1 月第 1 版

22.《第十三届金盾文学奖获奖作品集》，公安部宣传局编，群众出版社，2018 年 9 月第 1 版

23.《公安文学六十年作品精选 1 小说卷》，公安部宣传局编，群众出版社，2009 年 9 月第 1 版

24.《公安文学六十年作品精选 2 小说卷》，公安部宣传局编，群众出版社，2009 年 9 月第 1 版

25.《公安文学六十年作品精选 3 小说卷》，公安部宣传局编，群众出版社，2009 年 9 月第 1 版

26.《公安文学六十年作品精选 4 报告文学卷》，公安部宣传局编，群众出版社，2009 年 9 月第 1 版

27.《中国刑警（一）》，公安部刑事侦查局编，群众出版社，2018 年 12 月第 1 版

28.《中国刑警（二）》，公安部刑事侦查局编，群众出版社，2019 年 5 月第 1 版

29.《中国刑警（三）》，公安部刑事侦查局编，群众出版社，2019 年 8 月第 1 版

30.《中国刑警（四）》，公安部刑事侦查局编，群众出版社，2019 年 11 月第 1 版